ANNE DE INGLESIDE

ANNE DE INGLESIDE

L.M. Montgomery

Tradução e notas
ANNA MARIA DALLE LUCHE

MARTIN CLARET

Apresentação

DE GREEN GABLES A INGLESIDE: UM ENCANTO QUE NUNCA TEM FIM

LILIAN CRISTINA CORRÊA[1]

Na apresentação do primeiro volume da série de *Anne de Green Gables*, intitulada "Quando a imaginação se torna verdade: uma ilusão de ótica?!" escrevi sobre os diferentes olhares e perspectivas ao longo de nossa vida enquanto seres que percebem as mudanças que acontecem ao nosso redor e aquelas que nos envolvem enquanto protagonistas do processo. Imagino que durante a leitura do volume de abertura você, que agora lê este texto, tenha se encantado com Anne e suas inúmeras tentativas no exercício de aprendizado de como viver em família e, ao mesmo tempo, de demonstrar (mesmo que inconscientemente) que todos os seres merecem respeito, pois todos são iguais aos olhos de Deus, independentemente de onde vêm ou do que têm para oferecer ao outro.

---

[1] Mestre e Doutora em Comunicação e Letras pela Universidade Presbiteriana Mackenzie.

A partir da abertura da narrativa em *Green Gables*, enquanto espectadores do desenvolvimento e amadurecimento da vida e das peripécias desta protagonista tão cheia de vida e opiniões, fomos apresentados a outras personagens não menos importantes em termos de valores ou contribuições para o arco narrativo de Anne, além de novos lugares e instituições pelas quais a personagem passa e deixa seu legado, sempre com uma mensagem positiva e alentadora — há uma troca especial entre Anne e seus interlocutores e entre eles e nós, leitores, todos, de alguma forma, cúmplices uns dos outros, sendo beneficiados com os eventos e a simplicidade profunda e acolhedora dos episódios descritos nos romances de Montgomery.

Fomos envolvidos por situações que marcaram um período histórico de diversos acontecimentos importantes que tiveram sua evolução em paralelo ao lançamento de cada um dos romances da autora canadense, entre 1908, quando tivemos o primeiro deles, *Anne de Green Gables* e, finalmente, em 1939, com a publicação de *Anne de Ingleside*. Neste espaço temporal entre as duas obras, podemos mencionar eventos historicamente impactantes, como a Primeira Guerra Mundial, entre 1914-1918; o início da Segunda Guerra Mundial, exatamente no ano em que foi lançado *Anne de Ingleside* e esta guerra terminaria somente seis anos depois; em 1919, o Canadá entrou na Liga das Nações, independentemente do Reino Unido e, em 1931, o Estatuto de Westminster, afirmou a independência do Canadá enquanto país — e, em meio a todos esses eventos, o amadurecimento de uma protagonista tão delicadamente construída por Lucy Maud Montgomery, com traços tão ricos e precisos, como nos literariamente chamados *bildungsroman*, ou romances de formação, que representam a construção e desenvolvimento da personagem protagonista em seu início e trajetória até alcançar um determinado grau de perfectibilidade, que é o que podemos perceber nos caminhos percorridos por Anne, depois Anne Shirley, Anne Cuthbert e, mais tarde, Anne Blythe.

Ao longo dos romances *Anne de Green Gables*, *Anne de Avonlea*, *Anne da Ilha*, *Anne de Windy Poplars*, *Anne e a Casa dos Sonhos* e, finalmente, *Anne de Ingleside* (todos publicados pela Martin Claret!), acompanhamos a protagonista e Gilbert da infância à vida adulta, do namoro, passando pelo noivado, para o casamento e aos filhos, as mudanças de residências, as decisões difíceis de serem tomadas, as perdas de entes queridos pelos dois, a chegadas de novos e estimados amigos que passaram a carregar para toda a vida e as lembranças de amigos que sempre tiveram — as vidas de Anne e Gilbert parecem sempre terem estado cruzadas, conectadas uma à outra, como se fosse possível dizer que a vida de um complementasse a do outro, o que permitiu a nós, leitores, mais uma vez, nos sentirmos parte da mesma família destas tão estimadas personagens, tão reais aos nossos olhos e aos nossos corações.

Chegar ao término de uma coleção de seis volumes de uma narrativa tão cheia de peripécias como a de Anne e seus companheiros e amores, pois todos o são, marca, indelevelmente, a alma de cada leitor que tem a oportunidade de concluir este ciclo e chegar à conclusão de ter aprendido com a personagem tantas lições sobre humildade, compaixão, bondade, amabilidade, um pouco de rebeldia, certamente, mas muito, muito amor ao próximo e crença no amor verdadeiro, no amor da vida toda. Assim como também mencionado no texto de apresentação do romance de abertura, Anne enquanto protagonista pode ser comparada a outras protagonistas órfãs de sua época, como Poliana, Peter Pan, Tom Sawyer ou até, mais contemporaneamente, com Harry Potter, no que diz respeito a uma repetição de tendência, mas Montgomery se distancia do que surge como padrão quando traz sua personagem para um universo que parece somente seu, aquele que tem um quê de magia, mas uma magia verdadeira, de cumplicidade com ela mesma e com seu próximo: esta é a Anne de Gilbert e de todos nós.

Que a leitura de *Anne de Ingleside*, mais uma vez, descortine a você, esse universo tão acalentador que Montgomery tão sabiamente soube criar para os Blythe e para nós, para que você possa se despedir dessas personagens tão especiais ou ainda para que este seja um convite de retorno ao início da obra!

ANN
ING

DE
ESIDE

L.M. MONTGOMERY

I

— Como o luar está claro esta noite! — disse Anne Blythe para si mesma, enquanto atravessava o jardim dos Wright até a porta da frente de Diana Wright, onde pequenas pétalas de cerejeira caíam na brisa salgada.

Ela parou por um momento para olhar as colinas e os bosques ao redor que tanto amara, e que continuava amando. Querida Avonlea! Glen St. Mary era seu lar há tantos anos, mas Avonlea tinha algo que Glen St. Mary nunca poderia ter. Fantasmas de si mesma a encontravam a cada esquina... os campos pelos quais caminhara a recebiam... ecos imperecíveis da velha e doce vida a cercavam... para cada lugar que olhava uma lembrança querida a atingia. Havia jardins assombrados aqui e ali onde floresciam todas as rosas do passado. Anne sempre gostou de voltar para casa em Avonlea, mesmo quando, como agora, o motivo de sua visita fosse triste. Ela veio com Gilbert para o funeral do pai dele e Anne ficou por uma semana. Marilla e a sra. Lynde não suportariam que ela fosse embora tão cedo.

Seu antigo quarto de alpendre no sótão estava sempre pronto para recebê-la e, ao ali entrar na noite de sua chegada, Anne descobriu que a sra. Lynde havia deixado um grande e lindo buquê de flores da primavera para ela; um buquê que, quando enterrou o rosto nele, parecia conter toda a fragrância de anos inesquecíveis. A Antiga Anne esperava por ela. Uma profunda e querida alegria despertou em seu coração. O quarto no sótão estava colocando seus braços ao redor dela, a acolhendo e envolvendo. Anne olhou com carinho para sua antiga cama com a colcha de folhas de macieira que a sra. Lynde havia tecido e os imaculados travesseiros enfeitados com delicadas rendas de crochê da sra. Lynde, para os tapetes trançados de Marilla no chão, para o espelho que refletia o rosto da pequena órfã, com sua testa lisa de criança, que ali havia chorado até dormir naquela primeira noite, tanto tempo atrás. Anne esqueceu que era a alegre mãe de cinco... com Susan Baker, que havia voltado a tricotar meinhas misteriosas em Ingleside. Ela era Anne de Green Gables mais uma vez.

A sra. Lynde a encontrou ainda se olhando sonhadoramente no espelho ao entrar trazendo toalhas limpas.

— É muito bom tê-la de volta em casa, Anne, isso sim. Faz nove anos que você foi embora, mas Marilla e eu não conseguimos deixar de sentir sua falta. Não é mais tão solitário desde que Davy se casou... Millie é uma coisinha muito linda... e aquelas tortas! Embora seja curiosa sobre tudo, como um esquilinho. Mas eu sempre disse e sempre direi que não há ninguém como você.

— Ah, mas esse espelho não pode ser enganado, sra. Lynde. Está me dizendo claramente: "Você não é tão jovem quanto antes" — gracejou Anne.

— Você manteve sua tez muito bem — disse a sra. Lynde consoladoramente. — Mas, é claro, você sempre foi pálida, então...

— De qualquer forma, ainda não vi nenhum sinal de uma papada — disse Anne alegremente. — E meu antigo quarto se lembra de mim, sra. Lynde. Estou feliz... eu ficaria muito triste se voltasse para cá e descobrisse que tinha sido esquecida. E é maravilhoso ver a lua nascendo sobre a Floresta Mal--Assombrada novamente.

— Parece um pedaço de ouro no céu, não é — disse a sra. Lynde, sentindo que dizia algo ousado e poético e agradecendo por Marilla não estar lá para ouvir.

— Olhe para aqueles pinheiros pontiagudos contrastando com ela... e as bétulas no vale que ainda erguem os braços para o céu prateado. São árvores crescidas agora... eram desse tamanhinho quando cheguei aqui... *isso* me faz sentir um pouco velha.

— As árvores são como crianças — disse a sra. Lynde. — É terrível como crescem no minuto em que você vira as costas para elas. Veja Fred Wright... com apenas treze anos, mas quase tão alto quanto o pai. Há uma torta de frango quente para o jantar e fiz alguns dos meus biscoitos de limão para você. Não se preocupe em dormir nessa cama. Coloquei os lençóis para arejar hoje e Marilla, que não sabia que eu já tinha feito isso, deu-lhes outra arejada e Millie também não sabia que nós duas já o havíamos feito e voltou a colocá-los para arejar. Espero que Mary Maria Blythe saia de casa amanhã, ela sempre gostou de um funeral.

— "Tia Mary Maria" é como Gilbert a chama, embora seja apenas prima de seu pai. Ela sempre me chama de "Annie" — estremeceu Anne. — E, na primeira vez que me viu depois de casada, disse: "É tão estranho Gilbert ter escolhido você. Ele poderia ter tido tantas garotas maravilhosas". Talvez seja por isso que eu nunca tenha gostado dela e eu sei que Gilbert também não, embora ele seja muito leal à família para admitir isso.

— Gilbert vai ficar acordado por muito tempo?

— Não. Ele tem que voltar amanhã à noite. Deixou um paciente em estado muito crítico.

— Oh, bem, suponho que não tenha muita coisa para mantê-lo em Avonlea agora, já que a mãe faleceu no ano passado. O velho sr. Blythe nunca se recuperou depois da morte dela, simplesmente não tinha mais razão para viver. Os Blythe sempre foram assim, colocando todas as suas afeições em coisas terrenas. É realmente triste pensar que não há mais nenhum deles em Avonlea. Era bom tê-los como amigos. Mas também, não há mais muitos Sloane por aqui, mas os Sloane continuam sendo Sloane, Anne, e serão para todo o sempre, até o fim dos tempos, amém.

— Deixe que existam todos os Sloane que existirem no mundo, depois do jantar vou sair pelo velho pomar à luz da lua. Talvez tenha que ir para a cama no final das contas, embora eu sempre tenha achado que dormir em noites de luar sejam uma perda de tempo... mas acordarei cedo para ver a primeira luz tênue da manhã se aproximar da Floresta Mal-Assombrada. O céu se transformará em coral e os tordos estarão em polvorosa, talvez um pequeno pardal cinzento apareça no peitoril da janela e haverá amores-perfeitos dourados e roxos para admirar...

— Mas os coelhos comeram todo o canteiro de lírios de junho — disse a sra. Lynde pesarosa, enquanto descia as escadas, sentindo-se secretamente aliviada por não precisar mais falar sobre a lua. Anne sempre foi um pouco estranha assim. E já não parecia haver muita utilidade em esperar que isso passasse.

Diana desceu os degraus para encontrar Anne. Mesmo à luz da lua era possível ver os lindos cabelos negros, as bochechas rosadas e os olhos brilhantes. Contudo, o luar não conseguia esconder que ela estava um pouco mais robusta do que anos passados. E Diana nunca foi o que o povo de Avonlea chamaria de magra.

— Não se preocupe, querida. Não vim para ficar...

— Como se eu me preocupasse com *isso* — disse Diana em tom de censura. — Você sabe que prefiro passar a noite com você a ir à recepção. Sinto que não a vi o suficiente e você já vai voltar depois de amanhã. Mas o irmão de Fred, você sabe, nós realmente precisamos ir.

— Claro que sim. Só vim dar uma passada. Eu vim pelo velho caminho, Di... passei pela Brota da Dríade... entre a Floresta Mal-Assombrada e pelo velho pergolado no jardim... e pela Laguna dos Salgueiros. Até parei para observar os salgueiros de cabeça para baixo na água, como sempre fazíamos. Eles cresceram tanto.

— Tudo cresceu — disse Diana com um suspiro. — Quando olho para o jovem Fred! Todos nós mudamos tanto, exceto você. Você nunca muda, Anne. *Como* você se mantém sempre tão magra? Olhe para mim!

— Um pouco matrona, é claro — riu Anne. — Mas você escapou da praga da meia-idade até agora, Di. Quanto à minha não mudança... bem, a sra. H. B. Donnell concorda com você. Ela me disse no funeral que eu não parecia ter envelhecido nem um dia. Mas a sra. Harmon Andrews não. Ela disse: "Meu Deus, Anne, como você está diferente!". Está tudo nos olhos de quem vê... ou na consciência. A única vez que sinto que estou progredindo é quando olho as imagens nas revistas. Os heróis e as heroínas neles estão começando a parecer *jovens demais* para mim. Mas não importa, Di... vamos voltar a ser meninas amanhã. Isso é o que eu vim lhe dizer. Vamos tirar a tarde e a noite de folga e visitar todos os nossos velhos lugares... cada um deles. Caminharemos pelos campos de primavera e por aqueles velhos bosques cheios de samambaias. Veremos todas as antigas coisas familiares que amamos e nas colinas encontraremos nossa juventude novamente. Nada parece impossível na primavera, você sabe. Vamos deixar de nos sentir maternais e responsáveis e nos tornar tão tolas quanto a sra. Lynde realmente ainda acha que sou naquele grande coração dela. Não tem graça ser razoável o tempo *todo*, Diana.

— Nossa, é a sua cara! E eu adoraria fazer tudo isso, mas...

— Nada de "mas". Eu sei o que você está pensando: "Quem vai servir o jantar dos homens?".

— Não exatamente. Anne Cordelia pode servir o jantar deles tão bem quanto eu, mesmo que tenha apenas onze anos — disse Diana com orgulho. — Já era o plano, de qualquer maneira. Eu ia para a Liga das Senhoras, mas não vou. Vou com você. Será como realizar um sonho. Sabe, Anne, muitas noites eu sento e finjo que somos garotinhas de novo. Levarei nosso jantar.

— E vamos comer no jardim de Hester Gray... Suponho que o jardim de Hester Gray ainda esteja lá?

— Suponho que sim — disse Diana em dúvida. — Nunca mais fui lá desde que me casei. Anne Cordelia é uma exploradora, mas sempre digo a ela para não ir muito longe de casa. Ela adora perambular pela floresta e, um dia, quando a repreendi por falar sozinha no jardim, ela disse que não estava falando sozinha, mas com o espírito das flores. Sabe aquele jogo de chá de boneca com os pequenos botões de rosa que você mandou no nono aniversário dela? Não há uma peça quebrada... é tão cuidadosa. Ela só o usa quando as Três Pessoas Verdes vêm tomar chá com ela. E não me diz quem ela pensa que *eles* são. Vivo dizendo que, de certa forma, Anne, ela é muito mais parecida com você do que comigo.

— Talvez haja mais em um nome do que Shakespeare permitiu. Não reprima as fantasias de Anne Cordelia, Diana. Eu sempre tenho pena das crianças que não passam alguns anos na terra das fadas.

— Olivia Sloane é a professora agora — disse Diana hesitante. — Ela é bacharel, sabe, e vai ficar um ano na escola para ficar perto da mãe. *Ela* diz que as crianças devem ser ensinadas a enfrentar a realidade.

— Então eu vivi para ouvir *você* aceitando sloanices, Diana Wright?

— Não, *não*... não! Não gosto nem um pouco dela. Ela tem olhos azuis tão redondos como todos daquele clã. E não me importo com as fantasias de Anne Cordelia. São bonitas...

como as suas costumavam ser. Acho que ela vai ter "realidade" o suficiente quando crescer.

— Bem, está resolvido então. Venha para Green Gables por volta das duas e tomaremos um gole daquele vinho de groselha de Marilla. Ela ainda o faz de vez em quando, apesar do ministro e da sra. Lynde... apenas para fazer com que nós nos sintamos realmente diabólicas.

— Você se lembra do dia em que me deixou bêbada com ele? — riu Diana, que não se importava com a palavra "diabólicas" como se importaria se alguém além de Anne o dissesse. Todo mundo sabia que Anne não queria dizer coisas assim. Era apenas o jeito dela.

— Teremos um verdadeiro dia de lembranças amanhã, Diana. Eu não vou te prender mais... lá vem Fred com a charrete. Seu vestido é lindo.

— Fred me fez comprar um novo para o casamento. Eu não achava que podíamos nos dar a esse luxo desde a construção do novo celeiro, mas ele disse que não ia ver a esposa *dele* parecendo alguém que fora convidada e não poderia comparecer por estar um pouco abaixo das outras pessoas. Não é mesmo uma coisa de homem?

— Oh, você está parecendo a sra. Elliott no Glen — disse Anne severamente. — Cuidado com essa tendência. Gostaria de viver em um mundo onde não houvesse homens?

— Seria horrível — admitiu Diana. — Sim, sim, Fred, estou indo. Oh, está bem! Até amanhã então, Anne.

Anne parou na Brota da Dríade a caminho de casa. Amava tanto aquele velho riacho. Cada trinado do riso de sua infância que ele havia captado e segurado, agora parecia reproduzi-los de volta para seus atentos ouvidos. Seus velhos sonhos... ela podia vê-los refletidos na Brota clara...antigas promessas... antigos sussurros... o riacho os guardava e murmurava com eles... mas não havia ninguém para ouvi-los a não ser os sábios e velhos pinheiros da Floresta Mal-Assombrada, que há tanto tempo os escutava.

II

— Que lindo dia, só para nós — disse Diana. — Receio apenas que seja um agrado especial... vai chover amanhã.

— Não importa. Hoje vamos beber de sua beleza, mesmo que o sol se vá amanhã. Vamos desfrutar da nossa amizade, mesmo que depois nos separemos. Olhe para aquelas enormes colinas verde-douradas... para os vales azuis esfumaçados pela neblina. Eles são *nossos*, Diana. Não me importa se aquela colina mais distante está registrada em nome de Abner Sloan, hoje ela é *nossa*. Há um vento oeste soprando. Sempre me sinto aventureira quando sopra um vento oeste... e nosso passeio será perfeito.

E assim aconteceu. Todos os antigos e queridos lugares foram revisitados: a Alameda dos Namorados, a Floresta Mal-Assombrada, o Recreio do Bosque, o Vale das Violetas, a Trilha das Bétulas, o Lago de Cristal. Algumas mudanças haviam acontecido. O pequeno círculo de mudas de bétula no Recreio do Bosque, onde elas tinham feito uma casa de brinquedo há muito tempo, crescera e se transformara em grandes árvores; a Trilha das Bétulas, há muito inexplorada, estava coberta de samambaias; o Lago de Cristal havia desaparecido por completo, deixando apenas uma cavidade úmida e coberta de musgo. Mas o Vale das Violetas estava roxo de flores e a muda de macieira que Gilbert encontrara no meio da floresta havia se transformado em uma enorme árvore salpicada de pequenos botões de flores com pontas vermelhas.

Elas andavam sem chapéu. O cabelo de Annie ainda brilhava como mogno polido à luz do sol e o de Diana ainda era de um preto brilhante. Trocavam olhares alegres e compreensivos, calorosos e amigáveis. Às vezes, caminhavam em silêncio. Anne sempre acreditou que duas pessoas tão empáticas quanto ela e Diana conseguiam *sentir* os pensamentos uma da outra. Às vezes elas salpicavam a conversa com "você se lembra?".

— Você se lembra do dia em que caiu na casa de patos dos Cobb na Estrada dos Tory?

— Você se lembra de quando pulamos em cima da tia Josephine?

— Você se lembra do nosso Clube de Histórias?

— Você se lembra da visita da sra. Morgan quando você manchou o nariz de vermelho?

— Você se lembra de como sinalizávamos uma para a outra de nossas janelas com velas?

— Você se lembra de quanto nos divertimos no casamento da srta. Lavender e dos laços azuis de Charlotta?

— Você se lembra da Sociedade de Melhorias?

Quase dava para ouvir as antigas gargalhadas ecoando ao longo dos anos.

A Sociedade de Melhorias de Avonlea, ao que parecia, estava morta. Havia se desfeito logo depois do casamento de Anne.

— Eles simplesmente não conseguiram continuar, Anne. Os jovens de Avonlea agora não são o que eram na *nossa* época.

— Não fale como se "nossa época" já tivesse acabado, Diana. Temos apenas quinze anos e somos almas gêmeas. O ar não está apenas cheio de luz... ele *é* luz. Não sei se criei asas.

— Eu também me sinto assim — disse Diana, esquecendo-se de que havia inclinado a balança para setenta quilos naquela manhã. — Muitas vezes sinto que adoraria ser transformada em um pássaro por um tempinho. Deve ser maravilhoso voar.

A beleza estava por todo lugar. Desconhecidas luminescências brilhavam nos domínios escuros da floresta e cintilavam em seus sedutores atalhos. O sol da primavera atravessava jovens folhas verdes. Havia alegres trinados por toda parte. E pequenas cavidades onde era possível sentir como se estivesse se banhando em uma poça de ouro líquido. A cada curva, um cheiro fresco de primavera atingia o rosto delas... arbustos de especiarias, bálsamos de pinheiro, o cheiro vigoroso dos campos recém-arados. Havia uma alameda com cortinas de flores de cerejeira selvagem, um antigo gramado cheio de pequenas árvores de pinheiro começando a vida e que pareciam seres élficos se encolhendo entre a grama, riachos ainda estreitos o suficiente para serem saltados, estrelas-flores sob os pinheiros, jovens folhas de samambaias encaracoladas e uma bétula de onde algum vândalo havia arrancado o invólucro de pele branca em vários lugares, expondo os matizes da casca por baixo. Anne o olhou por tanto tempo que Diana se maravilhou. Ela não viu o que Anne fez... matizes variando do mais puro branco cremoso, passando por requintados tons dourados, tornando-se cada vez mais profundos até que a última camada revelasse o mais forte tom amarronzado, como se dissesse que todas as bétulas, tão donzelas e frias por fora, ainda tinham sentimentos de tons quentes.

— O fogo primitivo da terra em seus corações — murmurou Anne.

E, enfim, depois de atravessar um pequeno vale de madeira cheio de cogumelos venenosos, encontraram o jardim de Hester Gray. Não mudara muito; ainda era muito adorável com flores queridas. Ainda tinha muitos lírios de junho, como Diana chamava os narcisos. A fileira de cerejeiras envelheceu, mas era uma flutuação de flores nevadas. Ainda era possível encontrar o caminho central de rosas, e o velho dique estava branco pelas flores de morango e azul pelas violetas e verde pelas jovens samambaias. Elas comeram o piquenique em um canto, sentadas em velhas pedras cobertas de musgo, na frente de uma árvore de lilás lançando estandartes roxos contra um sol baixo. Ambas estavam com fome e fizeram jus à sua boa cozinha.

— Como são boas as coisas ao ar livre! — suspirou Diana confortavelmente. — Aquele seu bolo de chocolate, Anne, bem, as palavras me faltam, mas tenho que pegar a receita. Fred iria adorar. *Ele* pode comer qualquer coisa e continuar magro. Estou sempre dizendo que não vou comer mais bolo, porque engordo mais a cada ano. Tenho tanto horror de ficar como a tia-avó Sarah... ela era tão gorda que sempre precisava ser puxada para cima quando se sentava. Mas quando vejo um bolo como esse e, ontem à noite, na recepção, bem, eles iam ficar muito ofendidos se eu não comesse.

— Você se divertiu?

— Ah, sim, de certa forma. Mas eu caí nas garras da prima de Fred, Henrietta, e para ela é um prazer contar tudo sobre as operações e sensações que teve e em quanto tempo seu apêndice teria estourado se não fosse removido. "Levei quinze pontos nele. Oh, Diana, que agonia sofri!" Bem, ela se divertiu com isso, eu não. E ela *realmente* sofreu, então por que não deveria se divertir falando sobre isso agora? Jim estava tão engraçado. Não sei se Mary Alice gostou disso. Bem, talvez apenas um pouquinho. Quem está na chuva é para se molhar, suponho... uma garoinha não pode fazer tanta diferença. Uma coisa ele disse... que na noite anterior ao casamento estava tão assustado que sentiu que precisaria pegar o trem-barco. Ele disse que todos os noivos sentiam o mesmo se fossem honestos sobre isso. Você não acha que Gilbert e Fred se sentiram assim, não é, Anne?

— Tenho certeza que não.

— Foi o que Fred disse quando perguntei. Disse que tudo o que ele mais temia era que eu mudasse de ideia de última hora, como Rose Spencer. Mas nunca podemos realmente dizer o que um homem pode estar pensando. Bem, não adianta me preocupar com isso agora. Que belo momento tivemos esta tarde! Parece que revivemos tantas felicidades antigas. Gostaria que você não precisasse ir amanhã, Anne.

— Você não poderia visitar Ingleside em algum momento desse verão, Diana? Antes de... bem, antes que eu não queira visitas por um tempo.

— Eu adoraria. Mas parece impossível ficar longe de casa no verão. Há sempre muito o que fazer.

— Rebecca Dew vem visitar, finalmente, o que me deixa feliz e... temo que tia Mary Maria também. Ela insinuou isso para Gilbert. Ele não a quer mais do que eu, mas ela é "família" e, portanto, as portas devem sempre estar abertas para ela.

— Talvez eu vá no inverno. Eu adoraria ver Ingleside novamente. Você tem uma linda casa, Anne... e uma linda família.

— Ingleside *é* boa... e eu a amo agora. Houve um tempo em que pensei que nunca a amaria. Odiei quando fomos para lá no começo. Odiava o lugar por suas próprias virtudes. Tudo aquilo era um grande insulto à minha querida Casa dos Sonhos. Lembro-me de me lamentar a Gilbert quando saímos: "Fomos tão felizes aqui. Nunca seremos tão felizes em nenhum outro lugar". Deleitei-me com a saudade de casa por um tempo. Então, fui fincando pequenas raízes de afeto por Ingleside, que começaram a brotar. Lutei contra isso... realmente lutei, mas enfim precisei ceder e admitir que a amava. E tenho amado cada vez mais a cada ano desde então. Não é uma casa muito velha, casas muito velhas são tristes. E não é muito nova, casas muito novas são cruas. É apenas madura. Eu amo cada aposento dela. Cada um tem seu defeito, mas também uma virtude... algo que o distingue de todos os outros, que lhe dá personalidade. Amo todas aquelas árvores magníficas no gramado. Não sei quem as plantou, mas sempre que vou para o andar de cima paro no patamar, você sabe, na janela pitoresca que tem ali com o assento largo e profundo... e sento-me olhando para fora por um momento e digo: "Deus abençoe quem quer que tenha plantado aquelas árvores". Nós realmente temos muitas árvores em casa, mas não abriríamos mão de nenhuma.

— O Fred é igual. Ele adora aquele grande salgueiro ao sul de casa. Ele estraga a vista das janelas da sala, como eu disse várias vezes, mas ele só responde: "Você cortaria uma coisa linda como essa, mesmo que atrapalhe a vista?". Então o salgueiro fica... e *é* adorável. É por isso que chamamos nosso lar de Fazenda do Salgueiro Solitário. Eu amo o nome "Ingleside". É um nome tão bonito e tão familiar.

— Foi o que Gilbert disse. Passamos bastante tempo tentando decidir um nome. Tentamos vários, mas eles não pareciam *pertencer*. Mas, quando pensamos em Ingleside, sabíamos que era o certo. Estou feliz por termos uma casa grande e espaçosa, precisamos de uma com a nossa família. As crianças também adoram, mesmo sendo pequenas.

— Elas são tão queridas. — Diana culposamente cortou outro pedacinho do bolo de chocolate. — Acho as minhas também, mas há algo nas suas... e você tem gêmeas! *Isso* eu a invejo. Sempre quis ter gêmeos.

— Ah, eu não consegui fugir de gêmeos... são o meu destino. Mas meu desapontamento é que elas não se parecem nem um pouco uma com a outra. Nan é bonita, claro, com seus cabelos e olhos castanhos e sua linda pele. Di é a favorita do papai, pois tem olhos verdes e cabelos ruivos, ruivo com um redemoinho em cima. Shirley é o principezinho de Susan. Fiquei doente muito tempo depois que ele nasceu e ela cuidou dele por tanto tempo que acredita ser sua mãe. Ela o chama de "pequeno menino sol" e o mima descaradamente.

— E ele ainda é pequeno o suficiente para conseguirmos sorrateiramente descobrir se ele tirou a roupa e ficarmos arrumando de novo — disse Diana com inveja. — Jack está com nove anos, sabe, e ele não quer que eu faça mais isso. Diz que já é muito grande. E eu gostava tanto de fazer isso! Oh, eu gostaria que as crianças não crescessem tão depressa.

— Nenhum dos meus chegou nessa fase ainda, embora eu tenha notado que desde que Jem começou a ir para a escola ele não quer mais segurar minha mão quando andamos pela vila. — Anne suspira — Mas todos, ele, Walter e Shirley querem ser colocados para dormir. Walter às vezes faz disso um ritual.

— E você não precisa se preocupar ainda com o que eles vão ser quando crescer. Jack no momento está louco para ser soldado... um soldado! Imagine isso!

— Eu não me preocuparia com isso. Ele vai esquecer essa quando outra vontade vier e tomar conta. A guerra é coisa do passado. Jem imagina que será um marinheiro, como o capitão Jim, e Walter quer ser poeta. Ele não é igual aos outros. Mas todos adoram árvores e brincar no "Oco", como é chamado um pequeno vale logo abaixo de Ingleside, com caminhos de fadas e um riacho. Um lugar muito comum... apenas o Oco para os outros, mas para eles, o país das fadas. Eles têm seus defeitos, mas não são uma turminha de se jogar fora... e felizmente sempre há amor suficiente para contornar tudo. Oh, fico feliz em pensar que a essa hora amanhã à noite estarei de volta a Ingleside, contando histórias para meus bebês na hora de dormir e dando às calceolárias e samambaias de Susan sua cota de elogios. Susan tem a mão boa com samambaias. Ninguém consegue cultivá-las como ela. Posso elogiar suas samambaias honestamente, mas as calceolárias, Diana! Para mim, elas não têm nada de flor. Mas nunca feri os sentimentos de Susan dizendo isso a ela. Consigo sempre dar um jeito de contornar. A Providência ainda não me falhou. Susan é um doce, não consigo imaginar o que faria sem ela. E eu me lembro uma vez de chamá-la de "forasteira". Ah, sim, é lindo pensar em ir para casa e ainda assim estou triste por deixar Green Gables também. É tão bonito aqui com Marília e *você*. Nossa amizade sempre foi uma coisa muito maravilhosa, Diana.

— Sim e nós sempre... quero dizer... eu nunca poderia dizer coisas como você, Anne, mas mantivemos nosso antigo "voto solene e promessa", não é?

— Sim, e assim será para sempre.

A mão de Anne encontrou o caminho para a de Diana. Elas ficaram sentadas por um longo tempo em um silêncio doce demais para palavras. Longas e silenciosas sombras da tarde caíam sobre a grama, as flores e as extensões verdes dos prados adiante. O sol se pôs e tons rosa-acinzentados do céu se aprofundaram e empalideceram atrás das árvores pensativas. O crepúsculo da primavera tomou conta do jardim de Hester Gray, onde ninguém nunca mais andava agora. Rouxinóis borrifavam no ar da noite assobios semelhantes a flautas. Uma grande estrela surgiu sobre as cerejeiras brancas.

— A primeira estrela é sempre um milagre — disse Anne sonhadora.

— Eu poderia ficar aqui para sempre — disse Diana. — Odeio ter que deixar esse lugar.

— Eu também, mas afinal só estamos fingindo ter quinze anos. Temos que nos lembrar dos cuidados da nossa família. Que cheiro esses lilases! Já lhe ocorreu, Diana, que há algo que não é bem assim, puro, no perfume dos lilases? Gilbert ri dessa ideia. Ele os ama, mas, para mim, eles sempre me lembram de alguma coisa secreta, doce *demais*.

— Eles não são muito bons para ficar dentro de casa, eu acho — disse Diana. Ela pegou o prato com o restante do bolo de chocolate, o olhou com anseio... balançou a cabeça e o colocou na cesta com uma expressão de grande nobreza e abnegação.

— Não seria divertido, Diana, se agora, ao voltarmos para casa, nos encontrássemos com nosso eu do passado correndo ao longo da Alameda dos Namorados?

Diana sentiu um pequeno arrepio.

— Não-o-o, não acho que seria engraçado, Anne. Eu não tinha notado que estava ficando tão escuro. Não há problema em fantasiar coisas à luz do dia, mas...

Então, caminharam calma, silenciosa e amorosamente para casa juntas, sob a glória do pôr do sol fulgurando nas velhas colinas atrás delas e a antiga e inesquecível afeição ardendo em seus corações.

III

Na manhã seguinte, Anne encerrou uma semana cheia de dias agradáveis levando flores ao túmulo de Matthew e à tarde pegou o trem de Carmody para casa. Por um tempo, ela pensou em todas as antigas e amadas coisas que deixava para trás, e então seus pensamentos correram à sua frente para as coisas amadas à vir. Seu coração cantarolou por todo o caminho pois ela sabia que estava indo para uma casa alegre... uma casa onde todos que cruzavam sua soleira sabiam que era um *lar*... uma casa sempre cheia de risadas e canecas de prata e fotos e bebês, coisas preciosas com cachos e joelhos gordinhos e quartos que a acolheriam. Onde cadeiras esperavam pacientemente e os vestidos em seu armário ansiavam por ela, onde pequenas comemorações eram celebradas e pequenos segredos eram sussurrados.

— É maravilhoso sentir quando gostamos de ir para casa — pensou Anne, tirando da bolsa certa carta de uma criança pequena sobre a qual rira alegremente na noite anterior, lendo-a com orgulho para o pessoal de Green Gables; sua primeira carta de um de seus filhos. Era bem bonitinha para uma criança de sete anos que frequentava a escola há apenas um, e que ainda estava aprendendo a escrever. Mesmo que a ortografia de Jem fosse um pouco inconstante e houvesse uma grande mancha de tinta em um canto.

Di xorou e xorou a noite toda porque Tommy Drew disse pra ela que ele ia queimar a boneca dela na fogeira. Susan conta lindas istórias a noite mas ela não é você, mamãe. Ela me deixou ajudar a semear as beterabas ontem à noite.

"Como pude me sentir feliz por uma semana inteira longe de todos eles?", pensou a castelã de Ingleside em autocensura.

— Como é bom ter alguém esperando por você no fim de uma viagem! — ela exclamou, enquanto descia do trem em Glen St. Mary direto para os braços de Gilbert, que a esperava. Ela nunca sabia com certeza se Gilbert estaria lá, pois havia sempre alguém morrendo ou nascendo, mas nenhum regresso parecia certo para Anne se Gilbert não viesse encontrá-la. E ele estava vestindo um terno cinza-claro tão bonito! (*Como estou feliz por vestir essa blusa plissada creme com meu conjunto marrom, mesmo que a sra. Lynde tenha me achado louca por usá-la na viagem. Se não tivesse, não teria ficado tão bonita para Gilbert.*)

Ingleside estava toda iluminada, com festivas lanternas japonesas penduradas na varanda. Anne correu alegremente pelo caminho cercado de narcisos.

— Ingleside, estou aqui! — ela exclamou.

Então estavam todos ao seu redor, rindo, exclamando, brincando e Susan Baker sorrindo com satisfação ao fundo. Todas as crianças tinham um buquê de flores colhidas especialmente para ela em mãos, até mesmo o pequeno Shirley, de dois anos.

— Oh, que linda recepção! Tudo em Ingleside parece tão feliz. É esplêndido pensar que minha família está tão feliz em me ver.

— Se você sair de casa de novo, mamãe — disse Jem com gravidade —, eu vou pegar apendicite!

— E como é que se pega isso? — perguntou Walter.

— Psiu — Jem cutucou Walter escondido e sussurrou: — É uma dor em algum lugar, eu sei, mas eu só quero assustar a mamãe para ela *não* ir embora de novo.

Anne queria fazer cem coisas ao mesmo tempo. Abraçar a todos, correr no crepúsculo e colher amores-perfeitos — era possível encontrá-los em todos os lugares em Ingleside —, recolher uma bonequinha velha do tapete, ouvir todas as novidades, fofocas e notícias, com todos contribuindo com alguma coisa. De como, por exemplo, Nan tinha colocado a tampa de um tubo de vaselina no nariz enquanto o doutor estava fora com um caso e Susan distraída.

— Asseguro-lhe que foi uma semana muito agitada, sra. Blythe, querida.

De como a vaca de Jud Palmer comera cinquenta e sete pregos de ferro e havia precisado de um veterinário de Charlottetown, e de como a sra. Fenner Douglas tinha sido descuidada em ir à igreja com a cabeça *descoberta*, como papai havia tirado todos os dentes-de-leão da grama...

—... tudo isso entre bebês que chegavam, sra. Blythe, querida. Ele fez oito partos na sua ausência.

De como o sr. Tom Flagg tinha tingido o bigode, sendo que estava viúvo havia apenas dois anos. De como Rose Maxwell, da Cabeça da Foz, tinha abandonado Jim Hudson, lá de cima no Glen, e de como ele lhe enviara uma conta de todos os seus gastos com ela. De como estava cheio o funeral de Amasa Warren; de como o gato de Carter Flagg teve um pedaço do rabo arrancado, de como Shirley havia sido encontrado no estábulo bem embaixo de um dos cavalos...

— Sra. Blythe, querida, nunca mais serei a mesma.

De como havia, infelizmente, muitas razões para temer que as ameixeiras-bravas estivessem desenvolvendo um fungo. De como Di passou o dia inteiro cantando "Mamãe está voltando para casa hoje, para casa hoje, para casa hoje", no ritmo de *Merrily We Roll Along*; como os Joe Reese tiveram um gatinho estrábico por ter nascido de olhos abertos; como Jem se sentou sem saber em um papel pega-moscas antes de vestir as calças; e de como o Camarão tinha caído no tonel de água da chuva.

— Ele quase se afogou, sra. Blythe, querida, mas felizmente o doutor ouviu seus uivos no último segundo e o puxou pelas patas traseiras. (O que é "no último segundo, mamãe?)

— Parece que ele se recuperou bem — disse Anne, acariciando as curvas preto-e-branco lustrosas de um contente gato com enormes bochechas, que ronronava em uma cadeira à luz do fogo. Nunca era seguro se sentar em uma cadeira em Ingleside sem antes ter certeza de que não havia um gato nela. Susan, que não se importava muito com felinos para começo de conversa, jurou que precisara aprender a gostar deles em legítima defesa. Quanto ao nome "Camarão", Gilbert assim o nomeara um ano atrás, quando Nan trouxe o miserável e esquelético filhotinho para casa da vila onde alguns meninos o torturaram, e o nome pegou, embora fosse muito inapropriado agora.

— Mas, Susan! O que aconteceu com Gog e Magog? Oh, não me diga que eles quebraram!

— Não, não, sra. Blythe, querida — exclamou Susan, ficando vermelha de vergonha, e então saiu correndo da sala. Ela voltou logo depois com os dois cães de porcelana que sempre presidiram o lar de Ingleside. — Não sei como pude ter me esquecido de colocá-los de volta antes de sua chegada. Você vê, sra. Blythe, querida, a sra. Charles Day, de Charlottetown, veio para uma visita aqui no dia seguinte à sua partida e você sabe como ela é muito precisa e correta. Walter achou que deveria entretê-la e começou mostrando os cachorros para ela. "Este é o Gole e este é o Grogue", disse ele, pobre criança inocente. Fiquei horrorizada, achei que morreria ao ver a expressão da sra. Day. Tentei esclarecer da melhor forma que consegui, para que ela não pensasse mal de nós, mas depois disso, decidi colocar os cachorros no armário das louças, fora de vista, até a senhora voltar.

— Mamãe, não podemos jantar logo? — disse Jem choroso. — Estou com uma sensação horrível na boca do estômago. E oh, mamãe, fizemos o prato preferido de todo mundo!

— Nós, como a pulga disse ao elefante, fizemos exatamente isso — disse Susan com um sorriso. — Achamos que seu retorno deveria ser devidamente comemorado, sra. Blythe, querida. E agora, onde está Walter? É a semana dele de tocar o gongo para as refeições, que Deus o abençoe.

A ceia foi uma refeição de gala e colocar as crianças na cama depois foi uma delícia. Susan até permitiu que ela colocasse Shirley na cama, vendo que era uma ocasião muito especial.

— Este não é um dia comum, sra. Blythe, querida — ela disse com solenidade.

— Oh, Susan, não existe um dia comum. *Todo* dia tem algo de especial que nenhum outro tem. Não notou?

— Isso é bem verdade, sra. Blythe, querida. Mesmo na sexta-feira passada, quando choveu o dia todo, e o dia estava tão sem graça, meu grande gerânio rosa finalmente mostrou botões depois de se recusar a florescer por três longos anos. E a senhora notou as calceolárias, sra. Blythe, querida?

— Se reparei nelas? Nunca vi calceolárias assim minha vida, Susan. *Como* você consegue?

(*Pronto, deixei Susan feliz e não contei uma mentira. Nunca vi mesmo algo assim, graças a Deus!*)

— É resultado de cuidado e atenção constantes, sra. Blythe, querida. Mas há algo que sinto que devo mencionar. Acho que Walter *suspeita* de algo. Não há dúvida de que alguns dos garotos do Glen falaram coisas para ele. As crianças hoje em dia sabem muito mais do que convém. Walter me chamou outro dia, muito pensativo: "Susan", disse, "bebês são muito caros?". Fiquei um pouco espantada, sra. Blythe, querida, mas me mantive firme. "Algumas pessoas pensam que são extravagâncias", respondi, "mas em Ingleside achamos que bebês são necessidades." E me censurei por ter reclamado em voz alta do preço vergonhoso das coisas em cada loja do Glen. Receio que tenha preocupado a criança. Mas se ele disser alguma coisa, sra. Blythe, querida, estará preparada.

Mas o melhor de tudo foi quando Gilbert veio até ela, enquanto Anne estava em sua janela, observando a neblina rastejando vinda do mar sobre as dunas iluminadas pela lua e o porto, direto para o longo e estreito vale sobre o qual Ingleside olhava para baixo e no qual estava aninhada a vila de Glen St. Mary.

— E voltar no final de um dia difícil e encontrar você! Você está feliz, Anne de todas as Annes?

— Feliz! — Anne se inclinou para cheirar um vaso cheio de flores de macieira que Jem havia colocado em sua penteadeira. Ela se sentiu cercada e envolvida por amor. — Gilbert querido, foi lindo voltar a ser Anne de Green Gables por uma semana, mas é cem vezes mais lindo voltar a ser Anne de Ingleside.

IV

— Absolutamente não — disse o dr. Blythe, em um tom que Jem entendeu.

Jem sabia que não havia esperança de papai mudar de ideia ou de mamãe tentar convencê-lo a mudar. Era evidente que, nesse ponto, mamãe e papai eram um só. As íris castanhas de Jem escureceram pela raiva e decepção quando voltou o olhar para seus pais cruéis, *franzindo a testa*, e, o que era pior, eles estavam irritantemente indiferentes aos seus olhares e continuaram o jantar como se nada estivesse errado ou fora do comum. Claro que tia Mary Maria notou sua contrariedade, nada jamais escapou dos olhos azul-claros lamentosos de tia Mary Maria, mas ela só parecia se divertir com ele.

Bertie Shakespeare Drew passou a tarde toda brincando com Jem. Walter havia descido à antiga Casa dos Sonhos para brincar com Kenneth e Persis Ford, e Bertie Shakespeare dissera a Jem que todos os garotos do Glen iriam para a Boca da Foz naquela noite para ver o capitão Bill Taylor tatuar uma cobra no braço do primo Joe Drew. Ele, Bertie Shakespeare, estava indo, por que Jem não ia também? Seria tão divertido. Jem estava louco para ir mas agora lhe haviam dito que isso estava totalmente fora de questão.

— Por uma razão entre muitas — disse papai — É muito longe para você ir até a Boca da Foz com aqueles meninos. Eles vão voltar tarde e sua hora de dormir é às oito, filho.

— Fui mandada para a cama às sete todas as noites da minha vida quando era criança — disse tia Mary Maria.

— Você precisa esperar até ficar mais velho, Jem, antes de ir tão longe à noite — disse mamãe.

— Você disse isso na semana passada! — exclamou Jem indignado —, e agora já *estou* mais velho. Você acha que sou um bebê! Bertie vai e eu sou tão velho quanto ele.

— Tem uma onda de sarampo por aí — disse tia Mary Maria sombriamente. — Você pode pegar sarampo, James.

Jem odiava ser chamado de James. E ela sempre o chamava assim.

— Eu *quero* pegar sarampo — murmurou com rebeldia. Então, ao perceber o olhar de papai, se conteve. Papai jamais deixaria alguém responder para tia Mary Maria assim. Jem odiava tia Mary Maria. Tia Diana e tia Marilla eram as mais maravilhosas das tias, mas uma tia como tia Mary Maria era algo totalmente novo em sua experiência.

— Tudo bem — disse ele em desafio, olhando para mamãe para que ninguém presumisse que ele estava falando com tia Mary Maria —, se você não *quer* me amar, não precisa. Mas você vai gostar se eu for embora e caçar tigres na África?

— Não há tigres na África, querido — mamãe disse.

— Leões, então! — exclamou Jem. Eles estavam determinados a dizer que ele estava errado, não? Estavam unidos em rir dele, então? Veriam só! — Você não pode dizer que não há leões na África. Há *milhões* de leões na África. A África está *cheia* de leões!

Mamãe e papai apenas voltaram a sorrir, para desaprovação de tia Mary Maria. A impaciência em crianças jamais deveria ser tolerada.

— Enquanto isso — disse Susan, dividida entre seu amor e sua compreensão pelo pequeno Jem e a convicção de que o dr. e a sra. Blythe estavam certos em não deixá-lo ir a Boca da Foz com aquele bando de meninos à casa do irresponsável do capitão Bill Taylor, aquele bêbado —, aqui está o seu pão de gengibre e chantili, Jem querido.

Pão de gengibre e chantili era a sobremesa favorita de Jem. Mas essa noite a sobremesa não tinha encanto nenhum para acalmar sua alma tempestuosa.

— Eu não quero! — disse ele, mal-humorado. Levantou-se e marchou para longe da mesa, virando-se na porta para lançar um desafio final.

— Eu num vou pra cama até as oito horas, de qualquer maneira. E quando eu crescer eu num vou pra cama *nunca*. Vou ficar acordado a noite toda, todas as noites e tatuar meu corpo inteiro. Vou ser tão ruim tão ruim quanto é possível. Vocês vão ver.

— "Não vou" é melhor que "num vou", querido — disse a mãe. Nada os abalava?

— Suponho que ninguém queira *minha* opinião, Annie, mas se eu tivesse falado assim com meus pais quando criança, teria levado uma surra — disse tia Mary Maria. — Acho uma pena que a vara de bétula seja tão negligenciada hoje em dia em alguns lares.

— O pequeno Jem não tem culpa — retrucou Susan, vendo que Gilbert e Anne não falariam nada. Mas se Mary Maria Blythe iria se safar dessa, ela, Susan, saberia o motivo. — Bertie Shakespeare Drew o fez ficar assim, enchendo sua cabecinha sobre como seria divertido ver Joe Drew tatuado. Passou a tarde toda aqui, e entrou sorrateiramente na cozinha e pegou a melhor panela de alumínio para usar como capacete. Disse que estavam brincando de soldados. Depois, os dois fizeram barcos de telhas e ficaram encharcados até os ossos navegando-os no riacho do Oco. E então ficaram pulando pelo quintal por mais de uma hora, fazendo os barulhos mais estranhos, fingindo serem sapos. Sapos! Não admira que o pequeno Jem esteja cansado e não esteja raciocinando direito. Acreditem em mim, ele é a criança mais bem-comportada desse mundo quando não está cansado assim.

Tia Mary Maria ficou em silêncio pela provocação. Nunca falava com Susan Baker na hora das refeições, expressando assim sua desaprovação pelo fato de Susan "sentar-se com a família".

Anne e Susan haviam discutido o assunto exaustivamente antes da chegada da tia Mary Maria. Susan, que conhecia seu lugar, nunca se sentava ou esperava sentar-se com a família quando havia visitas em Ingleside.

— Mas tia Mary Maria não é visita — disse Anne. — Ela é apenas uma pessoa da família e você também é, Susan.

Susan afinal cedeu, não sem sentir uma secreta satisfação de que Mary Maria Blythe veria que ela não era uma empregada comum. Susan não conhecia pessoalmente a tia Mary Maria, mas uma sobrinha de Susan, filha de sua irmã, Matilda, havia trabalhado para ela em Charlottetown e contara tudo sobre a mulher.

— Eu não vou fingir para você, Susan, que estou feliz com a perspectiva de uma visita de tia Mary Maria, principalmente agora — disse Anne com sinceridade. — Mas ela escreveu para Gilbert perguntando se pode se hospedar por algumas semanas e você sabe como o doutor é sobre essas coisas.

— Como ele tem todo o direito de ser — disse Susan, firme. — O que um homem deve fazer senão ficar ao lado de sua própria carne e sangue? Mas, quanto a algumas semanas... bem, sra. Blythe, querida, não quero ser pessimista... mas a cunhada da minha irmã Matilda veio visitá-la por algumas semanas e acabou ficando vinte anos.

— Acho que não precisamos temer nada do tipo, Susan — sorriu Anne. — Tia Mary Maria tem um lar muito agradável em Charlottetown. Mas tem achado a casa muito grande e solitária. A mãe morreu há dois anos, você sabe, tinha oitenta e cinco anos e tia Mary Maria era muito boa para ela e sente muita a falta dela. Vamos tornar essa visita o mais agradável possível, Susan.

— Farei tudo o que puder, sra. Blythe, querida. Claro que devemos arranjar mais espaço à mesa, mas é o que diz o ditado: é melhor aumentar a mesa do que encurtá-la.

— Não podemos ter flores sobre a mesa, Susan, porque sei que atacam a asma dela. E pimenta a faz espirrar, então é melhor não pôr na comida. Ela também sofre de dores de cabeça frequentes, então devemos realmente tentar não ser barulhentos.

— Minha nossa! Bem, eu nunca notei a senhora ou o doutor sendo barulhentos. E, se eu quiser gritar, posso ir para o meio dos arbustos de bordo; mas se nossas pobres crianças precisarem ficar quietas o tempo *todo* por causa das dores de cabeça de Mary Maria Blythe, você vai me desculpar por dizer, mas acho que é passar dos limites, minha querida senhora.

— É só por algumas semanas, Susan.

— É o que esperamos. Oh, bem, minha querida senhora, só precisamos dar um jeito nas coisas — foi a palavra final de Susan.

Então a tia Mary Maria chegou, perguntando de imediato se as chaminés haviam sido limpas recentemente. Ela tinha, ao que parecia, um grande pavor de fogo.

— E eu sempre disse que as chaminés desta casa não são altas o suficiente. Espero que minha cama tenha sido bem arejada, Annie. Roupa de cama úmida é horrível.

Ela tomou posse do quarto de hóspedes de Ingleside e, aliás, de todos os outros cômodos da casa, exceto o de Susan. Ninguém saudou sua chegada com frenético deleite. Jem, depois de uma rápida olhada nela, escapuliu para a cozinha e sussurrou para Susan:

— Podemos rir enquanto ela estiver aqui, Susan?

Os olhos de Walter se encheram de lágrimas ao vê-la e ele precisou ser ignominiosamente levado para fora da sala. As gêmeas não esperaram serem obrigadas, correram por vontade própria. Até Camarão, Susan afirmou, foi para o quintal e teve um ataque. Apenas Shirley se manteve firme, a olhando com destemor com seus olhos castanhos redondos do porto seguro do colo e do abraço de Susan. Tia Mary Maria achava que as crianças de Ingleside eram muito mal-educadas. Mas o que poderia esperar quando tinham uma mãe que "escrevia para os jornais" e um pai que os achava perfeitos apenas por serem seus filhos, e uma governanta como Susan Baker, que não sabia o próprio lugar? Contudo, ela, Mary Maria Blythe, faria o melhor para os netos do pobre primo John enquanto estivesse em Ingleside.

— Sua oração é muito curta, Gilbert — disse ela em desaprovação em sua primeira refeição. — Quer que eu dê graças por você enquanto estiver aqui? Será um exemplo melhor para sua família.

Para horror de Susan, Gilbert deixou e tia Mary Maria dava graças no jantares.

— Mais uma oração do que uma prece — Susan fungou sobre os pratos.

Ela concordava secretamente com a descrição de Mary Maria Blythe feita por sua sobrinha.

— Ela sempre parece estar sentindo um cheiro ruim, tia Susan. Não um odor desagradável, um cheiro ruim mesmo.

Gladys tinha um jeito de dizer as coisas, Susan refletiu. E, no entanto, para qualquer pessoa menos preconceituosa que

Susan, a aparência de srta. Mary Maria Blythe não estava ruim para uma senhora de cinquenta e cinco anos. Ela tinha o que acreditava serem "feições aristocráticas", emolduradas por cabelos pincelados de cinza sempre lisos que pareciam insultar diariamente o pequeno tufo de cabelo grisalho espetado de Susan. Vestia-se com esmero, usava brincos compridos de azeviche nas orelhas e golas de renda elegantemente altas no pescoço esguio.

— Ao menos não precisamos ter vergonha de sua aparência — refletiu Susan. Mas o que tia Mary Maria teria pensado se soubesse que Susan se consolava com tal motivo deveria ser deixado para a imaginação.

V

Anne estava ajeitando um vaso cheio de lírios de junho para seu quarto e outro de peônias de Susan para a mesa de Gilbert na biblioteca. As peônias eram branco leitosas com manchas vermelho-sangue no centro, como o beijo de um deus. O ar ganhava vida depois do dia excepcionalmente quente de junho e mal se podia dizer se o porto era de prata ou ouro.

— Vamos ter um pôr do sol maravilhoso hoje, Susan — disse, olhando para a janela da cozinha ao passar por ela.

— Não posso admirar o pôr do sol enquanto a louça não estiver lavada, sra. Blythe, querida — protestou Susan.

— A essa altura já terá acabado, Susan. Olhe para aquela enorme nuvem branca elevando-se sobre o Oco, com seu topo rosado. Você não gostaria de subir e voar nela?

Susan teve uma visão de si mesma voando sobre o vale, pano de prato em mãos, até aquela nuvem. Não a atraiu. Mas concessões precisavam ser feitas para a sra. Blythe no momento.

— Há um novo e maligno tipo de inseto comendo as roseiras — continuou Anne. — Devo pulverizá-las amanhã.

Gostaria de fazer isso hoje à noite, este é o tipo de tarde em que adoro trabalhar no jardim. Coisas crescerão esta noite. Espero que haja jardins no céu, Susan, jardins nos quais possamos trabalhar, quero dizer, e ajudar a fazê-los crescer.

— Mas sem insetos certamente — protestou Susan.

— Nananinanão, suponho que não. Mas um jardim *concluído* não seria nada divertido, Susan. É preciso trabalhar em um jardim ou ele perderá o sentido. Quero capinar e cavar e transplantar e mudar e planejar e podar. E eu quero as flores que amo no céu. Prefiro meus próprios amores-perfeitos do que um asfódelo, Susan.

— Por que você não pode fazer hoje à noite como gostaria? — interrompeu Susan, que achou que a sra. Blythe estava se excedendo na loucura.

— Porque o doutor quer que eu vá dar uma volta com ele. Ele vai ver a pobre sra. John Paxton. Ela está morrendo e ele não consegue mais ajudá-la. Já fez tudo o que pôde, mas ela fica feliz quando ele a visita.

— Oh, bem, sra. Blythe, querida, nós todos sabemos que ninguém pode morrer ou nascer sem ele por perto e está uma noite agradável para um passeio. Acho que eu mesma darei uma caminhada até a vila para reabastecer nossa despensa depois de colocar as gêmeas e Shirley na cama e adubar nossa rosa Mrs. Aaron Ward. Ela não está florescendo como deveria. A srta. Blythe acabou de subir, suspirando a cada passo, dizendo que uma de suas dores de cabeça está vindo, então haverá um pouco de paz e sossego pelo menos durante a noite.

— Faça o Jem ir para a cama na hora, sim, Susan? — disse Anne enquanto se afastava pela noite que era como uma xícara de perfume derramado. — Na verdade, ele está muito mais cansado do que pensa. E nunca quer ir para a cama. Walter não voltará para casa esta noite, Leslie perguntou se ele poderia ficar lá.

Jem estava sentado nos degraus da porta lateral, um pé descalço enganchado sobre o joelho, carrancudo com as coisas em geral e particularmente com a enorme lua atrás da torre da igreja do Glen. Jem não gostava de luas tão grandes.

— Cuide para que seu rosto não congele assim — disse tia Mary Maria ao passar por ele a caminho de casa.

Jem fez uma careta mais sombria do que nunca. Ele não se importava se seu rosto congelasse assim. Esperava que sim.

— Sai daqui e não fica atrás de mim o tempo todo — disse ele a Nan, que se esgueirou até ele depois que papai e mamãe saíram.

— Cruz-credo! — disse Nan. Mas, antes de sair correndo, ela deixou no degrau ao lado de Jem o doce vermelho em forma de leão que trouxera para ele.

Jem o ignorou. Ele se sentiu mais abusado do que nunca. Estavam desperdiçando seu talento. Todo mundo zombava dele. Nan tinha dito naquela mesma manhã:

— *Você* não nasceu em Ingleside como o resto de nós.

Di tinha comido seu coelho de chocolate naquela manhã mesmo *sabendo* que era dele. Até mesmo Walter o abandonara, indo embora para cavar poços na areia com Ken e Persis Ford. Que divertido! E ele queria tanto ir com Bertie ver a tatuagem. Jem tinha certeza de que nunca havia desejado tanto algo em sua vida antes. Ele queria ver o navio maravilhoso e totalmente equipado que Bertie disse estar sempre na lareira do capitão Bill. Uma grande pena, é o que era.

Susan trouxe para ele uma grande fatia de bolo coberta com glacê de bordo e nozes, mas...

— Não, obrigado — recusou inflexível.

Por que ela não guardou um pouco do biscoito de gengibre e creme para ele? Pelo visto o resto deles tinha comido tudo. Porcos! Ele mergulhou em um abismo mais profundo de escuridão. A turma estaria a caminho da Boca da Foz agora. Ele simplesmente não podia suportar a ideia. Precisava fazer

49

algo para acertar as contas com a família. E se serrasse ao meio a girafa que Di deixara no tapete da sala? Isso deixaria a velha Susan louca. Susan com suas nozes, quando ela sabia que ele odiava nozes no glacê. E se desenhasse um bigode naquela imagem do querubim no calendário do quarto dela? Ele sempre odiou aquele querubim gordo, rosado e sorridente por ser parecido com Sissy Flagg, que espalhou na escola que eles eram namorados. Namorado dela? Da Sissy Flagg? Mas Susan achava aquele querubim adorável.

E se ele escalpelasse a boneca de Nan? Ou então, se arrancasse o nariz de Gog ou de Magog... ou talvez dos dois? Talvez isso fizesse mamãe ver que ele não era mais um bebê. Espera só na próxima primavera! Ele trouxera para mamãe flores-de-maio por todos esses anos... desde os quatro anos, mas não o faria na próxima primavera. Não, senhor!

E se ele comesse um monte de maçãs verdes da árvore temporã e passasse mal? Talvez *isso* os assustasse. E se nunca mais lavasse atrás das orelhas? E se fizesse careta para todos na igreja no próximo domingo? E se colocasse uma lagarta na tia Mary Maria...? Uma enorme lagarta peluda e listrada? E se fugisse para o porto e se escondesse no navio do capitão David Reese e partisse de manhã para a América do Sul? Eles se arrependeriam *então*? E se nunca mais voltasse? E se ele fosse caçar onças-pintadas no Brasil? Eles se arrependeriam *então*? Não, apostava que não. Ninguém o amava. Havia um buraco no bolso de sua calça. Ninguém havia remendado. Bem, *ele* não se importava. Ele mostraria aquele buraco para todo mundo no Glen e deixaria as pessoas verem como era negligenciado. Seus erros surgiram e o dominaram.

Tique-taque... tique-taque... tique-taque... fazia o velho relógio de pêndulo no corredor que foi trazido para Ingleside depois da morte do avô Blythe. Um ponderado relógio antigo dos tempos em que o tempo realmente existia. Jem o adorava, mas agora o odiou. Parecia estar rindo dele. "Ha, ha, a hora de dormir está chegando. Os outros podem ir para a Boca da Foz, mas você vai para a cama. Hahahahaha!"

Por que ele tinha que ir para a cama todas as noites? Sim, por quê?

Susan saiu a caminho do Glen e olhou com ternura para a pequena figura rebelde.

— Você não precisa ir para a cama até eu voltar, pequeno Jem — disse ela com indulgência.

— Não vou dormir esta noite! — disse Jem ferozmente. — Vou fugir, é isso que vou fazer, velha Susan Baker. Vou pular no lago, velha Susan Baker.

Susan não gostava de ser chamada de velha, nem mesmo pelo pequeno Jem. Ela se afastou em um silêncio sombrio. Ele *realmente* precisava de um pouco de disciplina. O Camarão, que a seguira, sentindo um anseio por companhia, sentou-se sobre suas ancas pretas diante de Jem, mas recebeu apenas um olhar furioso por suas dores.

— Cai fora, sai daí seu gato bobo, olhando como a tia Mary Maria! Corre! Oh, você não vai, não é? Então pegue isso!

Jem atirou o carrinho de mão de lata de Shirley que estava bem perto, e o bichano fugiu com um uivo lamentoso para o santuário da cerca viva. Olhe para isso! Até o gato da família o odiava! De que adiantava continuar vivendo?

Ele pegou o doce de leão. Nan tinha comido o rabo e a maior parte dos quartos traseiros, mas ainda era um leão. Poderia muito bem comê-lo. Poderia ser o último leão que ele comeria. Depois de terminado, enquanto lambia os dedos, ele decidiu o que ia fazer. Era a única coisa que um sujeito *poderia* fazer quando não tinha permissão para fazer *nada*.

VI

— Mas por que será que a casa está iluminada assim? — exclamou Anne, quando ela e Gilbert entraram pelo portão às onze da noite. — Devemos ter companhia.

Mas não havia visita à vista quando Anne entrou apressada em casa. Nem mais ninguém. Havia uma luz acesa na cozinha, na sala de estar, na biblioteca, na sala de jantar, no quarto de Susan e no corredor do andar de cima, mas nenhum sinal de nenhum dos ocupantes da casa.

— O que você acha... — começou Anne, mas foi interrompida pelo toque do telefone. Gilbert atendeu, ouviu por um momento, soltou uma exclamação de horror e saiu correndo sem sequer olhar para Anne. Era evidente que algo terrível havia acontecido e não havia tempo a perder com explicações.

Anne estava acostumada com isso, como esposa de um homem que espera a vida e a morte acontecer a qualquer momento. Com um dar de ombros filosófico, ela tirou o chapéu e o casaco. Sentiu-se um pouco irritada com Susan, que realmente não deveria ter saído e deixado todas as luzes acesas e todas as portas abertas.

— Sra. Blythe, querida — disse uma voz que não podia ser a de Susan, mas era.

Anne a olhou. Oh, Susan... sem chapéu, seus cabelos grisalhos cheios de pedaços de feno, o vestido estampado chocantemente manchado e descolorido. E seu rosto!

— Susan! O que aconteceu? Susan!

— O pequeno Jem desapareceu.

Anne olhou incrédula.

— Desapareceu! O que você quer dizer? Ele não pode ter desaparecido!

— Sim, sumiu — suspirou Susan, torcendo as mãos. — Ele estava nos degraus de fora quando fui para o Glen. E eu voltei antes de escurecer e ele já não estava mais lá. No começo, não fiquei preocupada, mas depois não consegui encontrá-lo em lugar nenhum. Procurei em todos os cômodos da casa... ele disse que iria fugir...

— Tolice! Ele não faria isso, Susan, você está se preocupando à toa. Ele deve estar em algum lugar por aí, deve ter pegado no sono, em algum lugar *deve* estar.

— Já procurei em todos os lugares, em toda a parte. Vasculhei os jardins e as dependências da casa. Olhe para o meu vestido. Lembrei-me de que ele sempre dizia que seria divertido dormir no palheiro. Então fui lá e caí naquele buraco no canto direito em uma das manjedouras do estábulo... e despenquei em um ninho de ovos. Foi uma sorte eu não ter quebrado a perna, se é que alguma coisa pode ser considerada sorte quando o pequeno Jem está desparecido.

Anne ainda se recusava a se sentir perturbada.

— Você acha que ele poderia ter ido até a Boca da Foz com os meninos, depois de tudo, Susan? Ele nunca desobedeceu a uma ordem antes, mas...

— Não, não, sra. Blythe, querida, nosso abençoado cordeirinho não desobedeceu. Corri para a casa dos Drew depois de procurar em todos os lugares e Bertie Shakespeare tinha acabado de chegar em casa. Ele disse que Jem não havia ido com eles. Um buraco pareceu se abrir no meu estômago. A senhora o confiou a mim e... liguei para os Paxton e eles disseram que você já tinha ido embora e eles não sabiam para onde.

— Fomos até Lowbridge para visitar os Parker.

— Liguei para todos os lugares que achei que você poderia estar. Depois voltei para a vila... os homens começaram a procurar.

— Oh, Susan, isso era necessário?

— Sra. Blythe, querida, eu procurei por toda a parte... em cada lugar que aquela criança poderia estar. Oh, o que eu passei esta noite! E ele *disse* que ia pular na lagoa.

Apesar de tudo, um estranho arrepio percorreu o corpo de Anne. Claro que Jem não pularia no lago, isso era um absurdo, mas havia ali um barquinho velho que Carter Flagg usava para pescar trutas e Jem poderia, em seu humor desafiador da tarde, ter tentado navegar nele. Ele sempre quis fazer isso. Pode até ter caído na água tentando desamarrar o pequeno barco. De repente, o medo de Anne tomou uma forma terrível.

"E eu não tenho a menor ideia para onde Gilbert foi", ela pensou sem conseguir se controlar.

— Por que toda essa confusão? — exigiu a tia Mary Maria, surgindo de repente nos degraus, a cabeça rodeada por uma auréola de frisadores e o corpo envolto em um roupão bordado com motivos de dragão. — Uma pessoa não consegue *nunca* ter uma noite de sono tranquilo nesta casa?

— O pequeno Jem desapareceu — repetiu Susan, muito dominada pelo terror para se ressentir do tom da srta. Blythe —, e a mãe dele o confiou a mim!

Anne tinha ido ela mesma procurar pela casa. Jem tinha que estar em algum lugar! Não estava no próprio quarto, sua

55

cama intacta. Não estava no quarto das gêmeas, nem no de Anne. Não estava em nenhum lugar da casa. Depois de uma peregrinação do sótão ao porão, Anne voltou para a sala de estar em uma condição que repentinamente estava à beira do pânico.

— Eu não quero deixá-la nervosa, Annie — disse tia Mary Marie, baixando a voz assustadoramente —, mas você já olhou no barril de água da chuva? O pequeno Jack MacGregor se afogou em um barril de água da chuva na cidade no ano passado.

— E-eu olhei — disse Susan, com outro torcer as mãos. — Peguei uma vareta e cutuquei.

O coração de Anne, que havia parado com a pergunta de tia Mary Maria, retomou seus batimentos. Susan se recompôs e parou de torcer as mãos. Ela se lembrou, tarde demais, que a querida sra. Blythe não deveria se chatear.

— Vamos nos acalmar e nos recompor — disse ela com a voz trêmula. — Como você disse, sra. Blythe, querida, ele *deve* estar em algum lugar. Ele não pode ter se dissolvido no ar.

— Você olhou no depósito de carvão? E no relógio? — perguntou tia Mary Maria.

Susan olhara no depósito de carvão, mas ninguém havia pensado no relógio. Era grande o suficiente para um garotinho se esconder. Anne, não considerando o absurdo de supor que Jem ficaria agachado ali por quatro horas, correu para lá. Mas não encontraram Jem.

— Tive a sensação de que algo ia acontecer quando fui me deitar esta noite — disse tia Mary Maria, pressionando as mãos nas têmporas. — Quando li minha passagem da noite da Bíblia, as palavras "Não sabes o que produzirá o dia" pareciam se destacar da página, por assim dizer. Era um sinal. É melhor você se preparar para suportar o pior, Annie. Ele pode ter entrado no pântano. É uma pena que não tenhamos alguns cães de caça.

Com um esforço terrível, Anne conseguiu rir.

— Receio que não haja nenhum na Ilha, tia. Se tivéssemos o velho cão de Gilbert, Rex, que foi envenenado, ele logo encontraria Jem. Tenho certeza de que estamos nos alarmando por nada.

— Tommy Spencer em Carmody desapareceu misteriosamente há quarenta anos e nunca foi encontrado, ou será que foi? Bem, se foi, era apenas seu esqueleto. Isso não é motivo de riso, Anne. Não sei como você consegue aguentar com tanta calma.

O telefone tocou. Anne e Susan se entreolharam.

— Não consigo. Não *consigo* ir até o telefone, Susan — disse Anne em um sussurro.

— Eu também não consigo — disse Susan, apaticamente. Ela se odiaria dali em diante por demonstrar tal fraqueza diante de Mary Maria Blythe, mas não conseguia evitar. Duas horas de busca aterrorizada e imaginações distorcidas a transformaram em um desastre.

Tia Mary Maria marchou até o telefone e tirou o fone do gancho; seus frisadores faziam sombras de chifres na parede que, Susan refletiu, apesar de sua angústia, pareciam as do próprio diabo.

— Carter Flagg diz que procuraram em todos os lugares, mas ainda não encontraram sinal dele — relatou tia Mary Maria monocordicamente. — Mas ele diz que o barquinho está no meio do lago sem ninguém dentro, pelo que conseguiram apurar. Eles vão drenar a água.

Susan pegou Anne bem a tempo.

— Não, não. Não vou desmaiar, Susan — disse Anne através de lábios empalidecidos. — Ajude-me a sentar... obrigada. Precisamos encontrar Gilbert.

— Se James se afogou, Annie, você precisa se lembrar de que ele terá sido poupado de muitos problemas neste mundo miserável — disse tia Mary Marie tentando dar algum consolo.

— Vou pegar a lanterna e vasculhar o terreno novamente — disse Anne, assim que conseguiu se levantar. — Sim, eu sei que você já fez isso, Susan... mas deixe-me... deixe-me. Não *consigo* ficar aqui parada esperando.

— Então, coloque um suéter, sra. Blythe, querida. O sereno está pesado e o ar úmido. Vou pegar o seu vermelho, está pendurado em uma cadeira no quarto dos meninos. Espere aqui que já vou trazê-lo para a senhora.

Susan se apressou para o segundo andar. Alguns momentos depois, algo que só poderia ser descrito como um guincho ecoou por Ingleside. Anne e tia Mary Maria correram para o andar de cima, onde encontraram Susan rindo e chorando no corredor, mais perto da histeria do que Susan Baker jamais esteve em sua vida ou jamais estaria novamente.

— Sra. Blythe, querida... ele está ali! O pequeno Jem está ali... dormindo no banco da janela atrás da porta. Eu nem verifiquei, a porta o escondia e como não o encontrei na cama...

Anne, fraca de alívio e alegria, entrou no quarto e caiu de joelhos junto à janela. Em pouco tempo ela e Susan estariam rindo da própria tolice, mas agora só havia lágrimas de gratidão. O pequeno Jem estava profundamente adormecido no banco da janela, com uma manta puxada sobre si, seu ursinho de pelúcia surrado nas mãozinhas queimadas de sol e um misericordioso Camarão esticado sobre as pernas. Seus cachos ruivos caíam sobre a almofada. Parecia estar tendo um sonho agradável, e Anne não queria acordá-lo, mas de repente ele abriu os olhos, que eram como estrelas cor de avelã, e a olhou.

— Jem, por que não está na sua cama, meu bem? Nós ficamos um pouco preocupados... não conseguíamos encontrar você em lugar nenhum. Nem pensamos em procurar aqui.

— Quis deitar aqui porque assim eu poderia ver você e o papai entrando quando chegassem em casa. Foi tão solitário que acabei pegando no sono.

Mamãe estava erguendo Jem em seus braços, levando-o para a cama. Foi tão bom ser beijado, e se sentir aconchegando sob os lençóis com aquelas palmadinhas carinhosas que davam a ele a sensação de ser amado. Quem se importava em ver uma velha cobra tatuada, afinal? Mamãe era tão legal, a melhor mãe que alguém poderia ter. Todos no Glen chamavam a mãe de Bertie Shakespeare de megera, porque ela era muito má, e ele sabia disso, pois a vira dando um tapa no rosto de Bertie por uma coisa à toa.

— Mamãe — disse sonolento —, claro que vou trazer flores-de-maio para você na próxima primavera, em todas as primaveras. Você vai ver.

— Claro que sim, meu amor — disse mamãe.

— Bem, agora que a tempestade já passou, suponho que possamos respirar tranquilamente e voltar para nossas camas — disse tia Mary Maria. Mas havia algum tipo de alívio perspicaz em seu tom.

— Foi tolice minha não me lembrar do assento da janela — disse Anne. — Seremos piada e o doutor não nos deixará esquecer, pode ter certeza. Susan, por favor, telefone ao sr. Flagg e diga que encontramos Jem.

— E ele vai rir de mim — disse Susan alegremente. — Não que eu me importe, ele pode rir o quanto quiser, já que o pequeno Jem está seguro.

— Eu poderia tomar uma xícara de chá — suspirou tia Mary Maria queixosa, ajustando no corpo seus dragões.

— Vou preparar em um instante — logo disse Susan. — Todas nos alegraremos com um chá. Sra. Blythe, querida, quando Carter Flagg soube que o pequeno Jem estava bem, falou: "Graças a Deus". Nunca mais direi uma palavra contra aquele homem, não importa quais sejam seus preços. E você não acha que podemos ter um jantar com frango amanhã, sra. Blythe, querida? Apenas como uma pequena celebração, por assim dizer. E o pequeno Jem terá seus muffins favoritos no café da manhã.

Houve outro telefonema. Dessa vez era Gilbert dizendo que não o esperassem até a manhã, pois levava um bebê gravemente queimado da Cabeça da Foz para o hospital da cidade.

Anne se inclinou na janela para dar um agradecido boa-noite ao mundo antes de ir se deitar. Um vento frio soprava do mar. Uma espécie de êxtase ao luar corria por entre as árvores do Oco. Anne podia até rir, mas com um tremor por trás do riso, sobre o pânico de uma hora atrás e as absurdas sugestões da tia Mary Maria e suas macabras lembranças. Seu filho estava seguro. Gilbert estava em algum lugar lutando para salvar a vida de outra criança.

"Querido Deus, ajude-o e ajude a mãe, ajude todas as mães em todos os lugares. Precisamos de muita ajuda, com os sensíveis e amorosos pequenos corações e mentes e que nos procuram em busca de orientação, amor e compreensão."

A amistosa noite envolvente tomou conta de Ingleside e de todos, e até Susan — que sentia preferir rastejar para dentro de um buraco tranquilo e agradável e fechá-lo atrás de si — adormeceu sob seu teto protetor.

VII

— Ele terá bastante companhia, não ficará sozinho, nós quatro, e minha sobrinha e meu sobrinho de Montreal estão nos visitando. O que um não pensa, os outros fazem.

Jovial e alegre, a esposa do dr. Parker deu um grande sorriso para Walter, que retribuiu com certa distância. Ele não tinha certeza se gostava da sra. Parker, apesar de seus sorrisos e sua alegria. Ela era muito exagerada, de alguma forma. Do dr. Parker ele gostava. Quanto aos "nós quatro", à sobrinha e ao sobrinho de Montreal, Walter nunca tinha visto nenhum deles. Lowbridge, onde os Parker moravam, ficava a dez quilômetros do Glen e Walter nunca tinha ido para lá, embora o doutor e a sra. Parker e Gilbert e Anne se frequentassem. O doutor Parker e papai eram grandes amigos, embora Walter de vez em quando tivesse a sensação de que mamãe se viraria muito bem sem a sra. Parker. Mesmo aos seis anos, Anne percebeu, Walter conseguia enxergar coisas que outras crianças não percebiam.

Walter também não tinha certeza se queria mesmo ir para Lowbridge. Algumas visitas tinham sido esplêndidas. Uma viagem para Avonlea agora, ah, teria sido divertida. E uma noite com Kenneth Ford na antiga Casa dos Sonhos seria uma diversão maior ainda, embora não pudesse ser chamado de "visita", já que a Casa dos Sonhos sempre pareceu uma segunda casa para os pequenos de Ingleside. Mas ir a Lowbridge por duas semanas inteiras, ficar com estranhos, era uma questão totalmente diferente. No entanto, parecia ser uma coisa resolvida. Por alguma razão, que Walter sentia mas não conseguia entender, papai e mamãe ficaram satisfeitos com o arranjo. *Será que eles queriam se livrar de* todos *os filhos?*, perguntou-se, um tanto triste e inquieto. Jem estava fora, tendo sido levado para Avonlea havia dois dias, e ele ouviu Susan comentar misteriosamente sobre mandar as gêmeas para a sra. Marshall Elliott quando chegasse a hora. Que hora? Tia Mary Maria parecia muito sombria com alguma coisa e era conhecida por dizer que "desejava que tudo acabasse bem". O que ela desejava? Walter não fazia ideia. Mas havia algo estranho no ar em Ingleside.

— Vou levá-lo amanhã — disse Gilbert.

— A criançada está ansiosa por isso — disse a sra. Parker.

— É muito gentil da sua parte, tenho certeza — disse Anne.

— É melhor assim, sem dúvida — Susan disse a Camarão com gravidade na cozinha.

— É muito amável da sra. Parker cuidar de Walter, Annie — disse Tia Mary Maria, quando os Parker foram embora. — Ela me disse que gosta bastante dele. As pessoas têm *cada* preferência, não é? Bem, talvez agora por pelo menos duas semanas eu possa ir ao banheiro sem pisar em um peixe morto.

— Peixe morto, tia? Você não quer dizer...?

— Exatamente isso, Annie. Sempre digo. Um peixe morto! *Você* já pisou em um peixe morto com os pés descalços?

— Não, mas como?

— Walter pegou uma truta ontem à noite e a colocou na banheira para mantê-la viva, sra. Blythe, querida — disse Susan casualmente. — Se tivesse permanecido lá, estaria tudo bem, mas de alguma forma ela saiu e morreu durante a noite. Claro, se as pessoas andam descalças...

— Eu tenho como regra nunca discutir com ninguém — disse tia Mary Maria, se levantando e deixando o cômodo.

— Estou *decidida* a não a deixar me aborrecer sra. Blythe, querida — disse Susan.

— Oh, Susan, ela *está* me dando nos nervos um pouco, mas é claro que não vou me importar muito quando tudo isso acabar... e *deve* ser desagradável pisar em um peixe morto.

— Um peixe morto não é melhor que um vivo, mamãe? — Um peixe morto não se contorceria — disse Di.

A bem da verdade, tanto a patroa como a empregada de Ingleside deram boas risadas.

E foi o que aconteceu. Naquela noite, porém, Anne perguntou a Gilbert se Walter ficaria feliz em Lowbridge.

— Ele é tão sensível e imaginativo — ela disse melancolicamente.

— Talvez demais — disse Gilbert, que estava cansado depois de ter tido, para citar Susan, três bebês naquele dia. — Ora, Anne, acho que ele tem medo de subir as escadas no escuro. Vai fazer muito bem a convivência com as crianças dos Parker por alguns dias. Ele vai voltar para casa mudado.

Anne não disse mais nada. Sem dúvida, Gilbert estava certo. Walter estava solitário sem Jem; e tendo em vista o que aconteceu quando Shirley nasceu, seria melhor para Susan ter o mínimo trabalho possível além de administrar a casa e suportar tia Mary Maria, cujas duas semanas já haviam se estendido para quatro.

Walter estava deitado em sua cama acordado e, tentando escapar do pensamento assombroso de que iria embora no dia seguinte, soltava a rédea da fantasia. Tinha uma imaginação muito vívida. Era para ele um grande cavalo branco, como o do quadro na parede, no qual podia galopar para trás ou para frente no tempo e no espaço. A Noite estava caindo. A Noite, como um anjo alto, sombrio e com asas de morcego que vivia na floresta do sr. Andrew Taylor na colina sul. Às vezes, Walter a acolhia; às vezes, a imaginava tão vividamente que a temia. Dramatizou e personificou tudo em seu pequeno mundo... o Vento que contava histórias à noite... a Geada que beliscava as flores do jardim... o Sereno que caía tão prateado e silencioso... a Lua, que ele tinha certeza de que poderia pegar se pudesse ir até o topo daquela distante colina roxa... a Névoa que vinha do mar... o próprio e grande Mar que estava sempre mudando e permanecia o mesmo... a escura e misteriosa Maré. Todos eram entidades para Walter. Ingleside e o Oco e o bosque de bordos e o Pântano e a Boca da Foz estavam cheios de elfos e esculturas de cabeças de cavalo, dríades e sereias e duendes. O gato preto de gesso na lareira da biblioteca era uma fada bruxa, que ganhava vida à noite e perambulava pela casa, aumentada até virar uma gigante. Walter enfiou a cabeça sob as cobertas e estremeceu. Ele sempre se assustava com as próprias fantasias.

Talvez Tia Mary Maria estivesse certa quando disse que "ele era nervoso e tenso demais", embora Susan nunca a perdoasse por isso. Talvez tia Kitty MacGregor, de cima do Glen, que era conhecida por ter "segunda visão", estivesse certa quando, depois de dar uma boa olhada nos seus olhos cinzentos e esfumaçados de longos cílios, disse que ele tinha uma "alma antiga em um corpo jovem". Pode ser que a antiga alma soubesse demais para o cérebro jovem entender tudo o tempo todo.

Pela manhã, Walter foi informado que papai o levaria para Lowbridge depois do jantar. Ele não disse nada, mas durante a refeição uma sufocante sensação tomou conta e ele baixou os olhos rapidamente para esconder uma névoa repentina de lágrimas. Não rápido o suficiente, no entanto.

— Você não vai *chorar*, não é, Walter? — disse Tia Mary Maria, como se uma criancinha de seis anos fosse desonrada para sempre se chorasse. — Se há algo que repudio é um bebê chorão. E você não comeu sua carne.

— Comi tudo menos a gordura — disse Walter, piscando com coragem, mas ainda sem ousar olhar para cima. — Eu não gosto de gordura.

— Quando *eu* era criança — disse Tia Mary Maria —, não me era permitido ter gostos e desgostos. Bem, a sra. Parker provavelmente irá curá-lo de algumas de suas manias. Ela é uma Winter, eu acho, ou uma Clark? Não, deve ser uma Campbell. Mas os Winter e os Campbell são todos coloridos com o mesmo pincel e não toleram nenhuma bobagem.

— Oh, por favor, tia Mary Maria, não assuste Walter sobre a visita a Lowbridge — disse Anne, uma pequena faísca acendendo em seus olhos.

— Sinto muito, Annie — disse Tia Mary Maria com grande humildade. — É claro que deveria ter lembrado que *eu* não tenho o direito de tentar ensinar *nada* a seus filhos.

— Maldita seja — murmurou Susan enquanto saía para buscar a sobremesa, o pudim favorito de Walter.

Anne se sentiu miseravelmente culpada. Gilbert lançou-lhe um ligeiro olhar reprovador, como se sugerisse que ela poderia ter sido mais paciente com uma pobre senhora solitária.

O próprio Gilbert estava se sentindo um pouco abatido. A verdade era, como todos sabiam, que ele estava terrivelmente sobrecarregado durante todo o verão; e, talvez, tia Mary Maria fosse mais cansativa do que ele pudesse admitir. Anne decidiu que, no outono, se tudo estivesse bem, ela o despacharia, querendo ou não, para uma temporada de caça na Nova Escócia.

— Como está o seu chá? — ela perguntou a tia Mary Maria, arrependida.

Tia Mary Maria franziu os lábios.

— Muito fraco. Mas não tem problema. Quem se importa se uma pobre velha recebe seu chá a seu gosto ou não? Algumas pessoas, no entanto, me acham uma boa companhia.

Qualquer que fosse a conexão entre as duas frases de tia Mary Maria, Anne sentiu que estava além do seu entendimento por ora. Ela ficou muito pálida.

— Acho que vou subir e me deitar — disse ela, um pouco fraca, enquanto se levantava da mesa. — E eu acho, Gilbert, que talvez seja melhor não ficar muito tempo em Lowbridge e acho que você deve avisar a srta. Carson.

Ela deu um beijo de despedida em Walter distraída e apressadamente, como se não estivesse pensando nele. Walter *não* choraria. Tia Mary Maria o beijou na testa. Ele odiava ser beijado na testa, e ela completou:

— Cuidado com seus modos à mesa em Lowbridge, Walter. Lembre-se de que você não é guloso. Se for, o Homem do Saco virá com uma grande bolsa preta para levar embora crianças desobedientes.

Talvez tenha sido bom Gilbert ter saído para arrear Grey Tom e não ter ouvido isso. Ele e Anne sempre fizeram questão de nunca assustar seus filhos com esse tipo de imagem ou permitir que outra pessoa o fizesse. Susan ouviu enquanto tirava a mesa e tia Mary Maria nunca soube que escapou por pouco de ter a molheira e seu conteúdo jogados em sua cabeça.

VIII

Walter gostava de passear com papai geralmente. Ele adorava a beleza, e as estradas ao redor do Glen St. Mary eram lindas. A estrada para Lowbridge era uma fila dupla de botões-de-ouro dançantes, com aqui e ali a borda verde de um bosque convidativo. Mas hoje papai não parecia querer falar muito e ele conduziu Grey Tom como Walter nunca se lembrara de tê-lo visto antes. Quando chegaram a Lowbridge, ele disse algumas palavras apressadas para a sra. Parker e saiu correndo sem se despedir de Walter. A criança voltou a ter muita dificuldade para não chorar. Estava bem claro que ninguém o amava. A mãe e o pai costumavam amá-lo antes... não mais agora.

A grande e desarrumada casa dos Parker em Lowbridge não parecia amigável para Walter. Talvez, contudo, nenhuma casa assim pareceria naquele momento. A sra. Parker o levou para o quintal dos fundos, onde ressoavam gritos de alegria barulhenta, e o apresentou às crianças que pareciam tomar conta do espaço. Então ela prontamente voltou para sua costura, deixando-os a sós para "se conhecerem", procedimento que funcionou muito bem nove em cada dez vezes. Talvez ela não fosse culpada por não ver que o pequeno Walter Blythe seria a décima tentativa. Ela gostava dele, e os próprios filhos eram garotinhos alegres. Fred e Opal eram inclinados a dar ares de Montreal, mas ela tinha certeza de que eles não seriam grosseiros com ninguém. Tudo correria bem. Ela estava tão feliz por poder ajudar a "pobre Anne Blythe", mesmo que fosse tirando de suas mãos apenas um dos filhos. A sra. Parker esperava que tudo corresse bem. Os amigos de Anne estavam muito mais preocupados com ela do que ela mesma, lembrando uns aos outros do nascimento de Shirley.

Um silêncio repentino caiu sobre o quintal, que desembocava em um grande pomar de macieiras. Walter ficou parado olhando sério e tímido para as crianças Parker e seus primos Johnson de Montreal. Bill Parker tinha dez anos e era um moleque corado e de rosto redondo, que puxou da mãe, e parecia muito grande e velho aos olhos de Walter. Andy Parker tinha nove anos e, quando perguntadas, as crianças de Lowbridge diriam que ele era "o Parker desagradável", e seu apelido, "Porco", tinha boas razões. Walter não gostou da aparência dele desde o início, com o cabelo louro curto, o rosto sardento travesso, olhos azuis esbugalhados. Fred Johnson tinha a idade de Bill e Walter também não gostava dele, embora fosse um menino de boa aparência, com cachos castanhos e olhos negros. A irmã de nove anos, Opal, também tinha cachos e olhos negros... olhos negros arteiros. Ela estava com o braço sobre os ombros da ruiva Cora Parker, de oito anos, e ambas encaravam Walter com condescendência. Se não fosse por Alice Parker, Walter poderia muito bem ter se virado e fugido.

Alice tinha sete anos; Alice tinha as mais lindas ondulações de cachos dourados por toda a cabeça. Alice tinha olhos azuis e suaves como as violetas do Oco; Alice tinha bochechas rosadas e covinhas. Alice estava usando um vestidinho amarelo com babados no qual parecia um dançante botão-de-ouro. Alice sorriu para ele como se o conhecesse a vida toda; Alice era uma amiga.

Fred começou a conversa.

— Olá, garoto — disse com condescendência.

Walter logo sentiu a condescendência e se retraiu.

— Meu nome é Walter — disse ele claramente.

Fred virou-se para os outros com um ar de espanto. Ele mostraria a esse caipira!

— Ele disse que o nome dele é Walter — disse a Bill com uma torção cômica da boca.

— Ele disse que o nome dele é Walter — Bill disse a Opal por sua vez.

— Ele disse que o nome dele é Walter — disse Opal ao satisfeito Andy.

— Ele disse que o nome dele é Walter — Andy disse a Cora.

— Ele disse que o nome dele é Walter — Cora riu para Alice.

Alice não disse nada. Apenas encarou Walter com admiração, e seu olhar permitiu que ele suportasse enquanto toda a molecada falava em uníssono:

— Ele disse que o nome dele é Walter — explodindo em gargalhadas de escárnio em seguida.

"Ah, parece que os pequenos estão se divertindo!", pensou a sra. Parker complacente sobre as crianças.

— Ouvi mamãe dizer que você acredita em fadas — disse Andy, olhando-o com uma malícia imprudente.

Walter devolveu o olhar no mesmo nível. Ele não seria abatido diante de Alice.

— As fadas existem, sim — respondeu com firmeza.

— Não existem, não — disse Andy.

— Existem, sim — repetiu Walter.

— Ele diz que as *fadas* existem! — disse Andy para Fred.

— Ele diz que as *fadas* existem! — Fred disse a Bill e voltaram a fazer a encenação de novo.

Foi uma tortura para Walter, que nunca tinha sido ridicularizado antes e não estava aguentando. Mordeu os lábios para conter as lágrimas. Ele não deveria chorar diante de Alice.

— Que tal ser beliscado até ficar azul e roxo? — exigiu Andy, que decidira que Walter era um maricas e que seria muito divertido provocá-lo.

— Porco, fique quieto! — ordenou Alice terrivelmente... terrivelmente mesmo... embora tenha dito bem baixinho, e com delicadeza e gentileza. Havia algo em seu tom que nem mesmo Andy ousava desrespeitar.

— Claro que eu não quis dizer isso — ele murmurou envergonhado.

O vento virou um pouco a favor de Walter e eles brincaram de pega-pega de forma bastante amistosa no pomar. Mas quando entraram aos gritos para jantar, Walter voltou a sentir saudade de casa. Foi tão terrível que, por um momento, ele receou chorar diante de todos, inclusive de Alice, que, no entanto, deu um amigável empurrãozinho em seu braço ao se sentarem, e isso o ajudou. Contudo, não conseguia comer nada, não dava, não conseguia. A sra. Parker, por cujos métodos certamente havia algo a ser dito, não chamou sua atenção ao fato, concluindo confortavelmente que seu apetite estaria melhor pela manhã, e as outras crianças estavam muito ocupadas comendo e conversando para prestar atenção nele.

Walter se perguntou por que eles gritavam tanto uns com os outros, ignorando o fato de que a família ainda não tinha tido tempo de largar o hábito desde a morte recente de uma avó muito surda e sensível. O barulho fez sua cabeça doer. Ah, em casa agora eles também estariam jantando. A mãe estaria sorrindo da cabeceira da mesa, o pai estaria brincando com as gêmeas, Susan estaria despejando creme na caneca de leite de Shirley, Nan estaria surrupiando sobras para Camarão. Até tia Mary Maria, como parte do círculo familiar, parecia de repente envolta em um brilho suave e terno. Quem teria tocado o gongo chinês para o jantar? Era sua semana de o fazer e Jem estava fora. Se ao menos pudesse encontrar um lugar para chorar! Mas parecia não haver lugar onde ele conseguiria se entregar às lágrimas em Lowbridge. Além do mais, Alice estava lá. Walter engoliu um copo inteiro de água gelada e descobriu que aquilo ajudava.

— Nosso gato tem convulsões — disse Andy de repente, chutando-o por baixo da mesa.

— O nosso também — disse Walter. Camarão já teve dois ataques. E ele não deixaria que gatos de Lowbridge ganhassem de gatos de Ingleside.

— Aposto que nosso gato tem convulsões piores que o seu — disse Andy.

— Aposto que não — retrucou Walter.

— Ora, ora, não vamos discutir sobre gatos — disse sra. Parker, que queria uma noite tranquila para escrever seu artigo do Instituto, "Crianças Incompreendidas". — Vão brincar lá fora. Daqui a pouco é hora de ir para cama.

Hora de dormir! Walter de repente percebeu que precisaria ficar a noite toda, muitas noites, duas semanas de noites. Aquilo foi terrível. Ele foi para o pomar com os punhos cerrados e encontrou Bill e Andy em uma briga furiosa na grama, se chutando, se arranhando, gritando.

— Você me deu a maçã podre, Bill Parker! — Andy gritava.

— Eu vou te ensinar a dar maçãs com bicho! Vou arrancar suas orelhas!

Brigas do tipo eram uma ocorrência diária com os Parker. A sra. Parker acreditava que brigar não fazia mal aos meninos. Dizia que isso os fazia descarregarem toda a energia contida e tudo ficava bem depois. Mas Walter nunca tinha visto uma luta antes e estava horrorizado.

Fred os incentivava, Opal e Cora riam, mas havia lágrimas nos olhos de Alice. Walter não podia suportar isso. Ele se jogou entre os combatentes, que se separaram por um momento para recuperar o fôlego antes de voltar à batalha.

— Parem com isso — disse Walter. — Vocês estão assustando Alice.

Bill e Andy o encararam com espanto por um momento, até que a graça desse pirralho interferindo na briga deles os atingiu. Ambos caíram na gargalhada e Bill deu um tapa nas costas de Walter.

— Você tem coragem, garoto — disse ele. — Vai ser um menino de verdade em algum momento quando crescer. Tome aqui esta maçã, sem bichos, para você.

Alice enxugou as lágrimas de suas bochechas rosadas e olhou para Walter com tanta adoração que desagradou Fred. Claro que Alice era apenas um bebê, mas mesmo bebezinhos não tinham o direito de olhar com adoração para outros meninos quando ele, Fred Johnson de Montreal, estava por perto. Isso deveria ser resolvido. Fred entrara na casa e ouvira tia Jen, que estava ao telefone, dizer alguma coisa ao tio Dick.

— Sua mãe está muito doente — ele disse a Walter.

— Não... ela não está! — gritou Walter.

— Está, sim. Ouvi tia Jen contando ao tio Dick. — Fred tinha ouvido sua tia dizer: "Anne Blythe está mal" e foi divertido dramatizar as coisas com o "muito". — Ela provavelmente estará morta antes de você chegar em casa.

Walter olhou em volta com olhos atormentados. Alice voltou a se aproximar dele e de novo o resto se reuniu em torno do estandarte de Fred. Eles sentiram algo estranho sobre essa criança séria e bonita... um impulso de provocá-lo.

— Se ela estiver doente — disse Walter —, papai vai curá-la. Com certeza... precisava!

— Receio que isso seja impossível — disse Fred, com uma expressão séria, mas piscando para Andy.

— Nada é impossível para papai — insistiu o leal Walter.

— Ora, Russ Carter foi a Charlottetown apenas por um dia no verão passado e quando voltou para casa a mãe estava mortinha da silva — disse Bill.

— E já tava enterrada também — disse Andy, pensando em adicionar um toque dramático extra; não importando se era verdade. — Russ ficou muito bravo por ter perdido o funeral... funerais são tão divertidos.

— E eu nunca vi funeral nenhum — disse Opal com tristeza.

— Bem, ainda haverá muitas chances para você — disse Andy. — Mas tá vendo, nem o papai conseguiu manter a sra. Carter viva e ele é um médico muito melhor que seu pai.

— Não é, não!

— Sim, ele é, e muito mais bonito também.

— Não é, não.

— Sempre acontece alguma coisa quando a gente fica longe de casa — disse Opal. — Como você ia ficar se encontrasse Ingleside incendiada quando voltasse para casa?

— Se sua mãe morrer, provavelmente vão separar vocês todos, você e seus irmãos — disse Cora alegremente. — Talvez você venha morar aqui.

— Sim, venha — disse Alice com doçura.

— Oh, seu pai iria querer ficar com todos vocês — disse Bill. — Ele logo voltaria a se casar. Mas talvez seu pai também morra. Ouvi papai dizer que o dr. Blythe estava se matando de tanto trabalhar. Olhem só para ele. Você tem olhos de menina, moleque, olhos de menina.

— Ah, cale a boca — disse Opal, de repente cansada da brincadeira. — Você não está enganando ele. Ele sabe que você está só brincando. Vamos descer até o parque e assistir ao jogo de beisebol. Walter e Alice podem ficar aqui. Não queremos crianças nos seguindo para todo canto.

Walter não lamentou vê-los partir. Pelo visto, Alice também não. Eles se sentaram em um tronco de macieira e se entreolharam com timidez e contentamento.

— Eu vou te mostrar como jogar cinco marias — disse Alice — e te empresto meu canguru de pelúcia.

Quando chegou a hora de dormir, Walter se viu sozinho no pequeno quarto do corredor. A sempre considerativa sra. Parker deixou uma vela com ele e uma almofada quente, pois a noite de julho estava desproporcionalmente fria, como às vezes é uma noite de verão nos Marítimos. Parecia praticamente que haveria uma geada.

Walter, no entanto, não conseguia dormir nem mesmo com o canguru de pelúcia de Alice aconchegado na bochecha. Ah, se estivesse em casa no próprio quarto, onde a janela maior dava para o Glen e a menor, com um telhadinho próprio, dava para o pinheiro escocês! A mãe entrava e lia poesia para ele com sua linda voz.

— Eu sou um menino grande... eu não vou chorar... eu não vou... — mas as lágrimas começaram a cair mesmo assim. De que serviam cangurus de pelúcia? Parecia ter sido anos atrás desde que ele saíra de casa.

Logo as outras crianças voltaram do parque e se amontoaram amigavelmente no quarto para se sentar na cama e comer maçãs.

— Você esteve chorando, bebê — zombou Andy. — Você não passa de uma menina mimada, o filhinho da mamãe!

— Toma aqui, garoto — disse Bill oferecendo uma maçã mordida. — E anime-se. Eu não ficaria surpreso se sua mãe melhorasse... se ela tem uma boa constituição, é o que papai diz, que a sra. Stephen Flagg morreria tantos anos atrás se ela não tivesse uma boa constituição. Sua mãe tem?

— Claro que sim — disse Walter. Ele não tinha ideia do que era uma boa constituição, mas se a sra. Stephen Flagg possuía uma, era obrigação de sua mãe ter também.

— A sra. Ab Sawyer morreu na semana passada e a mãe de Sam Clark morreu na semana anterior — disse Andy.

— Elas morreram durante a noite — disse Cora. — Mamãe diz que as pessoas morrem principalmente à noite. Espero que *eu* não. Imagine ir para o céu de camisola!

— Crianças! Crianças! Vão já para suas camas — chamou sra. Parker.

Os meninos foram, depois de fingirem sufocar Walter com uma toalha. Afinal, gostavam bastante dele. Walter pegou a mão de Opal quando ela se virou.

— Opal, não é verdade que a mamãe está doente, é? — implorou sussurrando. Não poderia ser deixado sozinho com seu medo.

Opal não era uma "criança ruim", como sra. Parker dizia, mas não conseguia resistir à tentação de contar más notícias.

— Ela *está* mal. Tia Jen disse isso, ela disse que eu não deveria te contar. Mas acho que você deveria saber. Pode ser câncer.

— *Todo mundo* tem que morrer, Opal? — este era um pensamento novo e terrível para Walter, que jamais o cogitara antes.

— Claro, bobo. Só que eles não morrem de verdade. Eles vão para o Céu — disse Opal alegremente.

— Nem todos — disse Andy, que estava ouvindo do lado de fora, num sussurro suíno.

— E... e o Céu é mais longe do que Charlottetown? — perguntou Walter.

Opal deu uma gargalhada.

— Nossa, você *é* esquisito! O Céu está a milhões de quilômetros de distância. Mas eu vou te dizer o que fazer. Você reza. Rezar é bom. Perdi uma moeda de um centavo uma vez e depois que rezei encontrei uma de quinze centavos. É isso que eu sei.

— Opal Johnson, você ouviu o que eu disse? E apague essa vela no quarto do Walter. Tenho medo de fogo — gritou a sra. Parker do próprio quarto. — Ele já deveria estar dormindo há muito tempo.

Opal apagou a vela e correu. Tia Jen era tranquila, mas quando ficava irritada...! Andy enfiou a cabeça pela porta para uma bênção de boa-noite.

— Provavelmente os pássaros do papel de parede vão ganhar vida e arrancar seus olhos — ele sibilou.

Depois disso, todo mundo realmente foi dormir sentindo que era o fim de um dia perfeito e que Walter Blythe não era um garotinho ruim e eles se divertiriam mais ao provocá-lo pela amanhã.

"Queridas pequenas almas", pensou sra. Parker sentimentalmente.

Um silêncio incomum caiu sobre a casa dos Parker e, a dez quilômetros de distância, em Ingleside, a pequena Bertha Marilla Blythe piscava os olhos castanhos para os rostos felizes ao seu redor e o mundo para o qual fora introduzida na noite mais fria de julho que os Marítimos vivenciaram em oitenta e sete anos!

IX

Walter, sozinho na escuridão, ainda não conseguia dormir. Nunca havia dormido sozinho antes em toda sua curta existência. Jem ou Ken estavam sempre por perto, quentes e reconfortantes. O quartinho tornou-se vagamente visível quando o pálido luar adentrou no cômodo, mas isso era quase pior que a escuridão. Um quadro na parede ao pé de sua cama parecia zombar dele. Pinturas sempre pareciam tão diferentes ao luar. Era possível ver coisas nelas que nunca suspeitaríamos à luz do dia. As longas cortinas de renda pareciam mulheres altas e magras, uma de cada lado da janela, chorando. Havia barulhos na casa, rangidos, suspiros, sussurros. Era realmente possível que os pássaros no papel de parede estivessem ganhando vida e se preparando para arrancar seus olhos? Um medo assustador de repente tomou conta de Walter e então um outro ainda maior fez todos os outros desaparecerem. *Mamãe estava doente*. Ele precisava acreditar, já que Opal confirmara ser verdade. Talvez mamãe estivesse morrendo! *Talvez mamãe já estivesse morta!* Não haveria mais mamãe para quem voltar. Imaginar Ingleside sem mamãe!

De súbito, Walter teve certeza de que não aguentaria. Ele precisava ir para casa. Imediatamente, naquele momento. Precisava ver mamãe antes que ela, antes que ela... falecesse. Era *isso* que tia Mary Maria quis dizer. *Ela* sabia que mamãe ia morrer. Não adiantava pensar em acordar alguém e pedir para ser levado para casa. Não o levariam, apenas ririam dele. Era um caminho terrivelmente longo para casa, mas andaria a noite toda.

Ele saiu da cama e vestiu as roupas em completo silêncio. Segurou os sapatos na mão. Não sabia onde a sra. Parker tinha colocado seu chapéu, mas não importava. Não podia fazer barulho, deveria apenas escapar e chegar até mamãe. Lamentou não poder dizer adeus a Alice, ela o teria entendido. Pelo corredor escuro... descendo as escadas... pé ante pé... prendendo a respiração, os degraus não acabavam?... a própria mobília parecia estar escutando... ah, não!

Walter derrubou um dos sapatos, que caiu pelos degraus rangentes, batendo por todo o caminho, e atravessou o corredor e bateu na porta da frente com o que pareceu a Walter um estrondo ensurdecedor.

Ele se encolheu em desespero contra o corrimão. Todo aquele barulho teria acordado a família toda e eles viriam correndo e não o deixariam voltar para casa. Um soluço de desespero entalou em sua garganta.

Pareceu que horas haviam passado antes que ele ousasse acreditar que ninguém acordara, antes que ele ousasse retomar sua cuidadosa caminhada escada abaixo. Mas, enfim, conseguiu. Encontrou seu sapato e com cautela girou a maçaneta da porta da frente. As portas na casa dos Parker nunca ficavam trancadas; a sra. Parker dizia que não havia nada que valesse a pena ser roubado, exceto crianças e ninguém as iria querer.

Walter estava fora, a porta se fechou atrás de si. Calçou os sapatos e desceu a rua furtivamente: a casa ficava nos arredores da vila e logo já estava na estrada aberta. Um pânico momentâneo o dominou. O receio de ser pego e de ser impedido havia passado e todos os seus velhos medos de escuridão e solidão retornaram. Ele nunca tinha saído *sozinho* à noite. Ele tinha medo do *mundo*. Era um mundo tão grande e ele era tão terrivelmente pequeno nele. Até o vento frio e cru que vinha do leste parecia soprar em seu rosto como se quisesse empurrá-lo de volta.

Mamãe estava à beira da morte! Walter respirou fundo e saiu em direção à casa. Andou e andou lutando contra o medo como um cavaleiro. Era noite de luar, mas o luar fazia com que as coisas fossem *vistas*, e nada parecia familiar. Certa vez, ao sair com papai, havia achado que nunca vira nada tão bonito quanto uma estrada iluminada pela lua atravessada pelas sombras de árvores. Porém, agora as sombras eram tão escuras e nítidas que poderiam voar em sua direção. Os campos tinham adquirido certa estranheza. As árvores não eram mais amigáveis. Pareciam observá-lo, aglomerando-se na sua frente e nas suas costas. Dois olhos ardentes olharam para ele da vala e um gato preto de tamanho inacreditável atravessou a estrada. *Seria um gato?* Ou o quê? A noite estava gelada; ele tremeu de frio com sua blusa fina, mas não se importaria com isso se conseguisse deixar de ter medo de tudo, das sombras e dos sons furtivos e das coisas sem nome que poderiam estar rondando as trilhas de floresta por onde passava. Ele se perguntou como seria não ter medo de nada, assim como Jem.

— Eu... eu vou fingir que não estou com medo — disse em voz alta e, em seguida, estremeceu de terror com o som *ausente* da própria voz na noite escura.

Mas ele continuou. Precisava continuar porque mamãe ia morrer. Em um momento caiu e esfolou o joelho em uma pedra. Em outro achou ter ouvido uma charrete vindo na estrada às suas costas e se escondeu atrás de uma árvore até passar, apavorado de que o dr. Parker tivesse descoberto que ele fugira e o procurava. Outra vez, parou por puro terror de algo preto e peludo sentado na beira da estrada. Ele não conseguia passar... não conseguia. Mas conseguiu. Era um grande cachorro preto. *Seria* um cachorro? Mas já tinha passado. Não se atreveu a correr para que não fosse perseguido. Desesperado, lançou um olhar por cima do ombro e o cão estava se afastando na direção oposta. Colocou a mãozinha no rosto e viu que estava molhado de suor.

Uma estrela caiu no céu diante de Walter, espalhando faíscas de chamas. Ele se lembrava de ouvir a velha tia Kitty dizer que, quando uma estrela caía, alguém morria. *Será que foi sua mãe?* Estava sentindo que suas pernas não aguentariam dar mais nenhum passo, mas, com esse pensamento, seguiu em frente outra vez. Estava sentindo tanto frio agora que seu medo quase tinha ido embora. Será que nunca conseguiria chegar em casa? Deveria ter passado já muitas horas desde sua fuga de Lowbridge.

Realmente, já tinham se passado três horas desde que saíra. Eram onze quando fugiu e agora eram duas. Quando se viu na estrada que descia para o Glen, soltou um soluço de alívio. Mas, enquanto cambaleava pela vila, as casas adormecidas pareciam remotas e distantes. Ele fora esquecido. Uma vaca mugiu de repente para Walter por cima de uma cerca, que lembrou-se do touro selvagem do sr. Joe Reese. Ele irrompeu numa corrida aterrorizada que o levou colina acima até o portão de Ingleside. Estava em casa, oh, ele estava em casa!

Então parou de repente, tremendo, dominado por um terrível sentimento de desolação. Esperava ver as luzes calorosas e amigáveis de casa. E não havia uma luz acesa em Ingleside!

Mas havia uma luz, se ele pudesse ver, em um quarto dos fundos onde a enfermeira dormia com a cestinha do bebê ao lado da cama. Mas, para todos os efeitos e propósitos, Ingleside estava tão escura quanto uma casa deserta e isso quebrou o espírito de Walter. Nunca vira, nunca imaginara, Ingleside escura à noite.

Isso significava que mamãe estava morta!

Walter cambaleou pela entrada, atravessando a escura sombra negra da casa no gramado, até a porta da frente. Estava trancada. Ele deu uma batida fraca... não conseguia alcançar maçaneta, mas não houve resposta, nem esperava por uma. Tentou escutar... não havia um único som de *vida* na casa. Ele sabia que mamãe morrera e que todos tinham ido embora.

A essa altura, ele estava com frio e exausto demais para chorar, mas se esgueirou até o celeiro e subiu as escadas. Já não sentia mais medo, só queria sair daquele vento gelado e se deitar até de manhã. Talvez alguém voltasse depois do enterro da mamãe.

Um macio gatinho listrado dado por alguém ao médico ronronou para ele, com um cheiro bom de feno de trevo. Walter o agarrou contente. Estava quente e *vivo*. Mas o felino ouviu os ratinhos correndo pelo chão e não quis ficar. A lua o olhou através da janela cheia de teias de aranha, mas não havia conforto naquele luar distante, frio e antipático. Uma luz acesa em uma casa no Glen era mais como um amigo. Enquanto aquela luz brilhasse, ele conseguiria suportar.

Não conseguia dormir. Seu joelho doía muito e ele estava com frio, com uma sensação bem esquisita no estômago. Talvez também estivesse morrendo. Esperava que sim, já que todos os outros estavam mortos ou tinham ido embora. As noites nunca acabavam? Outras noites sempre acabaram, mas talvez esta não. Lembrou-se de uma história terrível que ouvira, segundo a qual o capitão Jack Flagg, na Boca da Foz, dizia que não deixaria o sol nascer em uma manhã em que estivesse realmente bravo. Pelo visto o capitão Jack tinha ficado muito bravo.

Então, a luz do Glen se apagou e ele não conseguiu suportar. Contudo, quando o pequeno grito de desespero deixou seus lábios, Walter percebeu que já era dia.

X

Walter desceu as escadas e saiu para o jardim. Ingleside jazia na estranha e eterna luz do primeiro amanhecer. O céu sobre as bétulas no Oco mostrava um brilho tênue, rosa-prateado. Talvez pudesse entrar pela porta lateral. Susan às vezes a deixava aberta para papai.

A porta lateral estava destrancada. Com um soluço de gratidão, Walter deslizou para o corredor. Ainda estava escuro na casa e ele começou a subir silenciosamente. Iria para a cama, a própria cama e, se ninguém voltasse, ele poderia morrer lá e ir para o Céu e encontrar mamãe. Mas então se lembrou do que Opal havia dito. O Céu ficava a milhões de quilômetros de distância. Na nova onda de desolação que o varreu, Walter esqueceu-se de pisar com cuidado e pôs o pé com força no rabo de Camarão, que dormia na curva da escada. O uivo de angústia do gato ressoou pela casa.

Susan, que tinha acabado de ir se deitar, foi despertada de volta pelo terrível som. Susan tinha ido para a cama à meia-noite, um pouco exausta depois de uma tarde e noite extenuantes, para a qual a tia Mary Maria Blythe havia contribuído ao reclamar de uma pontada no lado, justamente quando a tensão estava maior. Susan precisou preparar uma bolsa de água quente e fazer uma massagem com linimento, e terminou com um pano úmido sobre os olhos de tia Mary Maria porque "uma de suas dores de cabeça" aparecera.

Susan acordara às três com uma sensação muito estranha de que alguém a queria muito. Ela então se levantou e andou na ponta dos pés pelo corredor até a porta do quarto da sra. Blythe. Tudo era silêncio ali... podia ouvir a respiração suave e regular de Anne. Em seguida deu a volta pela casa e voltou para a cama, convencida de que aquela sensação estranha era apenas o resquício de um pesadelo. Mas, pelo resto da vida, Susan acreditou ter tido algo de que sempre zombara e o que Abby Flagg — que tinha inclinações para o espiritualismo — chamava de uma "experiência psíquica".

— Walter estava me chamando e eu o ouvi — ela admitiu.

Susan levantou-se e voltou a sair do quarto, pensando que Ingleside estava realmente possuída naquela noite. Estava vestida apenas com uma camisola de flanela, que havia encolhido depois de repetidas lavagens até ficar bem acima de seus tornozelos ossudos; mas ela parecia a coisa mais linda do mundo para a criaturinha trêmula de rosto branco cujos olhos cinzentos frenéticos olhavam para ela, do patamar da escada.

— Walter Blythe!

Em dois passos Susan o tinha em seus braços, aqueles seus braços fortes e macios.

— Susan, mamãe morreu? — disse Walter.

Em pouquíssimo tempo tudo mudou. Walter estava na cama, aquecido, alimentado, confortado. Susan havia acendido o fogo, trazido um copo de leite quente para ele, uma fatia de torrada dourada e um grande prato cheio de seus biscoitos favoritos, os com carinha de macaco, e depois o colocou na cama com uma bolsa de água quente a seus pés. Ela beijou e ungiu seu pequeno joelho machucado. Foi uma sensação tão boa saber que alguém estava cuidando dele, que alguém o amava, que era importante para alguém.

— E você tem *certeza*, Susan, que mamãe não morreu?

— Sua mãe está dormindo, bem e feliz, meu anjinho.

— E ela não estava doente? Opal disse...

— Bem, anjinho, ela não se sentiu muito bem ontem durante algumas horas, mas agora tudo está acabado e dessa vez ela não correu risco algum. Você apenas precisa dormir um pouquinho e depois irá vê-la... e mais uma coisinha. Ah, se eu pego esses diabinhos de Lowbridge! Simplesmente não posso acreditar que você fez todo o caminho a pé de lá até aqui. Quase dez quilômetros! Em uma noite como essa!

— Sofri uma terrível agonia mental, Susan — disse Walter com seriedade. Mas tudo havia acabado e agora ele estava seguro e feliz, estava em casa.

Estava dormindo.

Era quase meio-dia quando acordou para ver a luz do sol entrando pelas janelas do próprio quarto, e ele foi ver mamãe mancando um pouco. Havia começado a pensar que tinha sido muito tolo e que talvez mamãe não ficasse satisfeita por ter fugido de Lowbridge. Mas a mãe apenas colocou um braço à sua volta e o puxou para perto. Susan contara a ela toda a história e Anne pensou em uma ou outra coisa que pretendia dizer a Jen Parker.

— Ah, mãezinha, você não vai morrer, não é? E... você ainda me ama, não?

— Querido, não tenho intenção nenhuma de morrer agora e amo tanto você que dói. E pensar que você andou de Lowbridge para cá durante a noite!

— E com o estômago vazio — estremeceu Susan. — A maravilha é que ele está vivo para contar. Os dias de milagres ainda não terminaram e podemos contar com isso.

— Um garoto danadinho — riu papai, que havia entrado com Shirley no ombro. Ele deu tapinhas carinhosos na cabeça de Walter, que pegou sua mão e a abraçou. Não havia ninguém como papai no mundo. Mas ninguém deveria saber o quão assustado ele realmente esteve.

— Não preciso mais ir embora de casa, não é, mãezinha?

— Não até que você queira — prometeu mamãe.

— Eu nunca... — começou Walter e então parou. Afinal, ele não se importaria de voltar a ver Alice.

— Olha aqui, anjinho — disse Susan, conduzindo uma mocinha rosada de avental branco e chapéu que carregava uma cesta.

Walter olhou. Um bebê! Um bebê roliço, acatarrado, com cachos sedosos e úmidos por toda a cabeça e mãos tão pequenas e roliças.

— Ela não é uma beleza? — disse Susan orgulhosa. — Olhe os cílios dela, nunca vi cílios tão longos em um bebê. E as orelhinhas. Eu sempre olho para as orelhas deles primeiro.

Walter hesitou.

— Ela é um doce, Susan... oh, olhe para os dedinhos dos pés tão gordinhos! Mas... ela não é muito pequena?

Susan riu.

— Quase quatro quilos não é pouco, anjinho. E ela já é alerta a tudo. Não tinha nem uma hora de nascida e já havia levantado a cabeça para *olhar* o pai. Eu nunca vi nada parecido em minha vida!

— Ela vai ser ruiva — disse o médico em tom de satisfação. — Vai ter lindos cabelos ruivos-dourados como os da mãe.

— E olhos cor de avelã como os do pai — disse a esposa do médico com júbilo.

— Por que não temos cabelos amarelos? — disse Walter sonhador, pensando em Alice.

— Cabelo amarelo! Como os Drew! — disse Susan com desdém desmedido.

— Ela parece tão esperta, mesmo enquanto dorme — cantarolou a enfermeira. — Eu nunca vi um bebê que aperta os olhos ao dormir.

— Ela é um milagre. Todos os nossos bebês foram maravilhosos, Gilbert, mas ela é a mais doce de todos.

— Deus que te perdoe — disse tia Mary Maria, com uma fungada —, existem milhões de bebês no mundo antes dos seus, você sabe, não, Annie?

— *Nossa* bebê nunca esteve no mundo antes, tia Mary Maria — disse Walter com orgulho. — Susan, posso beijá-la... só uma vez... por favor?

— Pode sim — disse Susan, olhando feio para tia Mary Maria, que se afastava. — E agora vou descer para fazer uma torta de cereja para o almoço. Tia Mary Maria Blythe fez uma ontem à tarde. Gostaria que tivesse visto, sra. Blythe, querida. Parece que o gato a arrastou. Vou comer o máximo que puder para não desperdiçá-la, mas essa torta nunca será servida ao doutor enquanto eu tiver minha saúde e força.

— Não é todo mundo que tem o seu talento para a confeitaria, você sabe — disse Anne.

— Mãezinha — disse Walter, enquanto a porta se fechava atrás de uma Susan satisfeita — Acho que somos uma família muito legal, não acha?

Uma família muito bonita, Anne refletiu com alegria deitada na cama com sua bebê ao lado. Logo ela estaria com eles novamente, com os pés leves como antes, amando-os, ensinando-os, confortando-os. Eles viriam até ela com suas pequenas alegrias e tristezas, suas esperanças que brotavam, seus novos medos, seus pequenos problemas que pareciam tão grandes para eles e seus pequenos desgostos que pareciam tão amargos. Ela voltaria a segurar todos os fios da vida de Ingleside nas mãos para tecer uma tapeçaria de beleza. E tia Mary Maria não teria motivos para dizer, como Anne a ouvira dizer dois dias atrás:

— Você parece terrivelmente cansado, Gilbert. Alguém cuida de você?

Lá embaixo, tia Mary Maria balançava a cabeça desanimada e dizia:

— Todas as pernas dos recém-nascidos são tortas, eu sei, mas, Susan, as pernas daquela criança são tortas *demais*. Claro que não devemos dizer isso à pobre Annie. Certifique-se de não mencionar isso para Annie, Susan.

Susan, pela primeira vez, se sentiu incapaz de falar.

XI

No final de agosto, Anne voltou a ser ela mesma, ansiosa por um outono feliz. A pequena Bertha Marilla crescia em beleza a cada dia e era o centro de adoração dos irmãos e das irmãs.

— Eu pensava que um bebê era algo que gritasse o tempo todo — disse Jem, permitindo extasiado os dedos minúsculos agarrarem os seus. — Bertie Shakespeare Drew me disse isso.

— Não duvido que os bebês Drew gritem o tempo todo, Jem querido — disse Susan. — Eles se revoltam por saber que são Drew, eu acho. — Mas Bertha Marilla é um bebê de *Ingleside*, querido Jem.

— Eu gostaria de ter nascido em Ingleside, Susan — disse Jem melancolicamente. Ele sempre lamentou o fato. Di jogava isso na cara dele de vez em quando.

— Você não acha a vida aqui um tanto monótona? — uma antiga colega de classe da Queen's Academy de Charlottetown perguntou a Anne certa vez, de forma bastante condescendente.

Monótona! Anne quase riu na cara de sua interlocutora. Ingleside monótona? Com um bebê delicioso trazendo novas maravilhas todos os dias; com visitas de Diana e da pequena Elizabeth e de Rebecca Dew a serem planejadas; com a doença da sra. Sam Ellison de cima no Glen nas mãos de Gilbert, uma enfermidade que apenas três pessoas no mundo já haviam tido antes; com Walter começando a escola; com Nan tendo bebido um frasco inteiro de perfume da penteadeira de mamãe — achavam que isso a mataria, mas não causou nem um mal-estar; com uma estranha gatinha preta tendo uma ninhada de dez gatinhos, um número inédito, na varanda dos fundos; com Shirley se trancando no banheiro e não sabendo como destrancá-lo; com Camarão se enrolando em uma folha de papel mata-moscas; com tia Mary Maria incendiando as cortinas de seu quarto na calada da noite enquanto rondava com uma vela e despertava a casa com seus gritos aterradores. Isso era uma vida monótona?

Pois tia Mary Maria ainda estava em Ingleside. Ocasionalmente ela dizia de forma chorosa:

— Quando se cansarem de mim é só me avisar. Estou acostumada a cuidar de mim mesma.

Havia apenas uma coisa a responder nessas ocasiões e é claro que Gilbert sempre a dizia. Embora agora ele já não fosse tão enfático quanto na primeira vez. Até a lealdade de Gilbert à própria família estava aos poucos se desgastando. Ele começava a perceber, e não sabia como agir — "típico de um homem" como a srta. Cornelia sempre dizia —, que tia Mary Maria estava prestes a se tornar um problema em sua casa. Certo dia, ele tentou se aventurar a dar uma pequena dica de como as casas sofriam se deixadas por muito tempo sem seus moradores, e tia Mary Maria concordou com ele, comentando calmamente que pensava em vender a casa em Charlottetown.

— Não é uma má ideia — encorajou Gilbert —, e eu conheço uma casinha muito bonita na cidade à venda. Um amigo meu está indo para a Califórnia e é muito parecida com aquela que você tanto admirava onde a sra. Sarah Newman mora.

— Mas ela mora sozinha — suspirou tia Mary Maria.

— Ela gosta disso — disse Anne esperançosa.

— Há algo de errado com quem gosta de viver sozinho, Anne — disse tia Mary Maria.

Susan reprimiu um lamento com dificuldade.

Diana veio por uma semana em setembro. Então veio a pequena Elizabeth. Agora não mais a pequena Elizabeth... mas uma alta, esbelta e bela srta. Elizabeth. Ainda com o cabelo dourado e o sorriso melancólico. O pai estava voltando para seu escritório em Paris e Elizabeth o acompanhava para cuidar da casa. Ela e Anne fizeram longas caminhadas pelas margens históricas do antigo porto, voltando para casa sob as silenciosas e vigilantes estrelas do outono. Reviveram a antiga vida de Windy Poplars e refizeram seus passos no mapa da terra das fadas que Elizabeth ainda tinha e pretendia manter para sempre.

— Estará pendurado na parede do meu quarto aonde quer que eu vá — disse ela.

Um dia, uma brisa soprou no jardim de Ingleside, o primeiro vento do outono. Naquela noite, o rosado do pôr do sol foi um pouco austero. De repente, o verão envelhecera. A virada da estação havia chegado.

— Ainda é cedo para o outono — disse tia Mary Maria em um tom que dava a entender que o outono a insultara.

Contudo, o outono também foi lindo. Havia a alegria dos ventos soprando de um golfo azul-escuro e o esplendor das luas cheias. Havia líricos ásteres no Oco e crianças rindo em um pomar carregado de macieiras, noites claras e serenas nos altos pastos das colinas de cima do Glen, céus de prata encarneirados e revoadas de passarinhos. E, à medida que os dias ficavam mais curtos, pequenas névoas cinzentas espreitavam sobre as dunas e subiam o porto.

Com as folhas caindo, Rebecca Dew veio a Ingleside para fazer uma visita prometida há anos. Veio para uma semana, mas foi convencida a ficar duas, tendo tudo perdido a urgência menos Susan. Susan e Rebecca Dew pareceram descobrir à primeira vista que eram almas gêmeas, talvez porque ambas amassem Anne e talvez porque ambas odiassem a tia Mary Maria.

Chegou uma noite na cozinha em que, enquanto a chuva escorria sobre as folhas caídas lá fora e o vento soprava nos beirais e cantos de Ingleside, Susan despejou todas as suas angústias para a empática Rebecca Dew. O médico e sua esposa tinham saído para uma visita, as crianças estavam todas aconchegadas em suas camas, e tia Mary Maria estava felizmente fora do caminho, queixando-se de dor de cabeça... "como se tivesse uma cinta de ferro em volta do meu cérebro", gemia ela.

— Qualquer um — observou Rebecca Dew, enquanto abria a porta do forno e colocava os pés confortavelmente lá dentro — que come tanta cavalinha frita quanto aquela mulher no jantar *merece* ter dor de cabeça. Não nego que comi minha parte, porque vou dizer, srta. Baker, nunca conheci ninguém que fritasse cavala como você, mas eu *não* comi quatro pedaços.

— Srta. Dew, querida — disse Susan com seriedade, largando o tricô e olhando suplicante nos olhinhos negros de Rebecca —, você já percebeu quem é a tia Mary Maria Blythe no tempo em que esteve aqui. Mas não conhece a metade... não, nem a terça parte da história. Querida, sinto que posso confiar na senhorita. Posso abrir meu coração em estrita confidencialidade?

— Pode, srta. Baker.

— Aquela mulher chegou aqui em junho e, na minha opinião, é onde pretende ficar para o resto da vida. Todos nesta casa a detestam, nem mesmo o doutor aprecia sua companhia agora, e ele disfarça isso muito bem. Mas ele é leal à família e diz que a prima do seu pai não pode se sentir má acolhida em sua casa. Eu implorei — disse Susan, em um tom que parecia sugerir que o fizera de joelhos —, implorei à sra. Blythe para ser firme e dizer que Mary Maria Blythe precisava ir embora. Mas o coração da sra. Blythe é muito mole e, por causa disso, estamos indefesos, srta. Dew, completamente desamparados.

— Bem que *eu* gostaria de saber lidar com ela — disse Rebecca Dew, que se ofendeu consideravelmente com alguns dos comentários de tia Mary Maria. — Sei tão bem quanto qualquer um, srta. Baker, que não devemos violar as sagradas propriedades da hospitalidade, mas asseguro-lhe, srta. Baker, que eu falaria umas poucas e boas para essa mulher.

— *Eu* poderia lidar com ela se não soubesse o meu lugar, srta. Dew. Nunca esqueço que não sou a patroa aqui. Às vezes, srta. Dew, digo solenemente para mim mesma: "Susan Baker, você é um capacho ou não?". Mas, veja bem, minhas mãos estão atadas. Não posso desamparar minha senhora e não quero aumentar suas preocupações ao discutir com tia Mary Maria Blythe. Continuarei a me esforçar para cumprir meu dever. Porque, srta. Dew, querida — disse Susan de modo formal —, eu morreria alegremente pelo médico ou pela esposa dele. Éramos uma família tão feliz antes da vinda dela para cá, srta. Dew. Mas ela está tornando nossa vida miserável e não sei qual será a consequência disso, porque não vejo o futuro, srta. Dew. Ou melhor, posso dizer, *sim*. Seremos todos levados a manicômios de lunáticos. Não é um probleminha qualquer, srta. Dew, são inúmeros, centenas deles, srta. Dew. Pode-se suportar um mosquito, srta. Dew, mas imagine milhões deles!

Rebecca Dew pensou neles com um triste aceno de cabeça.

— Ela está sempre dizendo à senhora como administrar a casa e que roupas usar. Está sempre me observando e diz que nunca viu crianças tão briguentas. Srta. Dew, querida, você viu por si mesma que nossos filhos *nunca* brigam, bem, quase nunca.

— Eles estão entre as crianças mais admiráveis que já vi, srta. Baker.

— Ela bisbilhota e se intromete...

— Eu mesmo a flagrei fazendo isso, srta. Baker.

— Ela está sempre ofendida e magoada por alguma coisa, mas nunca o suficiente para pegar suas coisas e ir embora. Fica apenas sentada parecendo solitária e negligenciada até a pobre senhora lhe dar atenção. Nada está bom para ela. Se uma janela está aberta, ela reclama de correntes de ar. Se estão todas fechadas, ela diz que *gosta* de um pouco de ar fresco de vez em quando. Não suporta cebolas, não tolera nem mesmo o cheiro delas. Diz que a deixam enjoada. Então a senhora diz que não devemos usar mais cebola. Agora — disse Susan com orgulho —, pode ser que seja mundano gostar de cebolas, mas srta. Dew querida, nós todos aqui em Ingleside nos declaramos culpados disso.

— Eu gosto muito de cebolas — admitiu Rebecca Dew.

— Ela não suporta gatos. Diz que lhe dão arrepios. Não faz nenhuma diferença se os vê ou não. Só de saber que há um gato no ambiente já é suficiente para ela. Então é quase impossível para aquele pobre Camarão ousar mostrar sua carinha pela casa. Eu mesma nunca gostei de gatos, srta. Dew, mas afirmo que eles têm o direito de abanar o próprio rabo. Ou então ela vem com algo assim: "Susan, nunca esqueça que não posso comer ovos, por favor", ou "Susan, com que frequência devo dizer que não posso comer torradas frias?", ou "Susan, algumas pessoas podem beber chá requentado, mas eu não estou nessa classe afortunada". Chá requentado, srta. Dew! Como se eu já tivesse oferecido chá requentado a quem quer que fosse em minha vida!

— Ninguém jamais suporia isso de você, srta. Baker.

— Se houver uma pergunta que não deve ser feita, ela a fará. Está com ciúmes porque o doutor conta coisas para a esposa antes de contar para ela, então está sempre tentando arrancar notícias sobre os pacientes dele. Nada o aborrece mais, srta. Dew. Um médico precisa saber segurar a língua, como você bem sabe. E suas birras sobre fogo! "Susan Baker", ela me diz, "espero que você nunca acenda uma fogueira com óleo de carvão. Ou deixe trapos oleosos por aí, Susan. Eles são conhecidos por causar combustão espontânea em menos de uma hora. Você gostaria de ficar parada e ver esta casa pegar fogo, Susan, sabendo que foi culpa sua?". Bem, srta. Dew, querida, eu ri dela por causa *disso*. Foi na mesma noite em que ela colocou fogo nas cortinas e os gritos dela ainda ecoam em meus ouvidos. E justamente quando o pobre médico tinha conseguido dormir depois de duas noites acordado! O que mais me enfurece, srta. Dew, é que, antes de ir a qualquer lugar, ela entra na minha despensa e *conta os ovos*. Preciso de toda a minha paciência para não dizer: "Por que não conta as colheres também?". Claro que as crianças a odeiam. A senhora está extenuada de impedi-los de demonstrar isso. E, na verdade, ela deu um *tapa* em Nan num dia em que o médico e a senhora estavam fora. Um *tapa*, só porque Nan a chamou de "dona Matusalena". A pobre criança deve ter ouvido aquele diabinho do Ken Ford dizer isso.

— Eu teria esbofeteado ela — disse Rebecca Dew com raiva.

— Eu disse a ela que se voltasse a fazer isso eu mesma daria um tapa nela. "Umas palmadinhas de vez em quando acontecem aqui em Ingleside", eu disse a ela, "mas tapas, nunca, tenha isso em mente". Ela ficou mal-humorada e ofendida por uma semana, mas pelo menos nunca mais ousou encostar um dedo em nenhum deles desde então. Ela adora quando os pais os castigam, no entanto. "Se eu fosse sua mãe", ela disse para o pequeno Jem certa noite. "Ha ha, você nunca vai ser mãe de ninguém", disse a pobre criança, porque ela o provocou, srta. Dew, apenas por isso. O doutor o mandou para a cama sem jantar, mas quem você acha, srta. Dew, que levou um lanchinho para ele mais tarde, hein?

— Ah, sim, *quem*? — gargalhou Rebecca Dew, entrando no espírito da história.

— Foi de partir o coração, srta. Dew, ouvir o menino rezando depois de tudo, uma oração por conta própria, "Ó Deus, por favor, me perdoe por ser impertinente com tia Mary Maria. E, ó Deus, por favor, ajude-me a ser sempre muito educado com tia Mary Maria". Meus olhos encheram d'água, pobre carneirinho. Não suporto a irreverência ou a impertinência da juventude em relação aos mais velhos, querida srta. Dew, mas devo admitir que, quando Bertie Shakespeare Drew atirou uma bola de cuspe nela outro dia, que passou pelo nariz dela por um milímetro, srta. Dew, eu o encurralei no portão a caminho de casa e lhe dei um saco de rosquinhas. Claro que eu não disse o porquê. Ele ficou curioso a respeito pois rosquinhas não dão em árvores, não é? Srta. Dew, e a srta. Azedume nunca as faz. Nan e Di... eu nunca diria isso a ninguém além da senhorita. O médico e sua esposa nem sonham com isso ou teriam feito algo sobre. Nan e Di deram o nome da tia Mary Maria à velha boneca de porcelana com a cabeça rachada e sempre que ela as repreende, elas saem e a afogam... a boneca quero dizer... no barril de água da chuva. Já tivemos muitos afogamentos alegres por aqui, garanto. Mas a senhorita não acreditaria no que ela vez outro dia, srta. Dew.

— Acreditaria em qualquer coisa sobre ela, srta. Baker.

— Ela não quis comer nada no jantar porque seus sentimentos haviam sido feridos por alguma coisa, mas, antes de ir para a cama, ela foi até a despensa e comeu *a marmita que eu havia deixado para o pobre médico*. Comeu tudo, querida Srta. Dew. Espero que não me considere uma pessoa descrente, srta. Dew, mas não consigo entender por que o bom Deus não se cansa de algumas pessoas.

— Você não deve se permitir perder seu senso de humor, srta. Baker — disse Rebecca Dew com firmeza.

— Ah, eu sei muito bem que há graça no sapo debaixo da grade, srta. Dew. Mas a questão é: o sapo também acha? Lamento tê-la incomodado com tudo isso, querida srta. Dew, mas foi um grande alívio. Não posso dizer essas coisas à sra. Blythe e ultimamente tenho sentido que se não encontrasse uma saída *explodiria*.

— Conheço bem esse sentimento, srta. Baker.

— E agora, srta. Dew querida — disse Susan, levantando-se rapidamente —, o que me diz de uma xícara de chá antes de dormir? E uma coxa fria de frango, srta. Dew?

— Eu jamais negaria! — disse Rebecca Dew, tirando os pés bem assados do forno. — Não devemos nos esquecer das Coisas Superiores da Vida, e uma boa comida é uma coisa muito agradável, com moderação.

XII

Gilbert teve suas duas semanas de caça na Nova Escócia — e nem mesmo Anne conseguiu convencê-lo a tirar um mês de férias —, e assim acabou o mês de novembro em Ingleside. As colinas escuras, com seus pinheiros ainda mais escuros marchando sobre elas, pareciam sombrias nas primeiras noites de outono, mas Ingleside floresceu com a luz do fogo e as risadas, embora os ventos do Atlântico cantassem sobre tristes coisas.

— Por que o vento não está feliz, mamãe? — perguntou Walter uma noite.

— Porque está se lembrando de toda a tristeza do mundo desde o início dos tempos — respondeu Anne.

— Está gemendo por causa da enorme umidade no ar — fungou tia Mary Maria —, e minhas costas estão me matando.

Em alguns dias, contudo, até o vento soprava alegremente pelo bosque de bordo cinza-prateado e em alguns dias não havia vento nenhum, apenas o surpreendente sol suave ocasional e as sombras silenciosas das árvores nuas por todo o gramado e a quietude gelada ao pôr do sol.

— Olhe para aquela estrela branca da noite sobre o álamo ali no canto — disse Anne. — Sempre que vejo algo assim, fico feliz por estar viva.

— Você diz coisas tão engraçadas, Annie. As estrelas são algo bastante comum na Ilha do Príncipe Edward — disse tia Mary Maria e pensou: "Oras, estrelas! Como se ninguém nunca tivesse visto uma estrela antes! Annie não sabe do terrível desperdício que acontece em sua cozinha todos os dias? Será que ela não sabe como Susan Baker desperdiça ovos e usa banha quando gordura é tão boa quanto? Ou ela não se importa? Pobre Gilbert! Não é à toa que ele tenha que trabalhar tanto".

Novembro chegou com cores cinza e marrom; mas pela manhã a neve havia tecido seu velho feitiço branco e Jem gritou de alegria enquanto descia correndo para o café da manhã.

— Oh, mamãe, em breve será Natal e o Papai Noel estará chegando!

— Não é possível que você acredite em Papai Noel *ainda*? — disse tia Mary Maria.

Anne lançou um olhar alarmante para Gilbert, que disse com seriedade:

— Queremos que as crianças possuam sua herança do reino das fadas enquanto puderem, tia.

Por sorte, Jem não deu atenção à tia Mary Maria. Ele e Walter ansiavam sair para o novo mundo maravilhoso para o qual o inverno havia trazido sua própria beleza. Anne sempre odiou ver a intocada beleza da neve marcada por pegadas; mas isso não podia ser evitado e ainda havia beleza de sobra ao entardecer quando o oeste estava em chamas sobre todas as cavidades esbranquiçadas nas colinas violetas, enquanto Anne estava sentada na sala de estar diante de uma lareira de lenha de bordo. A luz do fogo, ela pensava, sempre foi tão adorável. Fazia coisas complicadas e inesperadas. Partes da sala brilhavam vivas e voltavam a sumir. Imagens iam e vinham. Sombras espreitavam e saltavam. Do lado de fora, através da grande janela sem sombra, toda a cena se refletia de maneira élfica no gramado onde tia Mary Maria aparecia sentada ereta. Tia Mary Maria nunca se permitia relaxar sob o pinheiro natalino.

Gilbert estava reclinado no sofá, tentando esquecer que havia perdido um paciente com pneumonia naquele dia. A pequena Rilla estava em sua cesta tentando mastigar os punhos rosados; até Camarão, com as patas brancas dobradas sob o peito, ousava ronronar no tapete da lareira, para desaprovação de tia Mary Maria.

— Falando em gatos — disse tia Mary Maria, digna de pena, embora ninguém os tivesse mencionado, — todos os gatos do Glen nos visitam à noite? Não consigo entender como é possível que alguém tenha dormido durante a gritaria de ontem à noite. É claro que meu quarto fica nos fundos, suponho que eu receba todos os benefícios do espetáculo gratuito.

Antes que alguém respondesse, Susan entrou, dizendo que encontrara a sra. Marshall Elliott na loja de Carter Flagg e ela estava vindo assim que terminasse suas compras. Susan não acrescentou que a sra. Elliott disse ansiosamente:

— Qual é o problema com a sra. Blythe, Susan? Quando a vi no domingo passado na igreja a achei tão cansada e preocupada. Eu nunca a vi assim antes.

— Sei exatamente qual é o problema com a sra. Blythe — Susan respondeu sombriamente, — ela passou por mais um ataque maldoso da tia Mary Maria. E o médico parece não perceber, mesmo idolatrando o chão que ela pisa.

— Isso não é típico de homem? — disse a sra. Elliott.

— Estou feliz — disse Anne, levantando-se para acender uma lâmpada. — Faz tanto tempo que não vejo Cornelia. Agora vamos saber das novidades.

— Ah, se iremos! — disse Gilbert secamente.

— Essa mulher é uma fofoqueira mal-intencionada — disse tia Mary Maria com severidade.

Pela primeira vez em sua vida, talvez, Susan se irritou em defesa da srta. Cornelia.

— Isso ela não é, srta. Blythe, e meu nome não é Susan Baker se eu ficar parada para ouvir a sra. Cornelia ser chamada de mal-intencionada, de fato! Você já ouviu falar, srta. Blythe, do sujo falando do mal lavado?

— Susan... Susan — disse Anne, implorando.

— Peço desculpas, sra. Blythe, querida, confesso que esqueci meu lugar. Mas há algumas coisas que não conseguimos suportar.

Em seguida, uma porta foi batida como raramente acontecia em Ingleside.

— Viu, Annie? — disse tia Mary Maria significativamente. — Mas suponho que enquanto você estiver disposta a ignorar esse tipo de coisa por parte de um serviçal não há nada que se possa fazer.

Gilbert levantou-se e foi até a biblioteca, onde um homem cansado poderia contar com um pouco de paz. E tia Mary Maria, que não gostava da srta. Cornelia, foi para a cama. Assim, quando a srta. Cornelia chegou, encontrou Anne sozinha, debruçada sobre a cestinha do bebê. A srta. Cornelia não começou, como sempre, a descarregar um rosário de fofocas. Em vez disso, quando se livrou de seus agasalhos, sentou-se ao lado de Anne e pegou sua mão.

— Anne querida, qual é o problema? Eu sei que há algo. Essa tal alma alegre chamada Mary Maria está atormentando você?

Anne tentou sorrir.

— Oh, srta. Cornelia. Sei que sou tola por me importar tanto, mas hoje foi um dos dias em que parece ser impossível continuar a suportá-la. Ela está simplesmente envenenando nossa vida aqui.

— Por que você não manda ela ir embora?

— Ah, não podemos fazer isso, srta. Cornelia. Pelo menos, eu não posso e Gilbert não o fará. Ele diz que nunca mais poderia se olhar no espelho se colocasse alguém da família para fora de casa.

— Bobagem! — disse a srta. Cornelia eloquentemente. — Ela tem bastante dinheiro e uma boa casa própria. Como seria expulsá-la de casa, uma vez que ela tem a própria casa e seria melhor que fosse morar lá?

— Eu sei, mas Gilbert... Acho que ele não consegue perceber tudo. Ele está sempre fora e, realmente, tudo me parece tão mesquinho. Estou envergonhada.

— Entendo, querida. Apenas aquelas coisinhas que são horrivelmente grandes. Claro que um homem não entenderia. Sei de uma mulher em Charlottetown que a conhece bem. Ela diz que Mary Maria Blythe nunca teve um amigo na vida. Ela diz que seu nome deveria ser Blight,[1] não Blythe. O que você precisa, querida, é apenas ser forte o suficiente para dizer que não vai aguentar mais isso.

— Sinto como quando fazemos em sonhos quando estamos tentando correr e não saímos do lugar — disse Anne com tristeza. — Se fosse só de vez em quando, mas é todo dia. O horário das refeições é horrível agora. Gilbert já não tem mais disposição para cortar os assados.

— *Isso* ele nota — disse a srta. Cornelia.

— Nós nunca conseguimos ter nenhuma conversa normal durante as refeições porque ela com certeza vai dizer algo desagradável toda vez que alguém falar. Ela corrige as crianças por suas maneiras continuamente e sempre chama a atenção para suas falhas na frente das visitas. Costumávamos ter refeições tão agradáveis, e agora! Ela se ressente do riso... e você sabe como gostamos de rir. Estávamos sempre rindo de algo ou, pelo menos, era assim. Ela não deixa passar nada. Hoje ela disse: "Gilbert, não fique de mau humor. Você e Annie brigaram?", só porque estávamos quietos. Você sabe que Gilbert fica sempre

---

[1] *Blight* em inglês significa flagelo, praga.

um pouco deprimido quando perde um paciente que ele acha que deveria ter sobrevivido. E então ela nos repreendeu sobre nossa tolice e nos alertou a não deixar o sol se pôr sobre nossa ira. Ah, nós rimos disso depois, mas na hora! Ela e Susan não se dão bem. E não podemos impedir Susan de murmurar nos cantos, o que é o oposto de boa educação. Ela fez mais do que murmurar quando tia Mary Maria lhe disse que nunca tinha visto um mentiroso como Walter, porque ela o ouviu contar a Di uma longa história sobre seu encontro com o homem na lua e o que conversaram. Ela queria lavar a boca dele com água e sabão. Ela e Susan quase foram aos tapas naquele dia. E ela está enchendo a cabeça das crianças com todo tipo de ideia horrível. Disse a Nan sobre uma criança que era travessa e que morreu enquanto dormia e agora Nan tem medo de ir se deitar. Ela disse a Di que, se ela fosse uma boa menina o tempo todo, nós a amaríamos tanto quanto amamos Nan, mesmo ela sendo ruiva. Gilbert ficou muito bravo ao ouvir isso e falou com ela bruscamente. Não consegui evitar, mas esperava que ela se ofendesse e fosse embora, mesmo odiando o fato de alguém deixar minha casa por ter se sentido ofendida. Mas ela apenas fez aqueles grandes olhos azuis dela se encherem de lágrimas e disse que não queria fazer nenhum mal. Sempre ouvira dizer que gêmeos nunca eram amados da mesma forma e havia pensado que favorecíamos Nan e que a pobre Di sentia isso! Ela chorou a noite toda por isso e Gilbert sentiu que fora um bruto e então... se *desculpou*.

— Claro que sim! — disse a srta. Cornelia.

— Oh, eu não deveria estar falando assim, srta. Cornelia. Quando eu "conto minhas bênçãos" sinto que é muito mesquinho da minha parte me importar com essas coisas, mesmo que tirem um pouco do viço da vida. E ela nem sempre é horrorosa, às vezes consegue ser até agradável.

— É mesmo? — disse a srta. Cornelia sarcasticamente.

— Sim... e gentil. Ela me ouviu dizendo que eu queria um jogo de chá da tarde e ela foi para Toronto e me comprou um por correspondência! E, oh, srta. Cornelia, é tão feio!

Anne deu uma risada que terminou em um soluço. Então ela riu novamente.

— Agora não falaremos mais dela, não parece tão ruim agora que coloquei tudo para fora, choramingando feito um bebê. Olhe para a pequena Rilla, srta. Cornelia. Seus cílios não são lindos quando está dormindo? Agora vamos comer um pouco.

Anne havia voltado a ser a mesma quando a srta. Cornelia se foi. No entanto, ficou pensativa diante do fogo por algum tempo. Não contara tudo à srta. Cornelia. Nunca tinha contado nada daquilo a Gilbert. Havia tantas pequenas coisas...

"Tão pequenas que não posso nem reclamar delas", pensou Anne. "E, contudo, são essas pequenas coisas, como as traças, que roem tudo até destruir nossa vidas."

Tia Mary Maria com sua mania de bancar a anfitriã. Tia Mary Maria convidando pessoas e nunca dizendo uma palavra sobre até que eles chegassem. *Ela me faz sentir como se eu não pertencesse à minha própria casa.* Tia Mary Maria movendo os móveis enquanto Anne estava fora.

— Espero que não se importe, Annie, achei que precisávamos muito mais da mesa aqui do que na biblioteca.

Sua insaciável curiosidade infantil a respeito de tudo, suas perguntas à queima-roupa sobre assuntos íntimos. *Sempre entrando no meu quarto sem bater, sempre sentindo cheiro de cigarro, sempre afofando as almofadas amassadas, sempre insinuando que eu fofoco demais com Susan, sempre implicando com as crianças. Precisamos estar com elas o tempo todo para fazê-los se comportar e não podemos lidar com isso sempre.*

— A tia *Malia véia* e feia — Shirley disse distintamente em um dia terrível. Gilbert iria espancá-lo por isso, mas Susan se levantou num ultraje majestoso e o proibiu.

"Estamos sendo intimidados", pensou Anne. "Esta casa está começando a girar em torno da pergunta 'A tia Mary Maria vai gostar disso?'. Não admitimos, mas é verdade. Qualquer coisa para evitar suas nobres lágrimas desperdiçadas. Isso simplesmente não pode continuar."

Então Anne se lembrou de que a srta. Cornelia havia dito que Mary Maria Blythe nunca teve um amigo. Que coisa terrível! Devido à sua própria riqueza de amizades, Anne sentiu uma súbita onda de compaixão por essa mulher sem nenhum amigo, que não tinha nada diante de si além de uma velhice solitária e sem paz sem ninguém para procurá-la em busca de abrigo ou cura, de esperança ou ajuda, de calor ou amor. Certamente eles poderiam ter paciência com ela. Esses aborrecimentos eram apenas superficiais, afinal. Não envenenariam as fontes profundas da vida.

— Acabei de ter um terrível espasmo de pena de mim mesma, isso é tudo — disse Anne, tirando Rilla de sua cesta e emocionando-se com a pequena bochecha redonda de cetim contra a dela. — Acabou agora e estou completamente envergonhada por isso.

XIII

— Parece que nunca temos os invernos de antigamente hoje em dia, não é, mamãe? — disse Walter nostálgico.

Pois a neve de novembro desaparecera havia muito tempo e, durante todo o mês de dezembro, Glen St. Mary foi apenas uma terra escura, cercada de um abismo cinza pontilhado com cristas onduladas de espuma branca como gelo. Houve apenas alguns dias de sol, quando o porto brilhara nos braços dourados das colinas: o resto tinha sido austero e duro. Em vão, o pessoal de Ingleside esperava que nevasse no Natal; mas os preparativos continuaram e, à medida que a última semana chegava ao fim, Ingleside estava cheia de mistérios, segredos, sussurros e cheiros deliciosos. Agora, na véspera do Natal, tudo estava pronto. O pinheiro que Walter e Jem trouxeram do Oco estava no canto da sala de estar, as portas e janelas foram enfeitadas com grandes guirlandas verdes amarradas com enormes laços de fita vermelha. Os corrimãos estavam retorcidos com galhos de pinheiro e a despensa de Susan transbordava. Então, no final da tarde, quando todos haviam se resignado em passar um Natal verde-escuro, alguém olhou pela janela e viu grossos flocos brancos do tamanho de penas caindo.

— Neve! Neve!! Neve!!! — gritou Jem. — Um Natal branco, afinal, mamãe!

As crianças de Ingleside foram felizes para a cama. Foi tão bom se aconchegar quentes e confortáveis e ouvir a tempestade uivando lá fora através da cinza noite de neve. Anne e Susan foram trabalhar para enfeitar a árvore de Natal. "Agindo como duas crianças", pensou tia Mary Maria com desdém. Ela não aprovava velas na árvore, "imagina se a casa pega fogo". Não aprovava bolas coloridas, "e se as gêmeas as comessem". Mas ninguém prestou atenção nela. Haviam aprendido que essa era a única condição para suportar a vida com tia Mary Maria.

— Pronto! — exclamou Anne, enquanto prendia a grande estrela prateada no orgulhoso topo do pinheirinho de Natal. — E, oh, Susan, não está lindo? Não é bom podermos voltar a ser crianças no Natal sem nos envergonharmos disso? Estou tão feliz que a neve veio, mas espero que a tempestade não passe dessa noite.

— Vai durar o dia todo amanhã — afirmou com segurança tia Mary Maria. — Consigo sentir nas minhas pobres costas.

Anne atravessou o corredor, abriu a grande porta da frente e espiou para fora. O mundo estava perdido em uma apaixonada tempestade de neve. As vidraças estavam cinzentas com a neve acumulada. O pinheiro natalino era um enorme fantasma coberto de lençóis.

— Não parece muito promissor — admitiu Anne com tristeza.

— Deus ainda administra o tempo, sra. Blythe, querida, e não a srta. Mary Maria Blythe — disse Susan por cima de seu ombro.

— Espero que ao menos não haja uma chamada esta noite — disse Anne enquanto se virava. Susan deu uma última olhada na escuridão antes de trancar a noite tempestuosa para fora.

— Não se atreva a ter seu bebê hoje à noite — ela alertou com firmeza na direção de cima do Glen onde a sra. George Drew estava esperando seu quarto filho.

Apesar das costas de tia Mary Maria, a tempestade passou durante a noite e a manhã preencheu o secreto Oco coberto de neve entre as colinas com a cor do vinho tinto do nascer do sol de inverno. Todas as crianças acordaram cedo, parecendo alegres e ávidas.

— Papai Noel *conseguiu* atravessar a tempestade, mamãe?

— Não. Ele estava doente e não se atreveu a tentar — disse tia Mary Maria, que estava de bom humor e se sentindo brincalhona.

— Papai Noel chegou muito bem aqui — disse Susan antes que eles pudessem piscar —, e depois que vocês tomarem seu café da manhã vão ver o que ele fez lá na sua árvore.

Depois do café da manhã papai desapareceu misteriosamente, mas ninguém sentiu sua falta pois estavam absortos com a árvore... a árvore viva, cheia de bolas douradas e prateadas e velas acesas no cômodo ainda escuro, com embrulhos de todas as cores amarrados com as mais lindas fitas empilhados em volta. Então Papai Noel apareceu, um lindo Papai Noel todo vermelho e branco, com uma longa barba alva e uma barriga grande e alegre. Susan tinha enfiado três almofadas na batina de veludo vermelho que Anne costurara para Gilbert. Shirley gritou de medo no início, mas se recusou a deixar a sala. Papai Noel distribuiu para todos os presentes com um pequeno discurso divertido em uma voz que soava estranhamente familiar mesmo através da máscara; e então, bem no final, sua barba pegou fogo de uma vela e tia Mary Maria sentiu uma ligeira satisfação com o incidente, embora não o suficiente para impedi-la de suspirar com tristeza.

— Pobre de mim, o Natal não é mais o mesmo de quando eu era criança.

Ela olhou com reprovação para o presente que a pequena Elizabeth mandara para Anne de Paris, uma pequena reprodução em bronze belíssima da estátua de Artêmis,[1] com seu arco e flecha.

— Quem é essa mulher sem-vergonha? — perguntou em reprovação.

— A deusa Diana — disse Anne, trocando um sorriso com Gilbert.

— Oh, uma pagã! Bem, isso muda tudo, suponho. Mas se eu fosse você, Annie, não a deixaria onde as crianças pudessem ver. Às vezes, começo a pensar que não há modéstia no mundo. Minha avó nunca usava menos de três anáguas, fosse inverno ou verão — concluiu tia Mary Maria, com a deliciosa inconsequência que caracterizava tantas de suas observações.

Tia Mary Maria tricotara luvas para todas as crianças com um horrível fio magenta, além de um suéter para Anne; Gilbert ganhou uma gravata cor de fígado e Susan uma anágua de flanela vermelha. Até mesmo Susan sabia que anáguas vermelhas estavam fora de moda, mas agradeceu a tia Mary Maria com extrema polidez.

"Uma pobre missionária teria ganhado algo melhor", pensou ela. "Três anáguas, tenha a santa paciência! Eu me orgulho de ser uma mulher decente e até que gosto dessa tal de deusa do arco. Ela pode não ter muito em termos de roupas, mas se eu tivesse um corpo assim não sei se gostaria de escondê-lo. Mas agora preciso ver sobre o recheio de peru... não que vá ser aquelas coisas sem cebola."

---

[1] Artêmis era a venerada deusa grega da caça, da natureza e da castidade, também considerada protetora das mulheres, das crianças e dos nascimentos. Era filha de Leto e Zeus e também irmã gêmea de Apolo. O arco e flecha eram seus grandes símbolos. Seu equivalente romano é a deusa Diana, mencionada por Anne.

Ingleside estava fervilhando de felicidade naquele dia, uma felicidade simples e costumeira, apesar da tia Mary Maria, que certamente não gostava de ver as pessoas felizes demais.

— Só carne branca, por favor. (James, tome sua sopa em silêncio.) Ah, você não sabe cortar um peru como seu pai, Gilbert. *Ele* conseguia dar a parte que todos mais gostavam. (Gêmeas, pessoas mais velhas gostariam de receber a chance de ter a palavra de vez em quando. *Eu* fui criada pela regra de que as crianças devem ser vistas e não ouvidas.) Não, obrigada, Gilbert, nada de salada para mim. Eu não como comida crua. Sim, Annie, aceito um *pouquinho* de pudim. Tortinhas doces[2] são totalmente indigestas.

— As tortinhas de Susan são poemas, assim como as de maçã são deliciosas — disse o doutor. — Vou querer um pedaço de cada uma, menina Anne.

— Você realmente gosta de ser chamada de "menina" na sua idade, Annie? Walter, você não comeu todo o seu pão com manteiga. Muitas crianças pobres ficariam felizes em tê-lo. James, querido, assoe o nariz e acabe logo com isso, não suporto essa fungação.

Apesar disso, foi um Natal alegre e adorável. Até a tia Mary Maria descongelou um pouco depois do jantar, dizendo quase graciosamente que os presentes que ganhara tinham sido muito bons, e até suportou o gato com um ar de martírio paciente que fez com que todos se sentissem um pouco envergonhados por amá-lo tanto.

— Acho que nossos pequeninos se divertiram muito — disse Anne alegremente naquela noite, enquanto olhava para o padrão de árvores tecidas contra as colinas brancas e o céu do pôr do sol, e as crianças no gramado atarefadas espalhando

---

[2] *Mince pie* no original. Apesar de ser uma torta doce, a receita tradicional de *mince pie* leva carne moída.

migalhas para os pássaros sobre as árvores. O vento suspirava suavemente nos galhos, enviando rajadas sobre o gramado e prometendo mais tempestades de neve para o dia seguinte, mas Ingleside teve seu dia.

— Acredito que sim — concordou tia Mary Maria. — Tenho certeza de que gritaram o suficiente, de qualquer maneira. Quanto ao que comeram... ah bem, você só é jovem uma vez e suponho que vocês tenham bastante óleo de rícino na despensa.

XIV

Aquele era o que Susan chamava de inverno entremeado... todos os degelos e congelamentos que mantinham Ingleside decorada com fantásticas franjas de pingentes de gelo. As crianças alimentavam sete gaios-azuis que vinham regularmente ao pomar para suas rações e deixavam Jem pegá-los, embora voassem de todos os outros. Anne ficava acordada à noite para estudar os catálogos de sementes para plantar em janeiro e fevereiro. E, então, os ventos de março rodopiaram sobre as dunas, subindo para os portos até as colinas.

— Coelhos — disse Susan — estão botando ovos de Páscoa.

— Março é um mês *ajeitado*, não é mamãe? — gritou Jem, que amava todos os ventos que sopravam.

Eles poderiam ter poupado o *ajeitamento* de Jem de coçar a mão em um prego enferrujado e de ter passado alguns dias em apuros, enquanto tia Mary Maria contava todas as histórias de envenenamento do sangue que já tinha ouvido. Mas isso, refletiu Anne quando o perigo passou, era o que se devia esperar de um filho pequeno que estava sempre fazendo experimentos.

E, olha, era abril! Com o riso da chuva de abril, o sussurro da chuva de abril, o gotejamento, a varredura, o impulso, o chicote, a dança, o respingo da chuva de abril.

— Ah, mamãe, o mundo não está com o rosto lavadinho? — exclamou Di, no dia em que o sol da manhã voltou.

Havia pálidas estrelas primaveris brilhando sobre campos de neblina, havia salgueiros no pântano. Até mesmo os pequenos galhos das árvores pareciam ter subitamente perdido sua clara característica fria e se tornado macios e lânguidos. O primeiro tordo foi um evento; o Oco era mais uma vez um lugar cheio de encanto selvagem e livre; Jem trouxe para a mãe as primeiras flores-de-maio, o que ofendeu tia Mary Maria, por achar que deveriam ter sido oferecidas a *ela*; Susan começou a vasculhar as prateleiras do sótão, e Anne, que mal teve um minuto para si mesma durante todo o inverno, vestiu a alegria da primavera como uma roupa e literalmente viveu em seu jardim, enquanto Camarão mostrava seus êxtases primaveris contorcendo-se pelos caminhos.

— Você se importa mais com esse jardim do que com seu marido, Annie — disse tia Mary Maria.

— Meu jardim é tão gentil comigo — respondeu Anne sonhadoramente, e então, ao perceber as implicações que poderiam ser tiradas de seu comentário, começou a rir.

— Você diz as coisas mais extraordinárias, Annie. Claro que eu sei que você não quer dizer que Gilbert não seja gentil, mas e se um estranho ouvi-la dizendo uma coisa dessas?

— Querida tia Mary Maria — disse Anne com alegria —, eu realmente não sou responsável pelas coisas que digo nesta época do ano. Todo mundo sabe disso por aqui. Fico sempre um pouco doida na primavera. Mas é uma loucura tão divina. Você viu aquelas brumas sobre as dunas como bruxas que dançam? E os narcisos? Nunca tivemos um espetáculo de narcisos em Ingleside como esse antes.

— Eu não ligo muito para narcisos. São tão ostentosos — disse tia Mary Maria, enrolando-se em seu xale e entrando para proteger as costas.

— Você sabe, sra. Blythe, querida — disse Susan sombriamente —, o que aconteceu com aquelas novas íris que você queria plantar naquele canto coberto? *Ela* as plantou esta tarde quando você estava fora, bem na parte mais ensolarada do quintal.

— Ah, Susan! E não podemos movê-las porque ela ficaria muito magoada!

— Se me der a palavra, sra. Blythe, querida...

— Não, não, Susan, vamos deixá-las lá por enquanto. Ela chorou, você se lembra, quando dei a entender que ela não deveria ter podado as flores-de-noiva *antes* de florescerem.

— Mas zombando de nossos narcisos, sra. Blythe, querida, e eles são famosos em todo o porto.

— E merecem ser. Olhe para eles rindo de você por se ocupar da tia Mary Maria. Susan, as capuchinhas estão surgindo neste canto, afinal. É tão divertido quando você perde a esperança de uma coisa para descobrir que de repente ela aconteceu. Vou ter um pequeno jardim de rosas no canto sudoeste. O próprio nome, jardim de rosas, me emociona da cabeça aos pés. Você já viu um céu tão azul quanto esse azul, Susan? E se prestar bastante atenção agora à noite conseguirá ouvir todos os pequenos riachos do campo conversando entre si. Estou pensando seriamente em ir dormir no Oco esta noite em um travesseiro de violetas selvagens.

— Você acharia muito úmido — disse Susan com paciência. A sra. Blythe era sempre assim na primavera. Iria passar.

— Susan — disse Anne de modo persuasivo —, quero fazer uma festa de aniversário na próxima semana.

— Ora, e por que não? — perguntou Susan. Por certo, ninguém da família fazia aniversário na última semana de maio, mas se a sra. Blythe quer uma festa de aniversário, por que não?

— Para tia Mary Maria — continuou Anne, determinada a acabar com o pior logo. — O aniversário dela é semana que vem. Gilbert diz que ela tem cinquenta e cinco anos e eu estive pensando.

— Sra. Blythe, querida, você realmente quer fazer uma festa para aquela...

— Conte até cem, Susan, conte até cem, querida Susan. Isso a agradaria tanto. Afinal, o que ela tem nesta vida?

— Isso é culpa dela.

— Talvez seja mesmo. Mas, Susan, eu realmente quero fazer isso por ela.

— Sra. Blythe, querida — disse Susan em tom de advertência —, a senhora sempre foi gentil o suficiente para me dar uma semana de férias sempre que eu senti necessidade. Talvez seja melhor tirar essas férias na próxima semana! Vou pedir à minha sobrinha Gladys para vir ajudá-la. E, então, a srta. Mary Maria Blythe pode ter uma dúzia de festas de aniversário, todas para ela.

— Se você se sente assim sobre isso, Susan, então, vou desistir da ideia, é claro — disse Anne devagar.

— Sra. Blythe, querida, essa mulher se impôs sobre a senhora e pretende ficar aqui para sempre. Ela a preocupou e falou mal da senhora para o doutor e tem tornado a vida das crianças miserável. Não digo nada sobre mim, pois quem sou eu? Ela repreendeu, importunou, insinuou e lamentou... e agora a senhora quer fazer uma festa de aniversário para ela! Bem, tudo o que posso dizer é, se você quiser fazer isso... nós apenas temos que ir em frente e fazê-la!

— Susan, seu coração mole!

A trama e o planejamento se seguiram. Susan, tendo cedido, decidiu que, pela honra de Ingleside, a festa deveria ser algo que nem Mary Maria Blythe seria capaz de criticar.

— Acho que deveríamos fazer um almoço, Susan. Assim, todos irão embora cedo o suficiente para eu e o doutor irmos ao concerto em Lowbridge. Vamos manter isso em segredo e surpreendê-la. Ela não saberá nada até o último minuto. Vou convidar todas as pessoas do Glen de quem ela gosta.

— E *quem* seriam essas pessoas, sra. Blythe, querida?

— Bem, quem ela tolera, então. E sua prima, Adella Carey, de Lowbridge, e algumas pessoas da cidade. Teremos um grande bolo de aniversário com cinquenta e cinco velinhas.

— Que eu vou fazer, não?

— Susan, você sabe que faz o melhor bolo de frutas da Ilha do Príncipe Edward.

— Só sei que sou como cera em suas mãos, sra. Blythe, querida.

Seguiu-se uma semana misteriosa. Um ar de cochichos permeou Ingleside. Todos juraram não revelar o segredo à tia Mary Maria. Mas Anne e Susan não contavam com fofocas. Na noite anterior à festa, tia Mary Maria chegou em casa depois de um telefonema no Glen e encontrou todos sentados um tanto cansados na sala de sol sem luz.

— Todos no escuro, Annie? Me surpreende como alguém pode gostar de ficar sentado no escuro. Isso me dá tristeza.

— Não está escuro, é a luz do crepúsculo. Houve um casamento romântico belíssimo entre a luz e as trevas e essa é a consequência — disse Anne, mais para si mesma do que para qualquer outra pessoa.

— Suponho que você mesma saiba o que quer dizer, Annie. E então você vai dar uma festa amanhã?

Anne de repente sentou-se ereta. Susan, que já estava ereta não conseguia se empertigar ainda mais.

— Por que... por que... tia...

— Você sempre me deixa saber coisas de estranhos — disse tia Mary Maria, mas, pelo visto, com mais com tristeza que com raiva.

— Nós queríamos fazer uma surpresa, tia.

— Não sei o que você espera de uma festa nesta época do ano em que não pode depender do clima, Annie.

Anne soltou um suspiro de alívio. Ficou claro que tia Mary sabia apenas que haveria uma festa, não que tivesse qualquer ligação com ela.

— Eu... eu queria fazer uma festa antes de as flores da primavera murcharem, tia.

— Vou usar meu tafetá granada. Suponho, Annie, que se eu não tivesse ouvido falar disso na vila, teria sido pega de surpresa por todos os seus bons amigos amanhã em um vestido de algodão.

— Ah, não, tia. Iríamos avisar a senhora na hora sobre o que vestir, é claro.

— Bem, se meu conselho significa alguma coisa para você, Annie, e às vezes sou quase compelida a pensar que não, eu diria que no futuro seria melhor não ser *tão reservada* sobre as coisas. A propósito, você está ciente de que estão dizendo na vila que foi Jem quem jogou a pedra na janela da igreja metodista?

— Ele não fez isso — disse Anne com calma. — Ele me disse que não.

— Tem certeza, querida Annie, que ele não estava mentindo? — tia Mary Maria falava bem baixinho.

— Claro, tia Mary Maria. Jem nunca me disse uma inverdade em sua vida.

— Bem, eu achei que talvez você devesse saber o que estava sendo dito a respeito.

Tia Mary Maria afastou-se com seu jeito gracioso de sempre, evitando ostensivamente Camarão, deitado de costas no caminho, pedindo que alguém fizesse cócegas em sua barriga.

Susan e Anne soltaram um longo suspiro.

— Acho que vou para a cama, Susan. E espero que esteja tudo certo para amanhã. Não gosto da aparência daquela nuvem escura sobre o porto.

— Vai ficar tudo bem, sra. Blythe, querida — tranquilizou Susan. — O almanaque disse isso.

Susan tinha um almanaque que previa o clima do ano inteiro, cuja taxa de acerto era frequente o suficiente para manter seu crédito.

— Deixe a porta lateral destrancada para o doutor, Susan. Ele pode se atrasar para chegar em casa da cidade. Foi comprar as rosas. Cinquenta e cinco rosas douradas, Susan. Ouvi tia Mary Maria dizer que rosas amarelas são as únicas flores de que ela gosta.

Meia hora depois, Susan, lendo seu capítulo noturno da Bíblia, encontrou o versículo: "Retira o teu pé da casa do teu próximo, para que não se enfade de ti, e te odeie".[1] Ela colocou um raminho de losna para marcar o local.

— Mesmo naqueles tempos — refletiu ela.

Anne e Susan acordaram cedo para completar alguns últimos preparativos antes que tia Mary Maria acordasse. Anne sempre gostou de acordar cedo e presenciar aquela mística meia hora antes do nascer do sol, quando o mundo pertence às fadas e aos deuses antigos. Ela gostava de ver o dourado céu matinal rosa pálido atrás da torre da igreja, o brilho fino e translúcido do nascer do sol se espalhando sobre as dunas, as primeiras espirais violetas de fumaça flutuando dos telhados da vila.

— É como se tivéssemos um dia feito por encomenda, sra. Blythe, querida — disse Susan complacente, enquanto decorava com coco um bolo de laranja. — Vou experimentar fazer esses novos biscoitos amanteigados populares depois do café da manhã e ligarei para Carter Flagg a cada meia hora para ter certeza de que não esquecerá o sorvete. E ainda terei tempo para esfregar os degraus da varanda.

— É necessário, Susan?

---

[1] Provérbios 25,17.

— Sra. Blythe, querida, você convidou a sra. Marshall Elliott, não é? *Ela* não verá nossos degraus da varanda a menos que estejam imaculados. Mas você cuidará das decorações, sra. Blythe, querida? Não nasci com o dom de arranjar flores.

— Quatro bolos! Nossa! — disse Jem.

— Quando damos uma festa — disse Susan grandiosamente —, *damos* uma festa.

Os convidados chegaram na hora e foram recebidos por tia Mary Maria em seu tafetá granada e por Anne em um vestido de voal cor de biscoito. Anne pensou em vestir sua musselina branca, pois era um dia quente de verão, mas pensou melhor.

— Muito sensato da sua parte, Annie — comentou tia Mary Maria. — Branco, eu sempre digo, é só para as jovens.

Tudo correu de acordo com o cronograma. A mesa estava linda com os pratos mais bonitos de Anne e a beleza exótica das íris brancas e roxas. Os biscoitos amanteigados de Susan causaram sensação, nada igual havia sido visto no Glen antes; sua sopa de creme era a última palavra em sopas; a salada de frango tinha sido feita das galinhas de Ingleside, "galinhas que são galinhas", o atormentado Carter Flagg mandou o sorvete no último segundo. Por fim, Susan marchou carregando o bolo de aniversário com suas cinquenta e cinco velas acesas como se fosse a cabeça de São João Batista em uma bandeja e o dispôs diante de tia Mary Maria.

Anne, aparentemente a sorridente e serena anfitriã, estava se sentindo muito desconfortável havia algum tempo. Apesar de toda a suavidade exterior, ela estava cada vez mais convicta de que algo dera terrivelmente errado. Na chegada dos convidados, ela estivera ocupada demais para notar a mudança no rosto de tia Mary Maria quando a sra. Marshall Elliott desejou-lhe cordialmente muitas felicidades pelo dia. Mas, quando eles enfim estavam sentados ao redor da mesa, Anne se atentou para o fato de que tia Mary não parecia nem um pouco feliz. Estava muito pálida... não podia ser de fúria! ...e não disse nenhuma palavra enquanto a refeição avançava, exceto para responder brevemente as observações dirigidas a si. Tomou apenas duas colheres de sopa e comeu três bocados de salada; quanto ao sorvete, ela agiu como se nem estivesse lá.

Quando Susan colocou o bolo de aniversário, com suas velas bruxuleantes, diante de tia Mary Maria, ela deu uma temida engolida em seco, malsucedida em mascarar um soluço, o que resultou em um grito estrangulado.

— Tia, a senhora está bem? — exclamou Anne.

Tia Mary Maria a encarou friamente.

— *Muito* bem, Annie. Estou me sentindo muito, muito bem para uma pessoa tão *idosa* como eu.

Nesse momento auspicioso, as gêmeas apareceram carregando entre elas o cesto com as cinquenta e cinco rosas amarelas e, em meio a um silêncio subitamente frio, o presentearam a tia Mary Maria, com felicitações balbuciadas e votos de felicidades. Um coro de admiração se fez na mesa, mas tia Mary Maria não se juntou a ele.

— As gêmeas vão apagar as velas para você, tia — murmurou Anne com nervosismo —, e então, a senhora cortaria o bolo de aniversário?

— Ainda não estou tão senil, Annie, posso eu mesma apagar as velas.

Tia Mary Maria começou a apagá-las, meticulosa e deliberadamente. Com igual cuidado e deliberação, ela cortou o bolo. Então, largou a faca.

— Agora, se me dá licença, Annie. Uma mulher *tão velha* como eu precisa descansar depois de tanta animação.

Tia Mary Maria rodopiou com sua saia de tafetá. Ao chão acabou parando o cesto de rosas quando ela passou. Aos cliques seus sapatos de salto alto batiam nos degraus ao subir. Um baque foi ouvido à distância pela porta de seu quarto.

Os convidados aturdidos comeram suas fatias de bolo com o apetite que puderam reunir, em um silêncio tenso quebrado apenas por um relato desesperadamente contado pela sra. Amos Martin sobre um médico na Nova Escócia que envenenou vários pacientes injetando neles germes de difteria. Os outros, achando que aquilo não era de bom-tom, não apoiaram seu louvável esforço para "apaziguar as coisas" e, por fim, todos foram embora assim que decentemente puderam.

Uma Anne preocupada correu para o quarto de tia Mary Maria.

— Tia, o que aconteceu?

— Era realmente necessário anunciar minha idade em público, Annie? E convidar Adella Carey a vir... e assim descobrir quantos anos tenho? Ela morre de vontade de saber minha idade há anos!

— Tia, nossa intenção... nossa...

— Não sei qual era a sua intenção, Annie. Que há algo por trás de tudo isso eu sei muito bem... oh, eu posso ler sua mente, querida Annie, mas não vou tentar desentocar esse pensamento. Vou deixar isso entre você e sua consciência.

— Tia Mary Maria, minha única intenção era lhe oferecer um feliz aniversário. Lamento terrivelmente.

Tia Mary Maria levou o lenço aos olhos e sorriu com coragem.

— Claro que perdoo você, Annie. Mas você deve saber que, depois dessa deliberada tentativa de ferir meus sentimentos, não posso mais ficar aqui.

— Por Deus, tia Mary Maria!

Tia Mary Maria ergueu uma mão comprida, fina e nodosa.

— Não vamos discutir isso, Annie. Eu quero paz, apenas paz. "O quanto pode suportar um espírito ferido?".

Anne foi ao concerto com Gilbert naquela noite, mas não se pode dizer que o aproveitou. Gilbert lidou com o assunto "como um típico homem", como a srta. Cornelia poderia ter dito.

— Lembro que ela sempre foi um pouco sensível com a idade. Papai costumava zombar dela. Eu deveria ter avisado você, mas tinha escapado da minha memória. Se ela for, não tente impedi-la.

E se conteve em acrescentar "Boa viagem!".

— Ela não vai. Não temos tanta sorte assim, sra. Blythe, querida — disse a incrédula Susan.

Contudo, pela primeira vez, Susan estava errada. Tia Mary Maria partiu já no dia seguinte, perdoando a todos com seu último suspiro.

— Não culpe Annie, Gilbert — disse ela magnanimamente. — Eu a absolvo de qualquer insulto intencional. Nunca me importei que ela tivesse segredos de mim... embora para uma mente sensível como a minha... mas, apesar de tudo, sempre gostei da pobre Annie — disse isso com ar de quem confessa uma fraqueza. — Mas Susan Baker já é outra história. Minha última palavra para você, Gilbert, é colocar Susan Baker em seu lugar e mantê-la lá.

Ninguém conseguia acreditar em tanta boa sorte. E então compreenderam que tia Mary Maria havia de fato partido, que era possível voltar a rir sem ferir os sentimentos de ninguém, abrir todas as janelas sem ninguém reclamar de correntes de ar. Comer uma refeição sem ninguém dizendo que algo de que você particularmente gostou pode dar câncer de estômago.

"Nunca me despedi de um convidado partindo com tanta vontade", pensou Anne, meio culpada. "É bom poder chamar a própria alma de sua novamente."

Camarão se banhou meticulosamente, sentindo que, afinal, havia alguma diversão em ser um gato. A primeira peônia desabrochou no jardim.

— O mundo está repleto de poesia, não é, mamãe? — disse Walter.

— Vai ser um junho muito bom — previu Susan. — O almanaque assim o diz. Haverá alguns noivados e provavelmente e pelo menos dois funerais. Não é estranho que voltamos a poder respirar livremente? Quando penso que fiz de tudo para impedi-la de dar aquela festa, sra. Blythe, querida, percebo que há uma Providência onipotente. E você não acha, sra. Blythe, querida, que o doutor iria saborear algumas cebolas com seu bife frito hoje?

XV

— Senti que precisava vir, querida — disse a srta. Cornelia — e explicar sobre aquele telefonema. Foi tudo um erro... sinto muito... a prima Sarah não morreu, afinal.

Anne, reprimindo um sorriso, ofereceu à srta. Cornelia uma cadeira na varanda, e Susan, erguendo os olhos da gola de renda de crochê irlandês que estava fazendo para a sobrinha Gladys, proferiu um escrupulosamente educado:

— Boa noite, *sra*. Marshall Elliot.

— A notícia veio do hospital esta manhã, de que ela falecera durante a noite, e senti que deveria informá-la, já que ela era paciente do doutor. Mas era outra Sarah Chase, e a prima Sarah está viva e provavelmente viverá, fico grata em dizer. É muito bom e agradável, aqui, Anne. Eu sempre digo que se há uma brisa boa em algum lugar é em Ingleside.

— Susan e eu estávamos apreciando o encanto desta noite estrelada — disse Anne, colocando de lado o vestido de musselina rosa que costurava para Nan e espalmando as mãos sobre os joelhos. Uma desculpa para ficar ociosa por um tempinho não era de todo mal. Nem ela nem Susan tinham muitos momentos de ócio atualmente.

Haveria um nascer da lua e a profecia do acontecimento era ainda mais adorável do que o próprio nascer da lua. Lírios-tigres brilhavam forte ao longo do caminho e o aroma das madressilvas iam e vinham nas asas do vento sonhador.

— Olha essa onda de papoulas nascendo contra o muro do jardim, srta. Cornelia. Susan e eu estamos muito orgulhosas de nossas papoulas este ano, embora não tenhamos nenhuma relação com elas. Walter derrubou um pacote de sementes ali por acidente na primavera e eis aí o resultado. Todos os anos temos algumas surpresas deliciosas como essa.

— Eu sou parcial quanto às papoulas — disse a srta. Cornelia —, embora elas não durem muito tempo.

— Elas têm apenas um dia de vida — admitiu Anne —, mas quão imperialmente, quão lindamente vivem! Não é melhor que ser uma horrível zínia, que parece durar para sempre? Não temos zínias em Ingleside. São as únicas flores das quais não somos amigas. Susan nem fala com elas.

— Alguém sendo assassinado no Oco? — perguntou a srta. Cornelia.

De fato, os sons que vinham de longe pareciam indicar que alguém estava sendo queimado na fogueira. Anne e Susan, porém, estavam acostumadas demais para serem perturbadas.

— Persis e Kenneth estiveram aqui o dia todo e acabaram em um banquete no Oco. Quanto à sra. Chase, Gilbert foi à cidade esta manhã para saber a verdade sobre ela. Estou feliz pelo bem de todos que ela esteja indo tão bem. Os outros médicos não concordaram com o diagnóstico de Gilbert, e ele ficou um pouco preocupado.

— Sarah nos avisou quando foi ao hospital que não deveríamos enterrá-la a menos que tivéssemos certeza de que ela estava morta — disse a srta. Cornelia, abanando-se com grandes gestos e imaginando como a esposa do médico sempre conseguia parecer tão tranquila. — Sabe, sempre tivemos um pouco de medo de que o marido dela fosse enterrado vivo... ele parecia tão vivaz. Mas ninguém pensou nisso até que fosse tarde demais. Era irmão desse Richard Chase que comprou a velha fazenda de Moorside e se mudou de Lowbridge para lá na primavera. Ele é uma figura. Disse que veio ao país para ter um pouco de paz e precisou passar todo o tempo em Lowbridge evitando viúvas — "e solteironas", ela poderia ter acrescentado, mas não o fez, em consideração aos sentimentos de Susan.

— Conheci a filha dele, Stella. Ela sempre vem para o ensaio do coral. Nós acabamos gostando muito uma da outra.

— Stella *é* uma menina doce, uma das poucas de hoje em dia que ainda consegue ruborizar. Sempre gostei dela. A mãe dela e eu costumávamos ser grandes camaradas. Pobre Lisette!

— Ela morreu jovem?

— Sim, quando Stella tinha apenas oito anos. Richard a criou sozinho. E ele é um descrente, se é que se pode dizer alguma coisa dele! Diz que as mulheres são apenas biologicamente importantes, o que quer que isso signifique. Está sempre soltando alguma pérola como essa.

— Mas parece que ele a criou direitinho, não? — disse Anne, que achava Stella Chase uma das garotas mais charmosas que já conhecera.

— Ah, não é possível mimar Stella. E não estou negando que Richard não tenha alguma participação nisso. Mas ele é um excêntrico a respeito de rapazes e nunca deixou a pobre Stella ter um único namorado na vida! Todos os jovens que tentaram se aproximar dela simplesmente ficaram aterrorizados com o sarcasmo. Ele é a criatura mais sarcástica que se conhece. Stella não consegue controlá-lo. A mãe também não conseguia antes. Mas ela aguentava. Ele é sempre do contra e elas nunca conseguiram entendê-lo.

— Achei que Stella parecia muito dedicada ao pai.

— Ah, ela é. Ela o adora. Ele é um homem muito agradável quando consegue o que quer. Mas deveria ter mais juízo sobre o casamento da filha. Deveria saber que não vai viver para sempre, embora ouvindo-o falar você pensaria que sua intenção seja exatamente essa. Ele não é velho, é claro, era bem jovem quando se casou. Mas derrames acontecem nessa família. E o que Stella vai fazer depois que ele se for? Apenas definhar, suponho.

Susan ergueu os olhos da intrincada rosa de seu crochê irlandês por tempo suficiente para dizer, resoluta:

— Eu não concordo com pessoas mais velhas estragando a vida dos jovens dessa maneira.

— Talvez se Stella realmente gostasse de alguém, as objeções de seu pai não pesariam tanto assim para ela.

— É aí que você se engana, querida Anne. Stella nunca se casaria com alguém que o pai não aprovasse. E posso lhe contar outro cuja vida vai ser arruinada, e esse é o sobrinho do Marshall, Alden Churchill. Mary está determinada a impedi-lo de se casar enquanto puder. É ainda mais contrária do que Richard. Se ela fosse um cata-vento apontaria para o Norte quando o vento soprasse do Sul. A propriedade é dela até que Alden se case e depois vai para ele, você sabe. Toda vez que ele sai com uma garota, ela dá algum jeito de que acabe.

— De fato, é *tudo* obra dela, *sra*. Marshall Elliot? — Susan perguntou secamente. — Algumas pessoas pensam que Alden é muito mutável. Eu o ouvi ser chamado de paquerador.

— Alden é bonito e as garotas o perseguem — retrucou a srta. Cornelia. — Eu não o culpo por iludi-las por um tempo e depois largá-las. Isso serve de lição. Mas houve uma ou duas garotas boas que ele realmente gostou e toda vez Mary impediu. Ela mesma me disse isso, me disse que consultou a Bíblia, está sempre "consultando a Bíblia" e quando abria num versículo era sempre uma advertência contra o matrimônio de Alden. Não tenho paciência com ela e seus modos estranhos. Por que não pode frequentar a igreja e ser uma criatura decente como o resto de nós em Four Winds? Mas não, ela deve estabelecer uma religião apenas para si mesma, que consiste em "consultar a Bíblia". No outono passado, quando aquele valioso cavalo adoeceu... aquele que valia quatrocentos dólares... em vez de mandar chamar o veterinário de Lowbridge, ela "consultou a Bíblia" e encontrou um versículo: "O Senhor dá e o Senhor tira. Bendito seja o nome do Senhor".[1] Então não chamou o veterinário e o cavalo morreu. Imagine aplicar esse versículo dessa maneira, querida Anne. Eu chamo isso de irreverente. Eu disse a ela na cara dura, mas apenas recebi um olhar de desdém como resposta. E ela não quer instalar o telefone. "Você acha que vou falar para uma caixa na parede?", diz ela quando alguém toca no assunto.

A srta. Cornelia fez uma pausa, um pouco sem fôlego. Os caprichos de sua cunhada sempre a deixavam impaciente.

— Alden não é nada parecido com a mãe — disse Anne.

— Alden é como o pai, homem igual nunca existiu... se tratando de homens. Por que ele se casou com Mary é algo que os Elliott nunca conseguiram entender. Embora estivessem mais do que contentes por casá-la tão bem; ela sempre pareceu ter um parafuso solto e havia sido uma menina magrela. Claro, tinha muito dinheiro. Sua tia Mary deixou tudo para ela, mas não era esse o motivo. George Churchill estava realmente apaixonado por ela. Não sei como Alden suporta os caprichos da mãe; mas ele tem sido um bom filho.

— Sabe o que acabo de pensar, srta. Cornelia? — disse Anne com um sorriso travesso. — Não seria bom se Alden e Stella se apaixonassem?

— Não há muita chance disso acontecer, e eles não chegariam a lugar nenhum se se apaixonassem. Mary se oporia e Richard

---

[1] Jó 1,21.

mostraria a porta da rua para um simples fazendeiro no mesmo instante, mesmo sendo ele próprio um fazendeiro hoje em dia. Mas Stella não é o tipo de garota que Alden gosta. Ele gosta das risonhas animadas. E Stella não se importaria com o tipo dele. Ouvi dizer que o novo ministro em Lowbridge estava de olho nela.

— Mas ele não é um tanto anêmico e míope? — perguntou Anne.

— E ele tem olhos arregalados, saltados — disse Susan. — Devem ficar horríveis quando ele quer parecer sentimental.

— Pelo menos é presbiteriano — disse a srta. Cornelia, como se isso expiasse tudo. — Bem, devo ir. Percebi que se ficar no sereno por muito tempo minha neuralgia vai me incomodar.

— Vou acompanhá-la até o portão.

— Você sempre pareceu uma rainha nesse vestido, querida Anne — disse subitamente a srta. Cornelia, com admiração.

Anne encontrou Owen e Leslie Ford no portão e os trouxe para a varanda. Susan tinha sumido para pegar limonada para o médico, que acabara de chegar em casa, e as crianças surgiram do Oco como um enxame, sonolentas e felizes.

— Vocês estavam fazendo um barulho terrível enquanto eu entrava — disse Gilbert. — Todos da vila devem ter ouvido vocês.

Persis Ford, sacudindo para trás seus grossos cachos cor de mel, mostrou a língua para ele. Persis era uma das grandes favoritas do "tio Gil".

— Estávamos imitando o uivo dos dervixes, então é claro que tivemos que fazer igual a eles — explicou Kenneth.

— Olhe para o estado em que sua camisa está — disse Leslie severamente.

— Caí na torta de lama de Di — disse Kenneth, com decidida satisfação em seu tom. Detestava aquelas camisas engomadas e imaculadas que mamãe o fazia usar quando vinha para o Glen.

— Minha querida mamãe — disse Jem —, posso pegar aquelas velhas penas de avestruz no sótão para costurar na parte de trás da minha calça como um rabo? Nós vamos ter um circo amanhã e eu vou ser o avestruz. E vamos ter um elefante.

— Você sabe que custa seiscentos dólares por ano para alimentar um elefante? — disse Gilbert solenemente.

— Um elefante imaginário não custa nada — explicou Jem com paciência.

Anne riu.

— Jamais precisaremos ser econômicos em nossa imaginação, graças a Deus.

Walter não disse nada. Estava um pouco cansado e bastante satisfeito em estar sentado ao lado da mamãe nos degraus e encostar sua escura cabecinha no ombro dela. Leslie Ford, ao olhá-lo, pensou que ele possuía o rosto de um gênio, o olhar remoto e distante de uma alma de outra estrela. A Terra não era o seu habitat.

Estavam todos muito felizes naquela hora dourada de um dia dourado. O sino de uma igreja do outro lado do porto tocou fraca e docemente. A lua desenhava padrões na água. As dunas brilhavam em prata nebulosa. Havia um quê de menta no ar e o aroma de rosas não visíveis era intoleranteme doce. E Anne, observando sonhadora o gramado com olhos que, apesar de seis filhos, ainda eram muito jovens, pensou que não havia nada no mundo tão esguio e élfico quanto um pinheirinho ao luar.

Então ela começou a pensar em Stella Chase e Alden Churchill, até que Gilbert lhe ofereceu um centavo por seus pensamentos.

— Estou pensando seriamente em pôr à prova minhas habilidades casamenteiras — respondeu Anne.

Gilbert olhou para os outros, fingindo desespero.

— Tinha medo de que um dia isso voltasse à tona. Fiz o meu melhor, mas não se pode reformar uma casamenteira nata. Ela é apaixonada por isso... O número de casais que ela já uniu é incrível. Eu não conseguiria dormir à noite se tivesse esse tipo de responsabilidade na minha consciência.

— Mas eles estão todos felizes — protestou Anne. — Sou realmente uma adepta. Pense em todos os casais que já uni, ou que fui acusada de unir. Theodora Dix e Ludovic Speed, Stephen Clark e Prissie Gardner, Janet Sweet e John Douglas, o professor Carter e Esme Taylor, Nora e Jim... e Dovie e Jarvis.

— Ah, eu admito. Essa minha esposa, Owen, nunca perdeu a esperança. As vacas podem, para ela, tossir a qualquer momento. Suponho que ela continuará tentando casar as pessoas até morrer.

— Acho que ela ainda é responsável por outro casal — disse Owen, sorrindo para a esposa.

— Eu não — disse Anne prontamente. — A culpa é do Gilbert. Fiz o meu melhor para convencê-lo a não fazer aquela operação em George Moore. Fale sobre dormir à noite... há noites em que acordo com uma transpiração fria sonhando que consegui.

— Bem, dizem que só as mulheres felizes são casamenteiras, então isso é bom para mim — disse Gilbert complacente. — Que novas vítimas você tem em mente agora, Anne?

Anne apenas sorriu para ele. Ser casamenteira é algo que exige sutileza e discrição, e há coisas que não se pode contar nem ao próprio marido.

XVI

    Anne ficou acordada por horas naquela e em várias noites depois, pensando em Alden e Stella. Tinha a sensação de que Stella ansiava por um casamento, um lar, filhos... Certa noite implorou pela permissão para dar banho em Rilla.

— É tão delicioso banhar esse corpinho roliço e cheio de covinhas — e depois, com timidez — Não é adorável, sra. Blythe, ter esses bracinhos de veludo, tão queridos esticados para você? Um bebê é algo tão *certo*, não é?

Seria uma pena se um pai rabugento impedisse o florescimento dessas esperanças secretas.

Seria um casamento ideal. Mas como poderia ser arranjado sendo todos os envolvidos um pouco teimosos e contrários? Já que a teimosia e a contrariedade não eram apenas dos mais velhos. Anne suspeitava que tanto Alden como Stella eram bastante teimosos. Isso exigia uma técnica totalmente diferente de qualquer caso anterior. Naquele exato momento Anne se lembrou do pai de Dovie.

Anne levantou o queixo e foi até lá. Alden e Stella, considerou ela, estavam praticamente casados desde aquela hora.

Não havia tempo a perder. Alden, que morava na Cabeça da Foz e frequentava a igreja anglicana do outro lado do porto, ainda nem conhecia Stella Chase e talvez nunca a tivesse visto. Havia alguns meses que não andava atrás de nenhuma garota, mas poderia começar a qualquer momento. A sra. Janet Swift, de cima do Glen, estava recebendo a visita de uma sobrinha muito bonita, e Alden sempre corria atrás das novas garotas. A primeira coisa, então, a ser feita era que Alden e Stella se conhecessem. E como isso iria acontecer? Deveria ser feito de uma forma aparentemente inocente. Anne quebrou a cabeça, mas não conseguiu pensar em nada mais original que dar uma festa e convidar os dois. Não gostou muito da ideia. Estava muito quente para uma festa e os jovens de Four Winds eram tão enérgicos. Anne sabia que Susan nunca consentiria em dar uma festa sem limpar Ingleside praticamente do sótão ao porão, e Susan estava sentindo muito calor naquele verão. Mas uma boa causa exige sacrifícios. Sua colega Jen Pringle escrevera avisando que viria para uma há muito prometida visita e essa seria uma boa desculpa para a festa. A sorte parecia estar a seu favor. Jen veio, os convites foram enviados. Susan fez a faxina em Ingleside e ela e Anne cozinharam sozinhas para a festa em meio a uma onda de calor.

Anne se sentia terrivelmente cansada na noite anterior à festa. O calor estava insuportável. Jem estava doente na cama com um ataque do que Anne secretamente temia ser apendicite, embora Gilbert tenha logo descartado a possibilidade, afirmando ser apenas indigestão por maçãs verdes. E Camarão quase foi escaldado até a morte quando Jen Pringle, tentando ajudar Susan, derramou do fogão uma panela de água quente em cima dele. Todos os ossos do corpo de Anne doíam, sua cabeça doía, seus pés doíam, seus olhos doíam. Jen tinha ido com um grupo de crianças visitar o farol, dizendo a Anne para ir direto para a cama. Mas, em vez disso, Anne se sentou na varanda, na umidade que se seguiu à tempestade da tarde, e conversou com Alden Churchill, que viera buscar um remédio para a bronquite da mãe, sem entrar na casa, entretanto. Anne achou que era uma oportunidade enviada pelos céus pois queria muito ter uma conversa com ele. Eram bons amigos, já que Alden costumava vir sempre para pegar medicamentos para a mãe.

Alden estava sentado no degrau da varanda com a cabeça jogada para trás contra a pilastra. Ele era, como Anne sempre pensou, um sujeito muito bonito, alto e de ombros largos, com um rosto pálido como mármore que nunca se bronzeava, olhos azuis vívidos e um imponente cabelo incrivelmente negro. Sua voz era risonha e seus modos gentis e atenciosos, que mulheres de todas as idades apreciavam. Havia frequentado a Queen's Academy por três anos e até pensou em estudar em Redmond, mas a mãe o proibiu de ir, alegando razões bíblicas, então Alden se estabeleceu bastante satisfeito na fazenda. Gostava da agricultura, dissera a Anne; era um trabalho ao ar livre, independente; ele tinha o dom da mãe para ganhar dinheiro e a personalidade charmosa do pai. Não era de admirar que fosse um jovem tão cobiçado para um casamento.

— Alden, quero lhe pedir um favor — disse Anne de forma cativante. — Será que pode fazê-lo para mim?

— Claro, sra. Blythe — respondeu ele cordialmente. — Só me diga o que é. A senhora sabe que eu faria qualquer coisa por você.

Alden gostava muito da sra. Blythe e realmente faria qualquer coisa por ela.

— Receio que seja entediante para você — disse Anne ansiosamente. — É só que... quero que você garanta que Stella Chase se divirta na minha festa amanhã à noite. Tenho tanto medo de que isso não aconteça. Ela ainda não conhece muitas pessoas novas por aqui e a maioria é mais jovem que ela, bem, pelo menos os garotos são. Tire-a para dançar e cuide para que ela não fique sozinha e deslocada. Ela é tão tímida com estranhos. E eu quero tanto que ela se divirta.

— Ah, farei o meu melhor — disse Alden prontamente.

— Mas não vá se apaixonar por ela, viu? — advertiu Anne, rindo com cautela.

— Por favor, sra. Blythe, mas por que não?

— Bem, aqui entre nós, acho que o sr. Paxton de Lowbridge se apaixonou por ela.

— Aquele presunçoso? — explodiu Alden, em um rompante inesperado.

Anne fingiu uma leve reprimenda.

— Ora, Alden, me disseram que ele é um jovem muito bom. E ele é o tipo de homem que teria alguma chance com o pai de Stella, você sabe.

— Será mesmo? — disse Alden tropeçando na indiferença.

— Sim, e nem sei se mesmo assim ele o aprovaria. Consigo entender o sr. Chase quando acha que não há ninguém bom o suficiente para Stella. Receio que um simples agricultor não irá lhe chamar a atenção. Então, não quero que crie problemas para você mesmo ao se apaixonar por uma garota que nunca poderia ter. Estou apenas dando um conselho de amiga. Tenho certeza de que sua mãe pensa como eu.

— Ah, obrigado, mas que tipo de garota ela é, afinal. É bonita?

— Bem, admito que ela não é uma beleza. Gosto muito de Stella... mas ela está um pouco pálida e retraída. Não é muito forte, mas me disseram que o sr. Paxton tem muito dinheiro. Na minha opinião, essa deveria ser uma combinação ideal e não quero que ninguém estrague.

— Por que você não convidou o sr. Paxton para a sua festa e pediu a ele para dar atenção à sua Stella? — Alden reagiu com truculência.

— Você sabe que um ministro não iria a um baile, Alden. Agora, não seja rabugento e faça com que Stella se divirta.

— Ah, vou providenciar para que ela se divirta. Boa noite, sra. Blythe.

Alden afastou-se abruptamente. Deixada sozinha, Anne riu.

"Agora, se eu entender alguma coisa da natureza humana, esse garoto vai mergulhar direto para mostrar ao mundo que ele pode ter Stella se ele a quiser, apesar de qualquer pessoa que seja. Ele mordeu a minha isca sobre o ministro. Mas acho que vou ter uma noite ruim com essa dor de cabeça."

Ela teve uma noite ruim e complicada, chamada por Susan de "um torcicolo no pescoço", e, pela manhã, se sentia como um trapo velho. Mas à noite já era uma anfitriã alegre e galante. A festa foi um sucesso. Todo mundo pareceu aproveitar bastante. Stella certamente se divertiu. Alden levou o serviço com seriedade, talvez até com excesso de zelo, achou Anne. Estava sendo bem arrojado para um primeiro encontro já que Alden levou Stella para um canto pouco iluminado da varanda depois do jantar e a manteve lá por uma hora. Mas, no geral, Anne ficou satisfeita quando parou para pensar na manhã seguinte. Claro que sim, o tapete da sala de jantar foi praticamente arruinado por duas tigelas de sorvete derramado e um prato cheio de bolo que caíra nele; os castiçais de vidro Bristol da avó de Gilbert foram quebrados em pedacinhos; alguém havia derramado um jarro cheio de água da chuva no quarto de hóspedes, que encharcou e descoloriu o teto da biblioteca de maneira trágica; as franjas do sofá chesterfield foram praticamente tiradas; a grande samambaia-americana de Susan, seu orgulho, aparentemente fora sentada por uma pessoa grande e pesada. O lado positivo, porém, era que, a menos que todos os sinais falhassem, Alden havia se apaixonado por Stella. Anne pensou que afinal as chances estavam a seu favor.

As fofocas locais nas semanas seguintes confirmaram essa visão. Tornou-se cada vez mais evidente que Alden estava apaixonado. Mas e Stella? Anne não achava que ela fosse o tipo de garota que seguraria a mão estendida de qualquer homem.

Possuía um traço da contrariedade do pai, que nela funcionou como uma encantadora independência.

Mais uma vez a sorte foi amiga da casamenteira preocupada. Stella veio ver as estafiságrias de Ingleside certa noite e depois ela e Anne se sentaram na varanda e conversaram. Stella Chase era uma moça pálida e esbelta, um tanto tímida, mas intensamente doce. Tinha uma suave nuvem de cabelo dourado pálido e olhos castanhos. Anne acreditava que sua magia estava nos cílios, pois ela não era de fato bonita. Seus cílios eram inacreditavelmente longos e quando ela os levantava e os soltava, fazia coisas com o coração masculino. Ela tinha certa distinção de modos, que a fazia parecer mais velha que seus vinte e quatro anos e um nariz que poderia se tornar aquilino com a idade.

— Tenho ouvido coisas sobre você, Stella — disse Anne, balançando um dedo para ela. — E eu... não sei se... gosto... desses comentários. Você me perdoa se eu disser que não acho que Alden Churchill seja o namorado certo para você?

Stella se virou com uma expressão assustada.

— Por quê? Achei que gostasse de Alden, sra. Blythe.

— Sim, gosto dele. Mas, veja bem, ele tem a reputação de ser muito inconstante. Me disseram que nenhuma garota consegue segurá-lo por muito tempo. Muitas tentaram e falharam. Eu odiaria vê-la sendo deixada se os gostos dele mudassem.

— Acho que você está enganada sobre Alden, sra. Blythe — disse Stella devagar.

— Espero que sim, Stella. Se ao menos você fosse um tipo diferente... saltitante e alegre como Eileen Swift.

— Ah bem, preciso voltar para casa — disse Stella vagamente. — Papai está sozinho.

Quando ela se foi, Anne voltou a rir.

"Acho que Stella foi embora jurando para si mesma que mostraria aos amigos intrometidos que ela consegue segurar Alden e que nenhuma Eileen Swift jamais colocará as garras nele. Aquele pequeno levantar de cabeça e o rubor repentino em suas bochechas me disseram isso. Assim são os jovens. Tenho medo que os mais velhos sejam mais difíceis de decifrar."

XVII

E Anne continuava com sorte. A Liga Missionária Feminina pediu que ela fosse visitar a sra. George Churchill para sua contribuição anual à sociedade. Era raro a sra. Churchill ir à igreja e ela não fazia parte da Liga, mas "acreditava em missões" e sempre dava uma generosa quantia se alguém a visitasse e pedisse. As pessoas desgostavam tanto dessa tarefa que os membros se revezavam para fazê-lo e este ano foi a vez de Anne.

Certa noite, ela desceu tomando a trilha das margaridas através dos lotes que levavam à doce e fresca beleza de uma colina até a estrada onde ficava a fazenda Churchill, a um quilômetro e meio do Glen. Era uma estrada um tanto monótona, com cercas cinzentas subindo pelas pequenas encostas íngremes, mas havia luzes nas casas, um riacho, o cheiro dos campos de feno que descem para o mar e muitos jardins. Anne parou para olhar todos os jardins pelos quais passou. Seu interesse por eles era perene. Gilbert costumava dizer que Anne era *obrigada* a comprar um livro se a palavra "jardim" estivesse no título.

Um barco preguiçoso desceu lentamente pelo porto e, ao longe, um navio estava privado de vento. Anne sempre observava algum navio partindo com o coração um pouco acelerado. Ela compreendeu o capitão Franklin Drew quando o ouviu dizer uma vez enquanto subia a bordo de seu navio no cais: "Meu Deus, como sinto pelas pessoas que deixamos em terra!".

A grande casa dos Churchill, com o lúgubre rendilhado de ferro em volta do telhado plano de mansarda, olhava de cima para o porto e as dunas. A sra. Churchill a cumprimentou educadamente, embora sem muito entusiasmo, e a conduziu a uma sombria e esplêndida sala, cujas paredes escuras de papel pardo estavam decoradas com inúmeros retratos dos antepassados dos Churchill e dos Elliott. A sra. Churchill sentou-se em um sofá de pelúcia verde, cruzou as mãos compridas e finas e olhou de forma neutra para sua interlocutora.

Mary Churchill era alta, magra e austera. Tinha um queixo proeminente, olhos azuis profundos como os de Alden e uma boca larga e comprimida. Não desperdiçava palavras e nunca fofocava. Assim, Anne achou bastante difícil atingir seu objetivo com naturalidade, mas conseguiu por meio do novo ministro do outro lado do porto de quem a sra. Churchill não gostou.

— Ele não é um homem espiritual — disse a sra. Churchill friamente.

— Ouvi dizer que os sermões dele são notáveis — disse Anne.

— Ouvi um e não quero ouvir mais. Minha alma buscou alimento e recebeu uma palestra. Ele acredita que o Reino dos Céus pode ser tomado por cérebros. Não pode.

— Falando de ministros, o pessoal de Lowbridge tem um muito inteligente agora. Acho que ele está interessado na minha jovem amiga Stella Chase. Dizem que sairá uma boa união disso.

— Você quer dizer um casamento? — disse a sra. Churchill.

Anne se sentiu censurada, mas refletiu que era necessário engolir coisas do tipo quando estava interferindo no que não lhe dizia respeito.

— Acho que seria muito adequado, sra. Churchill. Stella é particularmente adequada para ser a esposa de um ministro. Eu tenho falado ao Alden para que não estrague tudo.

— Por quê? — perguntou a sra. Churchill, sem pestanejar.

— Bem, você sabe, realmente... acho que Alden não teria nenhuma chance. O sr. Chase não considera ninguém bom o suficiente para a filha. Todos os amigos de Alden odiariam vê-lo descartado feito uma luva velha. Ele é um menino bom demais para isso.

— Nenhuma garota jamais largou meu filho — disse a sra. Churchill, comprimindo os finos lábios. — Sempre foi o contrário. Ele as descobria, com seus cachos e suas risadinhas, suas afetações e agitações. Meu filho pode se casar com qualquer mulher que escolher, sra. Blythe, com *qualquer uma*.

— Oh? — disse Anne. Mas seu tom dizia: "Claro que sou educada demais para contradizê-la, mas você não mudou minha opinião". Mary Churchill compreendeu e seu rosto branco e enrugado ruborizou-se um pouco ao se retirar da sala para pegar sua contribuição missionária.

— Você tem a vista linda aqui — disse Anne, quando a sra. Churchill a conduzia até a porta.

A sra. Churchill lançou ao golfo um olhar de desaprovação.

— Se você já sentiu a lufada do vento leste no inverno, sra. Blythe, não acharia o mesmo dessa vista. Hoje até que a noite está boa. Eu teria medo de pegar um resfriado com esse vestido fino se fosse você. Não, mas o que importa é como é belo. Você ainda é jovem o suficiente para se preocupar com vaidades superficiais. Já não tenho qualquer interesse por coisas tão passageiras.

Anne sentiu-se bastante satisfeita com a entrevista enquanto voltava para casa em meio ao crepúsculo verde-escuro.

— Claro que não se pode contar com a sra. Churchill — ela disse a um bando de estorninhos que realizavam uma assembleia em um pequeno campo escavado na mata —, mas acho que a deixei um pouco preocupada. Pude ver que ela não gostou nem um pouco que as pessoas pensem na *possibilidade* de Alden ser rejeitado. Bem, eu fiz o que me cabe em relação a todos os envolvidos, exceto o sr. Chase, mas não sei o que posso fazer sendo que nem o conheço. Eu me pergunto se ele tem a menor noção de que Alden e Stella são namorados. Não é provável. Stella nunca ousaria levar Alden para casa, é claro. Agora, o que devo fazer com relação ao sr. Chase?

Foi realmente muito estranha a forma como tudo se desenrolou para ajudá-la. Certa noite, a srta. Cornelia apareceu e pediu a Anne que a acompanhasse até a casa dos Chase.

— Vou descer para pedir uma contribuição a Richard Chase para o novo fogão da cozinha da igreja. Você viria comigo, querida, apenas como apoio moral? Eu odeio ter de enfrentá-lo sozinho.

Encontraram o sr. Chase parado nos degraus da frente, observando, com suas longas pernas e seu longo nariz, parecendo um grou[1] meditativo. Ele tinha alguns fios brilhantes de cabelo escovados sobre o topo de sua cabeça careca e seus olhinhos cinzentos brilhavam para elas. Acontece que ele estava pensando que, se aquela era a esposa do médico ao lado da velha Cornelia, ela era muito bonita. Quanto à prima Cornelia, prima dos seus avós, era um pouco segura demais e tinha o intelecto de um gafanhoto, mas não era de forma alguma uma gata velha rabugenta se se soubesse como a acariciar.

---

[1] O *grou comum* é uma ave da família Gruidae cujo habitat é o norte da Europa e a porção ocidental da Ásia. É uma ave migratória que percorre grandes distâncias (passa o inverno na África e no Sul da Europa. Os bandos em migração voam em formação de V. (N.T.)

Ele as convidou cortesmente para sua pequena biblioteca, onde a srta. Cornelia se acomodou em uma cadeira com um pequeno grunhido.

— Está terrivelmente quente esta noite. Receio que teremos uma tempestade. Misericórdia, Richard, esse seu gato está maior que nunca!

Richard Chase tinha um familiar na forma de um gato amarelo de tamanho anormal que subia em seu joelho naquele momento. Ele o acariciou com ternura.

— Thomas Rhymer dá ao mundo a confiança de um gato — disse ele. — Não é, Thomas? Olhe para sua tia Cornelia, Rhymer. Observe os olhares malignos que ela lança para você desses olhos que deveriam apenas expressar bondade e afeição.

— Não me chame de "tia Cornelia" dessa fera! — protestou a sra. Elliott bruscamente. — Uma piada é uma piada, mas isso é levar as coisas longe demais.

— Você não prefere ser a tia do Rhymer que a tia de Neddy Churchill? — questionou Richard Chase de forma queixosa. — Neddy é um glutão e um bebedor de vinho, não é? Ouvi você listando para ele seus pecados. Você não preferiria ser a tia de um gato como Thomas, com um histórico impecável no que diz respeito a uísque e gatos malhados?

— O pobre Ned é um ser humano — retrucou a srta. Cornelia. — Eu não gosto de gatos. Essa é a única coisa que me incomoda ao ter que ir à casa de Alden Churchill. Ele também gosta fortemente de gatos. Sabe-se lá de onde ele tirou isso... tanto o pai como a mãe os detestavam.

— Que jovem sensível ele deve ser!

— Sensível! Bem, ele é sensível o suficiente, exceto na questão dos gatos e seu anseio pela evolução, outra coisa que ele não herdou da mãe.

— Sabe, sra. Elliott — disse Richard Chase solenemente —, que eu mesmo tenho uma secreta inclinação para a evolução.

— É, você já me disse isso antes. Bem, acredite no que quiser, Dick Chase, isso é típico de um homem. Graças a Deus, ninguém jamais poderia *me* fazer acreditar que descendo de um macaco.

— Você não parece descender, confesso, graciosa mulher. Não vejo semelhanças simiescas em sua fisionomia rosada, bem-delineada e eminentemente graciosa. Ainda assim, a ancestral da sua bisavó de um milhão de anos atrás se balançava de galho em galho pelo rabo. A ciência prova isso, Cornelia, é pegar ou largar.

— Então vou largar. Não vou discutir com você sobre isso ou sobre qualquer outro assunto. Tenho minha própria religião e nenhum ancestral dos macacos figura nela. A propósito, Richard, Stella não parece tão bem neste verão como eu gostaria de vê-la.

— Ela sempre sente muito o calor. Vai melhorar quando estiver mais frio.

— Espero que sim. Lisette passou por cada verão, exceto o último, Richard, não se esqueça disso. Stella tem a constituição da mãe. Ainda bem que ela provavelmente não vai se casar.

— Por que provavelmente não vai se casar? Pergunto por curiosidade, Cornelia. Os processos do pensamento feminino são muito interessantes para mim. De que premissas ou dados você tira a conclusão, à sua deliciosa e improvisada maneira, de que Stella provavelmente não se casará?

— Bem, Richard, para ser sincera, ela não é o tipo de garota que é muito popular entre os homens. Ela é uma garota boa e doce, mas ela não se dá bem com os homens.

— Ela já teve admiradores. Gastei muito do meu dinheiro na compra e manutenção de espingardas e cães.

— Eles admiraram seus montes de dinheiro, imagino. Foram facilmente desencorajados, não foram? Apenas uma demonstração do seu sarcasmo e eles correm. Se de fato quisessem Stella, não teriam desanimado com isso muito menos com seu cachorro imaginário. Não, Richard, você também precisa admitir o fato de que Stella não é uma garota que conquista namorados desejáveis. Lisette não era, você sabe. Ela nunca teve um namorado até você aparecer.

— Mas não valeu a pena esperar por mim? Certamente Lisette era uma jovem sábia. Você não quer que eu dê minha filha a nenhum Fulano, Sicrano ou Zé Ruela, quer? Minha estrela, que, apesar de seus comentários depreciativos, está pronta para brilhar nos palácios dos reis?

— Não temos reis no Canadá — retrucou srta. Cornelia. — Não estou dizendo que Stella não seja uma garota adorável. Só estou dizendo que os homens parecem não ver isso e, considerando a constituição dela, acho que é até melhor. É uma coisa boa para você também, que nunca conseguiria viver sem ela, seria tão indefeso quanto um bebê. Bem, prometa-nos uma contribuição para o fogão da igreja e vamos embora. Sei que está morrendo de vontade de pegar aquele seu livro.

— Mulher admirável e clarividente! Que tesouro você é para uma prima! Admito... *estou* morrendo. Mas ninguém além de você teria sido perspicaz o suficiente para perceber isso ou amável o suficiente para salvar minha vida agindo de acordo. Quanto é que devo lhe dar?

— Você pode doar cinco dólares.

— Nunca discuto com uma dama. Cinco dólares aqui. Ah, já vai? Ela nunca perde tempo, essa mulher única! Uma vez que seu objetivo seja alcançado, ela imediatamente deixa você em paz. Não se fazem mais mulheres como ela. Boa noite, pérola de prima.

Anne não disse uma palavra durante toda a visita. Por que deveria, quando a sra. Elliott estava fazendo seu trabalho de forma tão inteligente e inconsciente? Mas quando Richard Chase as conduziu para fora, ele de repente se inclinou para a frente em confidência.

— Você tem o melhor par de tornozelos que eu já vi, sra. Blythe, e eu já vi muitos nos meus áureos tempos.

— Ele não é terrível? — ofegou a srta. Cornelia enquanto elas desciam a rua. — Está sempre dizendo coisas ultrajantes como essa para mulheres. Você não deve ligar para ele, querida Anne.

Anne não ligava, pois gostava bastante de Richard Chase. "Eu não acho", refletiu ela "que ele tenha gostado muito da ideia de Stella não ser popular entre os homens, apesar de seus ancestrais serem macacos. Acho que ele gostaria de 'mostrar para as pessoas' também. Bem, fiz tudo o que poderia fazer. Interessei Alden e Stella um pelo outro; e creio que, cá entre nós, a srta. Cornelia e eu tenhamos feito a cabeça da sra. Churchill e do sr. Chase mais a favor da união que contra. Agora devo apenas relaxar e ver como as coisas irão acontecer."

Um mês depois, Stella Chase veio a Ingleside e se sentou novamente ao lado de Anne nos degraus da varanda, pensando, ao fazê-lo, que esperava algum dia se assemelhar à sra. Blythe, com seu olhar *amadurecido*, o olhar de uma mulher que viveu plena e graciosamente.

Naquele início de setembro, a noite fria e enevoada se seguiu depois de um dia frio e cinza-amarelado. Estava encadeado com o suave gemido do mar.

— O mar está infeliz esta noite — diria Walter ao ouvir aquele som.

Stella parecia distraída e quieta. Porém, olhando para o feitiço das estrelas sendo tecido na noite cor de púrpura, disse:

— Sra. Blythe, quero lhe contar uma coisa.

— Sim, querida?

— Estou noiva de Alden Churchill — disse Stella com urgência. — Estamos noivos desde o Natal. Contamos ao meu pai e à sra. Churchill imediatamente, mas mantivemos isso entre nós apenas porque era tão bom ter esse segredo. Não queríamos compartilhá-lo com o mundo. Mas vamos nos casar no próximo mês.

Anne fez uma excelente imitação de uma mulher transformada em pedra. Stella ainda observava as estrelas, então não viu a expressão no rosto da sra. Blythe. Ela continuou, um pouco mais tranquila

— Alden e eu nos conhecemos em uma festa em Lowbridge em novembro passado. Nós... nos apaixonamos desde o primeiro momento. Ele disse que sempre sonhou comigo, que sempre esteve procurando por mim. Disse a si mesmo: "Aqui está minha esposa", quando me viu entrar pela porta. E eu senti o mesmo. Oh, estamos tão felizes, sra. Blythe!

Mesmo assim, Anne não disse nada.

— A única nuvem na minha felicidade é a sua atitude sobre o assunto, sra. Blythe. Não terei sua aprovação? Você tem sido uma amiga tão querida para mim desde que cheguei a Glen St. Mary. Sinto como se você fosse uma irmã mais velha. E eu ficaria tão mal se achasse que meu casamento é contra sua vontade.

Havia um som de lágrimas na voz de Stella. Anne recuperou seus poderes de fala.

— Querida, sua felicidade é tudo que eu queria. Eu gosto do Alden, ele é um sujeito esplêndido... mas *tinha* fama de namorador.

— Mas ele não é. Ele estava apenas procurando a pessoa certa, você não vê, sra. Blythe? E ele não conseguia encontrá-la.

— O que seu pai acha de tudo?

— Oh, papai está muito satisfeito. Ele gostou de Alden desde o início. Eles costumavam discutir por horas sobre evolução. Papai disse que sempre quis que eu casasse quando o homem certo aparecesse. Eu me sinto muito mal por deixá-lo, mas ele diz que os pássaros jovens têm direito ao próprio ninho. A prima Delia Chase vem cuidar da casa e papai gosta muito dela.

— E a mãe do Alden?

— Ela recebeu bem a notícia, também. Quando Alden contou no Natal que estávamos noivos, ela foi até a Bíblia e o primeiro versículo que encontrou foi: "Deixará o homem o seu pai e a sua mãe, e apegar-se-á à sua mulher".[2] Ela disse que estava perfeitamente claro então o que deveria fazer e logo consentiu. Ela vai para aquela casinha dela em Lowbridge.

— Estou feliz que você não terá que conviver com aquele sofá de pelúcia verde — disse Anne.

— O sofá? Ah, sim, a mobília é muito antiquada, não é? Mas ele será levado com ela, e Alden vai comprar móveis novos. Então você vê que todos estão satisfeitos, sra. Blythe, e não receberei seus votos de felicidade também?

Anne se inclinou para frente e beijou a fria bochecha de cetim de Stella.

— Estou muito feliz por você. Deus abençoe os dias que estão por vir para vocês, minha querida.

Quando Stella foi embora, Anne correu para o próprio quarto para evitar ver qualquer pessoa por alguns momentos. Uma velha lua cínica e torta estava saindo de trás de algumas nuvens felpudas no leste e os campos além pareciam piscar maliciosamente para ela.

Ela fez um balanço de todas as semanas anteriores. Havia arruinado o tapete da sala de jantar, destruído duas relíquias preciosas e estragado o teto da biblioteca. Anne esteve tentando usar a sra. Churchill como burro de carga e a sra. Churchill provavelmente estava rindo de sua cara o tempo todo.

— Quem? — perguntou Anne à lua — foi feita de tola nesse caso? Sei qual será a opinião de Gilbert. Todo o trabalho que tive para realizar um casamento entre duas pessoas que já estavam noivas? Estou curada da sina de casamenteira então, absolutamente curada. Nunca mais levantarei um dedo para

---

[2] Gênesis 2,24.

promover um casamento nem que ninguém no mundo volte a se casar. Bem, há ao menos um consolo. A carta de Jen Pringle hoje dizendo que vai se casar com Lewis Stedman, que ela conheceu na minha festa. Os castiçais de Bristol não foram sacrificados em vão. Meninos, meninos! É realmente necessária essa barulheira toda aí embaixo?

— Somos corujas, *precisamos* piar — disse a voz ferida de Jem saída dos arbustos escuros. Ele sabia que seu trabalho de imitação estava excelente. Jem podia imitar o som de qualquer criaturinha selvagem da floresta. Walter não era tão bom nisso e logo deixou de ser uma coruja e se tornou um garotinho bastante desiludido, rastejando até a mãe em busca de conforto.

— Mamãe, eu achava que os grilos *cantassem* e hoje o sr. Carter Flagg disse que não, que eles apenas fazem aquele barulho raspando as patas traseiras. É verdade, mamãe?

— É algo do tipo. Não tenho certeza do processo, mas é o jeito deles de cantar, você sabe.

— Ah, mas eu não gosto. Nunca mais vou gostar de ouvir os grilos cantando.

— Ah, sim, claro que vai. Com o tempo, você vai esquecer esse negócio de patinhas traseiras e vai pensar apenas no coro de fadas por todos os campos e colinas de outono. Não está na hora de dormir, pequeno?

— Mamãe, você vai me contar uma história daquelas que dão frio na espinha? E ficar sentada ao meu lado depois até eu dormir?

— E para que mais servem as mães, querido?

XVIII

— "É chegada a hora, disse a Morsa" de termos um cachorro — disse Gilbert.

Eles não tinham um cachorro em Ingleside desde que o velho Rex fora envenenado; mas meninos deveriam ter um cachorro e o doutor decidiu que arrumaria um. No entanto, naquele outono ele esteve tão ocupado que acabava adiando seus planos, até que finalmente, num dia de novembro, Jem chegou em casa depois de uma tarde passada com um colega de escola carregando um cachorro... um cãozinho meio amarelo, com duas orelhas pretas orgulhosamente em pé.

— Joe Reese me deu ele, mamãe. O nome dele é Cigano. O rabo dele não é o mais fofo? Podemos ficar com ele, mamãe?

— Que tipo de cachorro ele é, querido? — Anne perguntou em dúvida.

— Eu... eu acho que ele é uma mistura de muitos tipos — disse Jem. — Isso faz ele seja mais interessante, não acha, mamãe? Mais legal do que se fosse apenas de uma única raça. *Por favor*, mamãe...

— Bem, se o papai disser que sim...

Gilbert disse "sim" e o pequeno Jem ficou extasiado. Todos em Ingleside acolheram Cigano na família, exceto Camarão, que expressou sua opinião sem rodeios. Até Susan gostava dele e, sempre que ia ao sótão em dias de chuva para fiar lã, Cigano, na ausência de seu mestre na escola, ficava com ela, gloriosamente caçando ratos imaginários em cantos escuros e uivando de medo sempre que sua curiosidade o aproximava demais da pequena roca de fiar. Ela nunca fora usada: os Morgan a deixaram ali quando se mudaram e ali ela ficou naquele canto escuro feito uma velhinha encurvada. Ninguém conseguia entender o medo do cãozinho. Ele não se importava nem um pouco com a grande roca, e sentava-se bem perto dela enquanto Susan a movimentava, girando com seu pino de fiar, e corria para trás e para frente ao lado dela enquanto ela andava pelo sótão, enrolando o longo fio de lã. Susan precisava admitir que um cachorro podia ser uma companhia maravilhosa e o ensinou o truque de se deitar de barriga para cima balançando as patas dianteiras no ar quando queria um osso; era o mais inteligente de todos. Ela ficou tão brava quanto Jem quando Bertie Shakespeare comentou sarcasticamente:

— Você chama isso de cachorro?

— Nós o chamamos de cachorro, *sim* — disse Susan com uma sinistra calma. — Talvez você queira chamá-lo de hipopótamo.

E Bertie teve que ir para casa naquele dia sem um pedaço da elaborada sobremesa feita regularmente por Susan para os dois meninos e seus amigos, chamada de "torta crocante de maçã". Ela não estava por perto quando Mac Reese perguntou:

— A maré trouxe isso?

Mas Jem foi capaz de defender o próprio cachorro, e quando Nat Flagg disse que as pernas de Cigano eram muito longas para seu tamanho, Jem retrucou que as pernas de um cachorro tinham que ser longas o suficiente para alcançar o chão. Nat não era tão brilhante e isso o colocou em seu devido lugar.

Novembro foi mesquinho com o sol naquele ano: ventos fortes sopravam pelo bosque de bordo desfolhado com seus galhos prateados e o Oco estava quase constantemente cheio de neblina, não a névoa graciosa e misteriosa, mas o que papai chamava de névoa "úmida, escura, deprimente, intermitente e chuviscante". As crianças de Ingleside tiveram que passar a maior parte do tempo brincando no sótão, mas fizeram amizade com duas perdizes que vinham todas as noites a uma certa macieira enorme e velha, e cinco de seus lindos gaios ainda eram ingênuos, importunando com seus cacarejos enquanto bicavam a comida que as crianças deixavam para eles. Só que eles eram gulosos e egoístas e mantinham todos os outros pássaros afastados.

O inverno chegou com a neve de dezembro, que durou três semanas. Os campos além de Ingleside eram longos pastos prateados, as cercas e os postes dos portões usavam altos chapéus brancos, as janelas esbranquiçaram com padrões de fadas e as luzes de Ingleside floresciam nos crepúsculos escuros e nevados, dando as boas-vindas a todos os andarilhos. Para Susan parecia que nunca houve tantos bebês de inverno como naquele ano; e quando ela deixava o prato do doutor na despensa noite após noite, ela pensava sombriamente que seria um milagre se ele resistisse até a primavera.

— O *nono* bebê Drew! Como se já não houvesse Drew o suficiente neste mundo!

— Suponho que a sra. Drew pense que é a mesma maravilha que Rilla — disse Susan.

— Você terá sua piada, sra. Blythe, querida.

Mas na biblioteca ou na grande cozinha as crianças planejavam o verão no Oco, na casa de brinquedo enquanto as tempestades uivavam lá fora, ou nuvens brancas e fofas sopravam sobre estrelas geladas. Se sopravam altas ou baixas, sempre havia fogo em Ingleside; conforto, abrigo da tempestade, odores gostosos e camas para criaturinhas cansadas.

O Natal chegou e passou sem o mau humor de Tia Mary Maria. Havia trilhas de coelhos na neve para seguir e grandes campos cobertos de crostas sobre os quais era possível apostar corrida com sua sombra e colinas brilhantes para passear e novos patins para serem experimentados no lago no mundo gelado e cor-de-rosa do pôr do sol de inverno. E havia sempre o cachorro meio amarelo de orelhas pretas para correr com você ou para recebê-lo com latidos estáticos de boas-vindas ao chegar em casa, para dormir ao pé da sua cama quando você dormia e para se deitar aos seus pés enquanto você aprendia a soletrar, para sentar perto de você nas refeições e lhe dar cutucadas ocasionais com sua patinha.

— Mamãe querida, não sei como eu vivia antes de Cigano chegar. Ele pode falar, mamãe, ele realmente pode, com seu olhar, não é?

Então, uma tragédia! Um dia Cigano parecia um pouco desanimado. Não queria comer, embora Susan o tentasse com o osso de costela que ele adorava; no dia seguinte, o veterinário de Lowbridge foi chamado e balançou a cabeça. Era difícil dizer, o cachorro pode ter comido algo venenoso na floresta, e podia se recuperar ou não. Cigano ficou muito quieto, sem prestar atenção em ninguém, exceto em Jem; quase até o fim ele tentava abanar o rabo quando Jem fazia carinho nele.

— Mamãezinha, é errado rezar pelo Cigano?

— Claro que não, meu bem. Podemos rezar sempre por qualquer coisa que amamos. Mas estou com medo... Cigano está muito doente.

— Mamãe, você acha que o Cigano vai morrer?

Cigano morreu na manhã seguinte. Foi a primeira vez que a morte entrou no mundo de Jem. Ninguém esquece a experiência de ver algo que amamos morrer, mesmo que seja apenas um cachorro. Ninguém em Ingleside usou essa expressão, nem mesmo Susan, que enxugou o nariz muito vermelho e murmurou:

— Eu nunca tive um cachorro antes e nunca mais quero ter. Dói demais.

Susan não conhecia o poema de Kipling sobre a loucura de dar seu coração a um cachorro para destroçar; mas, se conhecesse, ela assim o faria, apesar de seu desdém pela poesia, pensando que, pela primeira vez, um poeta havia proferido algo que fazia sentido.

A noite foi difícil para o pobre Jem. Papai e mamãe não estavam lá. Walter havia chorado até dormir e ele agora estava sozinho, sem seu cachorrinho para conversarem. Os queridos olhos castanhos que sempre o olhavam de baixo com fidelidade estavam vidrados com a dor da morte.

— Meu Deus — rezou Jem —, por favor, cuide do meu cachorrinho que morreu hoje. Você o reconhecerá pelas duas orelhas pretas. Não deixe que ele fique sozinho, por favor, por mim.

Jem enterrou o rosto na colcha para abafar um soluço. Quando apagasse a luz, a noite escura estaria olhando para ele pela janela e não haveria Cigano. A fria manhã de inverno chegaria e não haveria Cigano. Dia após dia se seguiriam por muitos anos e anos e não haveria Cigano. Ele não conseguia aguentar.

Em seguida, um braço terno foi deslizado ao seu redor e ele foi envolvido em um abraço caloroso. Oh, ainda havia amor no mundo, mesmo que Cigano tivesse partido.

— Mamãe, vai ser sempre assim?

— Nem sempre. — Anne não lhe disse que ele logo esqueceria. Que, com o passar do tempo, Cigano seria apenas uma lembrança querida. — Nem sempre, pequeno Jem. Isso vai passar em algum momento, do mesmo jeito que sua mão queimada curou apesar de ter doído muito no começo.

— Papai disse que me daria outro cachorro. Não preciso aceitar se não quiser, não é? Não quero outro cachorro, mamãe, nunca mais!

— Eu sei, querido.

Mamãe sabia de tudo. Ninguém tinha uma mãe como a dele. Jem queria fazer algo por ela e de repente lhe ocorreu o que faria. Ele daria um daqueles colares de pérolas da loja do sr. Flagg. Ele a ouvira dizer uma vez que realmente gostaria de ter um colar de pérolas, e papai disse:

— Quando a gente ficar rico eu te compro um, menina Anne.

Formas e meios deviam ser considerados: ele tinha uma mesada, mas era tudo usado em coisas necessárias, e um colar de pérolas não era algo que cabia em seu orçamento. Além disso, ele queria ganhar o dinheiro para isso sozinho. Seria realmente seu presente então. O aniversário da mamãe seria em março... em apenas seis semanas. E o colar custava cinquenta centavos!

XIX

Não era fácil ganhar dinheiro no Glen, mas Jem estava determinado. Ele fabricou tampas de bobinas velhas para os meninos na escola por dois centavos cada. Vendeu três preciosos dentes de leite por três centavos. Vendia sua fatia de torta crocante de maçã para Bertie Shakespeare Drew todo sábado à tarde. A cada anoitecer, ele colocava seus ganhos no porquinho de latão que Nan lhe dera de Natal. Um porco de latão brilhante lindo com uma fenda nas costas por onde as moedas caíam. Quando se colocasse cinquenta moedas de cobre, o porco se abriria sozinho se você torcesse o rabo dele e assim receberia seu tesouro de volta. Por fim, para alcançar os últimos oito centavos, ele vendeu seu barbante de ovos de pássaros para Mac Reese. Era a coleção mais linda de ovos do Glen e doeu um pouco abrir mão dela. Mas o aniversário se aproximava e o dinheiro precisava chegar. Jem jogou os oito centavos no porco assim que Mac o pagou e se exultou pelo ato.

— Torça o rabo dele pra ver se ele vai abrir mesmo — disse Mac, que não acreditava que o cofre abriria. Mas Jem se recusou; não o abriria até que estivesse pronto para pegar o colar.

A Liga Missionária se reuniu em Ingleside na tarde seguinte e essa reunião jamais seria esquecida. Bem no meio da oração da sra. Norman Taylor, que sempre se orgulhou muito de suas orações, um frenético garoto irrompeu na sala de estar.

— Meu porco de latão sumiu, mamãe. Meu porquinho de latão desapareceu!

Anne o apressou para fora, mas a sra. Norman para sempre considerou que sua oração havia sido arruinada e, como queria impressionar principalmente a esposa de um ministro visitante, demorou muitos anos até ela perdoar Jem ou voltasse a se consultar com o doutor de novo. Depois que as senhoras foram para casa, Ingleside foi vasculhada de cima a baixo pelo porco, sem resultado. Jem, entre a bronca que recebeu por seu comportamento e sua angústia pela perda, conseguia se lembrar apenas quando o viu pela última vez ou onde. Mac Reese, quando telefonado, respondeu que a última vez que viu o porco, ele estava na cômoda de Jem.

— Você não está pensando, Susan, que aquele Mac Reese...

— Não, sra. Blythe, querida, tenho certeza que não. Os Reese têm seus defeitos... são muito ciosos do dinheiro que possuem, mas é preciso ganhá-lo honestamente. *Onde* pode estar aquele porco abençoado?

— Talvez os ratos comeu ele? — disse Di. Jem zombou da ideia, mas isso o preocupou. Claro que os ratos não podiam comer um porco de latão com cinquenta moedas de cobre dentro dele. Mas será que não?

— Não, não, querido. Seu porco vai aparecer — assegurou a mãe.

O porco ainda não tinha aparecido quando Jem foi para a escola no dia seguinte. As notícias de sua perda chegaram antes dele e muitas coisas foram ditas a ele, nenhuma exatamente reconfortante. Mas, no recreio, Sissy Flagg se aproximou dele de forma persuasiva. Sissy Flagg gostava de Jem e Jem não gostava dela, apesar de — ou talvez por causa de — seus grossos cachos amarelos e enormes olhos castanhos. Mesmo aos oito anos é possível ter problemas em relação ao sexo oposto.

— Eu posso te dizer quem está com o seu porco.

— Quem?

— Você tem que me escolher para a brincadeira "adivinha quem vai ser seu par" e daí eu digo.

Era uma pílula amarga, mas Jem a engoliu. Qualquer coisa para encontrar aquele porco! Ele se sentou ruborizado em agonia ao lado da triunfante Sissy enquanto eles batiam palmas, e quando o sino tocou ele exigiu sua recompensa.

— Alice Palmer diz que Willy Drew disse a ela que Bob Russell disse a ele que Fred Elliott disse que sabia onde seu porco estava. Vá e pergunte ao Fred.

— Trapaceira — Jem gritou, olhando feio para ela. — Trapaceira!

Sissy riu com arrogância. Não se importou nem um pouco. Jem Blythe teve que se sentar com ela ao menos uma vez.

Jem foi até Fred Elliott, que a princípio declarou que não sabia nada sobre o velho porco e não queria saber. Jem estava desesperado. Fred Elliott era três anos mais velho do que ele e um conhecido valentão.

De repente, Jem teve uma inspiração e apontou um dedo indicador sujo com severidade para o grande e vermelho Fred Elliott.

— Você é um transubstanciado — disse ele com distinção.

— Olhe aqui, você não me xingue, jovem Blythe.

— Isso é mais do que um xingamento — disse Jem. — Isso é uma maldição hudu.[1] Se eu a disser de novo e apontar meu dedo para você... *então*... você terá uma semana de azar. Talvez seus dedos dos pés caiam. Vou contar até dez e se você não

---

[1] Hudu é uma série de práticas espirituais, tradições e crenças baseada em diferentes práticas religiosas africanas, criada pelos africanos escravizados trazidos para a América do Norte.

me disser antes de eu chegar a dez eu vou jogar a maldição nos seus pés.

Fred não acreditou. Mas a corrida de patinação aconteceria naquela noite e ele poderia correr esse risco. Além disso, dedos dos pés eram dedos dos pés. Nos seis, ele se rendeu.

— Tudo bem, tudo bem. Não vai morder a língua dizendo isso de novo. Mac sabe onde seu porco está. Ele disse que sabe.

Mac não estava na escola, mas Anne, ao ouvir a história de Jem, telefonou para a mãe dele. A sra. Reese apareceu um pouco mais tarde, corada e se desculpando.

— Mac não levou o porco, sra. Blythe. Ele só queria ver se abria, então torceu o rabo do porco quando Jem saiu do quarto. O cofre se partiu em dois e ele não conseguiu juntá-lo novamente. Então, colocou no armário as duas metades do porco e o dinheiro em uma das botas de domingo de Jem. Ele não deveria ter tocado no porco e o pai quase acabou com ele, mas meu filho não *roubou* o dinheiro, sra. Blythe.

— Qual foi aquela palavra que você disse para Fred Elliott, pequeno Jem querido? — perguntou Susan, quando o porco desmembrado foi encontrado e o dinheiro contado.

— Transubstanciado — disse Jem com orgulho. — Walter a encontrou no dicionário semana passada, e você sabe como ele gosta de palavras grandes e floreadas, Susan, então nós dois aprendemos a pronúncia. Repetimos um para o outro vinte e uma vezes na cama antes de dormir para não esquecermos.

Agora que o colar fora comprado e guardado na terceira caixa de cima na gaveta do meio da escrivaninha de Susan, que esteve a par do plano o tempo todo, Jem achava que o aniversário não chegaria nunca. Ele se exultou pelo fato de sua mãe não saber de nada. Mal sabia ela o que estava escondido na gaveta da escrivaninha de Susan, mal sabia o que seu aniversário lhe traria, mal sabia de nada enquanto cantava cantigas para as gêmeas: "Eu vi um navio navegando, navegando no mar, carregado de lindas coisas para mim" o que aquele navio traria.

Gilbert teve uma forte gripe no início de março que quase evoluiu para pneumonia. Ingleside passou por alguns dias de ansiedade. Anne continuava como de costume, desembaraçando cabelos, atendendo às solicitações e curvando-se sobre as camas iluminadas pela lua para ver se os queridos corpinhos estavam aquecidos, mas as crianças sentiam falta de sua risada.

— O que o mundo vai fazer se o papai morrer? — sussurrou Walter, com os lábios brancos.

— Ele não vai morrer, querido. Já está fora de perigo.

A própria Anne se perguntou o que seria de seu pequeno mundo de Four Winds, dos Glen e da Cabeça da Foz se... se algo acontecesse com Gilbert. Todos dependiam muito dele. Sobretudo as pessoas de cima no Glen, que pareciam realmente acreditar que ele conseguia ressuscitar os mortos e que ele só se absteve de proclamar isso porque estaria contrariando os propósitos do Todo-Poderoso. Ele conseguiu uma vez, afirmaram. O velho tio Archibald MacGregor havia assegurado solenemente a Susan que Samuel Hewett estava morto quando o dr. Blythe o trouxe de volta à vida. Seja como for, quando as pessoas vivas viam o rosto bronzeado e fino de Gilbert sobre si, com seus olhos castanhos amigáveis e ouviam seu alegre "Ora, não há nada de errado com você!"... bem, eles acreditavam até que se tornasse realidade. Quanto aos homônimos, ele tinha mais do que podia contar. Todo o distrito de Four Winds estava salpicado de jovens Gilberts. Havia até uma pequena Gilbertine.

E então papai estava curado e mamãe estava rindo de novo, e enfim, era a noite anterior ao aniversário.

— Se você for dormir cedo, pequeno Jem, o amanhã virá mais rápido — assegurou Susan.

Jem tentou, mas não pareceu funcionar. Walter adormeceu de pronto, mas Jem ficava se contorcendo de um lado para o outro. Estava com medo de pegar no sono. E se não acordasse a tempo e todos os outros já tivessem dado seus presentes para mamãe? Ele queria ser o primeiro. Por que ele não pediu a Susan para chamá-lo? Ela tinha saído para fazer uma visita em algum lugar, mas ele pediria assim que ela voltasse. Se apenas tivesse a certeza de que a escutaria chegando! Bem, era só ele descer e se deitar no sofá da sala e então não a perderia de vista.

Jem desceu e se enrolou na poltrona chesterfield. Ele podia ver o Glen. A lua preenchia com magia as cavidades entre as dunas brancas e nevadas. As grandes árvores, tão misteriosas à noite, estendiam seus braços ao redor de Ingleside. Ele ouviu todos os sons noturnos de uma casa: um piso rangendo, alguém se virando na cama, o desmoronar e a caída dos carvões na lareira, a correria de um ratinho no armário de porcelana. Isso foi uma avalanche? Não, apenas neve escorregando do telhado. Foi um pouco solitário. Por que Susan não vinha? Se ao menos ele tivesse o Cigano agora, o querido Cigano. Ele tinha se esquecido de Cigano? Não, não exatamente esquecido. Mas agora não doía tanto pensar nele... as pessoas pensam em outras coisas boa parte do tempo. Durma bem, mais querido dos cães. Talvez algum dia ele tivesse outro cachorro, afinal. Seria bom se tivesse um ali com ele ou ao menos o Camarão. Mas o Camarão não estava por perto. Gato velho egoísta! Pensando em nada além dos próprios assuntos!

Ainda nenhum sinal de Susan vindo pela longa estrada que serpenteava sem fim por aquela estranha distância branca pelo luar, que durante o dia era seu familiar Glen. Bem, ele só teria que imaginar coisas para passar o tempo. Algum dia ele iria para a Ilha de Baffin e viveria com os esquimós. Algum dia navegaria para mares distantes e cozinharia um tubarão para o jantar de Natal como o capitão Jim. Iria em uma expedição ao Congo em busca de gorilas. Seria um mergulhador e nadaria entre salões de cristal no mar. Pediria ao tio Davy para ensiná-lo a ordenhar a vaca direto na boca do gato na próxima vez que fosse para Avonlea. Tio Davy fazia isso com tanta habilidade. Talvez ele fosse um pirata. Susan queria que ele fosse ministro.

Um ministro poderia fazer o bem, mas um pirata não se divertiria mais? E se o soldadinho de madeira saltasse da lareira e disparasse sua arma? E se as cadeiras começassem a andar pela sala? E se o tapete de tigre ganhasse vida? E se os "ursos grasnantes" que ele e Walter fingiam ser, grasnando por toda a casa quando eram muito pequenos, realmente existissem! De repente, Jem ficou assustado. Durante o dia ele não costumava esquecer a diferença entre ficção e realidade, mas tudo era diferente naquela noite sem fim. Tique-taque fazia o relógio, tique-taque e para cada tique havia um grasnar vindo de cada degrau da escada. Os degraus estavam cheios de ursos grasnantes e taques. E eles ficaram lá, sentados, tagarelando até o dia amanhecer...

"E se Deus se esquecesse de deixar o sol nascer!"

O pensamento foi tão terrível que Jem enterrou o rosto no cobertor para ocultá-lo e foi ali que Susan o encontrou dormindo profundamente, quando voltou para casa no laranja ardente de um nascer do sol de inverno.

— Pequeno Jem!

Jem se desenrolou e se sentou, bocejando. Tinha sido uma noite movimentada para Silversmith Frost e os bosques eram o país das fadas. Uma colina distante foi tocada com uma lança carmesim. Todos os campos brancos além do Glen eram de uma linda cor rosa. Era a manhã de aniversário da mamãe.

— Estava te esperando, Susan, para te dizer para me chamar, mas você não chegava nunca...

— Desci para ver os John Warren, porque a tia deles havia morrido, e eles me pediram para ficar e velar o corpo — explicou Susan alegremente. — Eu não achava que no minuto em que virasse as costas você tentaria pegar pneumonia também. Corra para sua cama e eu chamo você no instante que ouvir sua mãe se levantando.

— Susan, como você esfaqueia tubarões? — Jem queria saber antes de subir.

— Eu não esfaqueio tubarões — respondeu Susan.

Mamãe estava acordada quando Jem entrou em seu quarto escovando os cabelos compridos e brilhantes diante do espelho. Seus olhos brilharam quando ela viu o colar!

— Jem querido! Para mim?

— Agora você não terá que esperar até que a gente fique rico — disse Jem despretensiosamente. O que era aquela coisa verde brilhando na mão de mamãe? Um anel. Presente do papai. Tudo muito bem, mas anéis eram coisas comuns, até Sissy Flagg tinha um. Mas um colar de pérolas!

— Um colar é uma coisa ótima para receber de presente — disse mamãe.

XX

Quando Gilbert e Anne foram jantar com amigos em Charlottetown numa noite no final de março, Anne usou um vestido novo verde-gelo com a gola e os punhos prateados e pôs o anel de esmeralda de Gilbert e o colar de pérolas de Jem.

— Minha esposa não é linda, Jem? — perguntou papai com orgulho.

Jem achou a mãe muito bonita e seu vestido maravilhoso. Como as pérolas ficavam lindas em seu pescoço branco! Ele sempre gostou de ver a mãe bem-vestida, porém gostava mais ainda quando ela tirava um vestido esplêndido. Eles a transformavam numa estranha. Aquela não era realmente a mãe nele.

Depois do jantar, Jem foi até a vila fazer alguma coisa para Susan e foi enquanto esperava na loja do sr. Flagg, receoso de que Sissy pudesse chegar e ser totalmente amigável demais, como às vezes acontecia, que veio o golpe, o devastador golpe da desilusão que é tão terrível para uma criança por ser inesperado e tão aparentemente inescapável.

Duas garotas estavam diante da vitrine onde o sr. Carter Flagg exibia colares, pulseiras de corrente e presilhas de cabelo.

— Esses colares de pérolas são tão bonitos, não? — disse Abbie Russell.

— A gente quase acha que são verdadeiros — disse Leona Reese.

Elas seguiram em frente, sem saber o que tinham feito com o menino sentado no barril. Jem continuou ali por mais algum tempo. Parecia incapaz de se mover.

— Qual é o problema, filho? — perguntou o sr. Flagg — Você parece meio triste...

Jem olhou para o sr. Flagg com olhos trágicos. Sua boca estava estranhamente seca.

— Por favor, sr. Flagg, aqueles colares, aqueles ali, são colares de pérolas de verdade, não são?

O sr. Flagg riu.

— Não, Jem. Receio que você não consiga comprar pérolas de verdade por cinquenta centavos, sabe. Um colar de pérolas de verdade como aquele custaria centenas de dólares. São apenas pérolas falsas muito boas e com o preço muito bom também. Comprei esses daí de uma loja que estava falindo e por isso consigo vendê-los tão barato. Normalmente eles custam um dólar. Só falta vender um, saíram rápido como bolo quente.

Jem deslizou para fora do barril e foi embora, esquecendo totalmente o que Susan o mandara buscar. Caminhou cegamente pela estrada congelada a caminho de casa. Acima dele havia um céu escuro e invernal, o que Susan chamava de "uma sensação" de neve no ar e uma camada de gelo sobre as poças. O porto jazia sombrio e taciturno entre suas margens desfolhadas. Antes de Jem chegar em casa, uma rajada de neve estava caindo sobre elas. Ele desejou que nevasse... e nevasse... e nevasse até que ele fosse enterrado e que todos fossem enterrados muito abaixo da terra. Não havia justiça neste mundo!

Seu coração estava partido. E que ninguém viesse zombar de seu desgosto apenas por zombar. Sua humilhação foi total e completa. Ele havia dado à mãe o que os dois supunham ser um colar de pérolas e era apenas uma velha imitação. O que ela diria, como se sentiria quando soubesse? Pois é claro, ela deveria ser informada. Nunca ocorreu a ele, nem por um segundo, que ela não precisava saber. Mamãe não podia mais ser enganada. Ela precisava saber que suas pérolas não eram verdadeiras. Pobre mamãe! Estava tão orgulhosa do colar... Jem não tinha visto o orgulho brilhando em seus olhos quando ela o beijou e o agradeceu?

Jem entrou pela porta lateral e foi direto para a cama, onde Walter já dormia. Mas Jem não conseguia dormir; ele estava acordado quando a mãe chegou em casa e entrou para ver se ele e o irmão estavam aquecidos.

— Jem, querido, você está acordado a essa hora? Está doente?

— Não, mas estou muito infeliz aqui, mamãezinha — disse Jem, colocando a mão na barriga, acreditando carinhosamente ser seu coração.

— Qual é o problema, meu bem?

— Eu... eu... preciso contar uma coisa a você, mamãe. Acho que você vai ficar muito decepcionada, mas eu não tive a intenção de enganar você, mamãe, não quis enganar você, de verdade.

— Tenho certeza que não, querido. O que é? Não tenha medo.

— Oh, mamãe querida, essas pérolas não são pérolas de verdade... achei que fossem... eu *realmente* achava...

Os olhos de Jem estavam cheios de lágrimas. Ele não conseguiu continuar.

Se Anne queria sorrir, não havia o menor sinal em seu rosto. Shirley batera a cabeça naquele dia, Nan havia torcido o tornozelo, Di perdeu a voz e ficou rouca por causa de um resfriado.

Anne havia beijado, enfaixado e acalmado todo mundo, mas isso era diferente, isso exigia toda a sabedoria secreta das mães.

— Jem, nunca pensei que você achasse que eram pérolas verdadeiras. Eu sabia que não eram, pelo menos no sentido literal. Por outro lado, essas são as pérolas mais reais que já ganhei. Porque havia amor, trabalho e auto sacrifício e isso torna esse colar ainda mais precioso para mim do que todas as pedras preciosas, ou que todas as pérolas tiradas das ostras do fundo do mar pelos mergulhadores do mundo inteiro para que rainhas as usem. Querido, eu não trocaria minhas lindas contas pelo colar que li ontem à noite que algum milionário deu à noiva e que custou meio milhão. Então, isso mostra a você o valor do seu presente para mim, meu mais querido dos queridos filhos. Você se sente melhor agora?

Jem estava tão feliz que se sentia até envergonhado. Ele temia que parecesse infantil estar tão feliz.

— Ah, a vida voltou a ser *suportável* — disse ele com cautela.

As lágrimas tinham desaparecido de seus olhos brilhantes. Tudo estava bem. Os braços da mamãe estavam ao seu redor. Mamãe gostava do seu colar e nada mais importava. Algum dia ele lhe daria um que não custaria apenas meio, mas um milhão inteiro. Nesse meio tempo, estava cansado, sua cama estava quentinha e aconchegante... As mãos da mamãe cheiravam a rosas e ele já não odiava mais Leona Reese.

— Mamãe querida, você está tão encantadora nesse vestido — ele disse sonolento. — Doce e pura, como chocolate em pó.

Anne sorriu ao abraçá-lo e pensou em uma coisa ridícula que havia lido em uma revista médica naquele dia, assinada pelo dr. V. Z. Tomachowsky. "Nunca se deve beijar seu filho pequeno para que ele não tenha o complexo de Jocasta". Ela riu disso na hora e ficou um pouco brava também. Agora só sentia pena do escritor. Pobre, pobre homem! Pois é claro que V. Z. Tomachowsky era um homem. Mulher nenhuma jamais escreveria algo tão bobo e tão perverso.

XXI

Abril chegou linda e vagarosamente naquele ano, com sol e ventos suaves por alguns dias e então uma nevasca vinda do nordeste voltou a despejar um cobertor branco sobre o mundo.

— Neve em abril é abominável — disse Anne. — É como um tapa na cara quando se espera um beijo.

Ingleside foi cercada de pingentes de gelo e, por duas longas semanas, os dias foram difíceis e as noites geladas. Então a neve, contra sua vontade, desapareceu e quando a notícia correu que o primeiro tordo fora visto no Oco, Ingleside acelerou o coração e se aventurou a acreditar que o milagre da primavera de fato iria acontecer novamente.

— Ah, mamãe, hoje está cheirando à primavera — exclamou Nan, farejando com prazer o ar fresco e úmido. — Mamãe, a primavera não é uma época emocionante?

A primavera dava seus primeiros passos naquele dia… como um adorável bebê que estava aprendendo a andar. O padrão de inverno de árvores e campos começava a ser coberto com

toques de verde, e Jem trouxe de novo as primeiras flores-de-
-maio. Contudo, uma senhora enormemente gorda, afundada
em uma das espreguiçadeiras de Ingleside, suspirou e disse com
melancolia que as primaveras já não eram tão bonitas quanto
as do tempo em que era jovem.

— Não acha que talvez a mudança esteja em nós... não nas
primaveras, sra. Mitchell? — sorriu Anne.

— Talvez sim. Sei muito bem que *eu* estou mudada. Acredito
que olhando para mim agora você conseguiria imaginar que
já fui a garota mais bonita por aqui.

Anne refletiu que certamente não conseguia imaginar. O
cabelo fino, seboso e cor de rato sob seu gorro frisado e o longo
véu de viúva estavam raiados de cinza. Os inexpressivos olhos
azuis, desbotados, estavam ocos; e chamar aquilo de papada
seria uma ofensa a um queixo duplo. Mas a sra. Anthony
Mitchell estava se sentindo bastante satisfeita consigo mesma
naquele momento, pois ninguém em Four Winds tinha as
melhores vestimentas de luto. Seu volumoso vestido preto
era plissado até os joelhos. Ela usava luto como por vingança.

Anne foi poupada da necessidade de dizer qualquer coisa,
já que a sra. Mitchell não lhe deu chance.

— Meu sistema de filtragem de água secou esta semana,
tem um vazamento nele, então eu desci até a vila esta manhã
para chamar Raymond Russell para vir e consertar. Daí pensei
com meus botões: "Agora que estou aqui, vou dar um pulo até
Ingleside e pedir para a sra. Blythe escrever um umbituário
para Anthony".

— Um obituário? — disse Anne com a expressão neutra.

— Sim, essas coisas que o povo coloca no jornal sobre pessoas
que bateram as botas, sabe? — explicou a sra. Anthony. —
Quero que o Anthony tenha um bom de verdade. Algo fora
do comum. Você escreve algumas coisas, não é?

— Escrevo contos de vez em quando — admitiu Anne. —
Mas uma mãe ocupada não tem muito tempo para isso. Tinha

sonhos maravilhosos lá atrás, mas agora tenho medo de nunca estar no "Quem é Quem", sra. Mitchell. E eu nunca escrevi um obituário na vida.

— Oh, mas nem deve ser tão difícil escrever um. O velho tio Charlie Bates, na nossa estrada, escreve a maioria deles para o Glen de baixo, mas ele não é nadinha poético e jurei para mim mesma que o Anthony merecia um poema. Nossa, ele sempre gostou tanto de poesia. Eu estava acordada para ouvir você dar aquela palestra sobre bandagens no Instituto Glen na semana passada e pensei aqui com meus botões: "Qualquer pessoa que consegue falar com tanta pompa vai conseguir escrever um verdadeiro umbituário poético". Você vai fazer isso por mim, não vai, sra. Blythe? Anthony iria amar tanto. Ele sempre admirou você. Um dia, ele disse que quando você entra num lugar você faz todas as outras mulheres parecerem "comuns e iguais". Ele às vezes falava desse jeito bem poético, mas tinha bom coração. Eu tenho lido muitos umbituários, fiz um álbum enorme de recortes cheinho deles, mas acho que ele não gostaria de nenhum. Ele costumava rir muito deles. E está na hora de ser feito. Ele já morreu tem dois meses. Morreu aos poucos, mas sem dor. A primavera é um momento chato para alguém morrer, sra. Blythe, mas fiz o melhor que pude. Imagino que o tio Charlie vai ficar doidinho se eu arranjasse outra pessoa pra escrever o umbituário do Anthony, mas não estou nem aí. Tio Charlie tem um maravilhoso jeito de escrever, mas ele e Anthony nunca se deram muito bem e, resumindo, não vou deixar ele escrever sobre a morte de Anthony. Fui esposa do Anthony, sua esposa fiel e amorosa por trinta e cinco anos, trinta e cinco anos, sra. Blythe — como se temesse que Anne pensasse serem apenas trinta e quatro. — E vou dar um umbituário que ele ia gostar. Isso foi o que minha filha Seraphine me disse, ela se casou em Lowbridge, você sabe... lindo nome, Seraphine, não é? Vi numa lápide. Anthony não gostou, queria chamar a menina de Judith por causa da mãe dele. Mas eu disse que era um nome muito pomposo e ele, gentil, cedeu. Ele não gostava muito de discutir, mas quase sempre chamava ela de Seraf. Onde eu estava mesmo?

— Sua filha estava dizendo...

— Ah, sim, Seraphine me disse: "Mamãe, não importa quem vai escrever, o importante é fazer um lindo umbituário ao papai". Ela e o pai sempre foram muito grudados, mas ele zombava dela de vez em quando, como fazia comigo. Então, sra. Blythe, você vai escrever para mim?

— Eu realmente não sei muita coisa sobre seu marido, sra. Mitchell.

— Ah, posso contar tudo sobre ele. Mas você não vai querer saber a cor dos olhos dele, não é? Sabe, sra. Blythe, quando Seraphine e eu estávamos discutindo sobre tudo depois do funeral eu não sabia dizer de que cor eram os olhos dele e isso depois de viver com ele trinta e cinco anos. De qualquer forma, eram gentis, suaves e sonhadores. Eles pareciam tão suplicantes quando eu estava sendo cortejada. Ele teve muita dificuldade para me conquistar, sra. Blythe. Foi louco por mim por anos. Eu estava cheia de pretendentes e precisava escolher. Minha história de vida seria realmente interessante se você ficar sem o que escrever, sra. Blythe. Ah, bem, esses dias já se foram. Eu tive mais namorados do que você consegue imaginar. Mas eles continuavam vindo e indo, e Anthony continuou vindo. Ele era bem bonito também, um homem magro e esguio. Eu nunca aceitei homens gorduchos e ele era uns dois ou três palmos maior que eu. Nego isso até a morte. "É subir um degrau para um Plummer se você se casar com um Mitchell", disse minha mãe. Eu era uma Plummer, sra. Blythe. Filha de John A. Plummer. E ele me fazia elogios românticos tão agradáveis, sra. Blythe. Uma vez ele me disse que eu tinha o encanto etiéreo do luar. Eu sabia que era algo bonito, mas até hoje eu não sei o que significa "etiéreo". Sempre tive a intenção de procurar no dicionário, mas nunca procurei. Bem, de qualquer forma, no final, dei minha palavra de honra de que seria sua noiva. Isso é, quer dizer, eu disse que me casaria com ele. Nossa, mas eu queria que você estivesse lá para ver meu vestido de noiva, sra. Blythe. Todo mundo disse que eu parecia uma pintura. Magra como uma truta com os cabelos mais claros que o ouro, e uma tez de dar inveja. Ah, o tempo faz mudanças turbulentas em nós. Você ainda não chegou nessa fase, sra. Blythe. Ainda é muito bonita e pra completar ainda é inteligente. Ah, bem, nem todas podemos ser espertas, alguns de nós temos que cozinhar. Esse seu vestido é muito bonito, sra. Blythe. Você nunca usa preto, já percebi, e tá certa, daqui a pouco vai ter que usar né, então é melhor adiar o máximo que puder, mas onde eu estava?

— Você estava... tentando me dizer algo sobre o sr. Mitchell.

— Ah, sim. Bem, nós nos casamos. Naquela noite passou um grande cometa por aqui, lembro de ver ele enquanto voltávamos para casa. Queria que você estivesse lá para ver, sra. Blythe. Foi muito lindo. Será que você poderia usar isso no umbituário?

— Acho que pode ser bastante difícil...

— Bem — a sra. Mitchell desistiu do cometa com um suspiro —, você terá que fazer o melhor que puder. Ele não teve uma vida muito aventureira. Ficou bêbado só uma vez, porque disse que queria ver como era pelo menos uma vez. Ele sempre teve uma cabeça muito especuladora, mas é claro que você não poderia colocar isso em um umbituário. Nada mais aconteceu com ele. Não estou reclamando, apenas dizendo como era, ele era um pouco indolente e descontraído. Ele ficava sentado por horas olhando para uma malva-rosa. Ah, ele gostava de flores, mas odiava cortar os brotos de botões-de-ouro. Não importava se a safra de trigo desse errado, desde que houvesse dálias silvestres e varas-de-ouro. E árvores, ah, aquele pomar dele. Eu sempre disse pra ele, brincando, que ele se importava mais com suas árvores que comigo. E sua fazenda, ele amava cada pedacinho daquela terra. Parecia pensar que a terra era gente. Muitas vezes ouvi ele falando: "Acho que vou sair e conversar um pouco com minha terra". Quando envelhecemos, eu queria que ele vendesse, já que não tínhamos filhos, poderíamos mudar para Lowbridge, mas ele dizia: "Não posso vender minha fazenda... Não posso vender meu coração". Os homens não são engraçados? Pouco antes de morrer, ele teve a ideia de comer uma galinha de panela para o jantar, "cozida do jeito que você faz", disse ele. Ele sempre gostou da minha comida, modéstia à parte. A única coisa que ele não suportava era minha salada de alface com nozes. Ele dizia que as nozes eram desagradáveis. Mas não tinha galinha disponível, estavam todas chocas e só restava um galo e é claro que eu não podia matar ele. Nossa, mas eu gosto de ver os galos se pavoneando. Não tem nada mais bonito do que um belo galo, não acha, sra. Blythe? Bem, onde eu estava?

— Você estava dizendo que seu marido queria que você fizesse galinha cozida para ele.

— Ah, sim. E sabe, tenho muito remorso por não ter feito. Acordo no meio da noite e penso nisso. Mas eu não sabia que ele ia morrer, sra. Blythe. Ele nunca reclamou muito e sempre disse que estava melhor. E interessado nas coisas até o fim. Se eu soubesse que ele ia morrer, sra. Blythe, eu teria feito uma galinha cozida, de um jeito ou de outro.

A sra. Mitchell tirou as desbotadas luvas de renda preta e enxugou os olhos com um lenço de cinco centímetros de borda preta.

— Ele teria gostado — ela soluçou. — Ele tinha os próprios dentes até o fim, coitado. Bom, de qualquer forma — disse, dobrando o lenço e recolocando as luvas —, ele tinha sessenta e cinco anos, então não estava muito longe do tempo previsto. E consegui outra placa de caixão. Mary Martha Plummer e eu começamos a colecionar placas de caixão ao mesmo tempo, mas ela logo passou na minha frente... muitos de seus parentes morreram, para não falar de seus três filhos. Ela tem mais placas que qualquer um por aqui. Parece que não tive muita sorte, mas finalmente consegui preencher a cornija da lareira. Meu primo, Thomas Bates, foi enterrado na semana passada e eu queria que a esposa dele me desse a placa do caixão, mas ela enterrou a bendita placa com ele. Disse que colecionar placas era um costume bárbaro. Ela era uma Hampson e os Hampson sempre foram estranhos. Bem, onde eu estava?

Anne realmente não sabia dizer onde a sra. Mitchell havia parado daquela vez. As placas do caixão a atordoaram.

— Ah, bem, de qualquer forma o pobre Anthony morreu. "Vou feliz e em silêncio", foi tudo o que ele disse, mas sorriu só no último instante... para o teto, não para mim ou Seraphine. Estou tão contente que ele estava assim feliz antes de morrer. Em alguns momentos pensei que talvez ele não fosse muito feliz, sra. Blythe... ele era tão terrivelmente temperamental e sensível. Mas ficou com uma expressão muito nobre e sublime no caixão. Foi um grande funeral. Um dia lindo. Ele foi enterrado com um monte de flores. Eu tive um pequeno mal-estar no final, mas fora isso tudo correu muito bem. Nós enterramos ele no cemitério de baixo do Glen, mesmo que toda a família dele esteja enterrada em Lowbridge. Mas ele escolheu o cemitério há muito tempo. Disse que queria ser enterrado perto da fazenda, onde pudesse ouvir o mar e o vento nas árvores e tem árvores ao redor de três lados daquele cemitério, você sabe. Fiquei feliz, sempre pensei que aquele era um cemiteriozinho tão aconchegante e podemos manter gerânios bem bonitos no túmulo. Ele era um bom homem, provavelmente está no céu agora, então não precisa se preocupar. Eu sempre acho que deve ser uma tarefa difícil escrever um umbituário quando *não* se sabe onde o falecido está. Posso contar com você, então, sra. Blythe?

Anne aquiesceu, sentindo que a sra. Mitchell ficaria lá e falaria até que ela consentisse. A sra. Mitchell, com outro suspiro de alívio, se levantou.

— Preciso ir agora. Estou esperando que choquem ovos de peru hoje. Gostei da minha conversa com você e gostaria de ficar mais tempo. É solitário ser viúva. Um homem pode não ser muita coisa, mas você sente falta dele quando ele se vai.

Anne educadamente a acompanhou até o portão. As crianças estavam perseguindo tordos no gramado e narcisos despontavam em todos os lugares.

— Você tem uma bela casa aqui, uma casa muito bonita, sra. Blythe. Sempre senti que adoraria uma casa grande. Mas com apenas nós e Seraphine... e de onde viria o dinheiro? E, de qualquer forma, Anthony nunca ia concordar. Ele gostava demais daquela casa velha. Pretendo vender se receber uma oferta justa para morar em Lowbridge ou Mowbray Narrows, o lugar que eu achar melhor para uma viúva. O seguro de Anthony vai ser uma mão na roda. Diga o que quiser, mas é mais fácil suportar uma mágoa cheia que uma vazia. Você descobrirá isso quando for viúva, embora espero que isso demore muitos anos ainda. Como está o médico? Foi um inverno de muitas doenças, então acho que ele se deu bem, não? Nossa, que linda família você tem! Três meninas! Bom agora, mas espere até que eles cheguem à idade de ficarem loucas por garotos. Não que eu tivesse muitos problemas com Seraphine. Ela sempre foi quieta como o pai dela e tão teimosa quanto. Quando ela se apaixonou por John Whitaker, ela disse que conseguiria ele, apesar de tudo que eu pudesse dizer. Uma sorveira?[1] Por que você não a planta na porta da frente? Isso mantém as fadas longe.

---

[1] Sorveiras (*Sorbus aucuparia*) são espécies de árvores que chegam a quinze metros de altura, comuns nas Ilhas Britânicas e regiões com baixas temperaturas. No folclore dessas regiões há a mitologia de que essa planta protege contra magia e encanto. Se uma sorveira nasce no quintal de uma casa, as pessoas que ali moram estão sob a proteção do povo das fadas.

— Mas quem iria querer manter as fadas afastadas, sra. Mitchell?

— Agora você está falando como Anthony. Eu estava apenas brincando. É claro que não acredito em fadas, mas se por acaso existissem, ouvi dizer que são muito travessas. Bem, adeus, sra. Blythe. Vou passar aqui na próxima semana para o umbituário.

XXII

— E você se deixou levar por isso, sra. Blythe, querida. — disse Susan, que entreouviu a maior parte da conversa enquanto polia a prataria na despensa.

— Se me deixei? Mas, Susan, eu realmente quero escrever esse obituário. Gostava de Anthony Mitchell, o pouco que conheci dele, e tenho certeza de que ele se reviraria no túmulo se seu obituário fosse escrito de qualquer jeito, como no *Daily Enterprise*. Anthony tinha um senso de humor peculiar.

— Anthony Mitchell era um sujeito muito agradável quando jovem, sra. Blythe, querida. Embora um pouco sonhador, é o que diziam. Ele não se movimentou muito para se adequar a Bessy Plummer, mas levava uma vida decente e pagava suas contas. Claro que ele se casou com a última garota com quem deveria. Mas, embora Bessy Plummer pareça um tanto cômica agora, ela foi muito bonita na época. Alguns de nós, sra. Blythe, querida, nem a isso temos para nos agarrar — concluiu Susan com um suspiro.

— Mamãe — disse Walter —, as lagartixas estão se espalhando por toda a varanda dos fundos. E um par de tordos está começando a construir um ninho no peitoril da janela da despensa. Você vai deixar, não vai, mamãe? Não vai abrir a janela e assustá-los?

Anne encontrara Anthony Mitchell uma ou duas vezes, embora a casinha cinzenta dele, entre a floresta de pinheiros e o mar, com o grande salgueiro sobre ela como um enorme guarda-chuva, ficasse na parte de baixo do Glen e o médico de Mowbray Narrows atendesse a maioria das pessoas de lá. Gilbert, no entanto, havia comprado feno dele algumas vezes e certa vez, quando Anthony trouxe um fardo, Anne lhe mostrou todo o jardim, e eles descobriram que falavam a mesma língua. Ela tinha gostado dele, de seu rosto esguio, enrugado e amigável, seus olhos valentes, astutos, castanho-dourados que nunca vacilavam ou eram enganados, exceto talvez, quando a beleza superficial e fugaz de Bessy Plummer o iludiu em direção a um casamento fútil. No entanto, ele nunca parecia infeliz ou insatisfeito. Enquanto pudesse arar, plantar e colher, estaria tão contente quanto um velho pasto ensolarado. Seus cabelos escuros, ligeiramente prateados e seu espírito maduro e sereno se revelavam nos raros, embora gentis, sorrisos. Seus velhos campos lhe davam pão e prazer, alegria da conquista e conforto na tristeza. Anne ficou satisfeita por ele estar enterrado perto deles. Ele poderia ter "partido feliz", mas sua vida havia sido feliz também. O médico de Mowbray Narrows havia dito a Anthony Mitchell que não poderia lhe oferecer nenhuma esperança de recuperação. Anthony sorriu e respondeu:

— Bem, a vida às vezes é um tanto monótona agora que estou ficando velho. A morte será uma espécie de mudança. Estou muito curioso a respeito disso, doutor.

Até mesmo a sra. Anthony, entre todos os seus divagantes absurdos, havia revelado algumas coisas que traduziam o verdadeiro Anthony. Anne escreveu "O Túmulo do Ancião" algumas noites depois junto à janela do seu quarto e o releu com uma sensação de contentamento.

Foi para onde os ventos possam varrer
Através dos ramos suaves e profundos,
E o murmúrio do mar
Venha através do oriente,
E as gotas de chuva que caem cantem
Gentilmente, para seu sono eterno.

Foi para onde os prados são largos
Deitou-se sobre o verde por todos os lados,
Amou os campos que arou e colheu,
Nas encostas ocidentais da grama do trevo,
Nas terras do pomar onde florescem e sopram
As árvores que há muito ele plantou.

Foi para onde o brilho das estrelas esmaece,
Que elas estejam sempre perto dele,
E que a glória do nascer do sol se espalhe
Prodigamente ao redor de sua cama,
E que as gramíneas orvalhadas rastejem
Ternamente para além de seu sono.

Já que essas eram coisas tão queridas para ele
Ao longo de muitos anos bem vividos,
Essa deve ser sua recompensa certamente,
Pois ele deve estar em seu lugar de descanso,
E que o murmúrio do mar
Seja seu eterno lamento.

— Acho que Anthony Mitchell teria gostado — disse Anne, abrindo a janela para se inclinar para a primavera. Já havia pequenas fileiras tortuosas de alface no jardim das crianças;

o pôr do sol era suave e rosado atrás do bosque de bordos; o Oco ressoava com o riso fraco e doce de crianças.

— A primavera é tão linda que detesto ir dormir e perder tudo isso — disse Anne.

A sra. Anthony Mitchell veio buscar o "umbituário" certa tarde na semana seguinte. Anne o leu para ela com um secreto senso de orgulho, mas a expressão no rosto da sra. Anthony não era de total satisfação.

— Minha nossa! Eu chamo isso de vivacidade. Você coloca as coisas tão bem. Mas... mas... você não disse uma palavra sobre ele estar no céu. Você não tinha *certeza* que ele estaria lá?

— Tenho tanta certeza que não era necessário mencionar isso, sra. Mitchell.

— Bem, *algumas* pessoas poderão duvidar, porque ele não ia à igreja com a frequência que deveria, embora fosse um membro em boa posição. E também não diz a idade dele, nem menciona as flores. Ora, simplesmente não se podia contar as coroas de flores no caixão. Acho que as flores são poéticas o suficiente, não acha?

— Eu sinto muito...

— Ah, eu não culpo você, nem um pouquinho. Você fez o seu melhor e parece bonito. Quanto devo a você?

— Ora... ora, *nada*, sra. Mitchel. Eu nem conseguiria pensar numa coisa dessas.

— Bem, achei que provavelmente você diria isso, então trouxe uma garrafa do meu vinho de dente-de-leão. Adoça o estômago se você não tiver problema de gases. Eu também teria trazido uma garrafa do meu remedinho especial de ervas, mas fiquei com medo de que o doutor não aprovasse. Mas se você quiser um pouco posso trazer para você sem que ele saiba.

— Não, não, obrigada — disse Anne sem interesse. Ainda estava se recuperando do "vivacidade"!

— Como você quiser. Tenho bastante e não vou mais precisar de remédio nesta primavera. Quando meu primo de segundo grau, Malachi Plummer, morreu no inverno, pedi à viúva dele que me desse os três frascos do remédio que sobraram e lá eles tinham às dúzias. Ela ia jogar fora, mas eu sempre fui uma pessoa que nunca desperdiça nada. Eu não conseguiria tomar mais que uma garrafa, mas fiz nosso empregado pegar as outras duas. "Se não te faz bem, não vai te fazer mal nenhum", eu disse a ele. Não vou dizer que não estou aliviada por você não querer dinheiro para o umbituário, pois estou com pouco dinheiro em mãos agora. Um funeral é tão caro, mas D. B. Martin é o agente funerário mais barato por aqui. Ainda não paguei o meu vestido preto. Não vou sentir meu luto de verdade até que pague. Felizmente eu não tive que comprar um chapéu novo. Este era o chapéu que eu tinha mandado fazer para o funeral de mamãe dez anos atrás. É uma sorte o preto cair bem em mim, não é? Se você visse a viúva de Malachi Plummer agora, com aquele rosto de marinheiro! Bem, eu preciso ir andando. E estou muito agradecida a você, sra. Blythe, mesmo que... mas tenho certeza que você fez o seu melhor e é um lindo poema.

— Você não quer ficar e jantar com a gente? — perguntou Anne. — Susan e eu estamos sozinhas, o doutor está fora e as crianças estão fazendo seu primeiro piquenique no Oco.

— Eu não me importo — disse a sra. Anthony, deslizando voluntariamente de volta em sua cadeira. — Posso ficar um bocadinho mais. De qualquer forma, leva tanto tempo para descansar quando se envelhece. E — acrescentou ela, com um sorriso de beatitude sonhadora no rosto rosado — será que senti cheiro de pastinaca frita?

Anne quase se arrependeu daquele convite quando o *Daily Enterprise* saiu na semana seguinte. Ali, na coluna dos obituários, estava "O Túmulo do Ancião" com cinco estrofes e em vez das quatro originais! E a quinta estrofe era:

*Marido maravilhoso, apoio e companheiro
De todos, o melhor que Deus já fez.
Marido maravilhoso, carinhoso e sincero,
Um em um milhão, amado Anthony, esse foi você!*

"!!!", disse Ingleside.

— Espero que você não tenha se importado de eu ter acrescentado outra estrofe — disse a sra. Mitchell para Anne na reunião seguinte do Instituto. — Eu só queria louvar Anthony um pouco mais e meu sobrinho, Johnny Plummer, escreveu. Ele só sentou e escreveu tudo em um minutinho. Ele é como você, não parece inteligente, mas sabe escrever poemas. Herdou isso da mãe, que era uma Wickford. Os Plummer não têm um pingo de poesia neles... nem um pouquinho!

— Pena que a senhora não tenha pensado nele para escrever o obituário do sr. Mitchell em primeiro lugar — disse Anne friamente.

— Sim, não é? Mas eu não sabia que ele sabia escrever poesia e eu colocaria meu coração inteiro para fazer essa homenagem de despedida para Anthony. Foi quando a mãe dele me mostrou um poema que ele escreveu para um esquilo que morreu afogado em um balde de xarope de bordo, uma coisa muito emocionante. Mas o seu também foi muito bonito, sra. Blythe. Acho que os dois juntos ficou algo fora do comum, não acha?

— Acho — disse Anne.

XXIII

As crianças de Ingleside estavam sem sorte com seus animais de estimação. O cachorrinho preto e encaracolado que papai trouxe para casa de Charlottetown certo dia simplesmente foi embora na semana seguinte e desapareceu. Nunca mais se viu ou se ouviu falar dele e, embora houvesse rumores de um marinheiro na Cabeça da Foz ter sido visto levando um pequeno filhote preto a bordo de seu navio na noite em que partiu, o destino do cãozinho permaneceu um dos profundos e sombrios mistérios não resolvidos das crônicas de Ingleside. Walter sofreu mais que Jem, que ainda não tinha esquecido completamente sua angústia pela morte de Cigano e ele sabia muito bem que nunca mais se permitiria amar um cachorro de novo sem sabedoria. Então, o gato, Tiger Tom, que morava no celeiro e nunca tinha permissão para entrar em casa por causa de sua propensão a furtos, mas que adorava receber muitos afagos, foi encontrado rígido e frio no chão do celeiro e precisou ser enterrado com pompa e circunstância no Oco. Por fim, o coelho de Jem, Bun, que ele comprara de Joe Russell por vinte e cinco centavos, adoeceu e morreu. Pode ser que sua morte tenha sido acelerada por uma dose de remédio humano que Jem tinha lhe dado, talvez não. Joe o havia aconselhado e Joe deveria saber. Mas Jem sentiu como se tivesse matado Bun.

— Existe alguma maldição em Ingleside? — ele exigiu saber com tristeza quando Bun foi sepultado ao lado de Tiger Tom. Walter escreveu um epitáfio para ele e, junto com Jem e as gêmeas, eles usaram fitas pretas amarradas no braço por uma semana, para horror de Susan, que considerou isso um sacrilégio. Susan não ficou inconsolável com a perda de Bun, que certa vez havia feito alguns estragos em sua horta. Aprovou ainda menos dois sapos que Walter trouxera e havia deixado no porão. Ela colocou um deles para fora quando a noite chegou, mas não conseguiu encontrar o outro e Walter ficou acordado e preocupado.

— Talvez fossem marido e mulher — pensou. — Talvez eles estejam terrivelmente solitários e infelizes agora que estão separados. Foi a pequena que Susan colocou para fora, então eu acho que ela era a senhora sapo e talvez ela esteja morrendo de medo sozinha naquele grande quintal sem ninguém para protegê-la, como uma viúva.

Walter não podia suportar pensar nos problemas da viúva, então desceu para o porão para procurar o senhor sapo, mas só conseguiu derrubar uma pilha de latas descartadas de Susan com um barulho tão forte que poderia ter acordado os mortos. No entanto, acordou apenas Susan, que desceu marchando com uma vela, cuja chama esvoaçante lançava as sombras mais estranhas em seu rosto esquelético.

— Walter Blythe, o que você está fazendo?

— Susan, eu tenho que encontrar aquele sapo — disse Walter em desespero. — Susan, pense como você se sentiria sem seu marido, se você tivesse um.

— De que diabos você está falando? — exigiu uma Susan justificadamente perplexa.

A essa altura, o senhor sapo, que evidentemente havia se dado por perdido quando Susan apareceu em cena, apareceu saltando de trás do barril de picles de Susan. Walter atirou-se sobre ele e o deslizou pela janela, onde era esperado que ele reencontrasse seu suposto amor e vivesse feliz para sempre.

— Você sabe que não deveria ter trazido aquelas criaturas para o porão — disse Susan severamente. — Do que eles viveriam?

— Claro que eu pretendia pegar insetos para eles — disse Walter, ofendido. — Eu queria *estudá-los*.

— Não tem jeito — gemeu Susan, enquanto seguia um indignado jovem Blythe escada acima. E ela não se referia aos sapos.

Tiveram mais sorte com o tordo. Eles o encontraram, pouco mais que um filhote, numa noite de junho na soleira da porta depois de uma tempestade de vento e chuva. Tinha as costas acinzentadas, o peito sarapintado e olhos brilhantes, e desde o início parecia ter total confiança em todas as pessoas de Ingleside, até mesmo Camarão, que nunca tentou atormentá-lo, nem mesmo quando Cock Robin[1] saltou atrevidamente em seu prato e se serviu de sua comida. A princípio, o alimentaram com minhocas e ele tinha tanto apetite que Shirley passou a maior parte do tempo cavando a terra para pegá-las. Ele guardou as minhocas em latas e as deixou pela casa, para grande desgosto de Susan, mas ela teria suportado mais que isso pelo pássaro, que pousava sem medo em seu dedo gasto pelo trabalho e chilreava em seu rosto. Susan sempre havia gostado tanto do Cock Robin que achou que valia a pena mencioná-lo em uma carta a Rebecca Dew que o peito do tordo estava começando a mudar para um lindo vermelho enferrujado.

"Não pense que meu intelecto esteja enfraquecendo, eu lhe imploro, srta. Dew, querida", escreveu ela. "Suponho que

---

[1] Trata-se do pássaro conhecido como Pintarroxo no Brasil.

seja um tanto bobo gostar assim de um pássaro, mas o coração humano tem suas fraquezas. Ele não fica preso como um canário, algo que eu nunca poderia tolerar, srta. Dew, querida, mas voa à vontade pela casa e pelo jardim e dorme em um galho perto da mesa de estudo de Walter, na macieira, olhando pela janela de Rilla. Certa vez, quando o levaram para o Oco, ele voou para longe, mas voltou ao entardecer para a grande alegria deles e devo acrescentar, com toda franqueza, a minha também."

O Oco já não era mais "o Oco". Walter começara a achar que um lugar tão encantador merecia um nome mais condizente com suas românticas possibilidades. Precisaram brincar no sótão numa tarde chuvosa, mas o sol irrompeu no início da tarde e inundou o vale com esplendor.

— Ah, olha que *essplêndido arco-íriss* — exclamou Rilla, que sempre falava com um encantador ceceio.

Era o arco-íris mais magnífico que eles já tinham visto. Uma extremidade parecia repousar no próprio pináculo da igreja presbiteriana, enquanto a outra descia para o canto coberto de juncos do lago que corria para a extremidade superior do vale. E então Walter o renomeou de Vale do Arco-Íris.

O Vale do Arco-Íris tornou-se um mundo à parte para as crianças de Ingleside. Pequenos ventos incansáveis sopravam e o canto dos pássaros ecoava do amanhecer ao anoitecer. Bétulas brancas brilhavam por toda parte e de uma delas, a Dama Branca, Walter fingia que uma pequena dríade saía todas as noites para falar com eles. Ele nomeou um bordo e um pinheiro, que cresciam tão próximos que seus galhos se entrelaçavam, de "Árvores Namoradas" e pendurou ali um velho cordão de sinos de trenó, que produzia badaladas élficas e etéreas quando o vento o balançava. Um dragão guardava a ponte de pedra que eles construíram sobre o riacho. As árvores que se encontravam sobre ela podiam ser cactos escuros em caso de necessidade e os ricos musgos verdes ao longo das margens eram tapetes finos vindos de Samarcanda.[2] Robin Hood e seus alegres homens espreitavam por todos os lados; três duendes das águas ali moravam na primavera; a velha e deserta casa Barclay na extremidade do Glen, com o dique coberto de grama e seu jardim revestido de cominho, foi facilmente transformada em um castelo sitiado. A espada do Cruzado estava enferrujada há muito tempo, mas a faca de açougueiro de Ingleside era uma lâmina forjada no país das fadas. Sempre que Susan não encontrava a tampa da assadeira, ela sabia que estava sendo usada como escudo de um pomposo e brilhante cavalheiro em uma grande aventura no Vale do Arco-Íris.

Às vezes eles brincavam de piratas, para agradar Jem, que aos dez anos estava começando a gostar de um pouco de selvageria em suas brincadeiras, mas Walter sempre se recusava a andar na prancha, o que Jem achava o melhor da performance. Às vezes, ele se perguntava se Walter era de fato corajoso o suficiente para ser um bucaneiro, embora dispersasse o pensamento em lealdade, e tivesse tido mais de uma calorosa briga, bem-sucedida, com meninos da escola que chamavam Walter de "o Blythe Mariquinha". Ou assim o chamavam até descobrirem que isso significava uma briga com Jem, que tinha uma habilidade desconcertante com os punhos.

Às vezes, Jem tinha permissão para descer à Boca da Foz à noite para comprar peixe. Era uma missão que o agradava, pois significava que ele poderia ir à cabine do capitão Malachi Russell, ao pé de um campo coberto e inclinado próximo ao porto, e ouvir o capitão e seus comparsas, que antigamente haviam sido jovens e temerários capitães do mar, tecendo suas redes. Cada um tinha algo a contar quando as histórias circulavam. O velho Oliver Reese, que, suspeitava-se, havia sido pirata na

---

[2] Samarcanda é uma das cidades mais antigas da Ásia Central. Foi um dos principais centros políticos, culturais e comerciais da civilização.

juventude e sido preso por um rei canibal. Sam Elliott, que sobrevivera ao terremoto de São Francisco; o William "Audacioso" Macougall, que travou uma sangrenta batalha com um tubarão. Andy Baker, que fora pego em uma tromba d'água. Além disso, Andy afirmava que conseguia cuspir mais reto que qualquer homem em Four Winds. O capitão Malachi, de nariz adunco e queixo fino, com seu bigode grisalho e eriçado, era o favorito de Jem. Ele fora capitão de um bergantim[3] quando tinha apenas dezessete anos, navegando para Buenos Aires com carregamentos de madeira. Em cada bochecha sua havia uma âncora tatuada e ele tinha um relógio antigo maravilhoso, que dava corda com uma pequena chave. Quando estava de bom humor, deixava Jem dar corda e, quando estava de muito bom humor, levava Jem para pescar bacalhau ou desenterrar mariscos na maré baixa, e quando estava de extremo bom humor, mostrava a Jem os muitos modelos de navios que ele havia esculpido. Jem pensava que eles eram como um romance. Entre eles estavam um barco viking, com uma vela quadrada listrada e um temível dragão na frente, uma caravela de Colombo, o *Mayflower*,[4] um barco pirata chamado *Holandês Voador* e uma enorme variedade de escunas, barcos e veleiros e balsas de madeira.

— Você vai me ensinar a esculpir navios assim, capitão Malachi? — implorou Jem.

O capitão Malachi balançou a cabeça e cuspiu pensativo no golfo.

— Isso não se ensina, filho. Você teria que navegar pelos mares por trinta ou quarenta anos e então talvez tivesse

---

[3] Bergantim é uma embarcação antiga, do tipo da galé, com um ou dois mastros e velas redondas. Levava trinta remos e era utilizado para a exploração ou como auxiliar de armadas. Era um navio escolhido por reis e grandes senhores para cerimônias reais.

[4] Famosa embarcação que, em 1620, transportou os chamados peregrinos do porto de Southampton, na Inglaterra, para a América do Norte.

conhecimento suficiente sobre navios para esculpir um, com muito conhecimento *e* amor. As embarcações são como mulheres, filho, elas precisam ser compreendidas e amadas ou nunca revelarão seus segredos. E, ainda assim, você pode pensar que conhece uma embarcação de proa a popa, por dentro *e* por fora, e vai descobrir que ela ainda vai te deixar à deriva, mantendo sua alma fechada para você. Ela voaria para longe como um pássaro se você a soltasse. Há um navio em que naveguei e do qual nunca consegui esculpir um modelo, por mais que tentasse. Era austero e teimoso! E havia também uma mulher... mas está na hora de fechar minha matraca. Tenho aqui um navio pronto para colocar em uma garrafa e eu vou te mostrar o segredo de como fazer isso, filho.

Então Jem nunca mais ouviu falar da tal "mulher" e também não se importou, porque as únicas mulheres que interessavam a ele eram mamãe e Susan. Elas não eram "mulheres", eram apenas mamãe e Susan.

Quando Cigano morreu, Jem achou que nunca mais iria querer outro cachorro, mas o tempo opera milagres e ele estava começando a sentir o desejo de ter um cão novamente. O filhotinho não era realmente um cachorro... foi apenas um incidente. Jem tinha uma procissão de cães pelas paredes de seu sótão, onde guardava a coleção de curiosidades do capitão Jim. Cães recortados de revistas: um Mastim nobre, um belo Buldogue, um Dachshund, que parecia ter sido pego pela cabeça e pelos calcanhares e puxado como um elástico, um Poodle tosado com um pompom na ponta do rabo, um Fox Terrier, um Galgo russo. Jem se perguntou se Galgos russos comiam alguma coisa. Um atrevido Lulu da Pomerânia, um dálmata manchado, um Cocker Spaniel de olhar suplicante. Todos cães de raça, mas havia algo faltando aos olhos de Jem e ele simplesmente não sabia o que era.

Então saiu um anúncio no *Daily Enterprise*. "Vende-se cão. Entrar em contato com Roddy Crawford, chefe do porto."

Nada mais. Jem não conseguia entender porque o anúncio ficara em sua cabeça ou por que ele sentia que havia um tom de tristeza naquele anúncio tão curto. Descobriu com Craig Russell quem era Roddy Crawford.

— O pai do Roddy morreu há um mês e ele vai ter que ir morar com a tia na cidade. A mãe dele morreu anos atrás. E Jake Millison comprou a fazenda, mas a casa vai ser demolida. Talvez a tia dele não deixa ele ficar com o cachorro. Não é o melhor dos cachorros, mas Roddy sempre soube disso.

— Eu me pergunto quanto ele quer. Eu só tenho um dólar — disse Jem.

— Acho que o que ele mais quer é um bom lar para o cachorro — disse Craig. — Mas seu pai daria o dinheiro para isso, não?

— Sim. Mas eu quero comprar um cachorro com meu próprio dinheiro — disse Jem. — Seria mais como *meu* cachorro mesmo.

Craig deu de ombros. Aqueles garotos de Ingleside eram engraçados. O que importava quem desse o dinheiro para comprar um cachorro velho?

Naquela noite, papai levou Jem até a velha, estreita e decadente fazenda Crawford, onde encontraram Roddy Crawford e seu cachorro. Roddy tinha mais ou menos a idade de Jem. Era um rapazinho pálido, de cabelos lisos castanho-avermelhados e sardas; seu cachorro tinha orelhas marrons sedosas, nariz e rabo marrons e suaves olhos castanhos, os mais bonitos já vistos em um cão. No momento em que Jem viu aquele lindo cachorro, com sua faixa branca na testa que se dividia em duas entre seus olhos emoldurando o nariz, ele sabia que o queria para si.

— Você quer vender seu cachorro? — ele perguntou ansioso.

— Eu não *quero* vendê-lo — disse Roddy sem emoção. — Mas Jake diz que eu vou ter que ou ele vai afogá-lo. Ele diz que a tia Vinnie não quer cachorro de jeito nenhum.

— Quanto você quer por ele? — perguntou Jem, com receio de que algum preço proibitivo fosse citado.

Roddy engoliu em seco e ofereceu o cachorro.

— Tome, pode levar — disse o menino com a voz embargada. — Eu não vou vendê-lo, dinheiro nenhum pagaria pelo Bruno. Se você der a ele um bom lar e for gentil com ele...

— Oh, eu vou ser gentil com ele — disse Jem com fervor.

— Mas você precisa aceitar o meu dólar. Eu não sentiria que ele seria *meu* cachorro se você não aceitar. Eu não vou *levá-lo* se você não aceitar.

Ele forçou o dólar na mão relutante de Roddy, então pegou Bruno e o segurou junto ao peito. O cachorrinho olhou para trás, para seu dono. Jem não podia ver seus olhos, mas podia ver os de Roddy.

— Se você quer tanto ele...

— Eu quero ele mas não posso ficar com ele — retrucou Roddy. — Já vieram cinco pessoas atrás dele e eu não deixei nenhuma delas levar o Bruno. Jake ficou muito bravo, mas eu não me importo. Essas pessoas não pareciam *certas*. Mas você... quero que fique com ele já que eu não posso e, por favor, tire-o da minha frente.

Jem obedeceu. O cachorrinho tremia em seus braços, mas não protestou. Jem o segurou carinhosamente até Ingleside.

— Papai, como Adão soube que um cachorro era um *cachorro*?

— Porque um cachorro não poderia ser nada além de um cachorro, não é? — papai sorriu.

Jem estava muito animado para dormir naquela noite. Ele nunca tinha conhecido um cachorro do qual gostasse tanto. Não era de admirar que Roddy tenha odiado se separar dele. Mas Bruno logo esqueceria Roddy e amaria *Jem*. Eles seriam amigos. Ele deveria se lembrar de pedir à mamãe para se certificar de que o açougueiro enviaria os ossos.

— Eu amo todos e tudo no mundo — disse Jem. — Querido Deus, abençoe cada gato e cachorro do mundo, mas especialmente Bruno.

Jem por fim adormeceu. Talvez um cachorrinho deitado ao pé da cama com o queixo sobre as patas estendidas também dormisse, talvez não.

XXIV

Cock Robin deixou de subsistir apenas de minhocas e começou a comer arroz, milho, alface e sementes de capuchinha. Ele crescera e estava enorme, o "grande tordo" de Ingleside era localmente famoso e seu peito se transformou num lindo tom de vermelho. Ele se empoleirava no ombro de Susan e a observava tricotar. Voava para encontrar Anne quando ela voltava depois de uma saída e entrava antes dela em casa; ia ao parapeito da janela de Walter todas as manhãs em busca de migalhas. Tomava seu banho diário em uma bacia no quintal dos fundos, no canto da cerca de rosa-mosqueta, e fazia um estardalhaço se não encontrasse água nela. O doutor reclamava que suas canetas e seus fósforos estavam sempre espalhados pela biblioteca, mas ninguém parecia simpatizar com ele, e acabou se rendendo quando Cock Robin pousou, sem medo, em sua mão um dia para pegar uma semente de flor. Todo mundo estava enfeitiçado pelo pássaro, exceto, talvez, Jem, que havia direcionado seu coração para Bruno e estava aos poucos, mas com certeza, aprendendo uma amarga lição: que você pode comprar um cachorro, mas não pode comprar seu amor.

A princípio, Jem nem suspeitou disso. Claro que Bruno ficaria no começo com um pouco de saudades de casa e solitário, mas isso logo passaria. Jem descobriu que não. Bruno era o cachorrinho mais obediente do mundo; fazia exatamente o que lhe era dito e até Susan admitiu que um animal tão comportado era raridade. Mas não havia vida nele. Quando Jem o levava para passear, os olhos do cachorro brilhavam alertas no início, seu rabo abanava e ele andava presunçoso. Contudo, depois de um tempo, o brilho deixava seus olhos e ele caminhava devagar ao lado de Jem com o rabo baixo. A bondade foi derramada sobre ele por todos, os ossos mais suculentos e carnudos estavam à sua disposição, nenhuma objeção foi feita a ele dormir ao pé da cama de Jem todas as noites. Mas Bruno permaneceu distante, inacessível, um estranho. Às vezes, à noite, Jem acordava e se abaixava para acariciar o corpinho robusto; mas nunca houve qualquer lambida em sua mão ou batida de rabo em resposta. Bruno permitia carícias, mas não reagia a elas.

Jem cerrou os dentes. Havia uma grande determinação em James Matthew Blythe e ele não ia ser derrotado por um cachorro. *Seu* cachorro, que ele comprara de maneira justa e honesta, com o pouco dinheiro economizado de sua mesada. Bruno *teria que* superar a saudade de Roddy, teria que desistir de olhar para ele com os olhos lamentosos de uma criatura perdida, teria que aprender a amá-lo.

Jem precisou defender Bruno, já que os garotos da escola, suspeitando como ele amava o cachorro, estavam sempre tentando zombar dele.

— Seu cachorro tem pulgas, pulgas enormes — provocou Perry Reese. Jem precisou derrubá-lo até Perry retirar o que disse e afirmar que Bruno não tinha uma única pulga, nenhuma.

— *Meu* filhote tem ataques uma vez por semana — vangloriou-se Rob Russell. — Aposto que seu cachorrinho velho nunca teve um ataque na vida. Se eu tivesse um cachorro assim, eu o passaria pelo moedor de carne.

— Tivemos um cachorro assim uma vez — disse Mike Drew —, mas nós o afogamos.

— Meu cachorro é terrível — disse Sam Warren com orgulho. — Ele mata as galinhas e mastiga todas as roupas no dia da lavagem. Aposto que seu cachorro idiota não tem coragem suficiente para isso.

Jem lamentavelmente admitiu para si mesmo, e não para Sam, que Bruno não tinha. Ele quase desejou que tivesse. E doeu quando Watty Flagg gritou:

— Seu cachorro é *bonzinho*, ele nunca late aos domingos — porque Bruno não tinha latido uma única vez sequer.

Mas, mesmo com tudo isso, ele era um cachorrinho tão querido e adorável.

— Bruno, por que você não me ama? — quase soluçou Jem. — Não há nada que eu não faria por você, poderíamos nos divertir *tanto* juntos. — Mas ele não admitiria a derrota para ninguém.

Jem correu para casa em uma noite de mexilhão assado na Boca da Foz porque sabia que uma tempestade se aproximava. O mar gemia. As coisas estavam com um aspecto sinistro e solitário. Houve um longo rasgo de trovão quando Jem entrou em Ingleside.

— Onde está o Bruno? — ele gritou.

Era a primeira vez que ele ia a algum lugar sem o cachorro. Havia pensado que a longa caminhada até Boca da Foz seria demais para um filhote. Jem não admitiria nem para si mesmo que uma caminhada tão longa com um cachorro cujo coração não estava ali seria um pouco demais para ele também.

Acontece que ninguém sabia onde Bruno estava. Ele não tinha sido visto desde que Jem saíra depois do jantar. Jem o procurou em todos os lugares, mas não o encontrou. A chuva caía aos borbotões, o mundo se afogava em relâmpagos. Será que Bruno estava fora naquela noite escura, perdido? Bruno tinha medo de tempestades. As únicas vezes que ele parecia se aninhar em Jem de verdade era quando se aproximava a queda de um trovão.

Jem se preocupou tanto que, quando a tempestade passou, Gilbert disse:

— Eu preciso ir até a Cabeça de qualquer maneira para ver como Roy Westcott está. Você pode vir também, Jem, e vamos passar pela velha casa dos Crawford a caminho de casa. Tenho a impressão de que Bruno voltou para lá.

— A dez quilômetros daqui? Ele nunca conseguiria! — disse Jem.

Mas conseguiu. Quando chegaram à velha casa, deserta e escura dos Crawford, uma criaturinha trêmula e enlameada estava encolhida na soleira da porta molhada, observando-os com olhos cansados e insatisfeitos. Ele não fez nenhuma objeção quando Jem o pegou em seus braços e o carregou para a charrete através da grama emaranhada na altura do joelho.

Jem estava feliz. Como a lua corria pelo céu enquanto as nuvens passavam por ela! Quão deliciosos eram os cheiros da floresta molhada pela chuva enquanto voltavam! Como o mundo era!

— Acho que Bruno vai ficar contente em Ingleside depois disso, papai.

— Talvez — foi tudo que papai disse. Ele odiava jogar água fria, mas suspeitava que o coração do cachorrinho, perdendo seu último lar, finalmente tivesse partido.

Bruno não era de comer muito, mas depois daquela noite comeu cada vez menos. Chegou um dia em que não comera nada. O veterinário foi chamado, mas não encontrou nada de errado com ele.

— Conheci um cachorro que morreu de luto e acho que este é outro — disse somente ao doutor.

Prescreveu um "tônico", que Bruno tomava obedientemente e depois voltava a se deitar, a cabeça apoiada nas patas, olhando para o vazio. Jem o observou por um longo tempo, com as mãos nos bolsos; depois foi à biblioteca conversar com papai.

Gilbert foi à cidade no dia seguinte, fez algumas perguntas e trouxe Roddy Crawford para Ingleside. Quando Roddy subiu os degraus da varanda, Bruno, ouvindo seus passos na sala, levantou a cabeça e ergueu as orelhas. No momento seguinte, seu corpinho emaciado se lançou sobre o tapete em direção ao pálido garoto de olhos castanhos.

— Sra. Blythe, querida — disse Susan em tom de espanto naquela noite —, o cachorro estava chorando! As lágrimas realmente rolaram pelo focinho dele. Eu não a culpo se a senhora não acreditar. Nunca teria acreditado se não tivesse visto com meus próprios olhos.

Roddy segurou Bruno contra o peito e olhou meio desafiador, meio suplicante para Jem.

— Você o comprou, eu sei, mas ele me pertence. Jake me contou uma mentira. Tia Vinnie diz que não se importaria nem um pouco com um cachorro, mas achei que não devia pedir ele de volta. Aqui está seu dólar... não gastei nenhum centavo, não conseguiria.

Por apenas um momento Jem hesitou. Então viu os olhos de Bruno. "Que mesquinho eu sou", pensou consigo mesmo. Pegou o dinheiro.

Roddy sorriu de repente. O sorriso mudou completamente seu rosto mal-humorado, mas tudo o que ele conseguiu dizer foi um áspero "Obrigado".

Naquela noite, Roddy dormiu com Jem e um Bruno completamente esticado entre eles. Antes de ir para a cama, porém, Roddy se ajoelhou para fazer suas orações e Bruno se agachou ao lado dele, colocando as patas dianteiras na cama. Se alguma vez um cão rezou, Bruno rezou então... uma oração de ação de graças e alegria renovada na vida.

Quando Roddy trouxe comida para Bruno, ele a comeu avidamente, sempre de olho no menino. Saltou alegremente atrás de Jem e Roddy quando eles desceram para o Glen.

— Um cão tão animado que nunca se viu — declarou Susan.

Contudo, na noite seguinte, depois que Roddy e Bruno haviam voltado para casa, Jem ficou sentado nos degraus da porta lateral sob a luz da lua por um longo tempo. Ele se recusou a caçar tesouros de piratas no Vale do Arco-íris com Walter. Jem não se sentia mais esplendidamente ousado e bucaneiro. Nem conseguia olhar para o Camarão que estava corcunda na hortelã, chicoteando o rabo como um feroz leão da montanha agachado para saltar. Que negócio tinham os gatos continuando felizes em Ingleside quando os cães partiam nosso coração!

Ele ficou até mal-humorado com Rilla quando ela lhe trouxe seu elefante de veludo azul. Elefantes de veludo quando Bruno havia partido! Nan foi dispensada quando se aproximou e sugeriu que eles dissessem o que pensavam de Deus aos sussurros.

— Você acha que eu estou culpando Deus por isso? — disse Jem severamente. — Você não tem noção do que é proporção, Nan Blythe.

Nan foi embora chateada embora não tivesse a menor ideia do que Jem quis dizer, e ele fez uma careta para as brasas do sol que se punha fumegante. Cães latiam por todo o Glen. Todos os Jenkins na estrada estavam chamando os deles, se revezando na tarefa. Todo mundo, até mesmo o clã dos Jenkins, podia ter um cachorro, menos ele. A vida se estendia diante dele como um deserto onde não haveria cães.

Anne veio e se sentou em um degrau mais baixo, cuidadosamente não olhando para ele. Jem *sentiu* sua empatia.

— Mamãe — disse ele com a voz embargada —, por que Bruno não me amou se eu o amava tanto? Será que sou eu? Você acha que sou o tipo de garoto de quem os cachorros não gostam?

— Não, querido. Lembre-se de como Cigano amava você. Era só que Bruno tinha tanto amor para dar e ele já tinha dado tudo. Existem cães assim, cães de um dono só.

— De qualquer forma, Bruno e Roddy estão felizes — disse Jem com uma satisfação sombria, enquanto se inclinava e beijava o topo da cabeça macia e ondulada de mamãe — Mas eu nunca vou ter outro cachorro.

Anne pensou que isso passaria; ele sentiu o mesmo quando Cigano morreu. Mas não passou. O ferro tinha marcado profundamente a alma de Jem. Os cães iam e vinham em Ingleside, cães que pertenciam apenas à família e eram bons cães, que Jem acariciava e com quem brincava, como os outros faziam. Mas não haveria o "cachorro de Jem", até que certa "Segunda-feira do Cãozinho" fosse tomar posse de seu coração e amá-lo com uma devoção que ultrapassaria o amor de Bruno, uma devoção que faria história no Glen. Mas isso ainda estava a muitos anos de distância e um menino muito solitário subiu em sua cama naquela noite.

— Ah, mamãe, eu queria ser menina — disse —, assim eu poderia chorar e chorar!

XXV

Nan e Di passaram a frequentar a escola. As aulas começaram na última semana de agosto.

— E a gente vai saber sobre tudo até à noite, mamãe? — perguntou Di com curiosidade na primeira manhã.

Agora, no início de setembro, Anne e Susan se acostumaram e até ficavam felizes em ver as duas pequenas saindo todas as manhãs, tão pequeninas, arrumadas, despreocupadas, achando que ir para a escola era uma aventura e tanto. Elas sempre levavam uma maçã para a cesta do professor e usavam vestidos de chita com babados rosa e azul. Como não se pareciam nem um pouco, nunca se vestiam igual. Diana, de cabelo ruivo, não podia usar rosa, uma cor que que combinava com Nan, a mais bonita das gêmeas de Ingleside. Ela tinha olhos e cabelos castanhos e uma pele linda, da qual ela estava bem ciente mesmo aos sete anos. Certo estrelismo havia sido colocado em sua formulação. Ela andava de cabeça levantada, com seu queixo atrevido um pouquinho em evidência, e só por isso já era considerada um pouco arrogante.

— Ela vai imitar todos os gestos e as expressões da mãe — disse a sra. Alec Davies. — Se quer minha opinião, ela já tem todos esses atributos.

As gêmeas eram diferentes não só na aparência. Di, apesar da semelhança física com a mãe, era realmente a cara do pai no que dizia respeito à disposição e qualidades. Ela tinha o básico de sua inclinação prática, seu senso comum claro e seu senso de humor cintilante. Nan herdou por completo o dom da imaginação da mãe e já estava tornando a vida interessante para si mesma à sua maneira. Ela passou, por exemplo, o verão inteiro fazendo barganhas com Deus, sendo a essência da questão a seguinte: "Se Você fizer tal e tal coisa, eu farei tal e tal coisa".

Todas as crianças de Ingleside tinham começado a vida com o velho e clássico, "Com Deus me deito, com Deus me levanto, na graça de Deus e do Espírito Santo", depois o "Pai Nosso" e depois foram encorajadas a fazer os próprios pequenos pedidos em qualquer idioma que escolhessem. Seria difícil dizer o que deu a Nan a ideia de que Deus poderia ser induzido a conceder pedidos por promessas de bom comportamento ou demonstrações de coragem. Talvez uma tal professora da Escola Dominical bastante jovem e bonita tenha sido indiretamente responsável por isso por suas frequentes advertências de que, se elas não fossem boas meninas, Deus não faria isso ou aquilo por elas. Foi fácil virar essa ideia do avesso e chegar à conclusão de que se você *fosse* isso ou aquilo, *fizesse* isso ou aquilo, então tinha o direito de esperar que Deus fizesse o que você queria. A primeira "barganha" de Nan na primavera foi tão bem-sucedida que superou alguns fracassos e assim ela continuou durante todo o verão. Ninguém sabia disso, nem mesmo Di. Nan guardou seu segredo e passou a orar diversas vezes e em diversos lugares, em vez de apenas à noite. Di não aprovou e disse isso:

— Não confunda Deus com *tudo* — disse a Nan com severidade. — Você O torna muito *comum*.

Anne, ao ouvir isso, a repreendeu e disse:

— Deus *está* em tudo, querida. Ele é o Amigo que está sempre perto de nós para nos dar força e coragem. E Nan está certa em rezar a Ele onde ela quiser.

No entanto, se Anne soubesse a verdade sobre as devoções de sua filhinha, teria ficado um tanto horrorizada.

Nan havia dito em uma noite em maio:

— Deus, se você fizer meu dente crescer antes da festa de Amy Taylor na semana que vem vou tomar cada dose de óleo de rícino que Susan me der sem nenhum alvoroço.

No dia seguinte, o dente, cuja ausência havia deixado uma lacuna horrível e prolongada demais na linda boca de Nan, apareceu e até o dia da festa estava completamente nascido. Que sinal mais certo se poderia querer que esse? Nan manteve fielmente sua parte do pacto e Susan ficava surpresa e encantada sempre que administrava óleo de rícino a ela depois disso. Nan aceitava sem fazer nenhuma careta ou protesto, embora às vezes desejasse ter estabelecido um limite de tempo... digamos por três meses.

Deus nem sempre atendia. Porém, quando ela pediu a Ele que lhe enviasse um botão especial para seu cordão de botões — colecionar botões havia virado febre por todo o Glen entre as garotinhas, como sarampo — assegurando-Lhe que, se assim fosse, ela nunca reclamaria se Susan desse a ela o prato lascado. O botão veio no dia seguinte; Susan o encontrou em um vestido velho no sótão. Um lindo botão vermelho cravejado de pequenos diamantes, ou o que Nan acreditava serem diamantes. Ela era a mais invejada por todos por causa daquele elegante botão e, quando Di recusou o prato lascado naquela noite, Nan disse virtuosamente:

— Pode dar para mim, Susan. Eu *sempre* vou ficar com ele depois de hoje.

Susan pensou que ela era angelicalmente altruísta e assim o disse. Ao que Nan se sentia presunçosa e reagia como tal.

Ela teve um belo dia de piquenique da Escola Dominical, quando todos previram chuva na noite anterior, prometendo escovar os dentes todas as manhãs sem que ninguém mandasse. Seu anel perdido foi reencontrado com a condição de que ela mantivesse as unhas escrupulosamente limpas; e quando Walter deu a ela sua foto de um anjo que voava que Nan há muito cobiçava, ela comeu a carne com gordura no jantar sem nenhuma reclamação.

Quando, no entanto, ela pediu a Deus para que seu ursinho de pelúcia estropiado e remendado voltasse a ser novo, prometendo manter a gaveta da cômoda arrumada, algo deu errado. Teddy não rejuvenesceu, embora Nan esperasse pelo milagre ansiosamente todas as manhãs e desejasse que Deus se apressasse. Ela enfim se resignou à idade de Teddy. Afinal, ele era um bom urso velho e seria muito difícil manter a gaveta da cômoda arrumada. Quando papai trouxe para casa um novo ursinho de pelúcia, Nan não gostou muito e, embora tivesse tido algumas dúvidas na sua pequena consciência, decidiu que não precisava se preocupar com a gaveta da cômoda. Sua fé voltou quando, tendo orado para que o olho perdido de seu gato de porcelana fosse restaurado, o olho estava no lugar na manhã seguinte, embora um pouco torto, dando ao gato um aspecto bastante vesgo. Susan o encontrou ao varrer o chão e o prendeu com cola, mas Nan não sabia disso e alegremente cumpriu sua promessa de andar de gatinhas por catorze vezes ao redor do celeiro. Que bem andar de gatinhas catorze vezes ao redor do celeiro poderia fazer a Deus ou a qualquer outra pessoa, Nan não parou para pensar. Mas ela odiava fazer isso; os meninos sempre queriam que ela e Di fingissem ser algum tipo de animal do Vale do Arco-Íris e talvez houvesse algum vago pensamento brotando em sua mente de que a penitência poderia ser agradável ao Ser misterioso que dava ou retinha por prazer. De qualquer forma, ela pensou em várias estranhas acrobacias naquele verão, fazendo com que Susan se perguntasse com frequência de onde diabos as crianças tiravam aquelas ideias.

— Por que você acha, sra. Blythe, querida, que Nan precisa dar duas voltas na sala todos os dias sem pisar no chão?

— Sem pisar no chão! Como ela consegue fazer isso, Susan?

— Pulando de um móvel para o outro, incluindo a base da lareira. Nan escorregou nela ontem e caiu de cabeça no balde de carvão. Sra. Blythe, querida, você acha que ela precisa de uma dose de remédio para vermes?

Aquele ano sempre foi referido nas crônicas de Ingleside como o ano em que papai *quase* pegou pneumonia e mamãe *teve* pneumonia. Certa noite, Anne, que já estava com um resfriado terrível, foi com Gilbert a uma festa em Charlottetown usando um vestido novo e muito elegante e o colar de pérolas de Jem. Ela estava tão linda com ele que todas as crianças foram vê-la antes de sair, achando maravilhoso ter uma mãe da qual você pudesse se orgulhar tanto.

— Que anágua mais esvoaçante — suspirou Nan. — Quando eu crescer vou ter uma de tafetá, mamãe?

— Duvido que as meninas estarão usando anáguas — disse papai. — Vou voltar atrás, Anne, e admitir que esse vestido é um charme, mesmo que não aprove as lantejoulas. Agora, não tente me seduzir, mulher. Eu já lhe fiz todos os elogios desta noite. Lembre-se do que lemos na *Revista Médica* hoje: "A vida nada mais é que uma química orgânica delicadamente equilibrada", e deixe que isso a torne humilde e modesta. Lantejoulas! Anágua de tafetá, com certeza. Não somos nada além de "uma concatenação fortuita de átomos". O grande dr. Von Bemburg diz isso.

— Nem ouse citar esse horrível Von Bemburg, que deve ter um caso grave de indigestão crônica! *Ele* pode ser uma concatenação de átomos, mas *eu* não sou.

Poucos dias depois, Anne era uma "concatenação de átomos" muito doente e Gilbert uma concatenação muito nervosa.

Susan andava de um lado para o outro parecendo atormentada e cansada, e a enfermeira treinada ia e vinha com um rosto ansioso, e uma sombra sem nome de repente mergulhou, se espalhou e escureceu em Ingleside. As crianças não foram informadas da gravidade da doença da mãe e nem mesmo Jem percebeu isso completamente. Mas todos sentiram o calafrio e o medo e ficaram muito tristes e apreensivos. Pela primeira vez não houve risos no bosque de bordos nem brincadeiras no Vale do Arco-Íris. Mas o pior de tudo era que eles não tinham permissão para ver mamãe. Não havia mamãe os recebendo com sorrisos quando voltavam para casa, nem mamãe entrando de fininho no quarto para dar um beijo de boa-noite neles, nem mamãe para acalmá-los, compreendê-los, para rir das brincadeiras e ninguém ria tanto quanto mamãe. Isso era muito pior do que quando ela estava fora, porque então sabia que ela estava voltando e agora... ninguém sabia nada. Ninguém dizia nada para as crianças... simplesmente as descartavam.

Nan voltou da escola muito pálida por causa de algo que Amy Taylor havia lhe dito.

— Susan, a mamãe... ela... a mamãe... não vai *morrer*, não é Susan?

— Claro que não — disse Susan, brusca e rapidamente. Suas mãos tremiam quando ela serviu o copo de leite de Nan. — Quem falou isso para você?

— Amy. Ela disse... ah, Susan, ela disse que achava que mamãe daria uma defunta tão bonita!

— Não dê atenção ao que ela disse, meu benzinho. Esses Taylor, todos eles, são linguarudos. Sua abençoada mãe está bem doente, sim, mas ela vai sobreviver e você pode acreditar nisso. Você não sabe que seu pai está no comando?

— Deus não deixaria mamãe morrer, não é, Susan? — perguntou um Walter de lábios pálidos, olhando para ela com a seriedade que tornava muito difícil para Susan proferir suas reconfortantes mentiras. Ela estava com muito medo de que fossem realmente *mentiras*. Estava muito assustada. A enfermeira balançou a cabeça naquela tarde. O médico se recusara a descer para o jantar.

— Suponho que o Todo-Poderoso saiba o que está fazendo — murmurou Susan enquanto lavava os pratos do jantar e acabou por quebrar três deles, mas, pela primeira vez em sua honesta e simples vida, ela duvidou.

Nan vagava infeliz por aí. Papai estava sentado à mesa da biblioteca com a cabeça entre as mãos. A enfermeira entrou e Nan a ouviu dizer que achava que a crise aconteceria naquela noite.

— O que é uma crise? — ela perguntou a Di.

— Acho que é aquela coisa de onde a borboleta sai — disse Di cautelosamente. — Vamos perguntar ao Jem.

Jem sabia e contou a elas antes de subir para se trancar em seu quarto. Walter havia desaparecido. Estava deitado de bruços sob a Dama Branca no Vale do Arco-Íris, e Susan tinha levado Shirley e Rilla para a cama. Nan saiu sozinha e sentou-se nos degraus. Atrás dela, na casa, havia um silêncio terrível e inusitado. Diante dela, o vale estava repleto do sol da tarde, mas a longa estrada vermelha estava enevoada de poeira e as ervas curvadas nos campos do porto estavam brancas, queimadas pela seca. Não chovia havia semanas e as flores caíam no jardim; flores que mamãe amava.

Nan estava pensando profundamente. Agora, sim, era o momento de barganhar com Deus. O que ela prometeria fazer se Ele a curasse? Deveria ser algo muito importante, algo que faria valer a pena. Nan lembrou-se do que Dicky Drew dissera a Stanley Reese certo dia na escola: "Desafio você a andar no cemitério depois de anoitecer". Nan estremecera na ocasião. Como alguém, como qualquer pessoa passearia pelo cemitério depois de escurecer? Nan tinha pavor de cemitérios e ninguém em Ingleside suspeitava disso. Amy Taylor certa vez disse a ela com a voz sombria e misteriosa que lá estava cheio de mortos "e nem sempre eles *continuam* mortos"! Nan mal conseguia passar perto de um sozinha, mesmo em plena luz do dia.

Ao longe, as árvores de uma colina dourada enevoada tocavam o céu. Muitas vezes Nan pensava que se conseguisse alcançar aquela colina poderia tocar o Céu. Deus vivia do outro lado. Ele poderia ouvir melhor lá. Mas ela não conseguiria chegar àquela colina e precisava fazer o melhor que podia ali mesmo em Ingleside.

Ela apertou as mãozinhas bronzeadas de sol e ergueu para o céu o rosto marcado de lágrimas.

— Meu Deus — sussurrou —, se você fizer a mamãe ficar boa eu vou *andar pelo cemitério depois de anoitecer*. Ó querido Deus, *por favor*, *por favor*. E se você fizer isso eu não vou incomodá-Lo por muito tempo de novo.

XXVI

Foi a vida, não a morte, que veio na hora mais fantasmagórica da noite para Ingleside. As crianças, enfim dormindo, devem ter sentido, mesmo durante o sono, que a Sombra havia se retirado tão silenciosa e rapidamente quanto havia chegado. Pois quando acordaram, para um dia escuro com uma chuva bem-vinda, havia o brilho do sol em seus olhos. Eles mal precisaram ouvir as boas novas de Susan, rejuvenescida em dez anos. A crise havia passado e mamãe iria viver.

Era sábado, então não havia escola. As crianças não podiam ir brincar lá fora, mesmo que amassem estar na chuva. Essa estava forte demais para eles, e eles precisavam fazer silêncio dentro de casa, e, mesmo assim, nunca se sentiram tão felizes. Papai, quase sem dormir por uma semana, se jogou na cama do quarto de hóspedes para um longo e profundo sono, não sem antes ligar para uma casa de frontão verde em Avonlea, onde duas senhoras tremiam a cada vez que o telefone tocava.

Susan, cuja cabeça não estava em suas sobremesas nos últimos tempos, preparou uma gloriosa "mistura de laranja" para o jantar, prometeu um rolinho de geleia para a refeição e assou uma fornada dupla de biscoitos de caramelo. Cock Robin cantava em todos os lugares. Até mesmo as cadeiras pareciam querer dançar. As flores do jardim corajosamente voltaram a erguer seu rosto enquanto a terra seca dava boas-vindas à chuva. E Nan, em meio a toda a sua felicidade, tentava enfrentar as consequências de sua barganha com Deus.

Ela não havia pensando em tentar voltar atrás na promessa, mas ficava adiando, esperando conseguir um pouco mais de coragem para fazê-la. Só de pensar nisso fazia seu sangue gelar, como Amy Taylor gostava de dizer. Susan sabia que havia algo de errado com a criança e logo administrou óleo de rícino, sem melhora visível. Nan tomava a dose em silêncio, embora não pudesse deixar de pensar que Susan lhe dava óleo de rícino com muito mais frequência desde a barganha anterior. Mas o que era óleo de rícino comparado a andar pelo cemitério depois de escurecer? Nan simplesmente não via como poderia cumprir sua parte. Mas ela precisava.

Mamãe ainda estava tão fraca que ninguém tinha permissão para vê-la, exceto por um breve momento. E ela parecia tão branca e magra. Será porque ela, Nan, não estava cumprindo seu trato?

— Devemos dar tempo a ela — disse Susan.

"Como se pode dar tempo a alguém", Nan se perguntou. Mas ela sabia o porquê mamãe não estava melhorando depressa. Nan cerrou seus dentinhos perolados. O dia seguinte seria sábado outra vez e amanhã à noite ela faria o que havia prometido fazer.

Voltou a chover durante toda a manhã seguinte e Nan não pôde evitar se sentir aliviada. Se ia ser uma noite chuvosa, ninguém, nem mesmo Deus, poderia esperar que ela vagasse por cemitérios. Ao meio-dia, a chuva havia parado, mas surgiu uma neblina subindo pelo porto e sobre o Glen, cercando Ingleside com sua sinistra magia. Mesmo assim, Nan ainda tinha esperança. Se tivesse nevoeiro, ela também não poderia ir. Mas, na hora do jantar, veio um vento espalhar a névoa da paisagem onírica, fazendo-a desaparecer.

— Não haverá lua esta noite — disse Susan.

— Oh, Susan, você não pode *fazer* uma lua? — exclamou Nan desesperada.

Se ela tinha que andar pelo cemitério, uma lua era *necessária*.

— Oh, minha criança, ninguém faz luas — disse Susan. — Eu só estava dizendo que o tempo vai estar nublado e que não vai dar para ver a lua. E que diferença pode fazer para você se há uma lua ou não?

Isso era exatamente o que Nan não conseguia explicar, e Susan estava mais preocupada do que nunca. Algo deveria estar afligindo aquela criança, ela estava agindo de forma tão estranha durante toda a semana. Não estava comendo direito e ficava o tempo todo desolada. Será que ainda se preocupava com a mãe? Não era preciso, a querida sra. Blythe estava indo muito bem.

Sim, mas Nan sabia que mamãe logo deixaria de ficar bem se ela não cumprisse o trato. Ao pôr do sol, as nuvens se dissiparam e a lua surgiu. Mas era uma lua tão estranha, uma lua tão grande, cor de vermelho-sangue. Nan nunca tinha visto uma lua assim. Isso a aterrorizou. Quase teria preferido a escuridão.

As gêmeas foram para a cama às oito e Nan precisou esperar até que Di pegasse no sono, e a irmã demorou para dormir. Ela também estava se sentindo ainda muito triste e desiludida para dormir de pronto. Sua melhor amiga, Elsie Palmer, tinha feito a caminhada de volta para casa da escola com outra garota e Di acreditava que sua vida estava praticamente acabada. Eram nove horas quando Nan sentiu que seria seguro sair da cama e se vestir, mas suas mãos tremiam tanto que ela mal conseguia fechar seus botões. Então desceu e saiu pela porta lateral enquanto Susan colocava o pão na cozinha e refletia confortavelmente que todos sob sua responsabilidade estavam seguros na cama, exceto o pobre doutor, que fora chamado às pressas para uma casa em Foz do Porto onde um bebê tinha engolido uma tachinha.

Nan saiu e desceu para o Vale do Arco-Íris. Ela deveria pegar o atalho e subir o pasto da colina. Sabia que a visão de uma gêmea de Ingleside vagando estrada abaixo pela vila causaria espanto e alguém provavelmente insistiria em trazê-la de volta para casa. Como estava fria a noite de final de setembro! Ela não pensara nisso e não tinha vestido uma blusa. O Vale do Arco-Íris à noite não era o mesmo refúgio amigável do dia. A lua encolheu para um tamanho razoável e não estava mais vermelha, mas lançava sinistras sombras escuras. Nan sempre teve muito medo de sombras. Seriam aqueles pés de arroz na escuridão das samambaias murchas junto ao riacho?

Nan ergueu a cabeça e empinou o queixo.

— Eu não estou com medo — disse em voz alta com valentia. — É só que meu estômago está um pouco estranho. Estou sendo uma *heroína*.

A agradável ideia de ser uma heroína a levou até metade da colina. Então uma estranha sombra varreu o mundo: uma nuvem cruzava a lua e Nan pensou no Pássaro. Amy Taylor certa vez lhe contou uma história tão aterrorizante de um Grande Pássaro Negro que voava sobre as pessoas durante a noite e as levava embora. Teria sido a sombra do Grande Pássaro Negro que passou por aqui? Mas mamãe havia lhe dito que o Pássaro Negro não existia.

— Eu não acredito que mamãe me contaria uma mentira, não *mamãe* — disse Nan e seguiu até chegar à cerca. Além dali era apenas a estrada e depois o cemitério. Ela parou para recuperar o fôlego.

Outra nuvem cobria a lua. Tudo ao seu redor era estranho, sombrio e desconhecido.

— Ah, o mundo é grande demais! — estremeceu Nan, apertando-se contra a cerca. Se ao menos estivesse em Ingleside!

— Mas Deus está me observando — disse a pequena de sete anos e subiu a cerca.

Ela caiu do outro lado, esfolou o joelho e rasgou o vestido. Quando se levantou, um afiado graveto perfurou seu sapatinho por inteiro e cortou seu pé. Mas Nan continuou mancando pela estrada até o portão do cemitério.

O velho cemitério ficava à sombra dos pinheiros em sua extremidade leste. De um lado estava a igreja metodista, do outro a mansão presbiteriana, agora escura e silenciosa durante a ausência do ministro. A lua surgiu de repente de trás da nuvem e o cemitério se encheu de sombras... sombras que se moviam e dançavam, sombras que se agarrariam a você se não fosse firme. Um jornal que alguém havia descartado voou pela estrada, como uma velha bruxa dançando, e embora Nan soubesse o que era, tudo fazia parte da estranheza da noite. O assobio dos ventos noturnos nos pinheiros. Uma longa folha no salgueiro perto do portão acariciou de repente sua bochecha como o toque da mão de um elfo. Por um momento seu coração parou, e, ainda assim, ela pôs a mão no trinco do portão.

Suponha que um longo braço saísse de um túmulo e a arrastasse para baixo!

Nan se virou. Ela sabia agora que, com ou sem barganha, nunca poderia andar por aquele cemitério à noite. O gemido mais horrível de repente soou bem perto dela. Era apenas a velha vaca de sra. Ben Baker, que pastava na estrada, levantando-se de trás de uma moita de pinheiros. Mas Nan não esperou para ver o que era. Em um espasmo de pânico incontrolável, ela desceu correndo a colina, atravessou a vila e subiu a estrada para Ingleside. Do lado de fora do portão, ela pisou no que Rilla chamava de "poça de lhama". Mas lá estava sua casa, com as luzes suaves e brilhantes nas janelas e um momento depois ela entrou aos tropeços na cozinha de Susan, salpicada de lama, com os pés molhados e sangrando.

— Minha nossa! — disse Susan bruscamente.

— Não consegui andar pelo cemitério Susan... não consegui! — ofegou Nan.

Susan não fez perguntas a princípio. Pegou a gelada e perturbada menina e tirou seus sapatos e suas meias molhadas. Ela a despiu, vestiu sua camisola e a levou para a cama. Então ela desceu para pegar alguma coisa para Nan comer. Não importava o que a criança estivesse fazendo, ela não poderia ir para a cama com o estômago vazio.

Nan comeu o lanche e bebeu seu copo de leite morno. Como era bom estar de volta a um quarto quente e iluminado, segura em sua cama quente e agradável! Mas ela não diria nada a Susan sobre o que aconteceu.

— É um segredo entre mim e Deus, Susan.

Susan foi para a cama jurando que seria uma mulher feliz quando a sra. Blythe estivesse de pé de novo.

— Já não posso mais com eles — suspirou Susan, impotente.

Mamãe certamente morreria agora. Nan acordou com aquela terrível convicção em sua mente. Não cumprira sua parte do trato e não podia esperar que Deus fizesse o mesmo. A vida foi muito terrível para Nan na semana seguinte. Ela não conseguia sentir prazer em nada, nem mesmo em ver Susan fiando a roca no sótão, algo que sempre foi tão fascinante para ela. Nunca mais seria capaz de sorrir, não importava o que fizesse. Ela deu seu cachorro de pelúcia para Shirley porque ele sempre quis, aquele que Ken Ford havia arrancado as orelhas e que ela amava ainda mais que o velho Teddy — Nan sempre gostou mais de coisas antigas. Deu também para Rilla sua estimada casa feita de conchas, que o capitão Malachi havia trazido das Índias Ocidentais, esperando que isso fosse satisfazer Deus; mas ela temia que não, e quando seu novo gatinho, que ela havia dado a Amy Taylor porque Amy queria, voltou para casa e insistia em ficar voltando para casa, Nan sabia que Deus não estava satisfeito. Nada o satisfaria senão caminhar pelo cemitério; e a pobre e assombrada Nan sabia agora que nunca faria *isso*. Ela era uma covarde. Apenas os malandros, Jem havia dito uma vez, tentavam escapar de barganhas.

Deram permissão para que Anne se sentasse na cama. Ela estava quase boa de novo depois de ter adoecido. Logo seria capaz de voltar a administrar a casa, ler seus livros, se deitar tranquilamente em suas almofadas, comer tudo o que quisesse, poderia se sentar ao lado da lareira olhando para seu querido jardim, ver seus amigos, ouvir as fofocas, dar as boas-vindas aos dias que brilhavam como joias no colar do ano e voltar a fazer parte da colorida pompa da vida.

Ela tinha tido um jantar ótimo. A perna de cordeiro recheada de Susan estava perfeita. Foi delicioso sentir fome novamente. Olhou ao redor de seu quarto para todas as coisas que amava. Precisava providenciar novas cortinas, algo entre o verde-primavera e o ouro pálido, e certamente esses novos armários para toalhas deveriam ir para o banheiro. Então olhou pela janela. Havia um toque de magia no ar. Ela conseguia ter um vislumbre azul do porto através dos bordos; o pêndulo bétala no gramado era uma suave cascata de ouro. Vastos jardins celestes arqueavam-se sobre uma terra opulenta que sustentava o outono, uma terra de cores inacreditáveis, luz suave e sombras alongadas. Cock Robin estava saltitando loucamente no topo de um pinheiro, as crianças riam no pomar enquanto colhiam maçãs. As risadas voltaram para Ingleside. "A vida é algo mais do que 'química orgânica delicadamente equilibrada'", pensou alegremente.

Nan irrompeu no quarto, olhos e nariz vermelhos de tanto chorar.

— Mamãe, tenho que te contar. Eu não posso esperar mais. Mamãe, eu *enganei Deus*.

Anne vibrou novamente com o toque suave da mãozinha úmida e carente de uma criança. Uma criança em busca de ajuda e conforto em seu pequeno e amargo problema. Ela escutou Nan soluçar toda a história e conseguiu manter uma expressão séria. Anne sempre conseguiu manter o rosto sério quando era preciso, não importa o quão loucamente ela pudesse rir daquilo com Gilbert depois. Ela sabia que a preocupação de Nan era real e terrível para a filha e também percebeu que a teologia de sua pequena precisava de atenção.

— Querida, você está terrivelmente enganada sobre tudo isso. Deus não faz barganhas. Ele *dá*... dá sem pedir nada em troca, exceto amor. Quando você pede ao seu pai ou a mim algo que deseja, não fazemos barganhas com você. Deus é muito mais bondoso que nós. E Ele sabe muito melhor que nós o que é bom dar.

— E Ele não vai fazer você morrer, mamãe, porque eu não cumpri minha promessa?

— Claro que não, querida.

— Mamãe, mesmo que eu estivesse enganada sobre Deus, você não acha que eu deveria manter a promessa que fiz? Eu disse que iria, você sabe. Papai diz que devemos sempre cumprir nossas promessas. Não estarei *desonrada* para sempre se não cumprir?

— Quando eu ficar bem, querida, irei com você alguma noite, e ficarei no portão. Então não acho que você terá medo de andar no cemitério. Acho que isso irá aliviar sua consciência. E você não vai fazer mais barganhas com Deus, vai?

— Não — prometeu Nan, com uma sensação um tanto pesarosa de que estava abrindo mão de algo que, com todos os seus inconvenientes, tinha sido agradavelmente interessante. Mas o brilho voltou aos seus olhos e um pouco de encanto à sua voz.

— Vou lavar o rosto e depois volto para beijar você, mamãe. E eu vou pegar todos as lagartixas que puder encontrar. Tem sido *terrível* sem você, mamãe.

— Oh, Susan — disse Anne quando Susan trouxe seu jantar — Que mundo é esse! Que mundo lindo, interessante e maravilhoso! Não é, Susan?

— Direi apenas que é tolerável — admitiu Susan, lembrando-se da bela fileira de tortas que havia acabado de deixar na despensa.

XXVII

Outubro foi um mês muito feliz em Ingleside naquele ano, cheio de dias em que só queremos correr, cantar e assobiar. Mamãe estava boa de novo, e se recusava a ser tratada como convalescente por mais tempo, e fazia planos para o jardim, rindo de novo. Jem sempre achou que mamãe tinha uma risada tão bonita e alegre enquanto respondia a inúmeras perguntas.

— Mamãe, qual a distância daqui até o pôr do sol? Mamãe, por que não podemos juntar o luar esparramado? Mamãe, as almas dos mortos realmente voltam no Halloween? Mamãe, o que causa a causa? Mamãe, você não preferiria ser morta por uma cascavel do que por um tigre, porque ele iria despedaçar você e comer você? Mamãe, o que é um cubículo? Mamãe, uma viúva é realmente uma mulher cujos sonhos se tornaram realidade? Wally Taylor disse que sim. Mamãe, o que os passarinhos fazem quando chove *muito* forte? Mamãe, somos *mesmo* uma família romântica demais?

A última vinha de Jem, que ouvira na escola da sra. Alec Davies. Ele não gostava da sra. Alec Davies porque sempre que ela o encontrava com mamãe ou papai, ela invariavelmente apontava o dedo indicador para ele, e perguntava:

— O Jemmy é comportado na escola?

Jemmy! Talvez fossem um *pouco* românticos. Susan certamente deve ter pensado o mesmo quando descobriu o passadiço de madeira para o celeiro ricamente decorado com manchas de tinta carmesim.

— *Precisamos* deles para nossa batalha simulada, Susan — explicou Jem. — Eles representam o sangue esparramado.

À noite, haveria uma fileira de gansos selvagens voando através de uma lua vermelha e baixa e Jem, assim que os via, desejava secretamente voar para longe com eles também, para lugares desconhecidos e trazer de volta macacos, leopardos, papagaios, coisas do tipo... enfim, explorar o Império Espanhol.

Algumas frases, como "Império Espanhol" sempre soavam irresistivelmente atraentes para Jem. "Segredos do mar" era outra. Ser apanhado nas espirais mortais de uma píton e travar um combate com um rinoceronte ferido estava na pauta diária para ele. E a própria palavra "dragão" dava a ele uma tremenda emoção. Sua imagem favorita, pregada na parede ao pé de sua cama, era a de um cavaleiro de armadura em um belo e imponente cavalo branco, sobre as patas traseiras enquanto seu cavaleiro enfiava uma lança em um dragão com um lindo rabo fluindo atrás dele em torções, terminando em um tridente. Uma senhorita em trajes rosa ajoelhava-se pacífica e serenamente ao fundo com as mãos entrelaçadas. Não havia nenhuma dúvida no mundo de que a moça se parecia muito com Maybelle Reese, que era admirada pelos garotos de nove anos na escola de Glen. Até Susan notou a semelhança e provocou um furiosamente enrubescido Jem. Mas o dragão era de fato um pouco decepcionante... parecia tão pequeno e insignificante em comparação ao enorme cavalo. Não parecia haver nenhum valor especial em golpeá-lo. Os dragões dos quais Jem resgatou Maybelle em seus sonhos secretos eram muito mais dragônicos. Ele realmente a resgatou na segunda-feira passada do ganso da velha Sarah Palmer. Que aventura, ah — aventura é uma ótima palavra! —, ela havia notado seu ar nobre quando pegou a sibilante criatura pelo pescoço serpenteante e a jogou por cima da cerca. Mas um ganso com certeza não era tão romântico quanto um dragão.

Foi um outubro de ventos mansos, que ronronavam no vale, e bravos, que açoitavam os bordos... ventos que uivavam ao longo da faixa de areia, e se agachavam quando alcançavam as rochas, agachando-se e saltando. As noites, com sua sonolenta lua vermelha de caçador, eram frias o suficiente para tornar agradável a ideia de uma cama quente, os arbustos de mirtilo ficaram escarlates, as samambaias mortas eram de um rico marrom-avermelhado, sumagres queimavam atrás do celeiro, pastos verdes eram vistos aqui e ali como manchas nos campos de colheita de cima do Glen e havia crisântemos dourados e castanho-avermelhados no canto dos pinheiros do gramado. Havia esquilos tagarelando alegremente por toda parte e grilos que cantavam para as danças de fadas em mil colinas. Havia maçãs a serem colhidas, cenouras a serem arrancadas. Às vezes os meninos iam pescar mariscos com o capitão Malachi sempre que as misteriosas marés permitiam. Marés que vinham acariciar a terra, mas voltavam para seu próprio oceano profundo. Havia um odor de folhas queimadas por todo o Glen, um monte de grandes abóboras amarelas no celeiro, e Susan fez suas primeiras tortas de *cranberry*.

Ingleside ria do amanhecer ao pôr do sol. Mesmo quando as crianças mais velhas estavam na escola, Shirley e Rilla já estavam crescidas o suficiente para manter a tradição do riso. Até Gilbert riu mais que o normal naquele outono. "Gosto de um pai que consegue rir", refletiu Jem. O dr. Bronson de Mowbray Narrows nunca ría. Diz-se que ele construiu sua carreira inteiramente com seu olhar de coruja e de sabedoria. Mas papai tinha ainda mais experiência e as pessoas estavam muito longe quando não conseguiam rir de uma de suas piadas.

Anne estava ocupada em seu jardim todos os dias quentes, sorvendo cores como vinho, onde o sol da tarde caía sobre bordos carmesins, deleitando-se com a requintada tristeza da beleza fugaz. Em uma tarde de névoa cinza-dourada, ela e Jem plantaram todos os bulbos de tulipas, que teriam uma ressurreição de rosa, vermelho, roxo e dourado em junho.

— Não é bom estar se preparando para a primavera quando você sabe que precisará enfrentar o inverno, Jem?

— E é bom deixar o jardim bonito — disse Jem. — Susan diz que é Deus quem faz tudo bonito, mas podemos ajudá-Lo um pouquinho, não podemos, mamãe?

— Sempre... sempre, Jem. Ele compartilha esse privilégio com a gente.

E, no entanto, nada é perfeito. O pessoal de Ingleside estava preocupado com Cock Robin. Ele souberam, quando os tordos partissem, que ele ia querer ir embora também.

— Mantenha-o preso até que todo o resto se vá e a neve chegue — aconselhou o capitão Malachi. — Então ele meio que vai esquecer e ficar bem até a primavera.

Então Cock Robin era uma espécie de prisioneiro, e muito inquieto. Ele voava sem rumo pela casa ou sentava-se no parapeito da janela e olhava melancolicamente para seus companheiros que se preparavam para seguir sabe-se lá que misterioso chamado. Seu apetite diminuiu e até mesmo minhocas e as nozes mais crocantes de Susan não o tentavam mais. As crianças lhe diziam todos os perigos que ele poderia encontrar: frio, fome, falta de amigos, tempestades, noites escuras, gatos. Mas Cock Robin sentiu ou ouviu seu chamado e todo o seu ser ansiava por responder.

Susan foi a última a ceder. Ela ficou muito triste por vários dias. Mas por fim:

— Deixe-o ir — ela disse. — É contra a natureza segurá-lo.

Eles o soltaram no último dia de outubro, depois de um mês de prisão. As crianças deram-lhe um beijo de despedida entre lágrimas. Ele voou alegremente, voltando na manhã seguinte ao peitoril de Susan para pegar migalhas e depois abrir as asas para o longo voo.

— Ele poderá voltar para nós na primavera, querida — disse Anne para uma Rilla aos prantos. Mas Rilla não seria consolada.

— É longe demais — ela soluçou.

Anne sorriu e suspirou. As estações, que pareciam tão longas para a bebê Rilla, estavam começando a passar rápido demais para ela. Mais um verão acabava, iluminado de vida pelo dourado centenário das tochas dos álamos. Em breve, muito breve, as crianças de Ingleside não seriam mais crianças. Mas eles ainda eram seus... seus para receber as boas-vindas quando voltassem para casa à noite, seus para encher a vida de maravilha e deleite, seus para amar e torcer por e repreender... só um pouquinho. Pois às vezes eles eram muito travessos, embora dificilmente merecessem ser chamados pela sra. Alec Davies de "o bando de demônios de Ingleside", quando ela ficou sabendo que Bertie Shakespeare Drew havia se queimado enquanto brincava de ser um índio vermelho queimado na fogueira no Vale do Arco-Íris. Jem e Walter haviam demorado um pouco mais para desamarrá-lo do que esperavam. Eles também ficaram um pouco chamuscados, mas ninguém teve pena *deles*.

Novembro foi um mês sombrio naquele ano, um mês de vento leste e neblina. Em alguns dias não havia nada além de uma névoa fria passando ou flutuando sobre o mar cinzento além da faixa de areia. Os trêmulos álamos deixaram cair suas últimas folhas. O jardim estava morto e toda a sua cor e personalidade haviam desaparecido, exceto o canteiro de aspargos, que ainda era uma fascinante selva dourada. Walter teve que abandonar seu poleiro de estudo no bordo e fazer suas lições dentro de casa. E chovia e chovia e chovia.

— O mundo voltará a ficar seco algum dia? — gemeu Di em desespero.

Depois houve uma semana imersa na magia do nascer do sol de um verão escaldante, e nas noites frias e cortantes a mãe acendia um fósforo nos gravetos da lareira e Susan assava batatas para o jantar.

A grande lareira era o centro da casa naquelas noites. Era o ponto alto do dia quando eles se reuniam em torno dela depois do jantar. Anne costurava e planejava pequenos guarda-roupas de inverno. "Nan precisa de um vestido vermelho, já que ela está querendo tanto um." Às vezes pensava em Ana, tricotando o casaquinho todos os anos para o pequeno Samuel. As mães eram as mesmas ao longo dos séculos, uma grande irmandade de amor e serviço aos lembrados e aos não lembrados.

Susan checava a soletração das crianças e então elas se divertiam como bem quisessem. Walter, vivendo em seu mundo de imaginação e belos sonhos, estava absorto em escrever uma série de cartas do esquilo que morava no Vale do Arco-Íris para o esquilo que morava atrás do celeiro. Susan fingia zombar delas quando ele as lia em voz alta, mas fez secretamente cópias delas e as enviava para Rebecca Dew.

"Achei que gostaria de lê-las, srta. Dew, querida, embora possa considerá-las triviais demais para uma leitura cuidadosa. Nesse caso, eu sei que você perdoará uma *velha amorosa* por incomodá-la com essas coisas. Ele é considerado muito inteligente na escola e pelo menos essas composições não são poesia. Também devo acrescentar que o pequeno Jem tirou noventa e nove em seu exame de aritmética na semana passada e ninguém consegue entender por que um ponto foi cortado. Talvez eu não devesse dizer isso, querida srta. Dew, mas tenho a convicção de que essa criança nasceu para a grandeza. Podemos não estar vivas para vê-lo, mas ele ainda pode ser o primeiro-ministro do Canadá."

Camarão se aquecia na luz e a gatinha de Nan, Pussywillow,[1] cujo nome sugeria uma mocinha requintada, subia nas pernas de todos sem exceção.

— Dois gatos e vestígios de ratos por toda parte na despensa — foi o parêntese de desaprovação de Susan.

As crianças conversavam sobre suas pequenas aventuras juntas e o lamento do oceano distante chegava através da noite fria de outono.

Às vezes, a srta. Cornelia aparecia para uma rápida visita enquanto o marido papeava na loja de Carter Flagg. Os pequenos curiosos ficavam de orelha em pé, pois a srta. Cornelia sempre tinha as últimas fofocas e sempre ouvia as coisas mais interessantes sobre as pessoas. Seria tão divertido no próximo domingo sentar-se na igreja e olhar para todas aquelas pessoas, saboreando tudo o que sabiam sobre elas, empertigadas e bem-arrumadas.

— Minha nossa, como está confortável aqui, querida Anne. Está uma noite realmente muito fria, e a neve começa a cair. O doutor está fora?

— Sim. Odiei vê-lo ir, mas telefonaram da Cabeça da Foz dizendo que a sra. Brooker Shaw insistia em vê-lo — disse Anne, enquanto Susan rápida e furtivamente retirava do tapete da lareira uma enorme espinha de peixe que o Camarão trouxera, rezando para que a srta. Cornelia não tivesse notado.

— Ela não está mais doente do que eu — respondeu Susan amargamente. — Mas ouvi dizer que ela tem uma *camisola de renda nova* e sem dúvida ela quer que o doutor a veja com ela. Camisola de renda!

— A filha dela, Leona, trouxe de Boston para ela. Ela chegou sexta-feira à noite, com *quatro* baús — disse a srta.

---

[1] Optamos por deixar o nome da gatinha de Nan como no original, pois trata-se de uma referência à árvore Salgueiro, que em inglês é conhecida como *Pussy willow*. (N.E.)

Cornelia. — Eu me lembro dela indo para os Estados Unidos nove anos atrás, carregando uma velha e surrada mala *gladstone* com as coisas caindo para fora. Naquela época ela estava bem triste por Phil Turner tê-la dispensado. Ela tentou esconder, mas todos *sabiam*. Agora está de volta para "cuidar da mãe", é o que ela diz. Vai tentar flertar com o médico, já vou avisando, querida Anne. Mas acho que isso não importará para ele, mesmo sendo homem. E você não é como a esposa do dr. Bronson em Mowbray Narrows. Ela é muito ciumenta das pacientes de seu marido, me disseram.

— *E* das enfermeiras especializadas — disse Susan.

— Bem, algumas dessas enfermeiras especializadas são bonitas demais para esse trabalho — disse a srta. Cornelia. — Veja só a Janie Arthur agora; ela está descansando entre casos e tentando driblar seus dois pretendentes para impedi-los de descobrir um sobre o outro.

— Ela é muito bonita, mas já não é tão novinha assim — disse Susan com firmeza. — Seria melhor escolher um e se aquietar. Veja só a tia dela, Eudora, que disse que não pretendia se casar até que tivesse namorado todo mundo e o que resultou disso. Ainda hoje, tenta flertar com todos os homens à vista, embora já tenha quarenta e cinco anos, se não mais. Isso é o que acontece quando se forma um hábito. Você ouviu, sra. Blythe, querida, o que ela disse para a prima Fanny quando *ela* se casou? "Você está levando as minhas sobras", disse ela. Me disseram que houve uma troca de farpas e elas nunca mais se falaram.

— A vida e a morte estão no poder da língua — murmurou Anne distraidamente.

— Isso é uma grande verdade, querida. Falando nisso, gostaria que o sr. Stanley fosse um pouco mais criterioso em seus sermões. Ele ofendeu Wallace Young, e Wallace disse que vai deixar a igreja. Todo mundo diz que o sermão do último domingo foi dirigido a ele.

— Sempre que um ministro faz um sermão que atinge uma pessoa em particular, sempre se supões que essa era sua intenção — disse Anne. — A carapuça é feita para ser vestida, mas se ela serve na cabeça de alguém não significa que foi feita para essa pessoa.

— Bem dito — aprovou Susan. — E não gosto desse tal Wallace Young. Ele deixou que uma empresa pintasse anúncios em suas vacas há três anos. Isso é ser muito mão de vaca, na minha opinião.

— O irmão, David, vai se casar finalmente — disse a srta. Cornelia. — Há muito estava decidindo o que seria mais barato: casar ou contratar alguém. "Você até *pode* manter uma casa sem uma mulher, mas é complicado, Cornelia", ele me disse certa vez depois que a mãe morreu. Eu tive uma ideia do que ele pretendia fazer, mas ele não recebeu nenhum incentivo *meu*. E pelo menos ele vai se casar com Jessie King.

— Jessie King! Mas eu pensei que ele estivesse cortejando Mary North.

— *Ele* diz que nunca se casaria com uma mulher que come repolho. Mas estão contando por aí que ele propôs casamento a ela e ela deu um peteleco nas orelhas dele. E Jessie King teria dito que gostaria de um homem mais bonito, mas esse teria de servir. Bem, é claro que para algumas pessoas é um porto durante uma tempestade.

— Eu não acho que as pessoas nessas bandas digam metade das coisas que dizem ter dito, sra. Marshall Elliott — repreendeu Susan. — É minha opinião que Jessie King será a David Young uma esposa muito melhor do que ele merece, embora, no que diz respeito à aparência, admito que ele se parece com algo que foi lavado com a maré.

— Sabia que Alden e Stella têm uma filhinha? — perguntou Anne.

— É o que ouvi. Espero que Stella seja um pouco mais sensata com a filha do que Lisette foi com ela. Você acreditaria,

Anne querida, que Lisette chorou copiosamente porque o bebê da prima dela, Dora, andou antes de Stella?

— Nós mães somos uma raça tola — sorriu Anne. — Lembro-me que me senti a ponto de matar alguém quando nasceram três dentes no pequeno Bob Taylor, que tinha um dia de diferença de Jem, que só tinha tido o primeiro.

— Bob Taylor vai precisar operar as amígdalas — disse a srta. Cornelia.

— Por que nós nunca operamos, mãe? — exigiram Walter e Di juntos em um tom ofendido. Eles muitas vezes diziam a mesma coisa juntos. Então juntavam os dedos e faziam um pedido.

— Pensamos e sentimos o mesmo sobre tudo — Di costumava explicar com seriedade.

— Algum dia esquecerei o casamento de Elsie Taylor? — disse a srta. Cornelia de forma reminiscente. — A melhor amiga dela, Maisie Millison, iria tocar a marcha nupcial. Em vez disso, tocou a Marcha Fúnebre de *Saul*. Claro que ela sempre afirmou ter cometido um erro porque estava muito nervosa, mas as pessoas tinham a própria opinião a respeito. *Ela* queria Mac Moorside para ela. Um patife de boa aparência com uma língua de prata, sempre dizendo às mulheres exatamente o que ele achava que elas gostariam de ouvir. E ele acabou por tornar a vida de Elsie miserável. Ah, querida Anne, ambos passaram há muito tempo para a Terra do Silêncio, e Maisie está casada com Harley Russell há anos e todo mundo esqueceu que ele a pediu em casamento esperando que ela dissesse "não" e ela disse "sim". O próprio Harley se esqueceu disso, típico de um homem. Ele acha que tem a melhor esposa do mundo e se vangloria por ser inteligente o suficiente para tê-la conquistado.

— Por que ele a pediu em casamento se queria que ela dissesse não? Parece-me um comportamento muito estranho — disse Susan, logo acrescentando com esmagadora humildade — Mas, é claro, que eu não tenho como saber nada sobre *isso*.

— O pai dele mandou. Ele não queria, mas achava que seria bastante seguro. Aí vem o doutor agora.

Quando Gilbert entrou, uma pequena rajada de neve soprou com ele. Ele tirou o casaco e sentou-se alegremente diante da própria lareira.

— Estou mais atrasado do que esperava...

— Sem dúvidas a nova camisola de renda deveria ser muito atraente — disse Anne, com um sorriso travesso para a srta. Cornelia.

— O que você quer dizer? Alguma piada feminina além da minha grosseira percepção masculina, suponho. Fui até a parte de cima do Glen para ver Walter Cooper.

— É um mistério como esse homem aguenta — disse a srta. Cornelia.

— Não tenho paciência com ele — sorriu Gilbert. — Ele já deveria ter morrido há muito tempo. Há um ano dei-lhe dois meses e aqui ele está arruinando minha reputação ao continuar vivo.

— Se você conhecesse os Cooper tão bem quanto eu não arriscaria fazer previsões sobre eles. Você não sabe que o avô dele voltou à vida depois de terem cavado a cova e pegado o caixão? O agente funerário também não o aceitou de volta. No entanto, eu entendo que Walter Cooper está se divertindo muito ensaiando o próprio funeral, típico de um homem. Bem, aí estão os sinos de Marshall... este pote de peras em conserva é para você, querida Anne.

Todos foram até a porta para se despedir da srta. Cornelia. Os olhos acinzentados de Walter espiaram lá fora, para a noite tempestuosa.

— Eu me pergunto onde estará Cock Robin esta noite e se ele sente nossa falta — disse melancolicamente. Talvez o tordo tivesse ido para aquele lugar misterioso que a sra. Elliott sempre se referia como a Terra do Silêncio.

— Cock Robin está em algum lugar ensolarado ao sul — disse Anne. — Ele estará de volta na primavera, tenho certeza, e faltam apenas cinco meses para isso. Meus passarinhos, vocês deveriam estar na cama há muito tempo.

— Susan — Di estava dizendo na despensa —, você gostaria de ter um bebê? Eu sei onde você pode conseguir um... novinho em folha!

— Ah é, onde?

— Tem um novinho na casa da Amy. Amy diz que os anjos o trouxeram e ela acha que eles poderiam ter pensado melhor. Eles têm oito filhos agora, sem contar esse. Ouvi você dizendo ontem que estava se sentindo solitária agora que Rilla está crescendo e que você está sem nenhum bebê agora. Tenho certeza que a sra. Taylor lhe daria o dela.

— As coisas que as crianças pensam! É tradição da família Taylor ter muitos filhos. O pai de Andrew Taylor nunca soube dizer quantos filhos teve e toda vez tinha que parar para contar. Mas acho que não vou querer nenhum bebê de fora por enquanto.

— Susan, Amy Taylor diz que você é uma solteirona. É verdade, Susan?

— Isso foi o que a sábia Providência reservou para mim — disse Susan sem vacilar.

— E você *gosta* de ser solteirona, Susan?

— Não posso dizer sinceramente que sim, meu amor. Mas — acrescentou Susan, lembrando-se do destino de algumas esposas que havia conhecido — aprendi que existem compensações. Agora leve a torta de maçã para seu pai que eu levarei o chá dele. O pobre homem deve estar desmaiando de fome.

— Mamãe, temos a casa mais linda do mundo, não temos? — disse Walter enquanto subia sonolento. — Só que... você não acha que ela seria ainda melhor se tivéssemos alguns fantasmas?

— Fantasmas?

— Sim. A casa de Jerry Palmer está cheia de fantasmas. Ele viu um: uma senhora alta de branco com uma mão esquelética. Quando contei para Susan, ela disse que ou ele estava mentindo ou que estava passando mal do estômago.

— Susan estava certa. Quanto a Ingleside, apenas pessoas felizes viveram aqui, então, veja bem, não somos fantasmagóricos. Agora faça suas orações e vá dormir.

— Mamãe, acho que fui travesso ontem à noite. Eu disse: "Dai-nos *amanhã* o pão nosso de cada dia", em vez de "hoje". Parecia mais *lógico*. Você acha que Deus se importou, mamãe?

XXVIII

Cock Robin retornou quando Ingleside e o Vale do Arco-Íris voltaram a se incendiar com as chamas verdes e sutis da primavera, trazendo uma noiva com ele. Os dois construíram um ninho na macieira de Walter e Cock Robin retomou todos os seus velhos hábitos, mas sua noiva era mais tímida ou menos aventureira e nunca deixava ninguém chegar muito perto dela. Susan achou o retorno do tordo um milagre positivo e escreveu a Rebecca Dew sobre o fato naquela mesma noite.

Os holofotes no pequeno drama da vida em Ingleside mudavam de tempos em tempos, ora caindo sobre esse, ora sobre aquele. Eles passaram o inverno sem que nada muito fora do caminho acontecesse com ninguém e em junho foi a vez de Di ter uma aventura.

Uma nova aluna começou a frequentar a escola, uma menina cuja resposta quando a professora perguntou seu nome foi:

— Sou Jenny Penny — como se dissesse "Sou a rainha Elizabeth" ou "Sou Helena de Tróia". No momento em que ela disse isso, deu para notar que não conhecer Jenny Penny era ser uma pessoa anônima, e não ser menosprezado por Jenny Penny significava nem existir. Pelo menos, era assim que Diana Blythe se sentia sobre isso, mesmo que não pusesse nessas exatas palavras.

 Jenny Penny tinha nove anos contra os oito de Di, mas desde o início ela se juntou às meninas maiores, de dez e onze. Elas descobriram que não podiam esnobá-la ou ignorá-la. Ela não era bonita, mas sua aparência era impressionante, todos a olhavam duas vezes. Seu rosto era redondo e suave, como uma nuvem macia, e seus cabelos sem brilho pretos como fuligem, além de ter enormes olhos azuis escuros com longos cílios pretos curvados. Sempre que ela levantava devagar esses cílios e olhava para alguém com aqueles olhos desdenhosos, a pessoa se sentia um verme honrado por não ter sido pisado. Era melhor ser esnobado por ela que cortejado por qualquer outro: e ser escolhida como confidente temporária de Jenny Penny era uma honra quase grande demais para ser suportada. Pois as confidências de Jenny Penny eram interessantes. Evidentemente, os Penny não eram pessoas comuns. Sua tia Lina, ao que parecia, possuía um maravilhoso colar de ouro e granada que lhe fora dado por um tio milionário. Uma de suas primas tinha um anel de diamante que custara mil dólares e outra havia recebido um prêmio de oratória contra mil e setecentos competidores. Ela tinha uma tia missionária que trabalhava entre os leopardos na Índia. Em suma, as alunas do Glen, pelo menos por um tempo, aceitaram Jenny Penny em sua própria avaliação, a admiravam e invejavam em partes iguais, e falavam tanto sobre ela em casa na hora do jantar que seus pais foram finalmente obrigados a prestar atenção.

 — Quem é essa garotinha por quem a Di parece tanto se deixar levar? — perguntou Anne depois de Di ter falado da "mansão" onde Jenny morava com renda branca de madeira em volta do telhado, cinco janelas com sacada, um maravilhoso bosque de bétulas no jardim e uma lareira de mármore vermelho na sala. — Penny é um nome que nunca ouvi em Four Winds. Você sabe alguma coisa sobre eles?

— É uma família nova que se mudou para a antiga fazenda Conway na Linha de Base, sra. Blythe, querida. Diz-se que o sr. Penny é um carpinteiro que não conseguia ganhar a vida como um, pois estava muito ocupado, pelo que entendi, tentando provar que Deus não existe e ele, então, decidiu tentar a agricultura. De tudo o que soube, eles parecem ser muito estranhos. As crianças fazem o que querem. O pai diz que quase morreu de tanto ser mandado quando era pequeno e que isso não acontecerá com seus filhos. É por isso que essa Jenny está frequentando a escola do Glen. Eles estão mais perto da escola de Mowbray Narrows e as outras crianças vão para lá, mas Jenny decidiu vir para o Glen. Metade da fazenda Conway fica nesse distrito, então o sr. Penny paga taxas para as duas escolas e, é claro, pode enviar os filhos para ambas, se quiser. Embora acho que essa Jenny é sobrinha dele, não filha. Os pais dela morreram. Dizem que foi George Andrew Penny que colocou ovelhas no porão da igreja batista em Mowbray Narrows. Não digo que não sejam respeitáveis, mas são todos tão... *desleixados*, sra. Blythe, querida. E a casa vive de pernas para o ar e se posso me atrever a aconselhar, você não quer Diana misturada com uma família de selvagens como essa.

— Eu não posso exatamente impedi-la de se associar a Jenny na escola, Susan. Na verdade, não tenho nada contra a criança, mas tenho certeza de que ela faz uma longa reverência ao contar sobre seus parentes e suas aventuras. Mas Di provavelmente logo superará essa "paixão" e não ouviremos mais falar de Jenny Penny.

No entanto, continuaram a ouvir falar dela. Jenny disse a Di que gostava dela mais do que todas as garotas da escola de Glen e Di, sentindo que uma rainha a havia reverenciado, respondia com adoração. Tornaram-se inseparáveis nos recreios; escreviam bilhetes uma para o outra nos fins de semana; davam e recebiam chicletes mastigados, trocavam botões e brincavam em pilhas de areia e finalmente Jenny pediu a Di que a acompanhasse para casa da escola e passasse a noite lá.

A mãe disse um "não" muito incisivo e Di chorou copiosamente.

— Você já me deixou ficar a noite toda com Persis Ford — ela soluçou.

— Aquilo foi... diferente — disse Anne, um pouco vaga. Ela não queria que Di se tornasse uma esnobe, mas tudo o que tinha ouvido sobre os Penny a fez perceber que, como amigos das crianças de Ingleside, aquela família estava completamente fora de questão e Anne estava bastante preocupada nos últimos tempos com o fascínio de Jenny tão evidente por Diana.

— Não vejo nenhuma diferença — lamentou Di. — Jenny é tão refinada quanto Persis, então pronto! Ela *nunca* masca chiclete comprado. E tem uma prima que conhece todas as regras de etiqueta e ensinou todas a Jenny. Jenny diz que *nós* não sabemos o que é etiqueta. E ela teve as aventuras mais legais.

— E quem disse isso? — exigiu Susan.

— Ela mesma. Os pais não são ricos, mas têm parentes muito ricos e respeitáveis. Jenny tem um tio que é juiz e um primo da mãe dela é capitão do maior navio do mundo. Jenny batizou o navio para ele quando foi lançado. *A gente* não tem um tio que é juiz ou uma tia que seja missionária de leopardos.

— Leprosos, querida, não leopardos.

— Jenny *disse* leopardos. Acho que ela deve saber, já que é a tia dela. E tem tantas coisas na casa dela que eu quero ver, o quarto dela que tem papel de parede de papagaios e a sala está cheia de corujas empalhadas e eles têm um tapete no corredor com uma casa tricotada e persianas cobertas de rosas e uma casinha de verdade para brincar que o tio construiu para eles e a vozinha dela mora com eles e é a pessoa mais velha do mundo. Jenny diz que ela sobreviveu ao dilúvio. Talvez eu nunca tenha outra chance de ver uma pessoa que tenha sobrevivido ao dilúvio.

— A avó está perto dos cem, me disseram — disse Susan —, mas se sua Jenny disse que ela nasceu antes do dilúvio, então está mentindo. É bem provável que você pegue alguma doença ou sabe-se lá mais o quê se fosse para um lugar desses.

— Eles tiveram tudo o que poderiam ter há muito tempo — protestou Di. — Jenny diz que eles tiveram caxumba e sarampo e coqueluche e escarlatina tudo em um ano.

— Eu não diria que eles já tiveram varíola — murmurou Susan — Parece conversa de gente enfeitiçada.

— Jenny precisa tirar as amígdalas — soluçou Di. — Mas *isso* não pega, não é? Jenny teve uma prima que morreu quando tirou as amígdalas, ela sangrou até a morte sem voltar à consciência. Então pode ser que isso também aconteça com Jenny, se for de família. Ela é delicada, já desmaiou três vezes na semana passada. Mas ela está *bem preparada*. E é em parte por isso que ela está tão ansiosa para que eu passe a noite lá, para que eu tenha algo para lembrar depois de sua morte. Por favor, mamãe. Abro mão do chapéu novo com fitas que você me prometeu se deixar.

Mas a mãe foi inflexível e Di se jogou em uma almofada, chorando. Nan não teve empatia por ela, Nan não gostava de Jenny Penny.

— Não sei o que deu na criança — disse Anne preocupada. — Ela nunca se comportou assim antes. Como você disse, aquela garota parece tê-la enfeitiçado.

— Você está certa em não permitir que ela frequente a casa de uma família que está muito abaixo do nível dela, sra. Blythe, querida.

— Ah, Susan, não quero que ela sinta que alguém esteja "abaixo" dela. Mas devemos traçar a linha em algum lugar. Não é tanto pela Jenny, acho que ela é inofensiva o bastante além do hábito de ser exagerada, mas me disseram que os meninos são realmente terríveis. A professora de Mowbray Narrows está por um fio com eles.

— Sua família tiraniza você assim? — perguntou Jenny de forma altiva quando Di contou que não tinha permissão para ir. — *Eu* não deixaria ninguém me usar assim. Eu tenho muita personalidade. Ora, sempre que eu quero, durmo ao ar livre a noite toda. Suponho que você nunca sonharia em fazer isso, né?

Di olhou melancolicamente para aquela garota misteriosa que dormia ao ar livre a noite toda. Que coisa maravilhosa!

— Você não me culpa por não ir, Jenny? Você sabe que eu quero ir, não?

— Claro que não. Algumas garotas não iriam tolerar isso, é claro, mas acho que você não tem como evitar. Poderíamos ter nos divertido. Meu plano era que pescaríamos ao luar em nosso riacho. Muitas vezes fazemos isso. Já pesquei trutas *desse* tamanho. E temos os porquinhos mais queridos e um novo potro que é simplesmente um doce e uma ninhada de cachorrinhos. Bem, acho que vou ter que convidar Sadie Taylor. Os pais *dela* deixam ela ter a própria vida.

— Meu pai e minha mãe são muito bons para mim — protestou Di lealmente. — E meu pai é o melhor médico da Ilha do Príncipe Edward. Todo mundo sabe disso.

— Está me esnobando porque você tem pai e mãe e eu não, não é? — disse Jenny com desdém. — Ora, *meu* pai tem asas e sempre usa uma coroa de ouro. Mas *eu* não ando por aí com o nariz empinado por causa disso, não é? Agora, Di, eu não quero brigar com você, mas eu odeio ouvir alguém se gabando dos pais. Não é refinado. E eu decidi ser uma dama. Quando aquela Persis Ford de que você sempre fala vier a Four Winds neste verão, não vou me relacionar com ela. Há algo estranho na mãe dela, diz tia Lina. Ela era casada com um homem que morreu e voltou à vida.

— Ah, não foi nada disso, Jenny. Eu sei... mamãe me disse... a tia Leslie...

— Não quero saber dela. Seja o que for, é algo que é melhor não falar, Di. Aí está o sino.

— Você vai mesmo convidar a Sadie? — engasgou-se Di, com olhos arregalados de mágoa.

— Bem, não já. Vou esperar para ver. Talvez eu dê a você mais uma chance. Mas se eu fizer isso, será a última.

Alguns dias depois, Jenny Penny veio até Di no recreio.

— Ouvi o Jem dizendo que seu pai e sua mãe saíram ontem e só voltam amanhã à noite?

— Sim, eles foram até Avonlea ver a tia Marilla.

— Então aí está a sua *chance*.

— Minha chance?

— De passar a noite na minha casa.

— Ah, Jenny... mas eu não poderia.

— Claro que pode. Não seja boba. Eles nunca saberão.

— Mas Susan não me deixaria.

— Você não precisa pedir para ela. É só vir para casa depois da escola. Nan pode dizer a ela aonde você vai para que ela não fique preocupada. E ela não vai contar nada quando seus pais voltarem. Ela vai ficar com muito medo que eles a culpem.

Di estava dividida entre a agonia e a indecisão. Ela sabia muito bem que não deveria ir para a casa de Jenny, mas a tentação era irresistível. Jenny olhou para ela com toda a força de seus olhos extraordinários.

— Essa é sua *última chance* — disse dramaticamente. — Eu não vou ficar me relacionando com quem se acha boa demais para vir até a minha casa. Se você não vier, não sou mais sua amiga.

Isso resolveu a questão. Di, ainda sob o fascínio de Jenny Penny, não conseguia encarar a ideia de se separar dela para sempre. Nan foi para casa sozinha naquela tarde, para contar a Susan que a irmã tinha ido passar a noite toda com aquela Jenny Penny.

Se Susan estivesse na ativa como de hábito, ela teria ido direto para os Penny e trazido Di para casa. Mas havia torcido o tornozelo naquela manhã e, embora pudesse fazer um esforço para mancar pela casa e preparar as refeições das crianças, sabia que nunca poderia descer um quilômetro e meio pela estrada da Linha de Base. Os Penny não tinham telefone e Jem e Walter se recusaram terminantemente a ir. Eles foram convidados para um mexilhão assado no farol e ninguém faria mal a Di na casa dos Penny. Susan teve que se resignar ao inevitável.

As meninas atravessaram os campos para a casa de Jenny, o que dava pouco mais de quatrocentos metros. Di, apesar de sua insistente consciência, estava feliz. Passaram por tanta beleza, pequenas baías de samambaias, assombradas por duendes, por baías de bosques verde-escuros, com um farfalhar de vale ruidoso onde se podia caminhar até os joelhos em xícaras de manteiga, um caminho sinuoso sob bordos jovens, um riacho que parecia um cachecol de arco-íris de flores, um campo de pastagem ensolarado cheio de morangos. Di, recém-desperta para a percepção de beleza do mundo, ficou extasiada e quase desejou que Jenny não falasse tanto. Tudo bem na escola, mas ali Di não tinha certeza se queria ouvir sobre a vez em que Jenny quase morreu envenenada, "um acidente" é claro, já que tomou o medicamento errado. Jenny pintou bem suas agonias de quase morte, mas foi um tanto vaga quanto à razão de, afinal, não ter morrido. Havia perdido a consciência, mas o médico conseguiu puxar de volta seu pé da cova.

— Embora eu nunca mais tenha sido a mesma desde então. Di Blythe, *o que* você está olhando? Não acho que você esteja prestando atenção.

— Ah, sim, estou — disse Di culpada. — Eu acho que você teve uma vida maravilhosa, Jenny. Mas olhe para esta vista.

— A vista? O que é uma vista?

— Oras... oras, é algo para o qual você está olhando — ela disse acenando para o horizonte de prados e bosques e colinas cobertas de nuvens diante delas, com aquele entalhe de mar de safira entre as colinas.

Jenny fungou.

— Apenas um monte de velhas árvores e vacas. Já vi isso tudo uma centena de vezes. Você é muito engraçada com essas coisas, Di Blythe. Eu não quero magoar você, mas às vezes acho que você não está aqui por completo. Realmente acho. Mas suponho que você não consegue evitar. Dizem que sua mãe está sempre delirando assim. Bem, aqui é a nossa casa.

Di olhou para a casa dos Penny e teve seu primeiro choque de desilusão. Era *essa* a "mansão" da qual Jenny tanto falara? Claro, era bem grande e tinha as cinco janelas salientes, mas precisava desesperadamente de uma pintura e faltava muito da "renda de madeira". A varanda estava em péssimo estado e a antiga e adorável claraboia sobre a porta da frente estava quebrada. As persianas estavam tortas, várias das vidraças cobertas com papel pardo e o "belo bosque de bétulas" no quintal fora substituído por poucas velhas árvores magras. Os celeiros estavam em péssimas condições, o pátio estava cheio de máquinas velhas e enferrujadas e o jardim era uma perfeita selva de ervas daninhas. Di nunca tinha visto um lugar como aquele em sua vida e, pela primeira vez, lhe ocorreu se perguntar se todas as histórias de Jenny eram verdadeiras. Alguém poderia ter tido tantas aventuras, mesmo aos nove anos, como ela alegava ter tido?

Por dentro, as condições não eram muito melhores. A sala para a qual Jenny a conduziu estava empoeirada e coberta de mofo. O teto, descolorido e cheio de rachaduras. A famosa lareira de mármore fora apenas pintada, até Di percebia isso, e um hediondo lenço japonês a envolvia, mantido no lugar por uma fileira de xícaras bigodeiras.[1] As finas cortinas de renda eram de uma cor feia e estavam esburacadas. As persianas eram de papel azul, com rachaduras e rasgos, estampada com

---

[1] Um tipo especial de xícara, muito usada na era Vitoriana, que protegia o bigode dos cavalheiros. (N.E.)

enormes cestas de rosas. Quanto à sala estar cheia de corujas empalhadas, havia uma pequena caixa de vidro em um canto contendo três pássaros bastante desgrenhados, um sem os olhos. Para Di, acostumada com a beleza e a dignidade de Ingleside, o cômodo parecia algo que só se via em pesadelo. O estranho, porém, era que Jenny parecia bastante inconsciente de qualquer discrepância entre suas descrições e a realidade. Di se perguntou se ela tinha sonhado que Jenny dissera tudo aquilo.

Não estava tão ruim lá fora. A casinha que o sr. Penny construiu no canto dos abetos, parecendo uma casa em miniatura, era *mesmo* um lugar muito interessante e os porquinhos e o novo potro eram simplesmente fofos. Quanto à ninhada de vira-latas, eles eram tão peludos e maravilhosos como cães de raça. Um era especialmente adorável, com longas orelhas marrons e uma mancha branca na testa, uma língua rosa pequenina e patas brancas. Di ficou amargamente decepcionada ao saber que todos haviam sido prometidos.

— Mas não sei como poderíamos dar um para vocês mesmo se eles não estivessem prometidos — disse Jenny. — Meu tio é muito criterioso para onde vão seus cachorros. Ouvimos dizer que vocês não conseguem manter um cachorro em Ingleside. Deve haver algo estranho com vocês. Meu tio diz que os cães sabem *coisas* que as pessoas não.

— Tenho certeza de que eles sabem nada de desagradável sobre *nós*! — exclamou Di.

— Bem, espero que não. Seu pai é malvado com sua mãe?

— Não, claro que não!

— Bem, ouvi dizer que ele bate nela, bate até ela *gritar*. Mas é claro que eu não acreditei nisso. Não é horrível as mentiras que as pessoas contam? De qualquer forma, sempre gostei de você, Di, e vou sempre te defender.

Di sentiu que deveria se sentir muito grata por isso, mas, de alguma forma, não se sentia. Estava começando a se sentir muito deslocada e o glamour investido por Jenny em seus olhos desapareceu repentina e irrevogavelmente. Ela não sentiu a velha emoção quando Jenny lhe contou sobre a vez em que quase se afogou ao cair em um lago. Ela *não acreditou*. Jenny apenas *imaginou* essas coisas. E provavelmente o tio milionário e o anel de diamante de mil dólares e a missionária dos leopardos foram imaginados também. Di sentia-se vazia como um balão espetado.

Mas ainda havia a vovó. Vovó era real, com certeza. Quando Di e Jenny voltaram para dentro, tia Lina, uma senhora de seios fartos e bochechas rosadas usando um vestido de algodão estampado não muito limpo, disse a elas que vovó queria conhecer a visitante.

— Vovó está de cama — explicou Jenny. — Sempre levamos todo mundo que vem visitar para vê-la. Ela fica brava se não o fizermos.

— Lembre-se de perguntar a ela como está a dor nas costas — advertiu tia Lina. — Ela não gosta que as pessoas esqueçam as costas dela.

— E do tio John — disse Jenny. — Não se esqueça de perguntar a ela como o tio John está.

— Quem é o tio John? — perguntou Di.

— Um filho dela que morreu há cinquenta anos — explicou tia Lina. — Ele esteve doente por anos antes de morrer e vovó meio que se acostumou a ouvir as pessoas perguntarem como ele estava. Ela sente falta.

Na porta do quarto da vovó, Di de repente se recusou a andar. De súbito, ela ficou muito assustada por essa mulher incrivelmente velha.

— Qual é o problema? — exigiu Jenny. — Ninguém vai te morder!

— É ela? Ela é quem nasceu antes do dilúvio, Jenny?

— Claro que não. Quem disse isso? Ela fará cem anos, se viver até o próximo aniversário. Vamos!

Di foi com cautela. Em um quarto pequeno e bagunçado, vovó estava deitada em uma cama enorme. Seu rosto, incrivelmente enrugado e encolhido, parecia o de um macaco velho. Ela olhou para Di com os olhos fundos e avermelhados e disse irritada:

— Pare de me encarar. Quem é você?

— Esta é Diana Blythe, vovó — disse Jenny... uma Jenny muito acanhada.

— Hum! Um belo nome de alta sonoridade! Disseram-me que você tem uma irmã orgulhosa.

— Nan não é orgulhosa — exclamou Di, com um lampejo de espírito. Jenny esteve falando mal de Nan?

— Um pouco atrevida você, não? Não fui criada para falar assim com meus superiores. Ela *é* orgulhosa. Qualquer um que ande com a cabeça erguida, como a jovem Jenny me diz que ela faz, é orgulhoso. Uma petulantezinha! Não me contradiga.

Vovó parecia tão brava que Di rapidamente perguntou como estavam as costas dela.

— Quem disse que tenho dor nas costas? Tal presunção! Minhas costas são da minha conta. Venha aqui, aproxime-se da minha cama!

Di foi, desejando estar a quilômetros de distância. O que aquela velha terrível ia fazer com ela?

Vovó se apoiou alerta na beirada da cama e colocou uma mão em forma de garra no cabelo de Di.

— Parece uma cenoura, mas é bem liso. Esse é um vestido bonito. Levante a saia e me mostre sua anágua.

Di obedeceu, agradecida por estar usando sua anágua branca com a renda de crochê de Susan. Mas que tipo de família era aquela em que você era obrigado a mostrar sua anágua?

— Eu sempre julgo uma garota por suas anáguas — disse vovó. — Você passou. Agora suas calcinhas.

Di não se atreveu a recusar. Ela levantou a anágua.

— Ah! De renda também Isso é uma extravagância. E você nunca perguntou por John!

— Como ele está? — ofegou Di.

— "Como ele está" — diz ela afiada como latão. — Ele poderia estar morto, se fosse por você. Diga-me uma coisa. É verdade que sua mãe tem um dedal de ouro, um dedal de ouro maciço?

— Sim. Papai deu a ela em seu último aniversário.

— Bem, eu nunca teria acreditado. A jovem Jenny me disse que sim, mas nunca se pode acreditar em uma palavra que a pequena Jenny diz. Um dedal de ouro maciço! Nunca ouvi algo do tipo. Bem, é melhor vocês irem jantar. Comer nunca sai de moda. Jenny, levante as ceroulas. Uma perna está pendurada por baixo do seu vestido. Tenhamos pelo menos decência.

— Minha ceroula... anágua não está pendurada na perna — disse Jenny indignada.

— Ceroulas para os Penny e calcinhas para as Blythe. Essa é a distinção entre você e sempre será. Não me contradiga.

Toda a família Penny estava reunida em torno da mesa de jantar na grande cozinha. Di nunca conheceu nenhum deles antes, exceto tia Lina, mas quando deu uma olhada ao redor entendeu por que mamãe e Susan não queriam que ela tivesse vindo. A toalha de mesa estava esfarrapada, com antigas manchas de molho. Os pratos eram de uma variedade indescritível. Quanto aos Penny, Di nunca havia se sentado à mesa com tal companhia antes e desejava estar em segurança de volta a Ingleside. Mas precisava enfrentar isso agora.

Tio Ben, como Jenny o chamava, estava sentado à cabeceira da mesa; ele tinha uma barba ruiva flamejante e era calvo, com fiapos laterais grisalhos. Seu irmão solteiro, Parker, esguio e com a barba por fazer, havia se acomodado em um ângulo conveniente para cuspir na caixa de madeira, o que fazia com frequência. Os meninos, Curt, de doze anos, e George Andrew, de treze, tinham olhos azul-claros de peixe, sua encarada era atrevida e sua pele nua aparecia pelos buracos das camisas esfarrapadas. Curt estava com a mão, cortada em uma garrafa quebrada, amarrada com um pano manchado de sangue. Annabel Penny, onze, e Gert Penny, dez, eram garotas bastante bonitas com olhos castanhos redondos. "Tuppy", de dois anos, tinha lindos cachos e bochechas rosadas, e o bebê, de olhos negros marotos, no colo da tia Lina teria sido adorável se estivesse *limpo*.

— Curt, por que você não limpou as unhas quando sabia que teríamos companhia? — exigiu Jenny. — Annabel, não fale de boca cheia. Eu sou a única que ainda tenta ensinar boas maneiras a esta família — ela explicou de lado para Di.

— Cala a boca — disse o tio Ben com uma grande voz retumbante.

— Eu não vou calar a boca, você não pode me fazer calar a boca! — gritou Jenny.

— Não responde seu tio — disse tia Lina de forma plácida. — Vamos, meninas, comportem-se como damas. Curt, passe as batatas para a srta. Blythe.

— Oh, oh, srta. Blythe — provocou Curt.

Mas Diana teve pelo menos uma emoção. Pela primeira vez na vida, havia sido chamada de srta. Blythe.

Para a surpresa de Di, a comida era boa e abundante. Ela, que estava com fome, teria gostado da refeição se não odiasse beber em um copo lascado e se tivesse a certeza de que estava limpo e se todos não brigassem tanto. Brigas particulares aconteciam o tempo todo: entre George Andrew e Curt... entre Curt e Annabel... entre Gert e Jen... e até mesmo entre tio Ben e tia Lina. Os dois tiveram uma briga terrível e lançaram as mais amargas acusações um ao outro. Tia Lina jogou na cara do marido todos os bons homens com quem ela poderia ter se casado, e o tio Ben respondeu que só desejava que ela tivesse se casado com qualquer outro que não ele.

"Não seria terrível se meu pai e minha mãe brigassem assim?", pensou Di. "Ah, se eu estivesse de volta em casa!"

— Não chupe o dedo, Tuppy.

Ela disse isso sem pensar. Eles haviam passado tanto tempo fazendo Rilla parar de chupar o dedo...

Na mesma hora Curt ficou vermelho de raiva.

— Deixa o menino em paz! — ele gritou. — Ele pode chupar o dedo se quiser! Não somos mandados como vocês, crianças de Ingleside. Quem você pensa que é?

— Curt, Curt! A srta. Blythe vai pensar que você não tem boas maneiras — disse tia Lina. Ela estava bastante calma e sorrindo novamente ao colocar duas colheres de açúcar no chá do tio Ben. — Não ligue para ele, querida. Se sirva de outro pedaço de torta.

Di não queria outro pedaço de torta. Ela só queria ir para casa e não via como isso poderia acontecer.

— Bem — vociferou tio Ben, enquanto sorvia o resto de seu chá ruidosamente no pires. — Então mais um acabou. Levantar de manhã, trabalhar o dia inteiro, fazer três refeições e ir para a cama. Que vida!

— Papai adora sua piadinha — sorriu tia Lina.

— Por falar em piadas, vi o ministro metodista na loja de Flagg hoje. Ele tentou me contradizer quando eu disse que Deus não existia. "Você fala no domingo", eu disse a ele. "Agora é minha vez. Prove para mim que existe Deus", eu disse a ele. "É você quem está falando", disse ele. Todos riram como bobos. Acharam que ele estava sendo espertinho.

Não acreditam em Deus! O mundo de Di parecia ter caído e ela só queria chorar.

XXIX

Foi pior depois do jantar. Antes disso, ela e Jenny estavam ao menos sozinhas. Agora havia uma multidão. George Andrew agarrou sua mão e a arrastou por uma poça de lama antes que ela conseguisse escapar. Di nunca havia sido tratada assim em sua vida. Jem e Walter a provocavam, assim como Ken Ford, mas ela não conhecia garotos daquele tipo.

Curt ofereceu a ela um chiclete fresquinho de sua boca e ficou furioso quando ela recusou.

— Vou colocar um rato vivo em você! — ele gritou. — Sua estúpida, seu irmão é um maricas!

— Walter não é maricas! — disse Di. Ela estava apavorada, mas não queria ouvir xingarem Walter.

— Ele é, ele escreve poesia, não é? Sabe o que eu faria se tivesse um irmão que escrevesse poesia? Eu afogaria ele... como a gente faz com gatinhos.

— Falando em gatinhos, tem um monte deles, selvagens, no celeiro — disse Jenny. — Vamos caçá-los.

Di simplesmente não iria caçar gatinhos com aqueles meninos, e disse isso.

— Temos muitos gatinhos em casa. Temos onze — ela disse com orgulho.

— Não acredito! — gritou Jenny. — Não é possível. Ninguém nunca teve onze gatinhos. Não seria *certo* ter onze gatinhos.

— Uma gata teve cinco e a outra seis. E eu não vou muito em celeiros de qualquer forma. Caí da plataforma do celeiro de Amy Taylor no inverno passado. Eu teria morrido se não tivesse aterrissado num monte de palha.

— Bem, eu estaria caída do nosso celeiro uma vez se Curt não tivesse me pegado — disse Jenny emburrada. Ninguém tinha o direito de ficar caindo de celeiros além dela. Di Blythe tendo aventuras! Quanta insolência!

— Você deveria ter dito "eu teria caído" — disse Di e a partir desse momento estava tudo acabado entre as duas

Mas ela precisava lidar com aquela noite de alguma forma. Foram para a cama bem tarde porque os Penny jamais dormiam cedo. O grande quarto onde Jenny a levou às dez e meia tinha duas camas. Annabel e Gert estavam se preparando para a delas. Di olhou para as outras. Os travesseiros pareciam muito desleixados. A colcha precisava urgentemente ser lavada. O papel de parede, o famoso papel de parede de papagaios, estava vazado e nem mesmo os pássaros pareciam com papagaios. No suporte ao lado da cama havia uma jarra de granito e uma pia de lata cheia pela metade com água suja. Ela jamais conseguiria lavar o rosto *naquilo*. Bem, pela primeira vez ela iria para a cama sem lavar o rosto. Pelo menos a camisola que tia Lina havia separado para ela estava limpa.

Quando Di se levantou depois de fazer suas orações, Jenny riu.

— Nossa, mas você é antiquada. Você estava tão engraçada e santa rezando suas orações. Eu não sabia que alguém rezava hoje em dia. Orações não servem para nada. Para quê você as faz?

— Porque preciso salvar minha alma — disse Di, citando Susan.

— Eu não tenho alma — zombou Jenny.

— Talvez não, mas eu tenho — disse Di se endireitando.

Jenny a olhou. Mas o encanto dos olhos de Jenny fora quebrado. Nunca mais Di sucumbiria à sua magia.

— Você não é a garota que eu pensei que fosse, Diana Blythe — disse Jenny com tristeza, como alguém muito enganado.

Antes que Di pudesse responder, George Andrew e Curt entraram correndo no quarto. George Andrew usava uma máscara, uma coisa horrível com um nariz enorme. Di gritou.

— Pare de gritar como um porco debaixo de um portão! — ordenou George Andrew. — Você tem que nos dar um beijo de boa-noite.

— Se você não fizer isso, vamos te trancar naquele armário... e ele está cheio de ratos — disse Curt.

George Andrew avançou em direção a Di, que gritou de novo e recuou dele. A máscara a paralisou de terror. Ela sabia muito bem que era apenas George Andrew por trás dela e Di não tinha medo *dele*; mas ela morreria se aquela máscara horrível chegasse perto, disso estava certa. Assim como parecia que o nariz terrível estava tocando seu rosto, ela tropeçou em um banquinho e cambaleou para trás no chão, batendo com a cabeça na borda afiada da cama de Annabel ao cair. Por um momento, ela ficou aturdida e de olhos fechados.

— Ela morreu! Ela morreu! — fungou Curt, começando a chorar.

— Oh, você vai levar uma surra se ela estiver morta, George Andrew! — disse Annabel.

— Talvez ela esteja apenas fingindo — disse Curt. — Coloque uma minhoca nela. Tenho algumas nesta lata. Se ela estiver fingindo, isso fará ela levantar.

Di ouviu isso, mas estava com muito medo de abrir os olhos. (*Talvez eles fossem embora e a deixassem em paz se pensassem que estava morta. Mas se colocassem uma minhoca nela...*)

— Espeta ela com um alfinete. Se ela sangrar, então não está morta — disse Curt.

(*Ela suportaria um alfinete, mas não um minhoca.*)

— Ela não está morta, ela não *pode* ter morrido — sussurrou Jenny. — Você só a assustou até ela desmaiar. Mas se ela acordar, ela vai sair gritando por toda parte e o tio Ben vai entrar e nos dar uma surra. Eu gostaria de nunca ter convidado ela para vir aqui, essa gata medrosa!

— Você acha que conseguimos carregar ela para a casa antes que ela acorde? — sugeriu George Andrew.

(*Ah, se eles ao menos conseguissem!*)

— Não conseguiríamos — disse Jenny —, é muito longe.

— São só uns oitocentos metros por entre as propriedades. Cada um de nós pega um braço e uma perna, você e Curt e eu e Annabel.

Ninguém, a não ser os Penny, poderia ter concebido tal ideia ou a tornado realidade mesmo se quisessem. Mas eles estavam acostumados a fazer qualquer coisa que tivessem colocado na cabeça e uma açoitada do chefe da família era algo a ser evitado, se possível. Papai não se importava que eles ficassem acordados até certa hora, mas depois disso... uma boa noite!

— Se ela acordar enquanto estivermos carregando ela, vamos só largar e sair correndo — disse George Andrew.

Não haveria o menor perigo de Di acordar. Ela estremeceu de gratidão quando se sentiu sendo erguida pelos quatro. Eles desceram as escadas e saíram da casa, atravessando o quintal e o longo campo de trevos... passando a floresta... descendo a colina. Por duas vezes tiveram que deitá-la enquanto descansavam. Agora estavam certos de que ela estava morta e tudo o que queriam era levá-la para casa sem serem vistos. Se Jenny Penny nunca tinha rezado em toda sua vida antes, agora o fazia desesperadamente, pedindo para que ninguém na vila estivesse acordado. Se conseguissem levar Di Blythe para casa, todos jurariam que ela sentira tanta saudade de casa na hora de dormir que insistiu em voltar. O que aconteceu depois disso não seria da conta deles.

Di arriscou abrir os olhos uma vez enquanto eles planejavam isso. O mundo adormecido ao redor parecia muito estranho para ela. Os pinheiros eram escuros e estranhos. As estrelas estavam rindo dela. (*Eu não gosto de um céu tão grande. Mas se eu puder aguentar um pouco mais, logo estarei em casa. Se eles descobrirem que não estou morta vão me deixar aqui e nunca vou chegar em casa no escuro sozinha.*)

Depois de deixar Di na varanda de Ingleside, os Penny correram como loucos. Di não se atreveu a voltar à vida tão cedo, mas, por fim, aventurou-se a abrir os olhos. Sim, estava em casa. Parecia quase bom demais para ser verdade. Havia sido uma menina muito, muito levada, mas tinha certeza de que nunca mais seria. Ela sentou-se e Camarão subiu furtivamente os degraus e se esfregou contra ela, ronronando. Ela o abraçou. Como ele era simpático, caloroso e amigável! Não achava que conseguiria entrar, sabia que Susan trancava todas as portas quando papai estava fora e não ousava acordar Susan àquela hora. Mas não se importou. A noite de junho estava bem fresca, mas ela iria para a rede e se aconchegaria com Camarão, sabendo que, ali do lado, atrás das portas trancadas, estavam Susan, os meninos e Nan e sua *casa*.

Como era estranho o mundo depois do anoitecer! Estariam todos dormindo, menos ela? As grandes rosas brancas no arbusto perto dos degraus pareciam pequenos rostos humanos na noite. O cheiro da menta era como um amigo. Havia o brilho de um vaga-lume no pomar. Afinal, ela poderia se gabar de ter "dormido fora" a noite inteira!

Mas não era para ser. Duas figuras escuras passaram pelo portão e subiram pela entrada. Gilbert deu a volta pelos fundos para forçar a janela da cozinha, mas Anne subiu os degraus e ficou olhando espantada para a pobre criatura sentada lá abraçada ao gato.

— Mamãe, ah, mamãe! — Ela estava segura nos braços da mãe.

— Di, querida! O que significa isso?

— Ah, mamãe, eu não fui uma boa menina, eu desobedeci você, mas eu sinto muito e você estava certa... e aquela vovó era tão terrível... mas pensei que você só fosse voltar amanhã.

— Papai recebeu um telefonema de Lowbridge. Vão operar a sra. Parker amanhã e o dr. Parker queria que ele estivesse lá. Então pegamos o trem noturno e viemos andando da estação. Agora me diga o que aconteceu.

A história toda foi contada aos soluços até que Gilbert conseguiu entrar e abrir a porta da frente. Ele pensou que havia feito uma entrada muito silenciosa, mas Susan tinha ouvidos que podiam ouvir o guincho de um morcego quando a segurança de Ingleside estava em causa, e ela desceu mancando com um roupão sobre a camisola.

Houve exclamações e justificações, mas Anne as interrompeu.

— Ninguém está te culpando, Susan querida. Di foi muito travessa, mas ela sabe disso e acho que já teve sua punição. Desculpe por termos incomodado você, volte imediatamente para a cama que o doutor irá cuidar do seu tornozelo.

— Eu não estava dormindo, sra. Blythe, querida. Você acha que eu poderia dormir, sabendo onde aquela abençoada criança estava? E com ou sem tornozelo, vou pegar uma xícara de chá para vocês dois.

— Mamãe — disse Di, de seu próprio travesseiro branco —, papai alguma vez foi malvado com você?

— Malvado? comigo? Por que, Di?

— Os Penny disseram que ele era cruel e que batia em você!

— Querida, agora você sabe quem são esses Penny, então, não quero que preocupe sua cabecinha com qualquer coisa que tenham lhe dito. Há sempre um pouco de fofoca maliciosa circulando em qualquer lugar... pessoas assim *inventam* coisas. Você nunca deve se preocupar com isso.

— Você vai me repreender de manhã, mamãe?

— Não. Acho que você aprendeu a lição. Agora vá dormir, meu bem.

"Mamãe é tão sensata" foi o último pensamento consciente de Di. Mas Susan, deitada tranquilamente na cama, com o tornozelo confortavelmente enfaixado de forma habilidosa, dizia para si mesma:

"Vou passar o pente fino nessa história amanhã e quando vir a encantadora srta. Jenny Penny, vou dar uma bronca nela que ela nunca mais vai se esquecer."

Jenny Penny nunca recebeu a bronca prometida, pois nunca mais foi para a escola do Glen. Em vez disso, ela foi com os outros Penny para a escola de Mowbray Narrows, de onde surgiram rumores de suas histórias, entre elas uma de como Di Blythe, que morava na casa grande em Glen St. Mary, mas sempre descia para ir na casa de Penny passar a noite, desmaiou uma noite e foi carregada para casa à meia-noite, por ela, Jenny Penny, sozinha e sem ajuda. O povo de Ingleside se ajoelhou e beijou as mãos de Jenny em sinal de gratidão, e o próprio doutor a levou em sua charrete com franjas e seu famoso cavalo cinzento de volta para casa.

— E se houver *qualquer coisa* que eu possa fazer por você, srta. Penny, por sua bondade para com minha amada filha, você só tem que me dizer. O sangue do meu coração não seria suficiente para retribuir. Eu iria até a África Equatorial para recompensá-lo pelo que você fez — o doutor havia jurado.

XXX

— Eu sei de uma coisa que você não sabe, não sabe, não sabe — cantarolava Dovie Johnson, enquanto se balançava para frente e para trás na beira do cais.

Foi a vez de Nan ser o centro das atenções. Era a vez de Nan acrescentar uma história às lembranças dos anos de Ingleside. Embora Nan corasse até o dia de sua morte ao ser lembrada disso. Tinha sido tão boba.

Nan estremeceu ao ver Dovie cambaleando e mesmo assim sentia um... fascínio. Ela tinha certeza absoluta de que Dovie algum dia cairia. Mas Dovie nunca caiu. Sua sorte sempre prevaleceu.

Tudo que Dovie fez, ou disse que havia feito — duas coisas muito diferentes, talvez, embora Nan, criada em Ingleside, onde ninguém nunca mentia, mesmo de brincadeira, fosse inocente e crédula demais para saber disso —, fascinava Nan. Dovie, que tinha onze anos e havia morado em Charlottetown toda a sua vida, sabia muito mais que Nan, que tinha apenas oito. Charlottetown, ela havia dito, era o único lugar onde as pessoas sabiam qualquer coisa. O que você poderia saber, isolado nesse fim de mundo que era Glen St. Mary?

Dovie estava passando parte de suas férias com a tia Ella no Glen e ela e Nan haviam se tornado amigas muito próximas, apesar da diferença de idade. Talvez porque Nan admirasse Dovie, que lhe parecia quase adulta, com a adoração que precisamos dar ao máximo quando a vemos, ou achamos que vemos. Dovie gostava de seu pequeno, humilde e adorável satélite.

— Não há mal nenhum em Nan Blythe, ela é apenas um pouco tola — ela disse à tia Ella.

O pessoal cauteloso de Ingleside não conseguia ver nada de errado com Dovie... mesmo que, como refletiu Anne, sua mãe fosse prima dos Pye de Avonlea. Então não se fez nenhuma objeção à amizade de Nan com ela, embora Susan desde o início desconfiasse de seus olhos verde-claros com aqueles pálidos cílios dourados. Mas o que fazer? Dovie era bem-educada, estava sempre bem-vestida, era elegante e não falava muito. Susan não conseguiria explicar sua desconfiança e por isso se calou. Dovie iria para casa quando as aulas voltassem e, enquanto isso, não havia absolutamente nenhuma necessidade de pentes finos naquele caso.

Assim, Nan e Dovie passavam a maior parte do tempo livre juntas no cais, onde geralmente havia um ou dois navios com as velas dobradas, e o Vale do Arco-Íris mal viu Nan naquele agosto. As outras crianças de Ingleside não se importavam muito com Dovie e nenhum amor foi perdido. Ela tinha pregado uma peça em Walter, e Di ficou furiosa e disse "umas poucas e boas". Dovie parecia gostar de pregar peças. Talvez fosse por isso que nenhuma das garotas do Glen jamais tentou tirá-la de Nan.

— Ah, por favor me diga — suplicou Nan.

Mas Dovie apenas piscou um olho malicioso e disse que Nan era nova demais para ouvir algo do tipo. Isso era simplesmente enlouquecedor.

— *Por favor*, me diga, Dovie.

— Não posso. Foi segredado a mim pela tia Kate e ela já morreu. Eu sou a única pessoa no mundo que sabe disso agora. Prometi quando soube que nunca contaria a ninguém. Você contaria... não conseguiria evitar.

— Eu não contaria a ninguém! — gritou Nan.

— As pessoas dizem que vocês em Ingleside contam tudo uns aos outros. Susan arrancaria isso de você em um segundo.

— Ela não faria isso. Sei de muitas coisas que nunca contei a Susan. Segredos. Eu conto os meus se você contar o seu.

— Oh, eu não estou interessada nos segredos de uma garotinha como você — disse Dovie.

Mas que belo insulto! Nan achava seus segredinhos adoráveis... daquela cerejeira selvagem que havia encontrado florescendo na floresta de pinheiros, atrás do celeiro do sr. Taylor; do seu sonho de uma fadinha branca deitada em uma vitória-régia no pântano; da fantasia de um barco subindo o porto puxado por cisnes presos a correntes de prata; do romance que começara a rascunhar sobre a bela dama da velha casa dos MacAllister. Eles eram todos muito maravilhosos e mágicos para Nan e ela se sentiu feliz, quando pensava sobre isso, por não precisar contá-los a Dovie, afinal.

Mas *o que* Dovie sabia sobre ela que *ela* não sabia? A pergunta assombrou Nan como um mosquito.

No dia seguinte, Dovie voltou a se referir sobre seu conhecimento secreto.

— Eu estive pensando sobre isso, Nan, talvez você devesse saber, já que é sobre você. Claro que a tia Kate quis dizer que eu não devia contar a ninguém além da pessoa em questão. Escute aqui. Se você me der esse seu cervo de porcelana, eu lhe direi o que sei sobre você.

— Ah, mas esse eu não posso te dar, Dovie. Susan me deu no meu último aniversário. Isso a magoaria terrivelmente.

— Tudo bem então. Se prefere ter seu velho cervo do que saber uma coisa importante sobre você mesma, pode ficar com ele. Eu não me importo. Eu prefiro mantê-lo. Eu sempre gosto de saber coisas que outras garotas não sabem. Isso torna você importante. Vou olhar para você no próximo domingo na igreja e pensar comigo mesma, "se soubesse o que eu sei sobre você, Nan Blythe". É divertido.

— O que você sabe sobre mim é uma coisa boa? — questionou Nan.

— Ah, é muito *romântico*, igualzinho a um livro de histórias. Mas não importa, você não está interessada e *eu* sei o que sei.

A essa altura, Nan estava louca de curiosidade. A vida não valeria a pena ser vivida se ela não pudesse descobrir qual era o misterioso conhecimento de Dovie. Teve então uma inspiração repentina.

— Dovie, eu não posso te dar meu cervo, mas se você me disser o que sabe sobre mim eu te dou minha sombrinha vermelha.

Os olhos de Dovie brilharam. Ela estivera cobiçando muito aquela sombrinha.

— A nova sombrinha vermelha que sua mãe trouxe da cidade semana passada? — ela negociou.

Nan assentiu. Sua respiração estava rápida. Seria, oh, seria possível que Dovie realmente contasse a ela?

— Sua mãe vai deixar? — exigiu Dovie.

Nan assentiu de novo, mas um pouco incerta. Ela não tinha muita certeza disso. Dovie cheirou a incerteza.

— Você vai ter que trazer essa sombrinha bem aqui — ela disse com firmeza. — Antes que eu possa te contar. Sem sombrinha, sem segredo.

— Vou trazer amanhã — prometeu Nan apressadamente. Ela só precisava saber o que Dovie sabia sobre ela, isso era tudo.

— Bem, vou pensar a respeito — disse Dovie em dúvida. — Não crie esperanças. Não espere que eu vá te dizer depois de tudo. Você é nova demais. Já te conto tanto de tantas coisas.

— Hoje já estou mais velha do que ontem — suplicou Nan. — Ah, vamos, Dovie, não seja má.

— Acho que tenho direito sobre minha própria informação — disse Dovie de forma esmagadora. — Você diria a Anne..., sabe, sua mãe.

— Claro que sei o nome da minha própria mãe — disse Nan, com dignidade. Com segredos ou sem, havia limites. — Eu disse que não contaria a ninguém em Ingleside.

— Você jura?

— *Jurar?*

— Não seja um papagaio. Claro que só quero dizer uma promessa solene.

— Prometo solenemente.

— Mais solene que isso.

Nan não via como poderia ser mais solene que isso. Seu rosto iria definir se ela fosse.

— Diga "Eu juro de pé junto, juro por tudo que é mais sagrado" — disse Dovie.

Nan obedeceu.

— Você vai trazer a sombrinha amanhã e vamos ver — disse Dovie. — O que sua mãe fazia antes de se casar, Nan?

— Ela foi professora, e uma professora muito boa — disse Nan.

— Bem, eu só estava pensando. Mamãe acha que foi um erro seu pai ter se casado com ela. Ninguém sabia nada sobre sua *origem*. E as namoradas que ele poderia ter tido, mamãe diz. Agora preciso ir. *Au revoir!*

Nan sabia o que "*au revoir*" significava. Era "até amanhã". Estava bem orgulhosa de ter uma amiga que falava francês. Continuou sentada no cais muito depois de Dovie ter ido para casa. Gostava de ficar ali observando os barcos de pesca indo e vindo, e às vezes um navio à deriva no porto, com destino às terras distantes. Como Jem, ela muitas vezes desejava poder navegar em um navio, descendo o porto azul, atravessando a barra de dunas sombrias, passando pelo ponto do farol onde, à noite, a luz giratória do farol de Four Winds se tornava um posto avançado de mistério, para fora, para a névoa azul que era o golfo de verão, para encantadas ilhas nos mares dourados das manhãs. Nan voava nas asas de sua imaginação por todo o mundo enquanto ficava ali de cócoras no velho cais.

Porém, naquela tarde, estava muito preocupada com o segredo de Dovie. Será que realmente contaria a ela? O que poderia ser? E aquelas namoradas com quem papai poderia ter se casado? Nan gostou de especular sobre elas. Uma delas pode ter sido sua mãe. Mas isso foi horrível. Ninguém poderia ter sua mãe que não mamãe. Aquilo era simplesmente impensável.

— *Acho* que Dovie Johnson vai me contar um segredo — confidenciou Nan para mamãe naquela noite, enquanto recebia seu beijo de boa-noite. — Claro que não vou poder contar nem para você, mamãe, porque prometi que não contaria. Você não vai se importar, vai, mamãe?

— Nem um pouco — disse Anne, muito divertida.

Quando Nan desceu ao cais no dia seguinte, levou a sombrinha. Era sua, ela disse a si mesma. Fora dado a ela, então tinha todo o direito de fazer o que quisesse com o presente. Tendo acalmado sua consciência com este sofisma, ela escapuliu quando ninguém estava vendo. Causava-lhe dor pensar em abrir mão de sua querida e alegre sombrinha, mas a essa altura a vontade de descobrir o que Dovie sabia havia se tornado forte demais para ser resistida.

— Aqui está a sombrinha — ela disse sem fôlego. — Agora me conta o segredo.

Dovie ficou realmente surpresa. Ela nunca quis que as coisas fossem tão longe assim, não acreditava que a mãe de Nan Blythe a deixaria dar sua sombrinha vermelha. Apertou os lábios.

— Eu não sei se esse tom de vermelho vai combinar com a minha pele, afinal. É bastante vistoso. Acho que não vou contar.

Nan, com sua personalidade forte, ainda não fora seduzida por Dovie a ponto da submissão cega. Nada a despertava mais rápido que o senso de injustiça.

— Trato é trato, Dovie Johnson! Você disse que era a sombrinha pelo segredo. Aqui está ela e agora você tem que manter sua promessa.

— Ai, está bem — disse Dovie de uma forma entediada.

Tudo ficou muito quieto. As rajadas de vento haviam desaparecido. A água parou de borbulhar em volta das pedras do cais. Nan estremeceu em delicioso êxtase. Ela finalmente saberia o que Dovie sabia.

— Você conhece o Jimmy Thomas na Boca da Foz? — disse Dovie. — O Jimmy Thomas de Seis Dedos?

Nan assentiu. Claro que ela conhecia os Thomas, pelo menos, sabia da existência de Jimmy Seis Dedos, que às vezes ia a Ingleside vender peixe. Susan disse que nunca era possível ter certeza que conseguiria bons peixes com ele. Nan não gostava da aparência dele. Ele tinha uma cabeça careca, com uma penugem de cabelo branco encaracolado nas laterais, e um nariz vermelho e adunco. Mas o que os Thomas poderiam ter a ver com o assunto?

— E você conhece Cassie Thomas? — continuou Dovie.

Nan tinha visto Cassie Thomas uma vez, quando Jimmy Seis Dedos a trouxe com ele em sua carroça. Cassie tinha quase a mesma idade da sua, com cachos ruivos e olhos cinza-esverdeados ousados. Havia mostrado a língua para Nan.

— Bem... — Dovie respirou fundo — esta é a *verdade* sobre você. *Você* é Cassie Thomas e *ela* é Nan Blythe.

Nan olhou para Dovie. Ela não tinha o menor vislumbre do significado daquilo. O que ela disse não fazia sentido.

— Eu... eu... O que você quer dizer?

— Está bastante claro, eu acho — disse Dovie com um sorriso de pena. Já que tinha sido forçada a contar aquilo, faria valer a pena a história. — Você e ela nasceram na mesma noite.

Foi quando os Thomas moravam no Glen. A enfermeira levou a gêmea de Di até a casa dos Thomas e a colocou no berço e levou você para a mãe de Di. Ela não se atreveu a levar Di também, ou o teria feito. Ela odiava sua mãe e se vingou dessa forma. E é por isso que você é, na verdade, Thomas e deveria estar morando lá em Boca da Foz e a pobre Cassie deveria morar em Ingleside em vez de estar sendo surrada por aquela velha madrasta dela. Eu sinto muita dó dela às vezes.

Nan acreditou em toda aquela história absurda que Dovie havia lhe contado. Nunca fora enganada em sua vida e nem por um momento duvidou da veracidade dela. Nunca lhe ocorreu que alguém, muito menos sua amada amiga Dovie, inventaria ou poderia inventar uma história como essa. Ela olhou para Dovie com olhos angustiados e desiludidos.

— E como... como foi que sua tia Kate descobriu? — ela se engasgou com os lábios secos.

— A enfermeira contou a ela no leito de morte — disse Dovie formalmente. — Deve ter tido uma crise de consciência, acho. Tia Kate nunca contou a ninguém além de mim. Quando cheguei ao Glen e vi Cassie Thomas, quer dizer, Nan Blythe, dei uma boa olhada nela. Ela tem cabelos ruivos e olhos da mesma cor dos da sua mãe. Você tem olhos e cabelos castanhos. É por isso que você não se parece com Di. E gêmeos sempre são *exatamente* iguais. E Cassie tem o mesmo tipo de orelhas do seu pai, assim retinhas bem junto da cabeça. Não acho que algo poderia ser feito sobre isso agora... mas muitas vezes penso que não é justo, você tendo uma vida fácil assim e sendo tratada como uma boneca e a pobre Cassie, quero dizer, Nan, vestida em trapos, e nem mesmo tendo o suficiente para comer, muitas vezes. E o velho Seis Dedos batendo nela quando chega bêbado em casa! Oras, por que, por que você está me olhando assim?

A dor de Nan era maior do que conseguia suportar. Tudo estava terrivelmente claro para ela agora. As pessoas sempre acharam engraçado ela e Di não serem nem um pouco parecidas. Era por isso.

— Eu te odeio por me dizer isso, Dovie Johnson!

Dovie deu de ombros, sem se incomodar.

— Eu não disse que você gostaria, disse? Você me fez contar. Onde você está indo?

Pois Nan, pálida e tonta, havia ficado de pé.

— Para casa... contar para mamãe — ela disse.

— Não! Você não pode, não deve! Lembra que você jurou que não ia contar! — gritou Dovie.

Nan a encarou. Era verdade, prometera não contar. E mamãe sempre disse que não se deve quebrar uma promessa.

— Acho que vou indo para casa agora — disse Dovie, não gostando muito da aparência de Nan.

Ela pegou a sombrinha e saiu correndo, com suas pernas roliças e descobertas cintilando ao longo do velho cais. Ela deixou para trás uma criança com o coração partido, sentada entre as ruínas de seu pequeno universo. Dovie não se importou. "Tola" não era um bom nome para Nan. Não era realmente nada divertido enganá-la. É claro que ela contaria para a mãe assim que chegasse em casa e descobrisse que havia sido enganada.

"Ainda bem que vou para casa no domingo", refletiu Dovie.

Nan ficou sentada no cais pelo que pareceram horas... cega, devastada, desesperada. Ela não era filha da mamãe! Ela era a filha do Jimmy Seis Dedos, de quem sempre sentira um medo secreto simplesmente por causa daqueles seis dedos. Ela não deveria estar morando em Ingleside, sendo amada por mamãe e papai.

— Oh! — Nan soltou um pequeno gemido lamentável.

Mamãe e papai não a amariam mais se soubessem. Todo o amor deles iria para Cassie Thomas.

— Isso me deixa tonta. — ela disse.

XXXI

— Por que não está comendo nada, meu bem? — perguntou Susan na mesa do jantar.

— Você ficou muito tempo no sol, querida? — perguntou a mãe ansiosamente. — Está com dor de cabeça?

— S-sim — disse Nan.

Mas não era a cabeça que doía. Estava mentindo para mamãe? E quantas outras mentiras precisaria contar? Pois Nan sabia que nunca mais seria capaz de comer, nunca mais enquanto aquela horrível informação estivesse em seu poder. E ela sabia que jamais poderia contar à mamãe. Não tanto por causa da promessa... Susan não tinha dito uma vez que uma promessa ruim era melhor quebrada do que cumprida?... mas porque magoaria mamãe. De alguma forma, Nan sabia, sem sombra de dúvida, que isso machucaria terrivelmente sua mãe. E mamãe não deveria... não poderia... ser ferida. Nem papai.

E ainda por cima, havia Cassie Thomas. Ela *não* a chamaria de Nan Blythe. Pensar em Cassie Thomas como sendo Nan Blythe fazia Nan sentir-se indescritivelmente horrível. Sentia como se isso a apagasse por completo. Se não era Nan Blythe, não era ninguém! E ela não seria Cassie Thomas.

Mas Cassie Thomas a assombrava. Durante uma semana Nan foi perseguida por ela, uma semana miserável durante a qual Anne e Susan ficaram muito preocupadas com a criança, que não comia e não brincava e, como Susan disse, "só ficava amuada pelos cantos".

Era por que Dovie Johnson havia voltado para casa? Nan disse que não. Nan disse que não era nada. Ela só se sentia cansada. Papai a examinou e receitou um tônico que Nan tomou humildemente. Não era tão ruim quanto óleo de rícino, mas mesmo o óleo de rícino não significava nada agora. Nada significava nada, exceto Cassie Thomas e a terrível pergunta que emergiu de sua confusão mental e se apossou dela.

Cassie Thomas não deveria ter seus direitos?

Era justo que ela, a verdadeira Nan Blythe os tivesse. Nan agarrou-se nervosamente à sua identidade e questionava se deveria ter todas as coisas as quais Cassie Thomas fora negada e dela por direito? Não, não era justo. Nan tinha uma certeza desesperada de que aquilo não era justo. Em algum lugar dentro de si havia um senso muito forte de justiça e conformidade. E foi ficando cada vez mais claro para ela que era justo que Cassie Thomas soubesse a verdade.

Afinal, talvez ninguém se importasse muito. Mamãe e papai ficariam um pouco chateados no início, é claro, mas assim que soubessem que Cassie Thomas era sua filha de verdade, todo o amor deles iria para Cassie e ela, Nan, não teria importância mais para eles. A mãe beijaria Cassie Thomas e cantaria para ela nos crepúsculos de verão... cantaria a música que Nan mais gostava:

Estou vendo um barquinho chegando,
Cheinho de coisas lindas, só para mim

Nan e Di sempre falavam sobre o dia em que seu pequeno barco chegaria. Agora, no entanto, as coisas lindas, pelo menos a sua parte, pertenceriam a Cassie Thomas. Cassie Thomas assumiria seu papel como rainha das fadas na próxima apresentação da Escola Dominical e usaria em seus cabelos sua deslumbrante faixa enfeitada. Como Nan ansiava por aquele momento! Susan faria bolinhos de frutas para Cassie Thomas e Pussywillow ronronaria para ela. Ela brincaria com as bonecas de Nan, na casinha de carpete de musgo de Nan, no bosque de bordos e dormiria em sua cama. Di gostaria disso? Di gostaria de Cassie Thomas como sua irmã?

Chegou um dia em que Nan soube que não aguentaria mais. Ela precisava fazer o que era certo. Iria até Boca da Foz e contaria a verdade aos Thomas. Eles poderiam contar para mamãe e papai. Nan sentiu que simplesmente não conseguia fazer *isso*.

Nan se sentiu um pouco melhor com essa decisão, mas ficou muito, muito triste. Tentou comer alguma coisa no jantar porque seria a última refeição que faria em Ingleside.

"Eu sempre vou chamar a mamãe de 'mamãe'", pensou Nan, desesperada. "E não vou chamar Jimmy Seis Dedos de 'papai'". Vou apenas dizer 'Sr. Thomas' muito respeitosamente. Ele não vai ficar bravo com isso."

Mas algo a sufocou. Olhando para cima, ela leu óleo de rícino nos olhos de Susan. A pobre Susan achou que não estaria presente na hora de deitar para administrá-lo. Cassie Thomas teria que engolir. Essa era a única coisa que Nan não invejava Cassie Thomas.

Nan saiu logo depois do jantar. Precisava ir antes que escurecesse ou que sua coragem falhasse. Permaneceu com seu vestido xadrez, sem se atrever a trocá-lo, para que Susan ou mamãe não perguntassem o porquê da troca. Além disso, todos os seus belos vestidos pertenciam, na verdade, a Cassie Thomas. Mas vestiu o avental novo que Susan tinha feito para ela, um lindo avental estampado com vieiras de um lindo vermelho bordô. Nan adorava aquele avental. Cassie Thomas certamente não a ressentiria por isso.

Desceu até a vila, passou pela estrada do cais e desceu pela estrada do porto, uma pequena figura nobre e indômita. Nan não fazia ideia de que era uma heroína. Pelo contrário, sentia-se muito envergonhada de si mesma por ser tão difícil fazer o que era certo e justo, tão difícil não odiar Cassie Thomas, tão difícil não temer Jimmy Seis Dedos, tão difícil não se virar e correr de volta para Ingleside.

Era uma noite abafada. No mar pairava uma pesada nuvem negra, como um grande morcego preto. Relâmpagos intermitentes brincavam sobre o porto e as colinas arborizadas adiante. O conjunto de casas de pescadores em Boca da Foz estava inundado por uma luz vermelha que escapava por baixo da nuvem. Poças de água aqui e ali brilhavam como grandes rubis. Um navio, silencioso, de vela branca, passava pelas dunas escuras e enevoadas em direção ao misterioso oceano que chamava; as gaivotas emitiam um choro estranho.

Nan não gostou do cheiro das casas dos pescadores ou dos grupos de crianças sujas que brincavam, brigavam e gritavam na areia. Eles a olharam curiosos quando ela parou para perguntar qual era a casa de Jimmy Seis Dedos.

— Aquela ali — disse um menino, apontando. — O que você quer com ele?

— Obrigada — disse Nan, virando-se.

— Você não tem educação, garota? — gritou uma menina — É arrogante demais para responder a uma pergunta civilizada?

O menino parou na frente dela.

— Está vendo aquela casa atrás da dos Thomas? — ele disse. — Lá dentro tem uma serpente marinha e vou te trancar lá se você não me disser o que quer com o Jimmy Seis Dedos.

— Vai, sua orgulhosinha — provocou outra garota. — Você é do Glen e todo mundo do Glen se acha melhor que os outros. Vai, responde o Bill!

— Se você não tomar cuidado — disse outro menino —, vou afogar alguns gatinhos e vou aproveitar pra te afogar também.

— Se você tiver aí um centavo eu te vendo um dente — disse uma garota com sobrancelhas grossas —, não presta mais pra nada, caiu ontem.

— Eu não tenho nenhum dinheiro — disse Nan, criando um pouco de coragem. — E seu dente não me serviria pra nada. Deixe-me em paz.

— Cala a boca! — a garota respondeu.

Nan começou a correr. O menino da serpente do mar esticou um pé e a fez tropeçar. Ela caiu de corpo inteiro na areia ondulada da maré. Os outros gritaram de tanto rir.

— Agora não vai ficar com o nariz empinado, não é? — disse a de sobrancelhas pretas. — Fica zanzando por aí com essas suas vieiras vermelhas?

Então alguém exclamou:

— O barco do Blue Jack está chegando! — e todos fugiram.

A nuvem negra havia descido e cada poça cor rubi se tornou cinza.

Nan se levantou. Seu vestido estava coberto de areia e suas meias estavam sujas. Mas estava livre de seus algozes. Seriam esses seus companheiros de brincadeira no futuro?

Ela não podia chorar, não podia! Subiu os degraus de tábuas frágeis que levavam até a porta de Jimmy Seis Dedos. Como todas as casas de Boca da Foz, a de Jimmy ficava sobre blocos de madeira para escapar de uma maré excepcionalmente alta, e o espaço embaixo estava repleto de uma mistura de pratos quebrados, latas vazias, velhas armadilhas para lagostas e todo tipo de lixo. A porta estava aberta e Nan olhou para dentro, para uma cozinha como jamais vira na vida. O chão descoberto estava sujo, o teto estava manchado e esfumaçado, a pia estava cheia de pratos sujos. As sobras de uma refeição repousavam na velha mesa de madeira frágil e grandes moscas pretas horríveis estavam zanzando sobre ela. Uma mulher com um tufo de cabelo grisalho desarrumado estava sentada em uma cadeira de balanço, amamentando um bebê gordo, um bebê cinza de tão sujo.

"Minha irmã", pensou Nan.

Não havia sinal de Cassie ou Jimmy Seis Dedos, pelo que Nan se sentiu grata.

— Quem é você e o que você quer? — disse a mulher de forma grosseira.

Nan não foi convidada para entrar, mas entrou mesmo assim. Estava começando a chover lá fora e um trovão fez a casa tremer. Ela sabia que deveria dizer o que viera dizer antes que sua coragem falhasse, ou então se viraria e fugiria daquela casa horrível, daquele bebê horrível e daquelas moscas horríveis.

— Quero ver Cassie, por favor — disse. — Tenho algo *importante* para dizer a ela.

— Deve ser muito importante mesmo! — disse a mulher. — Para alguém do seu tamanho. Bem, Cass não está em casa. O pai levou ela para cima do Glen e com essa chuva vindo não dá para saber quando eles vão voltar. Senta.

Nan sentou-se em uma cadeira quebrada. Ela sabia que o pessoal de Boca da Foz era pobre, mas não sabia que eram tão pobres assim. O sr. Tom Fitch no Glen era pobre, mas sua casa era tão limpa e arrumada quanto Ingleside. Claro, todos sabiam que Jimmy Seis Dedos bebia tudo o que ganhava. E esta seria sua casa a partir de agora!

"De qualquer forma, vou tentar limpá-la", pensou Nan desamparada. Mas seu coração era como chumbo. A chama do autosacrifício que a atraíra havia se apagado.

— Por que você quer ver a Cass? — perguntou a sra. Seis Dedos com curiosidade enquanto limpava o rosto sujo do bebê com um avental ainda mais sujo. — Se for sobre aquela apresentação da Escola Dominical, ela não pode ir e fim de papo. Ela não tem uma roupa decente. Como que vou conseguir isso, te pergunto.

— Não, não é sobre a apresentação — disse Nan melancolicamente. Ela poderia muito bem contar a sra. Thomas toda a história. Ela teria que saber de qualquer maneira. — Vim contar a ela... vim dizer... dizer que ela sou eu e eu sou ela!

Talvez sra. Seis Dedos poderia ser perdoada por não pensar com tanta lucidez.

— Você deve estar maluca! — ela disse. — Que diabos você quer dizer com isso?

Nan ergueu a cabeça. O pior já havia passado.

— Quero dizer que Cassie e eu nascemos na mesma noite e a enfermeira nos trocou porque ela tinha raiva da minha mãe, e... e Cassie deveria estar morando em Ingleside e ela deveria ter meios.

Esta última frase foi ouvida por ela de seu professor da Escola Dominical, mas Nan achou um final digno para um discurso muito fraco.

A sra. Seis Dedos a encarou.

— Escuta só, eu estou louca ou você está? O que você está dizendo não faz o menor sentido. Quem te contou essa baboseira?

— Dovie Johnson.

A sra. Seis Dedos jogou para trás a cabeça despenteada e riu. Ela podia ser suja mas sua risada era cativante.

— Eu deveria ter adivinhado. Tenho lavado a roupa da tia dela durante todo o verão e aquela garota é uma doidinha! Nossa, ela não se acha espertinha tentando enganar as pessoas! Bem, pequena senhorita qualquer que seja o seu sobrenome, é melhor você não acreditar nas histórias de Dovie ou ela vai levar você para o manicômio!

— Quer dizer que não é verdade? — ofegou Nan.

— Claro que não. Santo Deus, você deve ser muito ingênua para acreditar em algo assim. Cassie deve ser um bom ano mais velha que você. Quem diabos é você, afinal?

— Sou Nan Blythe. — Oh, que lindo som! Ela era Nan Blythe!

— Nan Blythe! Um das gêmeas de Ingleside! Ora, eu me lembro da noite em que você nasceu. Aconteceu de eu ter ido a Ingleside para um serviço. Eu ainda não estava casada com o Seis Dedos na época, que estúpida eu fui, e a mãe de Cassie estava viva e saudável, com Cassie começando a andar. Você parece a mãe do seu pai, ela também estava lá naquela noite, orgulhosa pelas netas gêmeas. E pensar que você se deixou levar por uma história maluca como essa.

— Tenho o hábito de acreditar nas pessoas — disse Nan, levantando-se com uma leve formalidade majestosa, mas deliriantemente feliz para querer contestar a sra. Seis Dedos com muita hostilidade.

— Bem, é um hábito que você precisa abandonar nesse nosso mundo — disse sra. Seis Dedos cinicamente. — E pare de andar por aí com pessoas que gostam de enganar as outras. Sente-se, criança. Você não pode ir para casa até que essa chuvarada termine. A chuva está forte e escura como uma pilha de gatos pretos. Oras, ela já foi, a menina foi embora!

Nan já estava ensopada pela chuva. Apenas a exultação selvagem nascida das certezas da sra. Seis Dedos poderiam tê-la levado para casa naquela tempestade. O vento a esbofeteava, a chuva caía sobre ela, os terríveis trovões a faziam pensar que o mundo havia explodido. Apenas o clarão azul-gelo do relâmpago incessante lhe mostrava a estrada. Escorregou e caiu várias vezes. Mas, por fim, ela cambaleou, pingando, na entrada de Ingleside.

A mãe correu e a pegou nos braços.

— Querida, que susto você nos deu! Ah, onde você esteve?

— Só espero que Jem e Walter não morram naquela chuva procurando por você — disse Susan, a tensão aguda na voz.

Nan quase ficou sem fôlego. Ela só parou de ofegar ao sentir os braços da mãe envolvendo-a:

— Oh, mamãe, eu sou eu, eu de verdade. Eu não sou Cassie Thomas e nunca serei outra pessoa além de mim novamente.

— A pobre criança está delirando — disse Susan. — Ela deve ter comido alguma coisa que fez mal a ela!

Anne deu banho em Nan e a colocou na cama antes que ela contar qualquer coisa. Só depois ouviu toda a história.

— Ah, mamãe, eu sou mesmo sua filha?

— Claro que sim, querida. Como você poderia pensar o contrário?

— Nunca pensei que Dovie fosse me contar uma história como essa... não *Dovie*. Mamãe, é possível acreditar em *qualquer pessoa*? Jen Penny contou a Di histórias horríveis...

— São apenas duas meninas de todas as garotas que você conhece, querida. Nenhuma de suas outras companheiras jamais lhe disse algo que não era verdade. Existem pessoas assim no mundo, tanto adultos como crianças. Quando você for um pouco mais velha, será capaz de distinguir o trigo do joio.

— Mamãe, eu gostaria que Walter, Jem e Di não soubessem que fui uma boba.

— Eles não precisam saber. Di foi para Lowbridge com papai, e os meninos só precisam saber que você foi longe demais até a Boca da Foz e foi pega pela tempestade. Você foi tola em acreditar em Dovie, mas foi muito corajosa e muito boa para ir até lá oferecer o que você achava que era de direito para a pobre pequena Cassie Thomas. Mamãe está orgulhosa de você.

A tempestade tinha acabado. A lua olhava para um mundo bom e feliz.

"Ah, que bom que eu sou *eu*!", foi o último pensamento de Nan enquanto adormecia.

Mais tarde, Gilbert e Anne entraram para ver os rostinhos adormecidos tão docemente próximos uns dos outros. Diana dormia com os cantos de sua boquinha firme contraída, mas Nan adormecera sorrindo. Gilbert havia ouvido a história e estava tão zangado que era melhor mesmo para Dovie Johnson que ela estivesse a uns bons cinquenta quilômetros de distância dele. Mas Anne estava com a consciência abalada.

— Eu deveria ter descoberto o que estava incomodando Nan. Mas estive muito ocupada com outras coisas essa semana, coisas que nada importavam comparadas à infelicidade de uma criança. Pense no que a pobre sofreu.

Anne se inclinou ao mesmo tempo arrependida e exultante sobre elas. Ainda eram dela, inteiramente dela, para que fosse sua mãe, as amasse e as protegesse. Ainda a procuravam com todo amor e dor de seu pequeno coração. Por mais alguns anos seriam dela... e depois? Anne estremeceu. A maternidade era muito doce, mas muito terrível.

— Eu me pergunto o que a vida reserva para elas — ela sussurrou.

— Vamos pelo menos torcer e confiar que cada uma terá um marido tão bom quanto a mãe teve — disse Gilbert, provocando-a.

XXXII

— Então a Liga das Senhoras vai promover uma sessão de costura aqui em Ingleside? — disse o doutor. — Prepare seus pratos mais gostosos, Susan, e providencie várias vassouras para varrer os fragmentos de reputações depois.

Susan sorriu debilmente, como uma mulher tolerante à incompreensão de um homem sobre todas as coisas vitais, mas ela não tinha vontade de sorrir, pelo menos até que tudo sobre o almoço da Liga estivesse resolvido.

— Torta de frango — ela começou a murmurar —, purê de batatas e creme de ervilhas para o prato principal. E será uma ótima oportunidade de usar sua nova toalha de mesa de renda, sra. Blythe, querida. É uma novidade no Glen e estou confiante de que será um sucesso. Estou ansiosa para ver o rosto de Annabel Clow quando a vir. E você vai usar aquela sua cesta azul e prata para as flores?

— Sim, cheia de amores-perfeitos e samambaias verde-amarelas do bosque de bordos. E eu quero que você coloque esses seus três magníficos gerânios cor-de-rosa em algum lugar por aí, na sala de estar se formos costurar lá ou na balaustrada da varanda se estiver quente o suficiente para trabalharmos lá. Estou feliz que ainda temos tantas flores. O jardim nunca esteve tão bonito como nesse verão, Susan. Mas digo isso todo outono, não é?

Havia muitas coisas a serem resolvidas. Quem deveria se sentar ao lado de quem; nunca seria bom, por exemplo, que a sra. Simon Millison se sentasse ao lado da sra. William McCreery, já que elas não se falavam devido a uma antiga e obscura rixa de namoro dos tempos de escola. Depois havia a questão de quem convidar, pois era privilégio da anfitriã chamar algumas pessoas que não fossem membros da Liga.

— Vou chamar a sra. Best e a sra. Campbell — disse Anne.

Susan parecia duvidar.

— Elas são recém-chegadas, sra. Blythe, querida — ela disse tanto quanto poderia ter dito "elas são crocodilos".

— O doutor e eu também fomos recém-chegados um dia, Susan.

— Mas o tio do médico morava aqui havia anos antes disso. Ninguém sabe nada sobre esses tais de Best e Campbell. Mas é sua casa, sra. Blythe, querida, quem sou eu para objetar a quem você deseja receber? Lembro-me de uma reunião na casa da sra. Carter Flagg, muitos anos atrás, quando a sra. Flagg convidou uma mulher estranha. Ela veio com uma roupa de *flanela* de segunda, sra. Blythe, querida, dizendo que não achava que uma reunião da Liga das Senhoras merecesse uma roupa melhor. Pelo menos não precisamos temer isso da sra. Campbell. Ela é muito elegante, embora, se estivesse no lugar dela, eu nunca usaria uma roupa azul hortênsia para ir à igreja.

Anne também não, mas não se atreveu a sorrir.

— Achei lindo aquele vestido combinando com o cabelo prateado da sra. Campbell, Susan. E, a propósito, ela quer sua receita de sobremesa de groselha apimentada. Ela diz que provou um pouco no jantar da Harvest Home e estava deliciosa.

— Oh, bem, sra. Blythe, querida, não é todo mundo que pode fazer aquela receita...

Depois disso, não houve mais nenhum comentário a respeito de vestidos azuis. A sra. Campbell poderia, a partir de então, aparecer fantasiada de um nativo das ilhas Fiji, se quisesse, que Susan faria vista grossa.

Os meses jovens tinham envelhecido e dado lugar a um outono que ainda lembrava o verão. O dia da costura parecia mais junho que outubro. Todas as integrantes da Liga das Senhoras que poderiam vir, vieram, ansiosas por um bom prato de fofocas e um almoço em Ingleside, além de, possivelmente, ver alguma novidade na moda, já que a esposa do doutor estivera recentemente na cidade.

Susan, inabalável pelos cuidados culinários amontoados sobre sua cabeça, andava de um lado para o outro, levando as damas ao quarto de hóspedes, serena ao saber que nenhuma delas possuía um avental enfeitado com renda de crochê de cinco centímetros de comprimento, feito de linha número cem. Susan havia conquistado o primeiro prêmio na Exposição de Charlottetown na semana anterior com aquela renda. Ela e Rebecca Dew se encontraram lá e fizeram disso um dia de comemoração; Susan voltou para casa naquela noite como a mulher mais orgulhosa da Ilha do Príncipe Edward.

O rosto de Susan estava perfeitamente controlado, mas seus pensamentos eram apenas seus, às vezes temperados com um pouco de malícia leve.

"Celia Reese está aqui, procurando algum motivo para dar risada, como sempre. Bem, ela não vai encontrar nada para falar mal em nossa mesa de jantar. Myra Murray em veludo vermelho, um pouco suntuoso demais para uma sessão de costura na minha opinião, mas não estou negando que cai bem nela. Pelo menos não é flanela barata. Agatha Drew e seus óculos emendados com um barbante, para variar. Sarah Taylor, essa pode ser sua última colcha... tem um coração tão fraco, diz o doutor, mas o espírito dela! A sra. Donald Reese, graças a Deus, não trouxe Mary Ann com ela, mas sem dúvida vamos ouvir muito a respeito. Jane Burr de cima do Glen. Ela não é membro da Liga. Bem, vou contar as colheres depois do almoço, pode apostar nisso. Toda aquela família tem dedos leves. Candace Crawford, ela não costuma se dar ao trabalho de ir numa reunião da Liga, mas é um bom lugar para mostrar suas lindas mãos e seu anel de diamante. Emma Pollock com sua anágua aparecendo por baixo do vestido... uma mulher bonita, com certeza, mas de mente frágil como toda aquela gente. Tillie MacAllister, não vá derrubar geleia na toalha de mesa como fez na reunião da sra. Palmer. Martha Crothers, você terá uma refeição decente para variar. É uma pena que seu marido não tenha vindo também; ouvi dizer que ele só come nozes ou algo assim. A sra. Elder Baxter... ouvi dizer que o velho finalmente espantou Harold Reese para longe da Mina. Harold sempre teve a saúde de um pássaro em vez de um touro, e um coração fraco nunca conquistou uma bela dama, como diz o Bom Livro. Bem, temos o suficiente para duas colchas e algumas para enfiar agulhas", pensou Susan.

As colchas foram colocadas na ampla varanda e todas se ocuparam com seus dedos e suas línguas. Anne e Susan estavam terminando os preparativos do almoço na cozinha, e Walter, que não fora para a escola naquele dia por causa de uma leve dor de garganta, estava agachado nos degraus da varanda, protegido da vista das costureiras por uma cortina de trepadeiras. Sempre gostava de ouvir as pessoas mais velhas conversando. Elas diziam as coisas mais surpreendentes e misteriosas que se poderia imaginar; coisas que você pode pensar depois e tecer muito material para o drama, coisas que refletiam as cores e sombras, as comédias e tragédias, as brincadeiras e as tristezas, de cada clã de Four Winds.

De todas presentes, a que Walter mais gostava era a sra. Myra Murray, com sua risada fácil e contagiante, com suas pequenas e alegres rugas ao redor dos olhos. Ela podia contar a história mais simples e fazê-la parecer dramática e importantíssima; alegrava a todos aonde quer que fosse, e estava tão bonita naquele vestido veludo vermelho-cereja, com o cabelo preto e as pequenas gotas vermelhas nas orelhas. A sra. Tom Chubb, magra como uma agulha, era de quem menos gostava, talvez porque uma vez a tivesse ouvido chamá-lo de "criança doente". A sra. Allan Milgrave parecia uma elegante passarinha acinzentada e a sra. Grant Clow era como um barril sobre pernas. A jovem sra. David Ransome, com seu cabelo cor de caramelo, era muito bonita, "bonita demais para um fazendeiro", havia dito Susan quando Dave se casou com ela. A jovem noiva, sra. Morton MacDougall, parecia uma papoula branca e sonolenta. Edith Bailey, a costureira do Glen, com seus cachos prateados e enevoados, olhos negros e bem-humorados, não parecia ser uma "solteirona". Ele gostava da sra. Meade, a mais velha do grupo, que tinha olhos gentis e pacientes, e ouvia muito mais que falava. E ele não gostava de Celia Reese, com aquele olhar malicioso de quem se divertia, como se estivesse rindo de todo mundo.

As costureiras ainda não tinham realmente começado a conversar, elas apenas discutiam o clima e decidiam se faziam as colchas em formato de leques ou diamantes, enquanto Walter pensava na beleza do dia, no grande gramado com suas magníficas árvores e no mundo que parecia como se algum grande Ser tivesse envolvido os braços dourados sobre ele. As folhas tingidas caíam lentamente, as nobres malvas-rosas contudo, permaneciam alegres contra a parede de tijolos, e os álamos teciam feitiços de choupo ao longo do caminho para o celeiro. Walter estava tão absorto na beleza ao seu redor que a conversa de costura estava em pleno vapor antes de ele ser trazido de volta à consciência pelo pronunciamento da sra. Simon Millison.

— Esse clã era conhecido por seus grandes funerais. Alguma de vocês que compareceu algum dia esquecerá o que aconteceu no funeral de Peter Kirk?

Walter aguçou os ouvidos. Isso parecia interessante. Mas, para sua decepção, a sra. Simon não contou o que havia acontecido. Todas devem ter ido ao funeral ou ouvido a história.

(*Mas por que todas elas pareciam tão desconfortáveis com o assunto?*)

— Não há dúvida de que tudo o que Clara Wilson disse sobre Peter era verdade, mas ele está morto e enterrado, coitado, então vamos deixá-lo para lá — disse a sra. Tom Chubb com superioridade moral, como se alguém tivesse proposto exumar o corpo.

— Mary Anna está sempre dizendo coisas tão inteligentes — disse a sra. Donald Reese. — Sabe o que ela disse outro dia quando estávamos indo ao funeral de Margaret Hollister? "Mamãe, vai ter sorvete no funeral?"

Algumas mulheres trocaram sorrisos furtivos de divertimento. A maioria ignorou a sra. Donald. Era realmente a única coisa a fazer quando ela começava a arrastar Mary Anna para a conversa, como sempre fazia, em qualquer situação. Se alguém lhe desse o mínimo de encorajamento, ela enlouquecia: "Sabe o que Mary Anna disse?" era um jargão constante no Glen.

— Por falar em funerais — disse Celia Reese —, quando eu era menina, houve um estranho em Mowbray Narrows. Stanton Lane tinha ido para o oeste e chegou a notícia de que ele havia morrido. Seus pais telegrafaram para mandar o corpo para casa, mas o agente funerário, Wallace MacAllister, os aconselhou a não abrir o caixão. O funeral tinha apenas começado quando o próprio Stanton Lane entrou, vivo e são. Nunca se descobriu de quem era realmente o corpo.

— O que fizeram com ele? — questionou Agatha Drew.

— Ah, enterraram. Wallace disse que não podia ser adiado. Mas não dava para chamar de um funeral de verdade com todos tão felizes com o retorno de Stanton. O sr. Dawson mudou o último hino de "Confortem-se, cristãos" por "Às vezes, uma luz surpreende", mas a maioria das pessoas achou que era melhor ele ter deixado tudo igual.

— Sabe o que Mary Anna me disse outro dia? Ela disse: "Mãe, os ministros sabem *tudo*?".

— O sr. Dawson sempre perdia a cabeça em uma crise — disse Jane Burr. — Ele era responsável pela parte de cima do Glen na época e me lembro que um domingo ele dispensou a congregação e depois lembrou que a coleta não havia sido feita. Então, a única coisa que restava a fazer é ele pegar o prato da coleta e correr pelo jardim com ele. Com certeza — ela acrescenta —, as pessoas doaram naquele dia mais que nunca. Não quiseram recusar o ministro. Mas foi uma façanha indigna para ele.

— O que eu tinha contra o sr. Dawson — disse a srta. Cornelia — era a duração impiedosa de suas orações em um funeral. Na verdade, chegou a tal ponto que as pessoas diziam invejar o cadáver. Ele se superou no funeral de Letty Grant. Eu vi que a mãe dela estava a ponto de desmaiar, então dei uma boa cutucada nas costas dele com meu guarda-chuva e disse que ele já havia rezado o suficiente.

— Ele enterrou meu pobre Jarvis — disse a sra. George Carr, as lágrimas escorrendo. Ela sempre chorava quando falava do marido, embora ele estivesse morto há vinte anos.

— O irmão dele também era ministro — disse Christine Marsh. — Ele estava no Glen quando eu era menina. Tivemos uma apresentação no salão uma noite e ele estava sentado na plataforma por ser um dos oradores. Estava tão nervoso quanto o irmão e ficava se mexendo na cadeira cada vez mais para trás e de repente lá foi ele com cadeira e tudo direto para o banco de flores e as plantas domésticas que tínhamos arrumado ao redor da palco. Só conseguíamos ver seus pés aparecendo por cima da plataforma. De alguma forma, isso estragou as pregações dele para mim depois disso. Os pés dele eram *enormes*.

— O funeral de Lane pode ter sido uma decepção — disse Emma Pollock —, mas pelo menos foi melhor do que não ter funeral algum. Vocês se lembram da confusão de Cromwell?

Houve um coro de risos reminiscentes.

— Vamos ouvir a história — disse a sra. Campbell. — Lembre-se, sra. Pollock, sou nova aqui e as sagas de família são todas desconhecidas para mim.

Emma não sabia o que a palavra "saga" significava, mas adorava contar uma história.

— Abner Cromwell morava perto de Lowbridge em uma das maiores fazendas daquele distrito e era membro do Parlamento da Província naquela época. Ele era um dos maiorais dos *tories* e conhecia quase todo mundo importante da Ilha. Era casado com Julie Flagg, cuja mãe era uma Reese e a avó uma Clow, então eles estavam conectados com quase todas as famílias em Four Winds também. Um dia saiu um aviso no *Daily Enterprise* informando que o sr. Abner Cromwell havia morrido subitamente em Lowbridge e seu funeral seria realizado às duas horas da tarde seguinte. Por alguma razão, os Cromwell não viram o aviso e é claro que não havia telefones nos campos naquela época. Na manhã seguinte, Abner partiu para Halifax a fim de participar de uma convenção liberal. Às duas horas começaram a chegar pessoas para o enterro, e elas vieram cedo para conseguir um bom lugar, achando que haveria uma multidão, já que Abner era um homem tão proeminente. E havia uma multidão, acredite em mim. As estradas ao redor ficaram lotadas de charretes por quilômetros e as pessoas continuaram chegando até às três. A sra. Abner quase enlouqueceu tentando fazê-los acreditar que o marido não morrera. Alguns não acreditaram nela a princípio. Ela me disse, chorando, que pareciam pensar que ela havia se livrado do corpo. E quando se convenceram, agiram como se achassem que Abner deveria estar morto. Pisotearam em todos os canteiros de flores do gramado de que ela tanto se orgulhava. Vários parentes distantes também chegaram, esperando passar a noite e receber uma refeição, mas a sra. Abner não preparara comida suficiente. Julie nunca foi muito precavida, isso precisa ser dito. Quando Abner chegou em casa dois dias depois, ele a encontrou na cama com uma prostração nervosa que demorou meses para passar. Ela não comeu por seis semanas, bem, quase não comeu. Ouvi por aí que ela disse que se tivesse havido um funeral de fato, ela não poderia ter ficado mais chateada. Mas nunca acreditei que tenha mesmo dito isso.

— Não há como ter certeza — disse a sra. William Mac-Creery. — As pessoas dizem coisas horríveis. E quando estão chateadas, a verdade aparece. A irmã de Julie, Clarice, realmente foi e cantou no coral como de costume no primeiro domingo depois que o marido foi enterrado.

— Nem mesmo o funeral do marido poderia abalar Clarice por muito tempo — disse Agatha Drew. — Não havia nada *sólido* sobre ela. Sempre dançando e cantando.

— Eu costumava cantar e dançar na praia, onde ninguém pudesse me ver. — disse Myra Murray.

— Ah, mas você já amadureceu muito depois disso — disse Agatha.

— Não-o-o... tornei-me muito mais tola — disse Myra Murray — Tola demais para cantar e dançar na praia.

— A princípio — retomou Emma, não deixando uma história incompleta — pensaram que o aviso tinha sido colocado como uma brincadeira... Abner havia perdido as eleições alguns dias antes. Mas descobriu-se que o anúncio era para um certo Amasa Cromwell, que morava longe na floresta do outro lado de Lowbridge, sem qualquer relação com Abner. Esse homem havia, de fato, morrido. Mas demorou muito para que as pessoas perdoassem Abner pela decepção, se é que o fizeram.

— Bem, *foi* um pouco inconveniente percorrer toda aquela distância, bem na hora do plantio também, para descobrir que a viagem foi inútil — disse a sra. Tom Chubb defensiva.

— Como regra, as pessoas gostam de funerais. — disse a sra. Donald Reese espirituosamente. — Somos todos como crianças, acredito. Levei Mary Anna ao funeral de seu tio Gordon e ela gostou muito. "Mamãe, podemos desenterrá-lo e nos divertir enterrando-o de novo?", ela disse.

Todas riram *disso*, exceto a sra. Elder Baxter, que se mantinha séria e cutucava a colcha impiedosamente. Nada era sagrado hoje em dia. Todos riam de tudo. Mas ela, esposa de um ancião, não iria tolerar risadas relacionadas a um funeral.

— Falando em Abner, você se lembra do obituário que o irmão dele, John, escreveu para a esposa? — perguntou a sra. Allan Milgrave. — Começou com "Deus, por razões conhecidas apenas por Ele mesmo, teve o prazer de levar minha linda noiva e deixar viva a feia esposa de meu primo William". Nunca me esquecerei da confusão que isso causou!

— Como uma coisa dessas chegou a ser impressa? — perguntou a sra. Best.

— Ora, ele era editor-chefe da *Enterprise* na época. E adorava a esposa... Bertha Morris, o nome, acho... e odiava a sra. William Cromwell porque ela não queria que ele se casasse com Bertha. Ela achava Bertha muito volúvel.

— Mas ela era bonita — disse Elizabeth Kirk.

— A criatura mais bonita que eu já vi na minha vida — concordou a sra. Milgrave. — Herdou os traços bonitos dos Morris. Porém, instável... instável como a brisa. Ninguém jamais soube como ela conseguiu se decidir a se casar com John. Dizem que a mãe a fez manter a palavra. Bertha estava apaixonada por Fred Reese, mas ele era muito namorador. "Mais vale um pássaro na mão que dois voando", a mãe disse a ela.

— Ouço esse provérbio a vida inteira — disse Myra Murray — e me pergunto se é verdadeiro. Talvez, dois pássaros voando valham mais, enquanto aquele que está na mão, não.

— Você é sempre tão pitoresca, Myra.

— Sabem o que Mary Anna me disse outro dia? — disse a sra. Donald. — "Mamãe, o que farei se ninguém me pedir em casamento?"

— *Nós*, solteironas, poderíamos responder isso, não é mesmo? — perguntou Celia Reese, dando uma cotovelada em Edith Bailey. Celia não gostava de Edith porque Edith ainda era bastante bonita e não estava totalmente fora do páreo.

— Gertrude Cromwell *era* feia — disse a sra. Grant Clow. — Magra como um pau de virar tripa! Mas uma excelente dona de casa. Lavava cada cortina da casa todos os meses e se Bertha lavava as dela uma vez por ano ainda era muito. E as persianas dela estavam *sempre* tortas. Gertrude disse que isso lhe dava arrepios ao passar pela casa de John Cromwell. E, no entanto, John Cromwell adorava Bertha e William apenas aturava Gertrude. Os homens são estranhos. Dizem que William dormiu demais na manhã do casamento e se vestiu com tanta pressa que chegou à igreja com sapatos velhos e meias desparelhadas.

— Bem, pelo menos foi melhor que Oliver Random — riu a sra. George Carr. — Que esqueceu de mandar fazer um terno de casamento e seu velho terno de domingo era simplesmente inutilizável. Estava todo remendado. Então ele pegou emprestado o melhor terno do irmão. E só cabia aqui e ali nele.

— Mas William e Gertrude se casaram — disse a sra. Simon. — A irmã dela, Caroline, não. Ela e Ronny Drew brigaram sobre qual ministro faria o casamento e nunca se casaram. Ronny ficou tão enfurecido que foi e se casou com Edna Stone antes que tivesse tempo de se acalmar. Caroline compareceu à cerimônia. Ela manteve a cabeça erguida, mas seu rosto era o semblante da morte.

— Mas, pelo menos, ela não disse nada — disse Sarah Taylor. — Philippa Abbey não. Quando Jim Mowbray a abandonou, ela foi ao casamento dele e disse as coisas mais amargas em voz alta durante toda a cerimônia. Eram todos anglicanos, é claro — concluiu, como se isso explicasse quaisquer caprichos.

— Ela realmente foi depois para a recepção usando todas as joias que Jim deu a ela durante o noivado?

— Não, isso ela não fez! Não sei como essas histórias circulam, não tenho a menor ideia. Você pensaria que algumas pessoas nunca fazem nada além de repetir fofocas. Atrevo-me a dizer que Jim Mowbray viveu para desejar ter ficado com Philippa. A esposa sempre o manteve bem e centrado... embora ele sempre tivesse um momento turbulento na ausência dela.

— A única vez que vi Jim Mowbray foi na noite em que os besouros quase acabaram com a congregação no culto de aniversário em Lowbridge — disse Christine Crawford. — E o que os besouros não destruíram, Jim Mowbray se encarregou de destruir. Era uma noite quente e todas as janelas estavam abertas. Os besouros simplesmente apareceram e foram invadindo às centenas. Recolheram oitenta e sete insetos mortos na plataforma do coro na manhã seguinte. Algumas das mulheres ficaram histéricas quando os insetos voavam muito perto do rosto. Na minha frente, do outro lado dos corredores, estava a esposa do novo ministro sentada, a sra. Peter Loring com um grande chapéu de renda com plumas de salgueiro.

— Ela sempre foi considerada elegante e extravagante demais para a esposa de um ministro — interpôs a sra. Elder Baxter.

— "Espere que vou tirar esse besouro do seu chapéu, senhora ministra", ouvi Jim Mowbray sussurrar, já que estava sentado bem atrás dela. Ele se inclinou e deu um peteleco no inseto, errou, mas bateu de lado no chapéu e o mandou deslizando pelo corredor até a grade da comunhão. Jim quase teve um acesso de raiva. Quando o pastor viu o chapéu da esposa voando pelos ares, interrompeu o sermão, não conseguiu retomar e desistiu em desespero. O coro cantou o último hino, desviando dos besouros o tempo todo. Jim desceu e trouxe o chapéu de volta para a sra. Loring. Ele esperava um reconhecimento, pois diziam que ela era bem-humorada. Mas ela apenas o colocou de volta em sua linda cabeça dourada e riu dele. "Se você não tivesse feito isso", ela disse, "Peter teria continuado por mais vinte minutos e todos nós estaríamos completamente loucos". Claro, foi ótimo da parte dela não ficar com raiva, mas as pessoas achavam que a esposa de um ministro não poderia sair falando essas coisas.

— Mas você deve se lembrar de como ela nasceu — disse Martha Crothers.

— Como assim?

— Ela era Bessy Talbot, do oeste. A casa do pai pegou fogo uma noite e em toda a confusão e agitação Bessy nasceu... no *jardim*... sob as estrelas.

— Que romântico! — disse Myra Murray.

— Romântico? Chamo isso de nada *respeitável.*

— Mas imagine nascer sob as estrelas! — disse Myra sonhadoramente. — Oras, ela deve ter sido uma filha das estrelas, cintilante, linda, corajosa, verdadeira e com um brilho no olhar.

— Ela era assim mesmo — disse Martha. — Se as estrelas foram responsáveis por isso, não sei. E ela passou por momentos difíceis em Lowbridge, onde todos achavam que a esposa de um ministro deveria ser toda certinha e cheia de modos. Ora, um dos senhores a flagrou dançando ao redor do berço de seu bebê um dia e lhe disse que ela não deveria se alegrar pelo filho até descobrir se ele fora *eleito* ou não.

— Falando em bebês, você sabe o que Mary Anna disse outro dia? "Mamãe", ela disse, "rainhas têm bebês?"

— Deve ter sido Alexander Wilson — disse a sra. Allan. — Um perfeito desagradável. Ele não permitia que a família falasse uma única palavra na hora das refeições, ouvi dizer. Quanto a rir, isso nunca aconteceu na casa *dele*.

— Imagine uma casa sem riso! — disse Myra.

— Ora, isso é um *sacrilégio*.

— Alexander costumava ter crises de mau humor e sempre que isso ocorria, ficava às vezes até três dias sem falar com a esposa — continuou a sra. Allan. — Era um alívio para ela — acrescentou.

— Alexander Wilson foi um homem de negócios bom e honesto, pelo menos — disse a sra. Grant Clow de forma rígida. O tal Alexander era seu primo em quarto grau e os Wilson eram um clã. — Ele deixou quarenta mil dólares quando morreu.

— Que pecado ele ter tido que *deixar*, não? — disse Celia Reese.

— O irmão dele, Jeffry, não deixou um centavo — disse a sra. Clow — Aquele lá era o inútil da família, devo admitir. Viveu à larga, gastando tudo o que ganhava com amigos, diversão e aproveitando a vida. Acabou morrendo sem um tostão. O que ele teria aproveitado da vida com todas as suas brincadeiras e risadas?

— Não muito, talvez — disse Myra —, mas pense em tudo que ele fez. Estava sempre esbanjando simpatia, alegria, amizade e até mesmo dinheiro. Ele foi rico de amigos, ao contrário de Alexander, que nunca teve um único amigo na vida.

— Mas os amigos de Jeff não o enterraram — retorquiu a sra. Allan. — Foi Alexander quem o fez. E ele colocou uma linda lápide para o irmão também, que custou cem dólares.

— Mas quando Jeff pediu ao irmão um empréstimo de cem para pagar uma cirurgia que poderia ter salvado sua vida, Alexander recusou, não? — perguntou Celia Drew.

— Vamos, vamos, não estamos sendo muito generosas — protestou a sra. Carr. — Afinal, não vivemos em um mundo de flores e margaridas onde ninguém tem defeitos.

— Lem Anderson vai se casar com Dorothy Clark hoje — disse a sra. Millison, pensando que já era hora de a conversa tomar um rumo mais alegre. — E não faz um ano que ele jurou que explodiria os miolos se Jane Elliott não se casasse com ele.

— Os jovens dizem coisas tão estranhas — disse a sra. Chubb. — Eles mantiveram tudo em segredo e não vazou até três semanas atrás que estavam noivos. Eu estava conversando com a mãe dele na semana passada e ela nunca mencionou nada sobre um casamento. Não tenho certeza se consigo ser amiga de uma mulher que pode ser tão misteriosa.

— *Eu* estou surpresa por Dorothy Clark aceitá-lo — disse Agatha Drew. — Pensei que ela e Frank Clow iriam se casar na primavera passada.

— Ouvi Dorothy dizer que Frank era o melhor candidato, mas ela não conseguia mesmo suportar a ideia de ver aquele nariz saindo sobre o lençol todas as manhãs quando ela acordasse.

A solteirona sra. Elder Baxter estremeceu e se recusou a se rir com as outras.

— Você não deveria dizer essas coisas diante de uma jovem como Edith — disse Celia, piscando sobre a colcha.

— Ada Clark já está noiva? — perguntou Emma Pollock.

— Não, não exatamente — disse a sra. Milison. — Apenas esperançosa. Mas ela ainda vai conseguir. Essas garotas têm o dom de escolher maridos. A irmã, Pauline, casou-se com o melhor fazendeiro do porto.

— Pauline é bonita, mas cheia de ideias tolas como sempre — disse a sra. Milgrave. — Às vezes acho que ela nunca vai ter juízo.

— Ah, sim, vai — disse Myra Murray. — Algum dia, ela terá os próprios filhos e irá adquirir sabedoria com eles, tal como você e eu.

— Onde Lem e Dorothy vão morar? — perguntou a sra. Meade.

— Ah, Lem comprou uma fazenda na parte de cima do Glen. A velha casa dos Carey, sabe, onde a pobre sra. Roger Carey assassinou o marido.

— Assassinou o marido?

— Ah, não estou dizendo que ele não merecia, mas todo mundo achou que ela foi um pouco longe demais. Sim, herbicida na xícara de chá... ou seria na sopa? Todo mundo sabia sobre, mas nada foi feito a respeito. O carretel, por favor, Celia.

— Mas você quer dizer, sra. Millison, que ela nunca foi julgada ou punida? — ofegou a sra. Campbell.

— Bom, ninguém queria meter um vizinho numa enrascada assim. Os Carey eram bem relacionados na parte de cima do Glen. Além disso, ela foi tomada pelo desespero. Claro que ninguém aprova o assassinato como hábito, mas se algum dia um homem mereceu ser assassinado, Roger Carey era esse. Ela foi para os Estados Unidos e se casou de novo. Morreu há muitos anos. O segundo marido sobreviveu a ela. Tudo aconteceu quando eu era menina. Costumavam dizer que o fantasma de Roger Carey *andava*.

— Certamente ninguém acredita em fantasmas nessa época de conhecimento — disse a sra. Baxter.

— Por que não devemos acreditar em fantasmas? — exigiu Tillie MacAllister.

— Fantasmas são interessantes. Conheço um homem que era assombrado por um que sempre ria dele, um zombeteiro. Isso costumava deixá-lo louco. A tesoura, por favor, sra. MacDougall.

Tiveram que pedir à jovem noiva a tesoura duas vezes, que a entregou corando profundamente. Ainda não estava acostumada a ser chamada de sra. MacDougall.

— A velha casa de Truax sobre o porto foi assombrada por anos... batidas e pancadas por toda a parte, uma coisa muito misteriosa — disse Christine Crawford.

— Todos os Truax tinham estômagos ruins — disse a sra. Baxter.

— Claro que, se você não acredita em fantasmas, eles não irão aparecer — disse a sra. MacAllister emburrada. — Mas minha irmã trabalhava em uma casa na Nova Escócia que era assombrada por risadas abafadas.

— Que fantasma alegre! — disse Myra. — Eu não me incomodaria com isso.

— Provavelmente eram corujas — disse a decididamente cética sra. Baxter.

— *Minha* mãe via anjos ao redor do leito de morte — disse Agatha Drew com um ar de lamentoso triunfo.

— Anjos não são fantasmas — disse a sra. Baxter.

— Falando em mães, como está seu tio Parker, Tillie? — perguntou a sra. Chubb.

— Tem passado muito mal. Não sabemos no que isso vai dar. Estamos na expectativa... sobre nossas roupas de inverno, quero dizer. Mas disse à minha irmã outro dia, quando estávamos conversando sobre isso, que "É melhor comprarmos vestidos pretos de qualquer maneira", e então não importa o que aconteça.

— Sabe o que Mary Anna disse outro dia? Ela disse: "Mamãe, vou parar de pedir a Deus para fazer meu cabelo ficar cacheado. Pedi a Ele todas as noites por uma semana e Ele não fez nada".

— Há vinte anos venho pedindo algo a Ele — disse amargamente a sra. Bruce Duncan, que não havia falado antes nem levantado os olhos escuros da colcha. Ela era conhecida por seus lindos acolchoados, talvez porque nunca se distraía do trabalho por conversas e fofocas, colocando exatamente cada ponto em seu lugar.

Um breve silêncio caiu sobre o círculo. Todas podiam adivinhar o que ela pedia, mas não era algo a ser discutido em uma sessão de costura. A sra. Duncan não voltou a falar.

— É verdade que May Flagg e Billy Carter desmancharam e agora ele está saindo com uma dos MacDougall lá depois do porto? — perguntou Martha Crothers depois de um intervalo decente.

— Sim. Mas ninguém ainda sabe o que aconteceu.

— É triste... como pequenas coisas separam casais às vezes — disse Candace Crawford. — Como por exemplo, Dick

Pratt e Lilian MacAllister. Ele estava para propor a ela em um piquenique quando seu nariz começou a sangrar, então teve que ir ao riacho e lá encontrou uma garota desconhecida que lhe emprestou seu lenço. Ele se apaixonou e eles se casaram em duas semanas.

— Vocês souberam o que aconteceu com o Grande Jim MacAllister na noite de sábado passado, na loja do Milt Cooper na Boca da Foz? — perguntou a sra. Simon, pensando que era hora de alguém introduzir um assunto mais alegre do que fantasmas e abandonos. — Ele tinha o hábito de sentar no fogão durante o verão. Mas na noite de sábado estava frio e Milt acendeu o fogão. Então, quando o pobre Grande Jim se sentou... bem, acabou queimando a...

A sra. Simon não quis falar o que ele queimara, mas acariciou uma parte de sua anatomia silenciosamente.

— A bunda — disse Walter com solenidade, enfiando a cabeça pela tela de trepadeiras. Ele honestamente achava que a sra. Simon não conseguia se lembrar da palavra certa.

Um silêncio chocado desceu sobre as costureiras. Walter Blythe esteve lá o tempo todo? Todo mundo começou a tentar se lembrar das histórias contadas para saber se alguma tinha sido terrivelmente inadequada para os ouvidos de uma criança. Dizia-se que a sra. Blythe era muito exigente com o que seus filhos ouviam. Antes que cada língua paralisada se recuperasse, Anne saiu e as convidou para o almoço.

— Só mais dez minutos, sra. Blythe. Teremos ambas as colchas terminadas então — disse Elizabeth Kirk.

As colchas foram terminadas, retiradas, sacudidas, erguidas e admiradas.

— Eu me pergunto quem irá dormir sob elas — disse Myra Murray.

— Talvez uma nova mãe segure seu primeiro bebê sob um deles — disse Anne.

— Ou criancinhas se aconcheguem debaixo deles em uma noite fria no campo — disse a Srta. Cornelia inesperadamente.

— Ou algum velho corpo reumático fique mais aconchegado sob elas — disse a sra. Meade.

— Espero que ninguém *morra* debaixo delas — disse a sra. Baxter com tristeza

— Sabe o que Mary Anna disse antes de eu vir? — disse a sra. Donald enquanto entravam na sala de jantar. — Ela disse: "Mamãe, não se esqueça que você precisa comer tudo que estiver no seu prato".

Em seguida, todas se sentaram, comeram e beberam para a glória de Deus, pois haviam feito uma boa tarde de trabalho e havia pouquíssima malícia na maioria delas, afinal.

Depois do almoço foram para casa. Jane Burr caminhou até a vila com a sra. Simon Millison.

— Tenho que me lembrar de todos os arranjos para contar à mamãe — disse Jane melancolicamente, sem saber que Susan estava contando as colheres. — Ela nunca sai de casa desde que saiu da cama, mas adora saber de tudo. Essa mesa será um verdadeiro deleite para ela.

— Era como uma foto que vemos nas revistas — concordou a sra. Simon com um suspiro. — Posso preparar um almoço tão bom quanto qualquer um, mas não posso arrumar uma mesa com um único *prestígio* de estilo. Quanto ao jovem Walter, eu poderia bater em seu traseiro com prazer. Que susto ele me pregou!

— E suponho que Ingleside esteja cheia de personagens mortos? — dizia o doutor.

— Eu não estava costurando — disse Anne — Então eu não ouvi o que elas disseram.

— Você nunca ouve, querida — disse a srta. Cornelia, que se demorou para ajudar Susan a amarrar as colchas. — Quando você está costurando, elas nunca se soltam. Eles acham que você não aprova fofocas.

— Tudo depende do tipo — disse Anne.

— Bem, ninguém disse nada de muito terrível hoje. A maioria das pessoas de quem falaram já tinha morrido, ou estava próxima de morrer — disse a srta. Cornelia, relembrando com um sorriso a história do funeral abortado de Abner Cromwell. — Só a sra. Millison teve que trazer de novo aquela história horrível de assassinato sobre Madge Carey e seu marido. Eu me lembro de tudo. Não havia nenhum vestígio de prova de que Madge o fizera, exceto por um gato que morreu depois de tomar um pouco da sopa. O animal estava doente havia uma semana. Se você me perguntar, Roger Carey morreu de apendicite, embora, é claro, ninguém soubesse que ele tinha apêndice.

— E, de fato, acho uma grande pena que eles tenham descoberto — disse Susan. — Todos os talheres estão aqui, sra. Blythe, querida, e nada aconteceu com a toalha de mesa.

— Bem, preciso ir para casa — disse a srta. Cornelia. — Vou lhe mandar algumas costelas na próxima semana quando Marshall matar o porco.

Walter estava novamente sentado nos degraus com os olhos cheios de sonhos. O crepúsculo havia caído. De onde, ele se perguntava, ele caíra? Algum grande espírito com asas de morcego o derramou pelo mundo todo de uma jarra roxa? A lua estava nascendo e três velhos pinheiros retorcidos pelo vento pareciam três velhas bruxas esguias e corcundas subindo uma colina mancando contra ela. Era um pequeno fauno com orelhas peludas agachado nas sombras? Suponha que ele abrisse a porta na parede de tijolos agora, ele então pisaria não no jardim bem conhecido, mas em alguma estranha terra de fadas, onde princesas estariam despertando de sonos encantados, onde talvez ele pudesse encontrar e seguir o eco como tantas vezes desejou fazer? Não se atrevia a falar nada. Algo desapareceria se alguém o fizesse.

— Querido — disse a mãe saindo —, melhor você não ficar mais aqui. Está esfriando. Lembre-se de sua garganta.

A palavra falada havia *de fato* quebrado o encantamento. Aquela mágica luz desaparecera. O gramado ainda era um lugar bonito, mas não mais a terra das fadas. Walter se levantou.

— Mamãe, você vai me contar o que aconteceu no funeral de Peter Kirk?

Anne pensou por um momento e então estremeceu.

— Agora não, meu amor, talvez algum dia.

XXXIII

Anne, sozinha em seu quarto, já que Gilbert fora chamado, sentou-se à janela por alguns minutos em comunhão com a ternura da noite, satisfeita com o misterioso encanto do quarto enluarado. "Digam o que quiserem", pensou Anne, "sempre há algo um pouco estranho num cômodo iluminado pela lua. Toda a sua personalidade é alterada. Não é tão amigável, tão... humano. É remoto e distante e envolto em si mesmo. Ele quase te considera uma intrusa."

Estava um pouco cansada depois daquele dia agitado e tudo estava tão lindamente quieto agora; as crianças adormecidas, a ordem restabelecida em Ingleside. Não havia nenhum som na casa, exceto uma leve batida rítmica da cozinha onde Susan fazia pão.

Pela janela aberta, no entanto, vinham todos os sons da noite, que Anne conhecia e amava. Uma risada abafada chegou com o sopro do mar do porto. Alguém estava cantando no Glen e pareciam notas assombradas de alguma música ouvida há muito tempo. Havia caminhos prateados ao luar sobre a água, mas Ingleside estava encoberta pelas sombras. As árvores sussurravam provérbios obscuros de outrora e uma coruja piava no Vale do Arco-Íris.

"Que verão feliz esse foi", pensou Anne, então se lembrou com uma pequena pontada de algo que ouvira tia Highland Kitty de cima do Glen dizer certa vez: "O mesmo verão jamais virá duas vezes".

Nunca exatamente igual. Outro verão viria, as crianças seriam um pouco mais velhas e Rilla iria para a escola... "e agora não vou ter mais nenhum bebê", pensou Anne melancólica. Jem tinha doze anos agora e já se dizia que era época da mudança, aquele mesmo Jem que apenas ontem era apenas um bebezinho na antiga Casa dos Sonhos. Walter estava crescendo rapidamente e naquela mesma manhã ela tinha ouvido Nan provocando Di sobre algum menino na escola; e Di de fato corou e jogou a cabeça ruiva para trás. Bem, isso era a vida. Alegria e dor, esperança e medo e mudanças. Mudanças, sempre. Não se pode impedir e é preciso deixar o velho ir e receber o novo em seu coração, aprender a amar esse novo e depois deixá-lo ir também. A primavera, linda como era, deveria ceder ao verão e o verão perder-se no outono. O nascimento, a núpcia e a morte.

Anne de repente pensou em Walter pedindo para saber o que havia acontecido no funeral de Peter Kirk. Havia anos que não pensava nisso, mas não se esquecera. Ninguém que esteve lá, ela tinha certeza, esqueceu ou jamais esqueceria. Sentada na escuridão enluarada, ela se lembrou de tudo.

Foi no mês de novembro, o primeiro que passaram em Ingleside, depois de uma semana de dias intensos de verão. Os Kirk moravam em Mowbray Narrows, mas frequentavam a igreja de Glen e Gilbert era o doutor da família; então tanto ele como Anne foram ao funeral.

Havia sido, ela se lembrava, um dia ameno, calmo, cinza-pérola. Tudo ao redor deles tinha o tom da solitária paisagem marrom e roxa de novembro, com manchas de sol aqui e ali nas terras altas e nas encostas, onde o sol brilhava através de uma fenda nas nuvens. A estrada dos Kirk estava tão perto da costa que uma lufada de vento salgado soprava pelos pinheiros sombrios atrás dela. Era uma casa grande e de aparência próspera, mas Anne sempre achou que o ângulo do L parecia exatamente com um rosto comprido, estreito e rancoroso.

Anne parou para conversar com um pequeno grupo de mulheres no gramado duro e sem flores. Eram todos boas almas trabalhadoras para quem um funeral não era uma atividade desagradável.

— Esqueci de trazer um lenço — dizia a sra. Bryan Blake, queixosa. — O que vou fazer quando chorar?

— Por que você vai ter que chorar? — perguntou sem rodeios sua cunhada, Camilla Blake. Ela não gostava de mulheres que choravam com muita facilidade. — Peter Kirk não era seu parente e você nunca gostou dele.

— Acho *apropriado* chorar em um funeral — disse a sra. Blake com severidade. — Demonstra consideração quando um vizinho se vai para seu lar permanente.

— Se ninguém chorar no funeral de Peter, exceto quem gostava dele, não haverá muitos olhos molhados — disse a sra. Curtis Rodd secamente. — Essa é a verdade e por que ignorar esse fato? Ele era um beato velho farsante e eu sei disso se mais ninguém souber. *Quem* é aquela que está chegando ali pelo portãozinho? Não... não me *diga* que é Clara Wilson.

— E *é* — sussurrou a sra. Bryan incrédula.

— Bem, você sabe que depois que a primeira esposa de Peter morreu, ela disse a ele que só voltaria a entrar em sua casa em seu funeral e manteve sua promessa — disse Camilla Blake. — Ela é irmã da primeira esposa de Peter — sussurrou para Anne, que olhava Clara Wilson curiosamente enquanto ela passava pelo grupo sem notá-lo; os olhos de topázio fumegantes mirando para a frente. Ela era uma mulher magra, de feições trágicas com sobrancelhas e cabelos pretos sob uma das toucas absurdas que mulheres idosas ainda usavam... uma coisa de penas e "chifres", com um acanhado véu de nariz. Ela não olhou e nem falou com ninguém enquanto sua longa saia preta de tafetá deslizava sobre a grama e subia os degraus da varanda.

— Lá está Jed Clinton na porta, ensaiando sua cara de funeral — disse Camilla sarcasticamente. — É claro que está pensando que é hora de entrarmos. Ele sempre se gaba de que nos funerais *dele* tudo acontece conforme o planejado. Ele nunca perdoou Winnie Clow por desmaiar antes do sermão; não teria sido tão ruim depois. Bem, é provável que ninguém desmaie *neste* funeral. Olivia não é desse tipo.

— Jed Clinton... o agente funerário de Lowbridge — disse a sra. Reese. — Por que eles não chamaram o agente do Glen?

— Quem? Carter Flagg? Ora, minha querida, Peter e ele viviam às turras a vida inteira. Carter queria Amy Wilson, você sabe.

— Muitos a desejavam — disse Camilla. — Ela foi uma garota muito bonita, com seu lindo cabelo ruivo acobreado e olhos negros como nanquim. Embora as pessoas considerassem Clara a mais bonita das duas na época. É estranho que ela nunca tenha se casado. Bem, lá está o ministro finalmente e o reverendo Owen de Lowbridge com ele. Claro que ele é primo de Olivia. Ele é bom, exceto que acrescenta muitos "Ós" em suas orações. É melhor entrarmos ou Jed terá um acesso de raiva.

Anne parou para olhar Peter Kirk a caminho de sua cadeira. Nunca havia gostado dele. "Ele tem um rosto cruel", ela pensou, na primeira vez que o viu. Bonito, sim, mas com olhos frios como aço, que depois empapuçaram, e a boca fina e impiedosa de um avarento. Ele foi conhecido por ser egoísta e arrogante em suas relações com seus semelhantes, apesar de sua profissão misericordiosa e de suas orações untuosas. "Sempre se achou muito importante", ela ouvira alguém dizer certa vez. No entanto, no geral, ele tinha sido respeitado e admirado.

Ele foi tão arrogante na própria morte quanto em vida, e havia algo sobre seus compridos dedos entrelaçados sobre o peito imóvel que fez Anne estremecer. Ela pensou no coração de uma mulher preso neles e olhou para Olivia Kirk, sentada à sua frente, de luto. Olivia era uma mulher alta, pálida e bonita, com grandes olhos azuis. "Nada de mulher feia para mim", Peter Kirk uma vez dissera; inexpressivo. Não havia nenhum traço aparente de lágrimas, mas, claro, Olivia era uma Random e os Random não eram emocionais. Pelo menos sua postura era decorosa e a viúva mais desolada do mundo não poderia ter usado flores mais apropriadas.

O ar estava impregnado do perfume dos arranjos que cobriam o caixão, para Peter Kirk, que nunca se importou com a existência das flores. Sua loja havia enviado uma coroa de flores, a igreja uma, a Associação Conservadora também, os administradores da escola outra, o Conselho de Queijeiros mais uma. Seu único filho, há muito alienado, não enviara nada, mas o clã Kirk se unira para mandar uma enorme âncora de rosas brancas com os dizeres " No porto, afinal", com botões de rosa vermelhos por cima, e havia uma da própria Olivia, uma almofada de lírios. O rosto de Camilla Blake se contorceu ao olhar o arranjo, e Anne se lembrou da vez que ouviu Camilla dizer, quando esteve na propriedade dos Kirk logo após o segundo casamento de Peter, quando ele atirou pela janela um vaso de lírios que a noiva havia trazido consigo. Ele não ia, Peter dissera então, ter sua casa cheia de ervas daninhas.

Olivia aparentemente aceitara com muita frieza e nunca mais houve lírios na casa dos Kirk. Seria possível que ela... mas Anne olhou para o rosto plácido da sra. Kirk e descartou a suspeita. Afinal, era geralmente o florista quem sugeria o arranjo.

O coro cantou " Há uma terra de puro deleite", que diz "a morte, como um mar estreito, separa a nossa terra celestial" e Anne trocou olhares com Camilla e sabia que ambas estavam se perguntando como Peter Kirk se encaixaria naquela terra celestial. Anne quase podia ouvir Camilla dizendo: "Imagine Peter Kirk com uma harpa e uma auréola".

O reverendo sr. Owen leu um capítulo e disse suas orações com muitos "Ós" e muitas súplicas para que os corações aflitos pudessem ser consolados. O ministro do Glen fez um discurso que muitos em particular consideraram excessivamente exagerado, mesmo admitindo o fato de que é sempre preciso dizer algo bom dos mortos. Ouvir Peter Kirk ser chamado de pai afetuoso e marido carinhoso, de vizinho gentil e cristão sincero era, acharam, um mau uso da linguagem. Camilla se refugiou atrás do lenço, não porque chorava, e Stephen Macdonald pigarreou uma ou duas vezes. A sra. Bryan deve ter pegado emprestado o lenço de alguém, pois derramava lágrimas em um, mas os olhos azuis de Olivia permaneceram sem lágrimas.

Jed Clinton deu um suspiro de alívio. Tudo ocorrera com perfeição. Mais um hino e o costumeiro desfile para uma última olhada no corpo e assim mais um funeral bem-sucedido seria adicionado à sua longa lista.

Houve uma ligeira comoção no canto da grande sala e Clara Wilson caminhou pelo labirinto de cadeiras até a mesa ao lado do caixão. Ela então se virou e encarou as pessoas ali reunidas. Sua absurda touca tinha deslizado um pouco para o lado e uma ponta solta de cabelo preto e pesado escapou, ficando pendurada em seu ombro. Mas ninguém achava que Clara Wilson parecia absurda. Seu rosto longo e pálido estava corado, seus olhos trágicos e assombrados estavam em chamas. Ela era uma mulher possuída. A amargura, como uma doença incurável, parecia invadir seu ser.

— Vocês ouviram um monte de mentiras, vocês que vieram aqui "para prestar suas condolências", ou saciar sua curiosidade, seja o que for. Agora vou contar a verdade sobre Peter Kirk. *Eu* não sou hipócrita. Nunca o temi vivo e não o temo agora que está morto. Ninguém jamais se atreveu a dizer a verdade sobre ele na cara dele, mas isso será dito agora aqui em seu funeral, onde ele foi chamado de bom marido e um bom vizinho. Um bom marido! Ele se casou com minha irmã Amy... minha linda irmã, Amy. Vocês todos sabem o quão doce e adorável ela era. Ele tornou a vida dela miserável. Torturou-a e a humilhou... e ele *gostava* disso. Ah, sim, ele ia à igreja regularmente e fazia longas orações e pagava suas dívidas. Mas ele era um tirano e um valentão, tanto que seu próprio cachorro corria quando o ouvia chegar.

"Eu disse à Amy que ela se arrependeria desse casamento. Eu a ajudei a fazer o vestido de noiva, mas preferia ter-lhe feito uma mortalha. Ela estava louca por ele naquela época, coitada, mas bastou uma semana casada para descobrir quem ele era de verdade. A mãe dele tinha sido uma escrava e Peter esperava que a esposa também fosse. "Na *minha* casa, não há discussões", ele disse a ela, certa vez. E ela realmente não tinha ânimo para discutir, com o coração partido.

"Oh, eu sei o que ela passou, minha pobre querida. Ele a sufocava em tudo. Ela não pôde ter um jardim de flores, não pôde nem ter um gatinho. Dei-lhe um e ele afogou o bichinho. Ela tinha que prestar contas a ele de cada centavo que gastava. Qualquer um de vocês a viu alguma vez com roupas decentes? Ele a culparia por usar seu melhor chapéu se parecesse que ia chover. A chuva não poderia estragar qualquer chapéu que ela tivesse, a pobre coitada. E ela adorava roupas bonitas! Peter estava sempre zombando da família dela. O homem nunca riu na vida. Algum de vocês alguma vez o ouviu dar uma risada? Ah, mas ele sempre sorria, com calma e doçura quando estava fazendo as coisas mais enlouquecedoras. Sorriu quando disse a ela depois que o bebê deles nasceu morto que ela poderia muito bem ter morrido também, se ela não pudesse ter nada além de pirralhos natimortos.

"Ela morreu depois de dez anos disso e eu fiquei feliz por ela ter escapado dele. Eu disse a ele que nunca mais entraria nessa casa até o dia de seu funeral. Alguns de vocês me ouviram. Mantive minha palavra e agora vim contar a verdade sobre ele. E *é* a verdade! *Você* sabe — apontou ferozmente para Stephen Macdonald. — *Você* sabe — o longo dedo disparou para Camilla Blake. — *Você* sabe — e apontou para Olivia Kirk, que não moveu um músculo. — *Você* sabe — o próprio ministro sentiu como se aquele dedo o tivesse atravessado completamente. — Chorei no casamento de Peter Kirk, mas eu disse a ele que riria em seu funeral. É o que vim fazer hoje."

Ela se virou furiosamente e se inclinou sobre o caixão. Os erros que por anos foram enfim vingados. Ela tinha despejado todo seu ódio, enfim. Seu corpo inteiro vibrou em triunfo e satisfação enquanto ela olhava para o rosto frio e calado de um homem morto. Todos aguardaram pela explosão de risadas vingativas. Que não veio. O rosto enraivecido de Clara Wilson mudou de repente... se torceu... se transformou como o de uma criança. Clara estava... chorando.

Ela se virou, com as lágrimas escorrendo pelo rosto devastado, para sair da sala. Mas Olivia Kirk se levantou diante dela e colocou a mão em seu braço. Por um momento, as duas mulheres se olharam. A sala foi tomada por um silêncio que parecia uma personificação.

— Obrigada, Clara Wilson — disse Olivia Kirk. Seu rosto estava tão inescrutável como sempre, mas havia um tom em sua voz calma e uniforme que fez Anne estremecer. Ela sentiu como se um poço tivesse se aberto de repente diante de seus olhos. Clara Wilson podia odiar Peter Kirk, vivo e morto, mas Anne sentia que seu ódio era algo pálido quando comparado ao de Olivia Kirk.

Clara saiu chorando, passando por um Jed enfurecido com seu funeral arruinado. O ministro, que pretendia anunciar um último hino, "Dormindo na paz de Jesus", pensou melhor e simplesmente pronunciou uma bênção trêmula. Jed não fez o anúncio habitual de que amigos e parentes poderiam agora dar uma última olhada no defunto. A única coisa decente a fazer, ele sentiu, era fechar a tampa do caixão de uma vez e enterrar Peter Kirk o mais rápido possível.

Anne respirou fundo enquanto descia os degraus da varanda. Como era agradável o ar fresco depois daquele cômodo abafado e perfumado onde a amargura de duas mulheres fora seu tormento.

A tarde tinha se tornado mais fria e cinzenta. Pequenos grupos aqui e ali no gramado discutiam o assunto com vozes abafadas. Clara Wilson ainda podia ser vista cruzando um pasto seco a caminho de casa.

— Bem, isso não superou tudo? — disse Nelson atordoado.

— Chocante! Chocante! — disse Elder Baxter.

— Por que nenhum de nós a impediu? — exigiu Henry Reese.

— Porque todos vocês queriam ouvir o que ela tinha a dizer — retrucou Camilla.

— Não foi de bom-tom — disse tio Sandy MacDougall. Ele se afeiçoara à palavra e a rolou sob a língua. — Não é de bom-tom. Um funeral deve ser sério, decoroso.

— Nossa, a vida não é engraçada? — disse Augusto Palmer.

— Eu me lembro de quando Peter e Amy começaram a namorar — refletiu o velho James Porter. — Eu estava cortejando minha esposa naquele mesmo inverno. Clara era uma moça muito bonita na época. E que torta de cereja ela fazia!

— Ela sempre foi uma garota de língua afiada — disse Boyce Warren. — Suspeitei que haveria algum tipo de explosão quando a vi chegando, mas nunca imaginei que tomaria essa proporção. E Olivia! Alguém teria pensado isso? Mulheres são *muito* estranhas!

— Isso sempre fará parte da história de nossa vida — disse Camilla. — Afinal, suponho que se coisas desse tipo nunca acontecessem, a história seria uma coisa muito monótona!

Um Jed desmoralizado mandou reunir seus carregadores para levar o caixão. Enquanto o carro fúnebre descia a estrada, seguido pela lenta procissão de charretes, ouviu-se um cachorro uivando de coração partido no celeiro. Talvez, afinal, uma criatura viva lamentasse a morte de Peter Kirk.

Stephen Macdonald juntou-se a Anne enquanto ela esperava por Gilbert. Ele era um homem alto de cima do Glen com o porte de um velho imperador romano. Anne sempre gostou dele.

— Cheira a neve — disse ele. — Sempre me parece que novembro é uma época de nostalgia. Alguma vez lhe pareceu assim, sra. Blythe?

— Sim. O ano está olhando para trás com tristeza por sua primavera perdida.

— Primavera, oh primavera! Sra. Blythe, estou ficando velho. Eu me pego imaginando que as estações estão mudadas. O inverno não é mais o que era. E já não reconheço o verão nem a primavera, não existem mais primaveras! Pelo menos, é assim que nos sentimos quando pessoas que conhecíamos não estão mais aqui para compartilhá-las conosco. Pobre Clara Wilson... o que você achou disso tudo?

— Ah, foi de partir o coração. Tanto ódio!

— Sim! E veja só, ela estava apaixonada por Peter naquela época, há muito tempo, terrivelmente apaixonada. Clara era a garota mais bonita de Mowbray Narrows na época, com aqueles pequenos cachos escuros ao redor de seu pálido rosto cor de creme, mas Amy era uma coisinha risonha e espevitada. Peter largou Clara e ficou com Amy. É estranho como somos feitos, sra. Blythe.

Houve uma agitação estranha nos pinheiros descobertos pelo vento atrás da propriedade de Kirk; ao longe uma rajada de neve branqueava uma colina onde uma fileira de pinheiros esfaqueava o céu cinzento. Todo mundo correndo se apressava para fugir da neve antes que alcançasse Mowbray Narrows.

"Será que tenho o direito de me sentir tão feliz quando outras mulheres são tão miseráveis?", Anne se perguntou enquanto iam para casa, lembrando-se dos olhos de Olivia Kirk enquanto agradecia a Clara Wilson.

Anne se levantou da janela. Já fazia quase doze anos. Clara Wilson estava morta e Olivia Kirk tinha ido para a costa, onde se casou novamente. Ela era muito mais jovem que Peter.

"O tempo é mais gentil do que imaginamos", pensou Anne. "É um erro terrível guardar rancor por tantos anos, trancando-o em nosso coração como um tesouro. Mas acho que a história do que aconteceu no funeral de Peter Kirk é uma que Walter não precisa saber. Certamente não era uma história para crianças."

XXXIV

 Rilla estava sentada nos degraus da varanda em Ingleside com um joelho cruzado sobre o outro, aqueles adoráveis e rechonchudos joelhos bronzeados! Estava muito ocupada sentindo-se infeliz. E se algum incauto lhe perguntasse por que uma menininha adorável como ela poderia estar infeliz, é porque essa pessoa já havia esquecido da própria infância quando qualquer evento insignificante tornava-se uma tragédia imensa e a causa de muito sofrimento. Rilla estava mergulhada em profunda aflição porque Susan havia lhe dito que iria assar um de seus bolos especiais para o evento social do Orfanato daquela noite e ela, Rilla, deveria levá-lo para a igreja à tarde.
 Não me pergunte por que Rilla achava que preferia morrer a carregar um bolo pela vila até a igreja presbiteriana de Glen St. Mary. Os pequeninos às vezes têm estranhas noções na cabecinha e, de alguma forma, Rilla colocou na dela que era uma coisa vergonhosa e humilhante ser vista carregando um bolo para *qualquer lugar*. Talvez fosse porque, um dia, quando tinha apenas cinco anos, ela tivesse visto a velha Tillie Pake

carregando um bolo na rua com todos os meninos da vila gritando e zombando dela. A velha Tillie morava na Boca da Foz e era uma senhora esfarrapada muito suja. A garotada ia atrás dela cantando assim:

Olhem só a velha Tillie,
Roubou o bolo
e ficou com dor de estômago

Ser comparada à Tillie Pake era algo que Rilla simplesmente não podia suportar. Aquela ideia ficou alojada em sua mente de que não era "feminino" ficar carregando bolos por aí. Foi por isso que ela se sentou desconsolada nos degraus e sua querida boquinha, com um dente da frente faltando, estava sem o sorriso de sempre. Em vez de parecer como se ela entendesse o que os narcisos estavam pensando ou como se compartilhasse com a rosa dourada um segredo que só ambas sabiam, ela parecia uma flor para sempre desolada. Mesmo seus grandes olhos cor de avelã, que quase se fechavam quando ela ria, estavam tristes e atormentados, em vez de serem as habituais piscinas de beleza.

— Foram as fadas que tocaram seus olhos — tia Kitty MacAllister havia dito a ela certa vez.

Papai jurou que ela nasceu encantadora, tendo sorrido para o dr. Parker meia hora depois de nascer. Rilla podia, até hoje, falar melhor com os olhos do que com a boca, pois tinha a língua presa. Mas superaria isso ao crescer, e ela estava crescendo rápido. No ano passado, papai a medira com uma roseira; naquele ano havia sido com a flox; logo seriam as malvas e ela iria para a escola. Rilla estava muito feliz e muito satisfeita consigo mesma até o terrível anúncio de Susan.

— Realmente — disse Rilla ao céu indignada — Susan não tinha noção de *humilhassão*.

Sua pronúncia continha mais ésses que o necessário, mas o lindo céu azul-claro pareceu entender.

Mamãe e papai tinham ido para Charlottetown naquela manhã e seus irmãos estavam na escola, então Rilla e Susan estavam sozinhas em Ingleside. Normalmente Rilla teria ficado encantada em tais circunstâncias. Ela nunca se sentia solitária; ficava feliz em ficar sentada nos degraus da entrada ou em sua própria pedra verde musgosa no Vale do Arco-Íris, com um ou dois gatinhos como companhia, e fantasiar sobre tudo o que via: o canto do gramado que parecia uma alegre terra de borboletas, as papoulas flutuando sobre o jardim, aquela grande nuvem fofa sozinha no céu, os grandes zangões ribombando sobre as capuchinhas, a madressilva que pendia para tocar seus cachos castanho-avermelhados com um dedo amarelo, o vento que soprava... para onde será? Cock Robin, que voltara e estava se pavoneando ao longo da grade da varanda, perguntando-se por que Rilla não brincava com ele. Ela, que só conseguia pensar no terrível fato de ter que carregar um bolo, um *bolo* por toda a vila até a igreja para o evento que estavam promovendo para os órfãos. Rilla tinha a vaga consciência de que o orfanato ficava em Lowbridge e que ali viviam pobres criancinhas que não tinham pai nem mãe. Ela sentia muito por eles. Mas nem mesmo para o mais órfão dos órfãos estaria a pequena Rilla Blythe disposta a ser vista em público *carregando um bolo*.

Talvez se chovesse ela não teria que ir. Não parecia que fosse chover, mas Rilla juntou as mãos — havia uma covinha na base de cada dedo — e disse, muito séria:

— Por favor, meu *Deuss*, *fassa* chover forte. *Fassa* chover muito. Ou então, *fasssa o* bolo de *Ssussan* queimar tanto que nem vai dar para comer.

Infelizmente, quando chegou a hora do almoço, o bolo, feito no capricho, recheado e com cobertura de glacê, repousava triunfante na mesa da cozinha. Era o favorito de Rilla: de ouro e prata — esse nome soava tão *extravagante* —, mas naquele momento sentiu que nunca mais seria capaz de comer um pedaço dele.

E, no entanto, aquilo não seria um trovão rolando pelas colinas baixas do outro lado do porto? Talvez Deus tivesse ouvido sua oração, talvez houvesse um terremoto antes da hora de ir. Ela não poderia sentir uma dor no estômago se o pior acontecesse? Não. Rilla estremeceu. Isso significaria óleo de rícino. Melhor o terremoto!

O resto das crianças não percebeu que Rilla, em sua cadeira favorita, com o atrevido pato branco trabalhado em guarnições nas costas, estava muito quieta. *Porcoss egoísstass!* Se mamãe estivesse em casa, ela teria notado. Mamãe perceberia imediatamente como ela estava preocupada, assim como no terrível dia em que a foto de papai saiu no *Enterprise*. Rilla estava aos prantos na cama quando mamãe entrou e descobriu que a pequena pensava que apenas assassinos tinham suas fotos estampadas nos jornais. Não demorou muito para mamãe colocar isso em ordem. Será que mamãe gostaria de ver a filha carregando bolo pelo vale como a velha Tillie Pake?

Rilla achou difícil comer, embora Susan tivesse servido em seu lindo prato azul com a coroa de botões de rosa que tia Rachel Lynde lhe presenteara em seu último aniversário, e que ela geralmente só podia usar aos domingos. *Pratoss azuiss e rossas de botão*! Quando você precisava fazer uma coisa tão vergonhosa! Ainda assim, as tortinhas de frutas que Susan havia preparado para a sobremesa estavam boas.

— *Ssussan*, , a Nan e a Di não poderiam levar o bolo depois da *esscola*? — ela implorou.

— Di está indo para a casa de Jessie Reese e Nan está com preguicite. — disse Susan, com a impressão de que estava sendo engraçada. — Além disso, ficaria muito tarde. O comitê quer que todos os bolos cheguem até às três para que possam cortá-los e arrumar as mesas antes de irem para casa jantar. Oras, por que você não quer ir, minha baixinha? Você sempre acha tão divertido ir para o correio.

Rilla era um pouco baixa, mas odiava ser chamada assim.

— Não quero machucar meus *ssentimentoss* — ela explicou altiva.

Susan riu. Rilla estava começando a dizer coisas que faziam a família rir. Ela nunca conseguia entender o porquê, já que ela estava sempre falando sério. Só A mamãe nunca ria; ela não tinha rido nem mesmo quando descobriu que Rilla achava que papai era um assassino.

— O objetivo do evento é juntar dinheiro para meninos e meninas pobres que não têm nenhum dos pais — explicou Susan, como se estivesse falando com um bebê que não entendia nada.

— Eu sou quase uma órfã! — disse Rilla. — Só tenho um pai e uma mãe.

Susan apenas voltou a rir. Ninguém a entendia.

— Você sabe que sua mãe prometeu ao Comitê aquele bolo, meu bem. Eu não tenho tempo para levá-lo e esse bolo precisa chegar lá. Então, coloque seu avental azul e vá andando.

— Minha boneca *esstá* doente — disse Rilla em desespero. — *Pressisso* colocar ela na cama e ficar com ela. Talvez *sseja* amônia!

— Sua boneca vai ficar muito bem até seu retorno. Você pode ir e voltar em meia hora — foi a resposta impiedosa de Susan.

Não havia esperança. Até mesmo Deus havia falhado com ela; não havia o menor sinal de chuva. Rilla, à beira das lágrimas e triste demais para protestar, subiu e colocou seu novo vestido de organdi e seu chapéu de domingo, enfeitado com margaridas. Talvez se parecesse respeitável, as pessoas não pensariam que ela era como a velha Tillie Pake.

— Eu acho que meu rosto *esstá* limpo, *sse vossê* fizer a bondade de olhar *minhass orelhass* — ela disse a Susan com grande imponência.

Ela temia que Susan fosse repreendê-la por colocar seu melhor vestido e chapéu. Mas Susan apenas inspecionou suas orelhas, entregou-lhe uma cesta com o bolo dentro e lembrou-lhe a ter bons modos e, pelo amor de Deus, para não parar para conversar com todos os gatos que encontrasse pelo caminho.

Rilla fez uma careta rebelde para Gog e Magog e foi embora. Susan a observou com ternura.

— Imagine que nosso bebê já tem idade suficiente para carregar um bolo sozinha até a igreja — pensou ela, metade orgulhosa e metade triste, enquanto voltava ao trabalho, felizmente inconsciente da tortura que estava infligindo a um pequeno ser por quem teria dado a própria vida.

Rilla não se sentia tão mortificada desde o dia em que adormecera na igreja e caíra do banco. Normalmente adorava descer até a vila, pois havia tantas coisas interessantes para ver; mas hoje o fascinante varal com as colchas da sra. Carter Flagg estendidas não recebeu nem um relance de Rilla, e o novo veado de ferro fundido no quintal do sr. Augustus Palmer causou calafrios nela. Nunca havia passado por ali sem desejar que tivessem um igual no gramado de Ingleside. Mas o que era um veado de ferro agora? O sol quente se derramava pela rua como um rio e *todo mundo* estava na rua. Duas garotas passaram, sussurrando uma para a outra. Seria sobre *ela*? Ela tentou pensar no que estariam dizendo. Um homem passando pela rua a encarou. O que estava realmente se perguntando era se aquela poderia ser a bebê Blythe e, Deus, como estava adorável! Mas Rilla sentiu que seus olhos perfuraram a cesta e viram o bolo. E quando Annie Drew riu com o pai, Rilla teve certeza de que estava rindo dela. Annie Drew tinha dez anos e era uma menina muito grande aos olhos de Rilla.

Então havia um grupo de meninos e meninas na esquina da Russell. E ela precisava passar por *todos eles*. Foi terrível sentir os olhos voltados para si e depois, uns para os outros. Rilla, então, passou marchando, tão orgulhosamente desesperada que todos pensaram que ela era uma metida e que precisava abaixar a bola. Mostrariam para ela! Uma presunçosa, como todas as garotas de Ingleside! Só porque moravam na casa grande!

Millie Flagg desfilou atrás dela, imitando seu andar e levantando nuvens de poeira sobre as duas.

— Para onde vai a cesta com essa garota? — gritou o Drew "Espertinho".

— Tem uma mancha no seu nariz, cara de geleia — zombou Bill Palmer.

— O gato comeu sua língua? — perguntou Sara Warren.

— Toma essa! — zombou Beenie Bentley.

— Fica do seu lado da rua ou eu vou te fazer engolir uma joaninha — disse o grandalhão Sam Flagg, que havia parado de roer uma cenoura crua só para provocá-la.

— Olhe só, ela está ficando vermelha — riu Mamie Taylor.

— Aposto que você está levando um bolo para a igreja presbiteriana — disse Charlie Warren. — Com pouca massa, como todos os bolos da Susan Baker.

O orgulho não deixaria Rilla chorar, mas havia um limite para o que se podia suportar. Afinal, era um bolo de Ingleside.

— Da *próssima vess* que algum de *vocêss esstiver* doente, vou dizer para o meu pai não dar *maiss remédioss* para *vocêss* — disse Rilla, desafiadoramente.

Então ela arregalou os olhos em espanto. Não poderia ser Kenneth Ford virando a esquina da estrada do porto! Não poderia ser! Era!

Aquilo era insuportável. Ken e Walter eram amigos e Rilla, em seu pequeno coração, achava Ken o garoto mais legal e mais bonito do mundo inteiro. Ele raramente prestava muita atenção em Rilla embora, em certa ocasião, tivesse dado a ela um pato de chocolate. E, em um dia inesquecível, ele se sentou ao seu lado em uma pedra coberta de musgo no Vale do Arco-Íris e contou a história dos Três Ursos e da Casinha na Floresta. Mas ela se contentava em adorá-lo de longe. E agora esse ser maravilhoso a via carregando um bolo!

— Oi, baixinha! Esse calor está insuportável, não? Espero conseguir uma fatia desse bolo hoje à noite.

Então ele sabia que era um bolo! Todo mundo sabia!

Rilla atravessava a vila pensando que o pior já tinha passado quando o pior aconteceu. Ela olhou para uma estrada secundária e viu sua professora da Escola Dominical, a srta. Emmy Parker, vindo por ali. A srta. Emmy Parker ainda estava longe, mas Rilla a reconheceu pelo vestido, o de organdi com babados verde-claro e enfeitado de buquês de pequenas flores brancas — ou o vestido de flor de cerejeira — como Rilla o chamava em segredo. A srta. Emmy usou esse vestido na Escola Dominical no domingo passado, e Rilla achou que era o vestido mais fofo que já vira. Mas, claro, a srta. Emmy sempre usava vestidos tão bonitos, às vezes com rendas e babados, às vezes com o sussurro de seda sobre eles.

Rilla adorava a srta. Emmy. Ela era tão bonita e delicada, com sua pele alva, muito pálida, e seus olhos castanhos e aquele sorriso triste e doce. Triste, outra garotinha confidenciou um dia para Rilla, porque o homem com quem ela ia se casar havia morrido. Ela estava tão feliz por estar na sala da srta. Emmy. Ela teria odiado estar na sala da srta. Florrie Flagg. Florrie Flagg era *feia* e Rilla não suportava uma professora feia.

Quando Rilla encontrou com a srta. Emmy fora da Escola Dominical e a professora sorriu e falou com ela, foi um dos momentos mais importantes da vida dela. Só o fato de receber um aceno da srta. Emmy na rua já dava no coração de Rilla um estranho e repentino pulo, e quando a srta. Emmy convidou toda a sala para uma festa de bolhas de sabão, quando deixaram as bolhas vermelhas com suco de morango, Rilla quase morreu de felicidade.

Porém, ver a srta. Emmy enquanto carregava o bolo, era algo intolerável e Rilla não aguentaria. Além disso, a srta. Emmy começaria um diálogo para o próximo concerto da Escola Dominical, e Rilla estava secretamente esperando ser convidada a fazer o papel da fada, uma fada em escarlate com um chapeuzinho verde pontiagudo. Mas não adiantaria esperar por isso se a srta. Emmy a visse carregando um *bolo*.

A srta. Emmy não a veria! Rilla estava parada na pequena ponte que cruzava o riacho, que era bem fundo do jeito de um riacho bem naquela parte. Ela então pegou o bolo da cesta e o atirou no riacho onde os amieiros se encontravam sobre um ponto escuro. O bolo atravessou os galhos e afundou com um *plop* e um gorgolejo. Rilla sentiu um espasmo selvagem de alívio, liberdade e *fuga*, quando se virou para se encontrar com a srta. Emmy que, percebeu, estava carregando um grande embrulho de papel pardo.

A srta. Emmy sorriu para ela, por debaixo de um chapeuzinho verde enfeitado com uma pequena pena laranja.

— Ah, você é tão linda, professora, tão linda! — ofegou Rilla com adoração.

A srta. Emmy voltou a sorrir. Mesmo com o coração partido... e a srta. Emmy realmente acreditava que o dela estava partido, não é desagradável ouvir um elogio tão sincero.

— É o chapéu novo, espero, querida. Penas finas, você sabe. Eu suponho — disse olhando para a cesta vazia — que você já tenha levado seu bolo para o comitê. Que pena que esteja indo e não vindo. Veja, estou levando o meu. Um bolo de chocolate grande e cheio de cobertura.

Rilla olhou para cima com tristeza, incapaz de pronunciar uma palavra. A srta. Emmy estava carregando um bolo, portanto, não poderia ser uma coisa vergonhosa carregar um bolo. E oh, o que ela tinha feito? Jogara o lindo bolo de ouro e prata de Susan no riacho e havia perdido a chance de ir até a igreja com a srta. Emmy, ambas carregando bolos!

Depois que a srta. Emmy partiu, Rilla voltou para casa com seu terrível segredo. Ela se escondeu no Vale do Arco-Íris até a hora do jantar, quando mais uma vez ninguém percebeu como ela estava quieta. Havia receado que Susan perguntasse a quem entregara o bolo, mas não houve perguntas embaraçosas. Depois do jantar, os outros foram brincar no Vale do Arco-Íris, mas Rilla ficou sentada sozinha nos degraus até o sol se pôr e o céu ficar todo dourado atrás de Ingleside, quando as luzes se acenderam na vila lá embaixo. Rilla sempre gostava de vê-las se acenderem, aqui e ali, por todo o Glen, mas naquela noite não se interessou por nada daquilo. Nunca se sentiu tão infeliz em sua vida. Não conseguia ver como poderia viver. A noite tornou-se mais púrpura e sua infelicidade só aumentou. Um cheiro delicioso de pãezinhos de açúcar de bordo a alcançou. Susan esperou o frescor da noite para assar seus doces, mas pãezinhos de açúcar de bordo, como todo o resto, eram apenas detalhes. Desesperada, subiu as escadas e foi para a cama sob a nova colcha de flores cor-de-rosa da qual sentia tanto orgulho. Mas não conseguia dormir. Ainda estava assombrada pelo fantasma do bolo afogado. Mamãe prometera ao comitê aquele bolo... o que eles pensariam da mamãe por não mandá-lo? E teria sido o bolo mais bonito de todos! O vento fazia um som tão solitário naquela noite e a repreendia. Estava dizendo *boba, boba, boba.*

— Por que ainda está acordada, meu bem? — disse Susan, entrando com um pãozinho de açúcar de bordo.

— Ah, *Ssussan, esstou* tão *canssada* de *sser* eu *messma*...

Susan pareceu preocupada. Pensando bem, a criança estava com a expressão cansada no jantar.

"É claro que o médico está fora. Famílias de médicos morrem e esposas de sapateiros andam descalças", ela pensou. Então, disse em voz alta:

— Vou ver se você está com febre, meu amor.

— Não, não, *Ssussan*. É *ssó*... Eu *fiss* algo terrível, *Ssussan*. Fui obrigada a *fasser*... Não, não, ninguém me obrigou a *fasser*, eu *fiss ssossinha, Ssussan*. Eu... eu joguei o bolo no riacho.

— Meu Santo Pai! — soltou Susan. — O que te fez fazer isso?

— Fazer o quê? — Era mamãe, voltando da cidade. Susan recuou com alívio, agradecida por ter a querida sra. Blythe no controle da situação para quem Rilla soluçou toda a história.

— Querida, eu não entendo. *Por que* você achou que era uma coisa tão terrível levar um bolo para a igreja?

— *Penssei* que eu *sseria* igual a velha Tillie Pake, mamãe. Oh, mamãe, me perdoe, por favor. Se *vossê* me perdoar eu nunca *maiss* vou aprontar. Eu vou lá *disser* ao comitê que *vossê* mandou um bolo.

— Esqueça o comitê, querida. Eles recebem mais o que suficiente de bolos. Sempre recebem. Não é provável que alguém perceba que não enviamos um. Só não vamos falar disso com ninguém. Mas sempre lembre-se disso, Bertha Marilla Blythe, do fato de que nem Susan nem mamãe jamais lhe pediriam para fazer algo vergonhoso.

A vida era doce novamente. Papai veio até a porta para dizer "Boa noite, gatinha" e Susan entrou para dizer que eles iriam ter uma torta de frango no almoço amanhã.

— Com muito molho, *Ssussan*?

— Muito!

— E posso ter um ovo marrom no café da manhã, Ssussan? *Ssei que não meresso, mass...*

— Você terá dois ovos marrons se quiser. E agora você deve comer seu pãozinho e ir dormir, baixinha.

Rilla comeu seu pão, mas antes de dormir ela desceu da cama e se ajoelhou. Muito séria, rezou:

— Querido *Deuss*, por favor, *fassa* de mim uma *crianssa* boa e obediente *ssempre*, não importa o que me digam para *fasser*. E *abenssoe* também a querida *ssenhorita* Emmy e *todoss oss órfãoss*.

XXXV

As crianças de Ingleside brincavam juntas e andavam juntas e viviam todos os tipos de aventuras juntas; e cada um deles, além disso, tinha sua própria vida interior de sonho e fantasia. Principalmente Nan, que desde o início criara um drama secreto para si mesma a partir de tudo o que ouvia, via ou lia e vivia em reinos de maravilhas e romances insuspeitados em seu círculo familiar. No início, ela teceu padrões de danças de fadas e elfos em vales assombrados e dríades em bétulas. Ela e o grande salgueiro no portão sussurravam segredos, e a velha casa vazia dos Bailey na parte distante de cima do Vale do Arco-Íris era a ruína de uma torre assombrada. Durante semanas ela se tornava a filha aprisionada de um rei em um castelo solitário à beira-mar, ou por alguns meses a enfermeira em uma colônia de leprosos na Índia ou em uma terra "muito, muito distante". "Muito, muito distante" sempre haviam sido palavras mágicas para Nan ... como música fraca sobre uma colina ventosa.

À medida que crescia, foi construindo seu drama sobre as pessoas reais que via em sua pequena vida. Em especial, as pessoas na igreja. Nan gostava de olhar para essas pessoas porque todos estavam muito bem-vestidos. Era quase milagroso. Todas pareciam completamente diferentes de quem eram e de suas profissões nos dias de semana.

Os quietos e respeitáveis ocupantes dos vários bancos familiares teriam ficado surpresos e talvez um pouco horrorizados se soubessem dos romances que a recatada donzela de olhos castanhos no banco de Ingleside estava inventando sobre eles. Annetta Millison, de sobrancelhas negras e coração bondoso, ficaria chocada ao saber que Nan Blythe a imaginava como uma sequestradora de crianças, e que as fervia vivas para fazer poções que a manteriam jovem para sempre. Nan imaginava isso tão vividamente que quase morreu de medo quando se deparou com Annetta Millison certa vez em uma rua crepuscular agitada pelo sussurro dourado dos botões-de-ouro. Ela foi incapaz de responder à saudação amigável de Annetta, fazendo Annetta refletir depois que Nan Blythe estava realmente se tornando uma mocinha orgulhosa e atrevida, e que ela precisava de um pouco de educação e boas maneiras. A pálida sra. Rod Palmer nunca sonhou que envenenara alguém e agora estava morrendo de remorso. Elder Gordon MacAllister, de rosto solene, não tinha noção de que uma maldição havia sido lançada sobre ele ao nascer por uma bruxa, e o resultado era que ele nunca conseguia sorrir. Fraser Palmer, de bigode escuro, de vida irrepreensível, mal sabia que quando Nan Blythe olhava para ele seu pensamento era: "Tenho certeza de que esse homem cometeu um ato sombrio e desesperado. Ele parece ter algum segredo terrível em sua consciência".

E Archibald Fyfe não suspeitava que, quando Nan Blythe o via chegando, ela se ocupava em inventar uma rima como resposta a qualquer comentário que ele pudesse fazer, porque ele nunca poderia ser respondido se não fosse em rimas. Archibald nunca se dirigiu a ela, tinha pavor de crianças, mas Nan se divertia muito inventando uma rima desesperada e rapidamente.

Eu vou muito bem Senhor Fyfe e
Como estão o senhor e a senhora Fyfe?

ou então:
Sim, o dia está muito lindo, mas eu já vou indo!

Não há como saber a opinião da sra. Morton Kirk se lhe dissessem que Nan Blythe nunca iria à sua casa, supondo que um dia fosse convidada, porque havia uma pegada vermelha em sua porta, e sua plácida, bondosa e indesejada cunhada, Elizabeth Kirk, não podia nem pensar que a razão de ela ser uma solteirona era porque seu noivo havia caído morto no altar pouco antes da cerimônia de casamento.

Era tudo muito divertido e interessante, e Nan nunca havia se perdido entre ficção e realidade até ficar possuída pela Dama dos Olhos Misteriosos.

Não adianta querer saber como os sonhos crescem. A própria Nan nunca conseguiria explicar como isso aconteceu. Começou com a CASA SOMBRIA. Nan sempre a via assim, escrito em maiúsculas. Ela gostava de contar seus romances tanto sobre lugares como sobre pessoas, e a CASA SOMBRIA era o único lugar por perto, com exceção da velha casa Bailey, que se prestava ao romance. Nan nunca visitou a CASA propriamente dita, mas sabia que ela existia, atrás de um espesso pinheiro escuro na estrada secundária de Lowbridge, e estava vazia desde tempos imemoriais. Bem, isso foi o que Susan havia dito e Nan não sabia o que era "imemoriais", mas uma frase fascinante, adequada apenas para casas sombrias.

Nan sempre corria loucamente pelo caminho que levava à CASA SOMBRIA quando ia pela estrada secundária para visitar sua amiga, Dora Clow. Era uma longa e escura alameda em arco com grama espessa crescendo entre seus sulcos, além de samambaias na altura da cintura sob os pinheiros. Havia um longo galho de bordo cinza perto do portão em ruínas que lembrava exatamente um velho braço torto que se estendia para alcançá-la. Nan nunca sabia quando o braço conseguiria chegar um pouquinho mais distante e a agarrar. Escapar dele sempre a deixava impressionada.

Um dia, para espanto de Nan, Susan estava dizendo que Thomasine Fair viera morar na CASA SOMBRIA, ou, como Susan expressou sem romantismo, no antigo lar dos MacAllister.

— Ela vai achar muito solitário, imagino — disse mamãe. — É tão fora do caminho.

— Ela não vai se importar com isso — disse Susan. — Ela nunca vai a lugar nenhum, nem mesmo à igreja. Não vai a lugar nenhum há anos, embora digam que ela ande pelo jardim durante a noite. Bem, bem, em pensar em como ela está agora, alguém tão bonita e uma namoradora tão terrível. Os corações que partiu no passado. E olhe para ela agora! Bem, é um alerta e um bem claro.

Susan não havia explicado para quem era o alerta, e nada mais foi dito, pois ninguém em Ingleside estava muito interessado em Thomasine Fair. Nan, porém, que estava um pouco cansada de suas antigas vidas de sonhos e ansiava por algo novo, aproveitou Thomasine Fair na CASA SOMBRIA. Pouco a pouco, dia após dia, noite após noite, era possível acreditar em qualquer coisa à noite, Nan construiu uma lenda sobre ela até que a coisa toda floresceu irreconhecivelmente e se tornou um sonho muito mais querido para a menina do que qualquer outro construído até então. Nada antes havia parecido tão fascinante, tão real, como essa visão da Senhora do Olhar Misterioso. Grandes olhos de veludo negro... *olhos fundos*, olhos assombrados, cheios de remorso pelos corações que partira. Olhos *perversos*... qualquer um que quebrava o coração alheio e nunca ia à igreja devia ser perversa. Pessoas perversas eram tão interessantes. A Senhora dos Olhos Misteriosos estava se enterrando do mundo como penitência por seus crimes.

Ela poderia ser uma princesa? Não, princesas eram muito raras na Ilha do Príncipe Edward. Mas ela era alta, magra, distante, belamente fria como uma princesa, com longos cabelos pretos em duas tranças grossas sobre os ombros que alcançavam seus pés. Ela teria um rosto de marfim bem definido, um lindo nariz grego, como o da estátua "Diana e o Arco" da mamãe, e lindas mãos brancas que retorcia enquanto caminhava no jardim à noite, esperando pelo único e verdadeiro amor que desdenhara e havia aprendido tarde demais a amar — percebe com a história foi crescendo? — enquanto suas longas saias de veludo preto se arrastavam pela grama, e ela estaria usando um cinto de ouro e grandes brincos de pérolas nas orelhas. Era seu dever viver o resto da vida misteriosamente nas sombras até que seu amor viesse para a libertar. Então ela se arrependeria de sua antiga maldade e crueldade e estenderia suas belas mãos para ele e finalmente curvaria sua orgulhosa cabeça em submissão. Eles se sentariam perto da fonte, pois com certeza haveria uma fonte, e fariam seus votos novamente e ela o seguiria, "para além das colinas distantes, além do além do último arco púrpura", tal como a Bela Adormecida no poema do velho volume de Tennyson que papai lhe dera há muito, muito tempo, que mamãe lera para ela certa noite. Mas o noivo da Senhora do Olhar Misterioso lhe daria joias magníficas.

A CASA SOMBRIA seria lindamente mobiliada, é claro, e haveria quartos secretos e escadas, e a Senhora do Olhar Misterioso dormiria em uma cama de madrepérola sob um dossel de veludo púrpura. Ela seria atendida por um galgo, um par deles, toda uma comitiva deles e estaria sempre atenta ouvindo e ouvindo a música de uma harpa muito distante. Mas ela não poderia ouvir enquanto fosse perversa e até que seu amado chegasse e a perdoasse e pronto.

Claro que tudo isso parece muito tolo. Os sonhos parecem bem tolos quando são colocados em palavras frias e cruas. Nan, aos dez anos, jamais havia colocado o dela em palavras, apenas o vivia. Esse sonho da perversa Senhora do Olhar Misterioso tornou-se tão real para ela quanto a vida que acontecia ao seu redor. Tomou conta de seu ser. Aquilo fazia parte dela havia dois anos e Nan chegou, de alguma forma estranha, a acreditar naquilo. Por nada nesse mundo ela teria contado a alguém, nem mesmo à mamãe, sobre aquilo. Era seu próprio tesouro particular, seu segredo inalienável, sem o qual ela não conseguia mais imaginar a vida acontecendo. Ela preferia fugir sozinha para sonhar com a Senhora do Olhar Misterioso do que brincar no Vale do Arco-Íris.

Anne percebeu esse comportamento e se preocupou um pouco com isso. Nan estava ficando muito desse jeito. Gilbert queria mandá-la a Avonlea para uma visita, mas Nan, pela primeira vez, implorou fervorosamente para não ir. Não queria sair de casa, disse lamentavelmente. Para si mesma, disse que morreria se precisasse se afastar tanto da estranha e triste Senhora do Olhar Misterioso. É verdade que a Senhora do Olhar Misterioso nunca saíra para lugar algum. Mas ela poderia sair algum dia e se ela, Nan, estivesse fora, não a veria! . Como seria maravilhoso ter apenas um vislumbre dela! Ora, a própria estrada pela qual ela passaria seria para sempre romântica. O dia em que isso acontecesse seria diferente de todos os outros, e ela desenharia um círculo em torno dele no calendário. Nan chegara ao ponto em que desejava muito vê-la, pelo menos uma vez. Ela sabia bem que muito do que imaginara não passava disso, de imaginação. Mas estava certa de que Thomasine Fair era jovem e adorável, perversa e encantadora. A essa altura, Nan estava absolutamente certa de ter ouvido Susan dizer tudo isso e, desde que estivesse certa, Nan poderia continuar imaginando coisas sobre ela para sempre.

Nan mal podia acreditar em seus ouvidos quando Susan lhe disse certa manhã:

— Há um pacote que quero mandar para Thomasine Fair na antiga casa dos MacAllister. Seu pai o trouxe da cidade ontem à noite. Você pode leva-lo até lá, meu bem?

Bem desse jeito! Nan prendeu a respiração. Se ela *iria*? Sonhos realmente se tornavam realidade dessa maneira? Ela veria a CASA SOMBRIA, e veria sua bela e perversa Senhora do Olhar Misterioso. Iria vê-la de verdade, talvez ouvi-la falar, talvez... oh, que felicidade!... tocar sua mão branca e esbelta. Quanto aos galgos e a fonte e todo o resto, Nan sabia que apenas os imaginara, mas a realidade com certeza seria igualmente maravilhosa.

Nan observou o relógio durante toda a manhã, vendo o tempo passando devagar. Ah, tão devagar, e cada vez mais perto. Quando uma nuvem de trovoada rolou ameaçadoramente e a chuva começou a cair, ela mal conseguiu conter as lágrimas.

— Não sei por que Deus pôde deixar chover hoje — ela sussurrou em rebeldia.

Mas a chuva foi rápida e logo o sol voltou a brilhar. Nan mal conseguia almoçar de animação.

— Mamãe, posso usar meu vestido amarelo?

— Por que você quer se arrumar toda para ir até a casa de um vizinho, meu amor?

Um vizinho! Mas é claro que mamãe não entendia. Não conseguiria entender.

— *Por favor*, mamãe.

— Está bem — disse Anne. Logo esse vestido estaria pequeno para ela, então por que não deixá-la aproveitar a ocasião.

As pernas de Nan tremiam muito ao sair de casa com o precioso embrulho em mãos. Ela pegou um atalho pelo Vale do Arco-Íris subindo a colina até a estrada lateral. As gotas de chuva ainda repousavam nas folhas das capuchinhas como grandes pérolas; havia um delicioso frescor no ar; as abelhas zumbiam no trevo branco que margeava o riacho e esguias libélulas azuis brilhavam sobre a água, "agulhas de cerzir do diabo", como Susan as chamava. No pasto da colina, as margaridas acenavam para ela, balançavam para ela, riam para ela, uma risadinha gostosa de ouro e prata. Tudo estava tão lindo e ela ia ver a perversa Senhora do Olhar Misterioso. O que a dama diria para ela? Seria seguro ir vê-la? E se fosse como na história que ela e Walter leram na semana anterior, que se ficassem alguns minutos com ela descobririam que cem anos haviam se passado?

XXXVI

Nan sentiu um estranho calafrio na espinha ao entrar na rua. O ramo de bordo morto se movera? Não, ela tinha escapado, tinha passado dele. Ahá, sua velha bruxa, você não *me* pegou! Estava andando por um caminho em que a lama e os sulcos não tinham o poder de arruinar sua expectativa. Apenas mais alguns passos e pronto, a CASA SOMBRIA estaria diante dela, atrás e em meio àquelas árvores escuras e gotejantes. Iria vê-la, enfim! Nan estremeceu um pouco e não sabia que era devido ao medo secreto e inconfesso de perder seu sonho. O que sempre, para a juventude, maturidade ou velhice é uma catástrofe.

Ela abriu caminho através da brecha entre pinheiros que cresciam selvagemente e fechavam a passagem no final da estrada. Seus olhos estavam fechados; ousaria abri-los? Por um momento, um terror puro a dominou e por dois átimos Nan teria se virado e corrido. Afinal, a senhora *era* perversa. Quem sabia o que ela poderia fazer com você? Ela poderia até ser uma bruxa. Como foi que nunca lhe ocorreu antes que a Senhora do Olhar Misterioso poderia ser uma bruxa?

Então, resoluta, Nan abriu os olhos e encarou, lamentavelmente.

Aquela era a CASA SOMBRIA? A mansão escura, majestosa, com torres e torres de seus sonhos? Isso?

Era uma casa grande, que no passado fora branca, mas agora era de um cinza lamacento. Haviam, aqui e ali, persianas quebradas, outrora verdes, balançando pendentes. Os degraus da frente estavam quebrados. Um alpendre de vidro abandonado estava com a maioria de seus vidros estilhaçados. A guarnição embolada ao redor da varanda estava desfeita. Ora, era apenas uma velha casa desgastada pela vida!

Nan olhou em volta desesperadamente. Não havia fonte, nem jardim, oras, nada que pudesse se chamar de jardim. O espaço na frente da casa, cercado por uma paliçada irregular, estava cheio de ervas daninhas e de grama emaranhada até a altura do joelho. Um porco magricela apareceu por entre a paliçada. Bardanas cresciam no meio do caminho. Tufos desordenados de margaridas amarelas cresciam pelos cantos, mas *havia* uma esplêndida moita de bravos lírios-tigres e bem perto dos degraus desgastados um alegre canteiro de calêndulas.

Nan subiu devagar pelo caminho até o canteiro de calêndulas. A CASA SOMBRIA se fora para sempre. Mas a Senhora de Olhar Misterioso certamente seria real, tinha que ser! O que Susan realmente disse sobre ela havia tanto tempo?

— Cruz, credo, garota! Você quase me mata de susto! — disse uma voz um tanto rouca, embora amigável.

Nan olhou para a figura que havia se levantado subitamente do canteiro de calêndulas. *Quem seria*? Não poderia ser! Nan se recusou a acreditar que essa pessoa era Thomasine Fair. Seria terrível demais!

"Mas... mas...", pensou Nan, com o coração partido pela decepção "ela... ela é velha!"

Thomasine Fair, se Thomasine Fair era essa pessoa e ela sabia agora que era Thomasine Fair, era definitivamente velha.

E gorda! Parecia o colchão de penas com o cordão amarrado ao meio ao qual Susan sempre comparava senhoras robustas. E estava descalça, usava um vestido verde desbotado até se tornar amarelado e um velho chapéu de feltro masculino no cabelo ralo e grisalho. Seu rosto era redondo como a letra O, corado e enrugado, com um nariz arrebitado. Seus olhos eram de um azul pálido, cercados por alegres pés-de-galinha.

Oh minha dama... minha encantadora, perversa Senhora do Olhar Misterioso, onde está você? O que aconteceu com você? Você existia!

— Bem, e quem é você, garotinha encantadora? — perguntou Thomasine Fair.

Nan se lembrou de seus bons modos.

— Eu sou... sou Nan Blythe e vim trazer esse pacote para a senhora.

Thomasine pegou o pacote com alegria.

— Ah, como estou feliz por ter minhas revistas outra vez! Senti muita saudade de ler o almanaque aos domingos. E você é uma das meninas Blythe? Que cabelo lindo você tem! Eu sempre quis conhecer algum de vocês. Eu soube que sua mãezinha estava criando vocês, ensinando-os coisas de ciências. Você gosta?

"Gostar de quê?", pensou Nan. "Oh, perversa Senhora do Olhar Misterioso, não é possível que você leia o almanaque aos domingos. Não é possível que você fale da minha 'mãezinha'."

— Ora, ora, crescer sabendo de ciência.

— Gosto da maneira como estou sendo criada — disse Nan, tentando sorrir e não conseguindo.

— Bem, sua mãe é uma mulher muito boa. Ela tem muita fibra. Digo a você que a primeira vez que a vi no funeral de Libby Taylor pensei que ela fosse uma noiva, parecia tão feliz. Sempre penso ao ver sua mãezinha entrar em um cômodo, como todo mundo se anima como se esperasse que algo fosse acontecer. As novas tendências da moda caem muito bem nela também. A maioria de nós não foi feita para usar esse tipo de roupa. Mas entre e fique um pouco, estou feliz de ver alguém, às vezes é muito solitário por aqui e eu não tenho dinheiro para pagar por um telefone. Tenho as flores por companhia, você viu que margaridas mais lindas? Ah, e eu tenho um gato!

Nan queria fugir para os confins da terra, mas sentiu que jamais poderia magoar aquela velha senhora se recusando a entrar. As anáguas de Thomasine estavam aparecendo sob a saia enquanto ela conduzia Nan pelos degraus desiguais para dentro, para um cômodo que era a combinação de cozinha e sala de estar. Estava escrupulosamente limpa e alegre, repleta de plantas domésticas. O ar estava cheio da fragrância agradável de pão recém-saído do forno.

— Senta aqui — disse Thomasine gentilmente, empurrando uma cadeira de balanço com uma almofada de retalhos. — Vou tirar essa cadeira do seu caminho. Espere até eu colocar minha dentadura de baixo. Fico engraçada sem, não? Mas me machuca um cadinho. Pronto, vou falar melhor agora.

Um gato malhado, emitindo todos os tipos de extravagantes miados, avançou para cumprimentá-las. Oh, para os galgos de um sonho desaparecido!

— Esse gato é um bom caçador de ratos — disse Thomasine. — Esta casa está infestada de ratos. Mas aqui dentro não chove. E cansei de morar perto de parentes. Não podia ser eu mesma de verdade.. Só me mandavam fazer as coisas como se eu não fosse ninguém. E a esposa do Jim era a pior de todas. Reclamou porque eu estava fazendo caretas para a lua certa noite. E daí se eu estivesse? Eu fiz algum mal à lua? Daí eu disse "não vou ser mais uma almofada de alfinetes". Por isso, vim para cá por conta própria e por aqui vou ficar enquanto puder usar minhas pernas. Agora, me diz, o que você quer? Posso te fazer um sanduíche de cebola?

— Não, não, obrigada.

— Cebola faz bem para resfriados. Eu estava meio resfriada, está percebendo minha voz meio rouca? Ah, mas eu amarro um pedaço de flanela vermelha embebida com aguarrás e gordura de ganso em volta do pescoço e vou para a cama. Nada melhor que isso.

Flanela vermelha e gordura de ganso! Isso sem contar a aguarrás!

— Se você não quer um sanduíche... tem certeza mesmo que não quer?... vou ver o que tem na caixa de biscoitos.

Os biscoitos, cortados no formato de galos e patos eram surpreendentemente bons e derretiam na boca. A sra. Fair sorriu para Nan com aqueles seus olhinhos redondos e desbotados.

— Agora você vai gostar de mim, não vai? Eu gosto de ter meninas por aqui.

— Vou tentar — ofegou Nan, que naquele momento estava odiando a pobre Thomasine Fair, daquele jeito que só odiamos aqueles que destroem nossas ilusões.

— Tenho alguns netos no oeste, sabia?

Netos!

— Vou mostrar as fotos deles. Bonitos, não? Essa é a foto do coitado do meu querido esposo, que já está no céu. Vinte anos desde que ele morreu.

A foto do coitado e querido esposo era um grande retrato em giz de cera de um homem barbudo com uma franja encaracolada de cabelos brancos em torno de uma cabeça careca.

Oh, noivo desprezado!

— Ele foi um bom marido, embora tenha ficado careca muito novo, aos trinta anos — disse a sra. Fair com carinho.
— Ah, mas eu podia escolher qualquer namorado quando era nova. Agora estou velha, mas me diverti muito quando jovem. Os rapazes das noites de domingo! Todos tentando ficar perto de mim! E eu, com minha cabeça altiva feito uma rainha! Meu esposo era um deles naquela época, mas no começo eu não tinha olhos para ele. Eu gostava dos mais ousados, como o Andrew Metcalf. Ah, eu quase fugi com ele, mas no fundo sabia que não daria certo. Nunca fuja com um homem. Dá

azar para o resto da vida e não deixe que ninguém lhe diga o contrário.

— Não vou... não vou mesmo.

— No final eu me casei com meu esposo. A paciência dele se esgotou e ele me deu vinte e quatro horas para me casar com ele ou para deixá-lo. Meu papai queria que eu sossegasse. Ele ficou nervoso quando Jim Hewitt se jogou no rio por minha causa e morreu afogado. Meu esposo e eu fomos muito felizes depois que nos acostumamos um com o outro. Ele dizia que eu combinava com ele porque eu não pensava muito. Dizia que as mulheres não foram feitas para pensar, que isso deixava os homens secos e artificiais. Ele não podia comer feijão cozido e às vezes ele tinha crises no ciático, mas meu bálsamo caseiro sempre consertava isso. Havia um especialista na cidade que disse que poderia curá-lo para sempre, mas meu esposo sempre dizia que se você caísse nas mãos desses especialistas, nunca mais se veria livre deles... nunca. Eu sinto falta dele para alimentar o porco. Ele gostava muito de carne de porco. Eu nunca como nada de bacon, mas sempre penso nele. Essa foto depois da do meu esposo é da Rainha Vitória. Às vezes eu digo a ela: "Se eles tirassem todas as rendas e joias de você, minha querida, duvido que você fosse mais bonita do que eu".

Antes de deixar Nan ir, a sra. Fair insistiu para que ela levasse um saco de balas de hortelã, um sapatinho de cristal rosa para colocar flores e um copo de geleia de groselha.

— Isso é para sua mãezinha. Sempre tive sorte com a minha geleia de groselha. Qualquer dia desses vou até Ingleside. Quero ver os cachorros de porcelana. Diga a Susan Baker que estou muito agradecida por aquele monte de folhas de nabo verde que ela me mandou na primavera.

Nabos verdes!

— Eu disse que agradeceria a ela no funeral de Jacob Warren, mas ela foi embora rápido demais. Eu gosto de ter meu tempo em funerais. Não houve nenhum já tem quase um mês. Eu sempre acho que é uma época chata quando não acontecem funerais. Há sempre muitos funerais a caminho de Lowbridge. Não parece justo. Venha me ver de novo, está bem? Tem alguma sobre... "a graça é melhor do que prata e ouro", diz o Bom Livro e acho que está certo.

Ela sorriu de forma agradável para Nan e ela *tinha* um sorriso doce. Naquele sorriso era possível ver a bela Thomasine de muito tempo atrás. Nan conseguiu retribuir o sorriso. Seus olhos estavam ardendo. Precisava escapar antes que chorasse abertamente.

"Linda e bem-educada criaturinha", refletiu a velha Thomasine Fair, observando Nan pela janela. "Não tem o dom da palavra da mãezinha dela, mas isso não quer dizer nada. A maioria das crianças de hoje pensa que são espertas quando estão apenas sendo atrevidas. A visita dessa coisinha meio que me fez sentir jovem novamente."

Thomasine suspirou e saiu para terminar de cortar seus cravos e capinar algumas bardanas.

"Graças a Deus, eu me mantive ágil", pensou.

Nan voltou para Ingleside mais pobre pela desilusão passada. Um vale cheio de margaridas não poderia distraí-la, a água murmurante a chamava em vão. Ela queria chegar em casa e se isolar dos olhos humanos. Duas garotas conhecidas riram depois que passaram por ela. Estariam rindo de Nan? Como todos ririam se soubessem! A pequena e tola Nan Blythe, que elaborou um romance de fantasias todo intricado sobre uma pálida rainha do mistério e, em vez disso, encontrou uma viúva e balas de hortelã.

Balas de hortelã!

Nan não choraria. Garotas crescidas de dez anos não deveriam chorar. Mas ela se sentia indescritivelmente triste. Algo precioso e belo se fora, estava perdido, uma secreta reserva de alegria que, ela acreditava, nunca mais poderia ser sua. Ela encontrou Ingleside repleta pelo delicioso cheiro de biscoitos de gengibre, mas não foi à cozinha para convencer Susan a lhe dar um. No jantar, seu apetite estava visivelmente fraco, embora ela lesse "óleo de rícino" nos olhos de Susan. Anne tinha notado que a filha estivera muito quieta desde seu retorno da velha casa dos MacAllister. Nan, que literalmente cantava do amanhecer ao anoitecer e depois. A longa caminhada no sol quente talvez tivesse sido excessiva para a criança?

— Por que essa expressão angustiada, filha? — Anne perguntou casualmente ao entrar no quarto das gêmeas ao anoitecer com toalhas limpas, onde encontrou Nan enrolada no banco da janela, em vez de estar perseguindo tigres nas selvas equatoriais com os outros no Vale do Arco-Íris.

Nan não pretendia contar a ninguém que ela tinha sido tão boba. Mas, de alguma forma, mamãe precisava saber das coisas.

— Ah, mamãe, *tudo* na vida é uma decepção?

— Nem tudo, querida. Quer me dizer o que a decepcionou hoje?

— Oh, mamãe, Thomasine Fair é... é *boa*! E seu nariz é arrebitado!

— Mas por que — perguntou Anne em franca perplexidade — você se importa se o nariz dela é arrebitado ou não?

Então, tudo veio à tona. Anne escutou com sua expressão séria costumeira, rezando para não ser traída por uma gargalhada abafada. Lembrou-se da criança que ela mesma tinha sido na antiga Green Gables. Lembrou-se da Floresta Mal--Assombrada e de duas menininhas que ficaram terrivelmente assustadas com o próprio conto de fadas sobre o lugar. E ela conhecia a terrível amargura de perder um sonho.

— Você não deve levar muito a sério o desaparecimento de suas fantasias, querida.

— Não posso evitar — disse Nan desesperada. — Se eu tivesse minha vida para viver de novo eu nunca imaginaria *nada*. E nunca mais quero imaginar mais nada!

— Bobinha, meu amor, não diga isso. A imaginação é uma coisa maravilhosa de se ter... mas, como todo dom, devemos possuí-lo e não deixar que ele nos possua. Você leva suas imaginações um pouquinho a sério demais. Ah, é uma delícia... eu conheço esse arrebatamento. Mas você precisa aprender a permanecer deste lado da fronteira entre o real e o irreal. *Então*, o poder de escapar à vontade para um belo mundo próprio irá te ajudar surpreendentemente nas horas difíceis da vida. Sempre consigo resolver um problema com mais facilidade depois de fazer uma ou duas viagens às Ilhas do Encantamento.

Nan sentiu seu autorrespeito voltando com as palavras de conforto e sabedoria de mamãe, que não achava aquilo tão bobo, afinal. E, sem dúvida, havia em algum lugar do mundo uma bela e perversa Senhora do Olhar Misterioso, mesmo que não fosse na CASA SOMBRIA. E agora, parando para pensar, aquele não era um lugar tão ruim assim, com suas lindas e alaranjadas calêndulas e seu simpático gato malhado e seus gerânios e a foto do pobre e querido esposo. Era realmente um lugar bastante alegre e talvez algum dia ela voltasse a visitar Thomasine Fair para comer mais alguns daqueles biscoitos gostosos. Ela não odiava mais Thomasine.

— Mamãe, como você é maravilhosa! — suspirou ela, no abrigo e santuário daqueles braços amados.

Um crepúsculo cinza-violeta descia sobre a colina. A noite de verão escureceu sobre eles e trouxe uma noite de veludo e sussurros. Uma estrela surgiu sobre a grande macieira. Quando a sra. Marshall Elliott veio e mamãe teve que descer, Nan estava feliz de novo. Mamãe havia dito que iriam decorar o quarto com um lindo papel amarelo-ouro e arranjar um novo baú de cedro para ela e Di guardarem as coisas. Só que não seria um baú de cedro. Seria um baú de tesouro encantado que não poderia ser aberto a menos que certas palavras místicas fossem pronunciadas. Uma palavra que a Bruxa da Neve pode sussurrar para você, a fria e adorável Bruxa da Neve. Um vento poderia suspirar outra para você ao passar ... um triste vento cinzento que lamentava. Mais cedo ou mais tarde você encontraria todas as palavras e abriria o baú, para encontrá-lo cheio de pérolas, rubis e diamantes em abundância. Abundância não era uma linda palavra?

Oh, a velha magia não estava acabada. O mundo ainda estava repleto dela.

XXXVII

— Posso ser sua melhor amiga nesse ano? — perguntou Delilah Green, durante o recreio daquela tarde.

Delilah tinha olhos azul-escuros muito redondos, brilhantes cachos cor de açúcar mascavo, uma boca pequena e rosada e uma voz animada com um pequeno tremor. Diana Blythe respondeu ao encanto daquela voz instantaneamente.

Era sabido na escola do Glen que Diana Blythe estava à procura de uma melhor amiga. Durante dois anos ela e Pauline Reese foram companheiras, mas desde que a família de Pauline havia se mudado, Diana se sentia muito sozinha. Pauline tinha sido uma boa amiga. Claro, ela não tinha o místico charme que agora a quase esquecida Jenny Penny possuía, mas era prática, divertida, *sensível*. Esse último adjetivo foi dado por Susan, e foi o maior elogio que ela poderia conceder. Estava inteiramente satisfeita com Pauline como amiga de Diana.

Diana olhou para Delilah em dúvida, depois relanceou para Laura Carr, que também era novata. Laura e ela passaram o recreio da manhã juntas e simpatizaram uma com a outra.

Mas Laura era bastante simples, com sardas e cabelos loiros incontroláveis. Ela não tinha nada da beleza de Delilah Green e nem uma faísca de seu fascínio.

Delilah entendeu o olhar de Diana e uma expressão magoada surgiu em seu rosto; seus olhos azuis pareciam prestes a transbordar de lágrimas.

— Se você ama ela, não vai poder me amar. Escolha uma de nós — disse Delilah, estendendo as mãos dramaticamente. Sua voz estava mais embargada que nunca... enviou um arrepio pela espinha de Diana. Ela colocou as mãos nas de Delilah e elas se entreolharam solenemente, sentindo-se dedicadas e comprometidas. Pelo menos, Diana se sentia assim.

— Você vai me amar *para sempre*, não vai? — perguntou Delilah com fervor.

— Para sempre — jurou Diana com igual ímpeto.

Delilah deslizou o braço ao redor da cintura de Diana e elas caminharam juntas até o riacho. O resto da quarta série entendeu que uma aliança havia sido selada. Laura Carr soltou um pequeno suspiro. Ela gostava muito de Diana Blythe. Mas sabia que não poderia competir com Delilah.

— Estou tão feliz que você vai me deixar te amar — Delilah estava dizendo. — Sou muito carinhosa. Não consigo deixar de amar as pessoas. *Por favor*, seja gentil comigo, Diana. Eu sou uma filha da tristeza. Fui amaldiçoada ao nascer. Ninguém, *ninguém* me ama.

Delilah, de alguma forma, conseguiu colocar eras de solidão e falta de amor naquele "ninguém".

Diana apertou seu abraço:

— Você nunca mais dirá isso, Delilah. Eu sempre vou te amar!

— Até o fim do mundo?

— Até o fim do mundo — respondeu Diana. Beijaram-se, como num rito. Dois garotos em cima do muro vaiaram em zombaria, mas quem se importava?

— Você vai gostar de mim muito mais do que Laura Carr — disse Delilah. — Agora que somos melhores amigas posso te dizer o que nem *sonharia* em te contar se você tivesse escolhido ela. *Ela é traiçoeira.* Terrivelmente enganadora. Finge ser sua amiga na sua cara e pelas suas costas fica zombando de você e diz as coisas mais maldosas. Uma garota que conheço foi para a escola com ela em Mowbray Narrows e ela me contou. Você escapou por pouco. *Eu* sou tão diferente dela. Sou tão verdadeira quanto ouro, Diana.

— Tenho certeza que sim. Mas o que você quis dizer quando falou que era uma filha da tristeza, Delilah?

Os olhos de Delilah pareceram se expandir até ficarem absolutamente enormes.

— Eu tenho uma *madrasta* — ela sussurrou.

— Uma madrasta?

— Quando sua mãe morre e seu pai se casa de novo, *ela* vira sua madrasta* — disse Delilah, com ainda mais emoção na voz. — Agora você sabe tudo, Diana. Se você soubesse como sou tratada! Mas nunca reclamo. Eu sofro em silêncio.

Se Delilah realmente sofria em silêncio, pode-se perguntar de onde Diana conseguiu todas as informações que ela despejou sobre o pessoal de Ingleside durante as semanas seguintes. Ela estava em meio a uma paixão selvagem de adoração e simpatia pela triste e perseguida Delilah, e tinha muito a falar sobre o assunto para quem quisesse ouvir.

— Suponho que essa nova paixão seguirá seu curso no devido tempo — disse Anne. Quem é essa Delilah, Susan? Não quero que as crianças sejam esnobes, mas depois da nossa experiência com Jenny Penny...

— Os Green são muito respeitáveis, sra. Blythe, querida. São bem conhecidos em Lowbridge. Eles se mudaram para a antiga casa dos Hunter no verão passado. A sra. Green é a segunda esposa e já tem dois filhos. Eu não sei muito sobre ela, mas ela parece ter um jeito próprio, gentil e fácil de lidar. Eu mal posso acreditar que ela trate Delilah como Di fala.

— Não dê muito crédito para tudo que Delilah diz — Anne avisou Diana. — Ela pode ser propensa a exagerar um pouco. Lembre-se de Jenny Penny.

— Oras, mamãe, Delilah não é nem um pouco como Jenny Penny — disse Di indignada. — Nem um pouco. Ela é inteiramente verdadeira. Se você a visse, mamãe, saberia que ela não consegue mentir. Todos na casa dela a enchem porque ela é muito *diferente*. E ela tem uma natureza tão afetuosa. Ela foi perseguida desde que nasceu. A madrasta *odeia* ela. Só me parte o coração ouvir sobre seu sofrimento. Mamãe, ela não recebe comida suficiente! Ela nunca sabe o que é não estar com fome. Mamãe, um monte de vezes mandam ela para a cama sem jantar e ela chora até dormir. Alguma vez *você* chorou porque estava com fome, mamãe?

— Muitas vezes — disse mamãe.

Diana encarou a mãe, todo o ar tirado de seus pulmões de sua pergunta retórica.

— Antes de ir para Green Gables, no orfanato, eu passei fome muitas vezes e antes disso também. Nunca tive problemas de falar a respeito disso.

— Bem, então, você consegue entender Delilah — disse Di, recuperando seu raciocínio confuso. — Quando ela está com muita fome, ela fica lá sentada imaginando coisas para comer. Imagina pensar nela imaginando coisas para comer!

— Você e Nan fazem isso o tempo todo — disse Anne. Mas Di não quis ouvir.

— O sofrimento dela não é apenas físico, mas *espiritual* também. Ela quer ser missionária, mamãe, quer consagrar a vida aos outros, e todos riem dela.

— Muito cruel da parte deles — concordou Anne. Mas algo em sua voz fez Di desconfiar dela.

— Mamãe, *como* você pode ser tão cética? — disse Di em tom de reprovação.

— Pela segunda vez — sorriu Anne, — preciso lembrá-la de Jenny Penny. Você também acreditou nela.

— Eu era apenas uma *criança* na época e era fácil me enganar — disse Diana da forma mais majestosa que conseguiu. Ela sentiu que a mãe não tinha a mesma empatia e compreensão habituais em relação a Delilah Green. Depois disso, Diana falava apenas com Susan sobre a amiga, já que Nan apenas assentia quando o nome de Delilah era mencionado. "Isso é ciúme", pensou Diana tristemente.

Não que Susan fosse tão empática sobre Delilah também. Mas Diana só precisava falar com alguém sobre a amiga e o escárnio de Susan não doía como o de mamãe. Você não esperaria que Susan entendesse completamente. Mas mamãe já tinha sido uma menina... mamãe tinha amado tia Diana. Mamãe tinha um coração grande e gentil. Por que será que o relato dos maus-tratos da pobre querida Delilah a deixara tão distante?

"Talvez ela também esteja com um pouco de ciúme, por eu gostar tanto de Delilah", refletiu Diana sabiamente. "Dizem que as mães ficam assim. Meio possessivas."

— Faz meu sangue ferver ouvir a forma como a madrasta trata Delilah — dizia Di a Susan. — Ela é uma *mártir*, Susan. Ela nunca come nada além de um pouco de mingau no café da manhã e no jantar... só um pouquinho de mingau. E ela não tem permissão para pôr açúcar no mingau. Susan, eu deixei de pôr açúcar no meu porque isso me fez sentir *culpada*.

— Ah, então é por isso. Bem, o açúcar subiu um centavo, então talvez seja melhor.

Diana jurou que não contaria mais nada a Susan sobre Delilah, mas na noite seguinte estava tão indignada que não pôde evitar.

— Susan, a madrasta da Delilah correu atrás dela ontem à noite com uma *chaleira em brasa*. Você consegue imaginar, Susan? Claro que Delilah diz que ela não faz isso com muita frequência, só quando ela está *muito exasperada*. Mas, na maior parte do tempo, ela tranca Delilah em um sótão escuro. Um sótão escuro *assombrado*. Os fantasmas que aquela pobre criança viu, Susan! Não pode ser saudável para ela. A última vez que a trancaram no sótão, ela viu a criaturinha preta mais esquisita sentada na roca, *cantarolando*.

— Que tipo de criatura? — perguntou Susan seriamente. Ela estava começando a gostar das tribulações de Delilah e da ênfase que Di dava nas palavras e ela e a sra. Blythe riam de tudo aquilo em segredo.

— Não sei, ela disse que era apenas uma *criatura*. Quase a fez se suicidar. Estou realmente com medo de que ela ainda vá fazer isso um dia. Sabe, Susan, ela tinha um tio que se suicidou *duas* vezes.

— Uma vez só não foi o bastante? — perguntou Susan sem piedade.

Di saiu bufando, mas no dia seguinte ela teve que voltar com outra história de aflição.

— Delilah nunca teve uma boneca, Susan. Ela tinha tanta esperança de receber uma no último Natal. E você sabe o que ela recebeu no lugar, Susan? Uma *chibatada*! Eles a batem nela quase todos os dias, sabe. Pense naquela pobre criança sendo chicoteada, Susan.

— Eu levei muita palmada quando criança e nem por isso morri, não é? — disse Susan, que teria feito sabe-se lá Deus o quê se alguém, em algum momento, tentasse bater em qualquer uma das crianças de Ingleside.

— Quando contei a Delilah sobre nossas árvores de Natal, ela *chorou*, Susan. Ela nunca teve uma árvore de Natal. Mas este ano ela vai ter uma, sim. Ela encontrou um guarda-chuva velho só com as varetas, e vai colocá-lo em um balde e decorá-lo como se fosse uma árvore de Natal. Não é lamentoso, Susan?

— Eles não têm um monte de pinheiros disponíveis? A parte de trás da antiga casa dos Hunter está praticamente abarrotada nesse últimos anos — disse Susan. — Gostaria que aquela garota tivesse qualquer outro nome que não Delilah. Que nome para uma criança cristã!

— Oras, está na Bíblia, Susan. Delilah tem muito orgulho de seu nome bíblico. Hoje na escola, Susan, eu disse a Delilah que íamos comer frango no jantar amanhã e ela disse... o que você acha que ela disse, Susan?

— Tenho certeza que nunca poderia adivinhar — disse Susan com ênfase. — E você não tem nada que ficar conversando na escola!

— Ah, nós não conversamos. Delilah diz que nunca devemos quebrar nenhuma das regras. Seus padrões são muito altos. Escrevemos cartas uma para a outra em nossos cadernos e os trocamos. Mas então, Delilah disse: "Você poderia me trazer um osso, Diana?". Isso me fez chorar, Susan. Não vou levar apenas um osso, mas uma coxa com muita carne. Delilah precisa comer bem!. Ela trabalha feito *escrava* naquela casa, Susan. Ela é obrigada a fazer todo o serviço de casa, bem quase todo, quero dizer. E se não ficar bem-feito, ela é *chocalhada com selvageria...* ou mandada para comer na cozinha junto co*m os empregados.*

— Os Green só têm um rapazinho francês para ajudá-los.

— Bem, ela tem que comer com ele. E ele se senta com as meias e come em mangas de camisa. Delilah diz que não se importa com essas coisas agora que me tem como melhor amiga. Ela não tem ninguém que ame ela além de mim, Susan!

— Que horror! — disse Susan, em tom muito sério.

— Delilah diz que se tivesse um milhão de dólares ela me daria tudo, Susan. Claro que eu não aceitaria, mas mostra como o coração dela é generoso.

— É bem fácil doar um milhão de dólares quando não se tem nenhum — e isso foi tudo que Susan disse sobre a situação.

XXXVIII

Diana estava muito feliz. Afinal, mamãe não estava com ciúme. Mamãe não era possessiva. Mamãe a compreendia.

Mamãe e papai iriam passar o fim de semana em Avonlea, e mamãe havia lhe dito para convidar Delilah Green para passar o dia e pernoitar em Ingleside.

— Eu vi Delilah no piquenique da Escola Dominical — disse Anne a Susan. — Ela é bem bonitinha, parece uma pequena dama... embora, é claro, que ela deve ser exagerada. Talvez a madrasta seja de fato um pouco dura com ela e ouvi dizer que o pai é bastante severo e rigoroso. Ela provavelmente tem alguma razão, mas dramatiza para obter atenção e empatia.

Susan estava um pouco duvidosa.

"Mas pelo menos quem mora na casa de Laura Green estará limpo", refletiu ela. Escovas de dente não estavam em questão.

Diana estava cheia de planos para o entretenimento de Delilah.

— Podemos comer um frango assado, Susan, com muito recheio? E *torta*. Você não sabe como aquela pobre criança deseja provar sua torta. Eles nunca têm tortas por lá, a madrasta é muito malvada.

Susan foi muito boa. Jem e Nan tinham ido para Avonlea e Walter estava na Casa dos Sonhos com Kenneth Ford. Não havia nada para atrapalhar a visita de Delilah, que certamente começou muito bem. Delilah chegou no sábado de manhã muito bem-vestida de musselina rosa. A madrasta ao menos parecia cuidar bem de suas roupas. E ela tinha, como Susan viu de relance, orelhas e unhas irrepreensíveis.

— Este é o dia *mais* feliz da minha vida! — disse solenemente para Diana. — Nossa, como sua casa é grande! E esses aqui são os cães de porcelana! Ah, eles são maravilhosos!

Tudo foi maravilhoso. Delilah trabalhou o tempo todo. Ajudou Diana a pôr a mesa para o almoço e escolheu a cestinha de vidro com ervilhas doces como centro de mesa.

— Ah, você não sabe como amo fazer alguma coisa só porque eu *gosto* de fazer — ela disse a Diana. — Não há mais nada que eu possa fazer, *por favor*?

— Você pode quebrar as nozes para o bolo que vou fazer esta tarde — disse Susan, que também estava ficando deslumbrada pelo encanto, pela beleza e pela voz de Delilah. Afinal, talvez Laura Green fosse má mesmo. Nem sempre se pode acreditar naquilo que as pessoas são em público. O prato de Delilah estava cheio de frango, recheio e molho e ela pegou um segundo pedaço de torta sem precisar pedir.

— Eu sempre me perguntei como seria ter, pelo menos uma vez, tudo o que você pudesse comer. É uma sensação maravilhosa — ela disse a Diana quando deixaram a mesa.

As meninas tiveram uma tarde incrível. Susan deu a Diana uma caixa de doces e Diana a compartilhou com Delilah. Delilah admirou uma das bonecas de Di, que deu a boneca a ela. Elas limparam o canteiro de amor-perfeito e tiraram alguns dentes-de-leão dispersos que invadiam o gramado. Ajudaram Susan a polir a prataria e a preparar o jantar. Delilah era tão eficiente e arrumada que Susan se rendeu por completo. Apenas duas coisas mancharam a tarde. Delilah conseguiu salpicar o vestido com tinta e perdeu seu colar de pérolas. Mas Susan conseguiu remover bem a tinta, um pouco da cor saiu também, com sais de limão e Delilah disse que não se importava com o colar. Nada importava, exceto que ela estava em Ingleside com sua querida Diana.

— Não vamos dormir na cama do quarto de hóspedes? — perguntou Diana quando chegou a hora de dormir. — Sempre que temos visitas, usamos o quarto de hóspedes, Susan.

— Sua tia Diana vem amanhã à noite com seu pai e sua mãe — disse Susan. — O quarto de hóspedes está arrumado para ela. Você pode levar o Camarão para sua cama, mas não para o quarto de hóspedes.

— Nossa, como seus lençóis são perfumados! — disse Delilah enquanto elas se aconchegavam.

— Susan sempre os ferve com raiz de lírio-florentino — disse Diana.

Delilah suspirou.

— Fico me perguntando se você sabe que sorte tem, Diana. Se *eu* tivesse uma casa como a sua... mas o meu destino na vida é aguentar o que eu tenho.

Susan, em sua ronda noturna pela casa antes de ir se recolher, entrou e avisou para que as meninas parassem de tagarelar e fossem dormir. Ela deu a cada uma dois pãezinhos de açúcar de bordo.

— Jamais esquecerei sua gentileza, srta. Baker — disse Delilah, a voz trêmula de emoção. Susan foi para a cama refletindo sobre aquela garotinha tão educada e simpática como nunca tinha visto igual. Certamente havia julgado mal Delilah Green. No entanto, naquele momento ocorreu a Susan que, para uma criança que nunca tinha o suficiente para comer, seus ossos estavam muito bem cobertos!

Delilah foi para casa na tarde seguinte e mamãe, papai e tia Diana chegaram à noite. Na segunda-feira o mundo veio abaixo. Diana, voltando para a escola ao meio-dia, ouviu o próprio nome ao entrar no pátio. Na sala de aula, Delilah Green estava no centro de um grupo de garotas curiosas.

— Fiquei *tão* decepcionada com Ingleside. Depois de como Di se gabou de sua casa, eu esperava uma *mansão*. Claro que é grande o suficiente, mas alguns dos móveis são velhos. As cadeiras também precisam ser reformadas.

— Você viu os cachorros de porcelana? — perguntou Bessy Palmer.

— Eles não são nada maravilhosos. Nem têm pelos. Eu disse a Diana na hora que fiquei desapontada.

Diana estava presa ao chão sem conseguir se mover. Não era sua intenção ficar ouvindo escondida, mas ela estava simplesmente paralisada e não se mexeu.

— Tenho tanta pena da Diana — continuou Delilah. — A forma como os pais dela negligenciam a família é algo escandaloso. A mãe só pensa em ficar passeando por aí. É terrível como ela sai e deixa os filhos com apenas aquela velha Susan para cuidar deles... e a velha já está meio doida. Ela ainda vai colocar todos eles no hospício. O desperdício que acontece na cozinha dela vocês não acreditariam. A esposa do médico é muito alegre e preguiçosa para cozinhar, mesmo quando está em casa, então Susan faz tudo do jeito que quiser. Ela ia servir nossas refeições na cozinha, mas eu me levantei e disse a ela: "Sou visita ou não sou?". Susan disse que se eu fosse atrevida com ela, ela me trancaria no armário dos fundos. Eu disse: "Você não se atreveria", e ela não o fez. "Você pode mandar nas crianças de Ingleside, Susan Baker, mas em mim você não manda", eu falei. Oh, eu digo a vocês que enfrentei Susan. Eu não a deixei dar xarope calmante para Rilla. "Você não sabe que é venenoso para crianças?", eu disse.

"Então ela descontou na minha comida. Vocês precisam ver que porções pequenas ela me serviu. Tinha frango, mas só me deram o curanchim e ninguém nem me ofereceu um segundo pedaço de torta. Susan teria me deixado dormir no quarto de hóspedes e Di não quis saber, apenas por pura maldade. Ela é tão ciumenta. Mas ainda sinto muito por ela. Ela me disse que Nan a belisca, um *escândalo*. Seus braços estão cheios de manchas roxas e pretas. Dormimos no quarto dela e um gato velho e sarnento ficou deitado ao pé da cama a noite toda. Aquilo não era *higiênico* e eu disse isso a Di. E meu colar de pérolas *desapareceu*. Claro, não estou dizendo que Susan o pegou. Acredito que ela seja honesta, mas é engraçado. E Shirley jogou um tinteiro em mim. Arruinou meu vestido, mas eu não me importo. Minha mãe vai ter que me dar um novo. Bem, de qualquer forma, eu tirei todos os dentes-de-leão do jardim para eles e poli a prata. Vocês precisavam ver. Não sei *quando* aquilo foi limpo. Digo a vocês, Susan leva tudo nas coxas quando a esposa do médico está fora. Eu deixei ela entender que estava vendo tudo. "Por que você nunca lava a panela de batata, Susan?", perguntei a ela. Vocês deveriam ter visto o rosto dela. Olhe para o meu novo anel, meninas. Um garoto que eu conheço em Lowbridge me deu.

— Tá bom! Eu vi Diana Blythe usando esse anel muitas vezes — disse Peggy MacAllister com desdém.

— E eu não acredito em uma única palavra que você está dizendo sobre Ingleside, Delilah Green — disse Laura Carr.

Antes que Delilah pudesse responder, Diana, que havia recuperado suas habilidades de locomoção e fala, entrou correndo na sala de aula.

— Judas! — ela disse. Depois que parou para pensar, se arrependeu do que dissera, já que não tinha sido uma coisa muito elegante. Mas ela foi ferida no coração e quando nossos sentimentos estão todos agitados, não conseguimos escolher nossas palavras.

— Eu não sou Judas! — murmurou Delilah, corando, provavelmente pela primeira vez na vida.

— Você é, sim! Não há uma fagulha de verdade em você! Nunca mais fale comigo enquanto viver!

Diana saiu aos tropeços da escola e correu para casa. Não conseguiria ficar ali naquela tarde... simplesmente não conseguiria! A porta da frente de Ingleside foi batida como nunca havia sido antes.

— Querida, qual é o problema? — perguntou Anne, interrompida em sua conferência na cozinha com Susan por uma filha chorosa que se atirou tempestuosamente contra o ombro materno.

Tudo, então, foi dito, em meio a soluços desconexos.

— Fui magoada *profundamente*, mamãe. Nunca mais vou acreditar em ninguém!

— Minha querida, não serão todos os amigos assim. Pauline não era.

— Isso já aconteceu *duas vezes*! — disse Diana amargamente, ainda sofrendo pelo sentimento de traição e perda. — Não vai haver uma terceira vez.

— Sinto muito que Di tenha perdido a fé na humanidade — disse Anne um tanto triste depois de Di ter subido. — Isso é uma verdadeira tragédia para ela. Ela de fato teve azar em suas amizades. Primeiro Jenny Penny e agora Delilah Green. O problema é que Di sempre se deixa levar pelas garotas que contam histórias interessantes. E a pose de mártir de Delilah era muito convincente.

— Se você me perguntar, sra. Blythe, querida, aquela criança Green é uma atrevida — disse Susan, ainda mais implacável por ter sido tão habilmente enganada pelos olhos e pelas maneiras de Delilah. — Como ela ousa chamar nossos gatos de sarnentos! Não estou dizendo que existam gatos assim, mas essa menina não tem a ver com isso. Eu mesma não gosto muito de gatos, mas o Camarão já tem sete anos e deveria, ao menos, ser respeitado. E quanto à minha panela de batatas...!

Mas Susan não conseguia expressar sua raiva a respeito da panela de batatas.

Em seu próprio quarto, Di estava refletindo que talvez não fosse tarde demais para ser "melhor amiga" de Laura Carr, afinal. Laura era *verdadeira*, mesmo que não fosse muito empolgante. Ela suspirou. Alguma cor fora perdida em sua vida após a lamentável experiência com Delilah.

XXXIX

Um vento leste cortante rosnava ao redor de Ingleside como uma velha rabugenta. Foram dias frios, chuvosos, de final de agosto que apertam o coração, dias em que tudo dá errado, o que nos velhos tempos de Avonlea era chamado de "um dia de Jonas". O novo filhote que Gilbert trouxera para casa para os meninos havia roído o esmalte da perna da mesa de jantar. Susan descobriu que as traças estavam fazendo uma festa no armário de cobertores. O novo gatinho de Nan destruiu sua melhor samambaia. Jem e Bertie Shakespeare estavam fazendo a mais abominável barulheira no sótão toda a tarde, batendo em baldes de lata como tambores. A própria Anne havia quebrado um abajur de vidro esmaltado. Mas, de alguma forma, fez bem a ela ouvi-lo quebrando! Rilla estava com dor de ouvido e Shirley tinha uma misteriosa erupção no pescoço, o que preocupou Anne, mas Gilbert apenas o olhou casualmente e disse com uma voz distraída que achava que não era nada. Claro que não significava nada para *ele*! Shirley era apenas seu filho! E também não importava para ele ter convidado os

Trent para jantar numa noite da semana anterior e esquecido de contar a Anne até que eles tivessem chegado. Ela e Susan haviam tido um dia muito ocupado e seu plano era fazer um jantar rápido. E a sra. Trent tinha a reputação de ser a melhor anfitriã de Charlottetown! Onde estavam as meias de Walter de cano preto e ponta azul?

— Você acha, Walter, que poderia uma única vez colocar uma coisa no lugar dela? Nan, não sei onde ficam os Sete Mares. Pelo amor de Deus, pare de fazer perguntas! Não me admira que tenham envenenado Sócrates! Precisaram!

Walter e Nan a encararam. Nunca tinham ouvido mamãe falar nesse tom antes. O olhar de Walter irritou Anne ainda mais.

— Diana, eu preciso ficar sempre te lembrando de não cruzar as pernas no banquinho do piano? Shirley, veja se não deixa aquela revista toda cheia de geleia! E talvez *alguém* tenha a gentileza de me dizer aonde foram parar os prismas da lâmpada suspensa!

Ninguém sabia. Susan os desparafusou para lavá-los... e Anne subiu as escadas para escapar dos olhares magoados de seus filhos. Em seu próprio quarto, ela andou de um lado para o outro febrilmente. Qual era seu problema? Estava se transformando em uma daquelas criaturas rabugentas sem paciência com ninguém? Tudo a irritava ultimamente. Um pouco de maneirismo de Gilbert que ela antes nunca se importou a deixava nervosa. Estava cansada de tarefas monótonas e intermináveis... cansada de atender aos caprichos de sua família. Há não muito tempo, tudo o que fazia pela casa e a família lhe dava prazer. Agora, não parecia se importar com o que fazia. Anne se sentia o tempo todo como uma criatura em um pesadelo, tentando ultrapassar alguém com os pés agrilhoados.

O pior de tudo é que Gilbert não parecia perceber que havia alguma mudança nela. Estava ocupado noite e dia e parecia não se importar com nada além do trabalho. A única coisa que ele disse no jantar naquele dia foi: "Por favor, passe a mostarda".

"Posso falar com as cadeiras e a mesa, claro", pensou Anne amargamente. "Estamos começando a ser uma espécie de hábito um com o outro, nada mais. Ele não percebeu que eu estava com um vestido novo na noite passada. E faz tanto tempo desde que ele me chamou de "Menina Anne", que já nem me lembro quando foi. Bem, suponho que todos os casamentos chegam a esse ponto. Provavelmente a maioria das mulheres passa por isso. Ele me dá por garantida. Seu trabalho é a única coisa que significa alguma coisa para ele agora. *Onde está meu lenço?*"

Anne pegou seu lenço e se sentou em sua cadeira para se torturar de forma supérflua. Gilbert não a amava mais. Quando a beijava, o fazia distraído, apenas por hábito. Todo o encantamento se fora. Velhas piadas sobre as quais eles riram juntos vieram à tona, agora carregadas de tragédia. Como ela poderia tê-las achado engraçadas? Monty Turner que beijava a esposa sistematicamente uma vez por semana, como um memorando para lembrá-lo. (Alguma esposa gostaria *de beijos assim?*) Curtis Ames que encontrou com a esposa usando um novo chapéu e não a reconheceu. A sra. Clancy Dare, que disse: "Eu não me importo muito com meu marido, mas eu sentiria falta dele se não estivesse por perto". (*Acredito que Gilbert sentiria minha falta se eu não estivesse por perto! Chegou a esse ponto conosco?*) Nat Elliott, que disse para a esposa depois de dez anos de casamento, que se sentia cansado de estar casado. (*E estamos casados há quinze anos!*) Bem, talvez todos os homens sejam assim. Provavelmente a srta. Cornelia diria que sim. Depois de um tempo, eles eram difíceis de ser segurados. (*"Se meu marido tivesse que ser 'segurado', não vou querer fazê-lo"*) Mas havia a sra. Theodore Clow que dissera orgulhosamente em uma reunião da Liga Assistencial Feminina: "Estamos casados há vinte anos e meu marido me ama tanto quanto no dia do nosso casamento". Mas talvez ela estivesse se enganando ou apenas mantendo as aparências. E ela estava bastante envelhecida. (*Eu me pergunto se também estou ficando velha...*)

Pela primeira vez, sua idade parecia um peso. Anne foi até o espelho e se olhou criticamente. Havia alguns minúsculos pés-de-galinha ao redor dos olhos, visíveis apenas sob uma luz forte. As linhas do queixo ainda não estavam borradas. Ela sempre fora pálida. Seu cabelo ainda era grosso e ondulado, sem fios grisalhos. Mas alguém realmente gosta de cabelo vermelho? Seu nariz ainda estava muito bonito. Anne o acariciou como um velho amigo, lembrando-se de certos momentos da vida em que seu nariz era tudo o que a sustentava. Mas Gilbert não ligava mais para seu nariz agora. Podia ser torto ou empinado, nada importava para ele. Provavelmente ele tinha esquecido que ela tinha um nariz. Como disse a sra. Dare, ele poderia até sentir falta se seu nariz não existisse mais.

— Bem, preciso ir ver Rilla e Shirley — pensou Anne tristemente. — Pelo menos, eles ainda precisam de mim, pobrezinhos. O que me fez ficar tão mal-humorada com eles? Ah, suponho que todos estejam dizendo pelas minhas costas: "Como a pobre mamãe está ficando azeda!".

Continuava a chover e o vento continuava a gemer. A fanfarra de panelas de lata no sótão havia parado, mas o cricrilar incessante de um grilo solitário na sala quase a enlouqueceu. O correio do meio-dia havia lhe trazido duas cartas. Um era de Marilla, mas Anne suspirou enquanto a abria. A caligrafia de Marilla estava se tornando tão frágil e trêmula. A outra carta era da sra. Barrett Fowler, de Charlottetown, que Anne conhecia muito pouco. E a sra. Barrett Fowler gostaria de saber se o dr. e a sra. Blythe viriam jantar com ela na próxima terça-feira à noite, às sete horas, para conhecer sua velha amiga, a sra. Andrew Dawson de Winnipeg, nascida Christine Stuart.

Anne derrubou a carta no chão. Uma enxurrada de velhas memórias caiu sobre ela... algumas delas decididamente desagradáveis. Christine Stuart de Redmond, a garota de quem, diziam, Gilbert estava noivo, a garota de quem ela uma vez sentiu um ciúme tão amargo, sim, ela admitia agora, vinte anos depois, ela sentira ciúme. Ela odiara Christine Stuart. Há anos que não pensava em Christine, mas lembrava-se dela distintamente. Uma garota alta, pele branco-marfim, com grandes olhos azuis escuros e cabelos preto-azulados. E um certo ar de distinção. Mas com um nariz comprido, sim, de fato um nariz comprido. Bonita, ah não se podia negar que Christine era muito bonita. Ela se lembrava de ter ouvido muitos anos atrás que Christine havia se casado muito bem e ido para o oeste.

Gilbert veio para uma refeição apressada, porque havia uma epidemia de sarampo na parte de cima do Glen e, em silêncio, Anne entregou a ele a carta da sra. Fowler.

— Christine Stuart! Claro que vamos. Eu gostaria de vê-la em nome dos velhos tempos — disse ele, com a primeira demonstração de interesse depois de semanas. —— Pobre moça, teve muitos problemas. Perdeu o marido há quatro anos, sabe?

Não, Anne não sabia. E como Gilbert ficou sabendo? Por que nunca havia contado a ela? E será que ele esquecera que na próxima terça-feira era o aniversário de casamento deles? Um dia em que eles nunca aceitavam nenhum convite e saíam para fazer a própria comemoração. Bem, ela não o lembraria. Ele poderia ver sua Christine se quisesse. Uma garota de Redmond disse a Anne uma vez, sombriamente:

— Houve muito mais entre Gilbert e Christine do que você jamais imaginou, Anne.

Na hora, ela apenas riu, pois Claire Hallett era uma pessoa rancorosa. Mas talvez *houvesse* algo. Anne de repente se lembrou, com um calafrio, que não muito depois de seu casamento ela encontrou uma pequena fotografia de Christine em uma velha carteira de Gilbert. Ele pareceu a ela bastante indiferente e comentou que se perguntava aonde aquela foto teria ido parar. Seria uma daquelas coisas sem importância que são significativas de coisas tremendamente importantes? Seria possível que... Gilbert tivesse amado Christine? Seria ela, Anne, apenas uma segunda opção? O prêmio de consolação?

— Não estou sendo ciumenta, com certeza — pensou Anne, tentando rir. Era tudo muito ridículo. Era mais que natural que Gilbert gostasse da ideia de reencontrar uma amiga do passado de Redmond? O que é mais natural do que um homem ocupado, casado há quinze anos, esquecer os tempos, as estações, os dias e os meses? Anne escreveu para a sra. Fowler, aceitando seu convite e depois ficou esperando aqueles três dias antes da terça-feira torcendo desesperadamente para que alguém na parte de cima do Glen começasse a ter um bebê na terça-feira à tarde, por volta das cinco e meia.

XL

O esperado bebê chegou cedo demais. Gilbert foi chamado às nove da noite da segunda-feira. Anne chorou até dormir e acordou às três. Costumava ser delicioso acordar à noite, ficar deitada olhando pela janela para a beleza envolvente da noite, ouvir a respiração regular de Gilbert ao lado dela, pensar nas crianças do outro lado do corredor e no lindo novo dia que viria. Mas agora! Anne ainda estava acordada quando amanheceu, o claro e verde preencheram o céu pelo oeste e Gilbert finalmente voltou para casa.

— Gêmeos — ele disse sem emoção enquanto se jogava na cama e adormecia em um minuto.

Gêmeos, de fato! O alvorecer do décimo quinto aniversário do dia do seu casamento e tudo o que seu marido consegue dizer a você é "Gêmeos". Provavelmente nem sabia que *era* um aniversário.

Gilbert aparentemente continuava não sabendo, quando desceu às onze. Pela primeira vez não mencionou a data; pela primeira vez não tinha nenhum presente para ela. Muito bem, ele também não receberia o presente dele, que já estava pronto havia várias semanas. Um lindo canivete de cabo de prata com a data de um lado e suas iniciais do outro. Claro que ele precisaria compra-lo por um centavo para que seu amor não fosse cortado. Mas como ele tinha esquecido, ela também esqueceria, como vingança.

Gilbert parecia meio atordoado o dia todo. Quase não falou com ninguém e andava de um lado para outro na biblioteca. Estaria ele perdido em uma encantadora expectativa de ver sua Christine de novo? Provavelmente estava ansiando por ela todos esses anos no fundo de sua mente. Anne sabia muito bem que essa ideia era irracional, mas desde quando ciúme era razoável? Não adiantava tentar ser filosófico. A filosofia não teve nenhum efeito em seu humor.

Eles estavam se aprontando para irem para a cidade no trem das cinco.

— *Podemoss* entrar e ver o *sseu vesstido*, mamãe? — perguntou Rilla.

— Ah, se você quiser — disse Anne, mas em seguida pensou melhor. Ora, sua voz estava saindo queixosa. — Venha, querida — acrescentou ela, arrependida.

Rilla adorava ver mamãe se vestir. Mas até Rilla achou que mamãe não estava se divertindo muito naquela noite.

Anne gastou um pouco de tempo pensando sobre seu vestido. Não que isso importasse, ela disse a si mesma com amargura, o que ela vestiria. Gilbert já não notava agora. O espelho não era mais seu amigo; ela parecia pálida e cansada e *indesejada*. Mas não poderia ir como uma camponesa ultrapassada diante de Christine. ("*Eu não quero que ela sinta pena de mim.*") Usaria o vestido novo verde-maçã com botões de rosas? Ou o vestido de gaze de seda creme com a jaqueta de renda? Experimentou os dois e se decidiu pelo verde. Tentou vários penteados e concluiu que o novo topete caído seria muito apropriado.

— Ah, mamãe, *vossê esstá* linda! — ofegou Rilla em admiração, com olhos arregalados.

Bem, crianças e tolos sempre dizem a verdade. Rebecca Dew não lhe disse uma vez que ela era "comparativamente bonita"? Quanto a Gilbert, ele costumava elogiá-la no passado, mas havia meses que não a elogiava. Anne não conseguia se lembrar de nenhum.

Gilbert passou a caminho de seu armário e não disse uma palavra sobre o vestido novo dela. Anne ficou queimando de ressentimento por algum tempo. Então, arrancou o vestido com petulância e o jogou na cama. Ela usaria seu antigo vestido preto. Um vestido muito bonito considerado extremamente elegante nos círculos de Four Winds, mas que Gilbert nunca havia gostado. O que colocaria no pescoço? O colar de Jem, embora estimado por anos, há muito desintegrado. Ela realmente não tinha um colar decente. Então... ela tirou da gaveta a caixinha contendo o coração esmaltado rosa que Gilbert lhe dera em Redmond. Quase nunca o usava agora, afinal, rosa não combinava com o cabelo ruivo, mas o colocaria naquela noite. Será que Gilbert o perceberia? Ela estava pronta. E por que não Gilbert? O que o atrasava? Oh, sem dúvida ele estava se barbeando com *muito* cuidado! Ela bateu forte na porta.

— Gilbert, vamos perder o trem se você não se apressar.

— Você está parecendo a professora da escola — disse Gilbert, saindo. — Algo errado com seus metatarsos?

Oh, ele poderia fazer uma piada, não é? Ela não ia se permitir pensar em como ele ficava bem de fraque. Afinal, a moda atual de roupas masculinas eram muito ridículas. Totalmente carente de charme. Como deveria ter sido lindo nos tempos da Grande Elizabeth, quando os homens usavam gibões de cetim branco e mantos de veludo carmesim e babados de renda! E ainda assim não eram efeminados. Eram os homens mais maravilhosos e aventureiros que o mundo já tinha visto.

— Bem, vamos se você estiver com tanta pressa — disse Gilbert de forma distraída. Ele sempre soava assim agora, quando falava com ela. Anne era apenas uma parte da mobília, sim, apenas um móvel!

Jem os levou até a estação. Susan e a srta. Cornelia — que viera pedir a Susan se podiam contar com ela, como de costume, para as batatas gratinadas para o jantar da igreja — os observaram com admiração.

— Anne está muito bem — disse a srta. Cornelia.

— Ela está, sim — concordou Susan —, embora nas últimas semana eu tenha achado que ela estivesse precisando de um pouco de agitação. Mas ela continua com a mesma aparência e o médico também mantém a mesma barriga lisa de sempre.

— Um casal ideal — disse a srta. Cornelia.

O casal ideal não disse nada particularmente bonito durante todo o caminho até a cidade. Claro que Gilbert estava muito emocionado com a perspectiva de ver seu antigo amor para falar com a esposa! Anne espirrou. Ficou com medo de estar pegando um resfriado. Como seria horrível fungar durante todo o jantar sob os olhos da sra. Andrew Dawson, nascida Christine Stuart! Um ponto em seu lábio ardia, provavelmente uma afta horrível estava para aparecer. Será que Julieta espirrara alguma vez? E Pórcia, do *Mercador de Veneza*, com frieiras! Ou Helena de Troia com soluços, ou quem, sabe, Cleópatra tivesse calos!

Quando Anne chegou à residência da sra. Barrett Fowler, tropeçou na cabeça do tapete de urso do corredor, cambaleou pela porta da sala e atravessou o amontoado de estofados e objetos dourados que a sra. Barret Fowler chamava de sala de estar até o sofá Chesterfield, onde, felizmente se sentou sem cair. Procurou em volta com desânimo por Christine, então percebeu com alegria que Christine ainda não chegara. Como teria sido terrível se ela estivesse sentada ali, observando a esposa de Gilbert Blythe fazer uma entrada tão desastrosa!

Gilbert nem perguntou se ela se machucou. Ele já estava conversando com o dr. Fowler e um tal dr. Murray, desconhecido, que vinha de New Brunswick e era autor de uma notável monografia sobre doenças tropicais que estava causando rebuliço nos círculos médicos. Mas Anne notou que, quando Christine desceu as escadas, anunciada por uma fragrância de baunilha-dos-jardins, a dita monografia foi prontamente esquecida. Gilbert levantou-se com um brilho reluzente de interesse em seu olhar.

Christine parou por um impressionante momento na soleira da porta. Nada de tropeçar na cabeça de ursos para ela. Christine, Anne lembrou, tinha o hábito de parar na soleira para se exibir. E, sem dúvida, ela considerava isso uma excelente oportunidade para mostrar a Gilbert o que ele havia perdido.

Usava um vestido de veludo roxo com mangas compridas e esvoaçantes, tracejadas por uma linha dourada e um rabo de peixe de renda, também dourada. Uma tiara dourada circundava seus cabelos ainda escuros. Uma longa e fina corrente de ouro, que terminava com diamantes, pendia de seu pescoço. Anne imediatamente se sentiu desleixada, provinciana, sem graça, desalinhada e seis meses atrasada em relação à moda. Ela desejou não ter colocado aquele coração esmaltado idiota.

Não havia dúvidas de que Christine estava tão bonita como sempre. Um pouco polida e bem-conservada talvez, mas, sim, consideravelmente mais robusta. Seu nariz certamente não diminuíra e seu queixo era de fato de alguém de meia-idade. Parada assim na porta, dava para se ver que seus pés eram... substanciais. E aquele ar de distinção não estava ficando um pouco desgastado? Mas suas bochechas ainda eram como marfim suave e seus grandes olhos azuis-escuros ainda brilhavam sob aquela intrigante pálpebra considerada tão fascinante em Redmond. Sim, a sra. Andrew Dawson era uma mulher muito bonita e não dava a impressão de que seu coração estivesse enterrado na sepultura do referido Andrew Dawson.

Christine tomou posse do ambiente no instante em que entrou. Anne sentiu como se não estivesse presente. Mas sentou-se ereta. Christine não deveria ver nenhum abatimento de meia-idade. Ela iria para a batalha com todas as bandeiras hasteadas. Seus olhos cinza ficaram extremamente verdes e um leve rubor coloriu suas lindas bochechas (*Lembre-se que você tem nariz!*). O dr. Murray, que não a notara particularmente antes, pensou com alguma surpresa que Blythe tinha uma esposa de aparência muito incomum. Aquela cena da sra. Dawson parecia absolutamente ordinária em comparação.

— Ora, Gilbert Blythe, você está tão bonito como sempre — Christine disse com afetação... sua *afetação*! — É tão bom ver que você não mudou.

(*Ela fala com a mesma afetação sempre. Como eu sempre odiei essa voz aveludada dela!*)

— Quando olho para você — disse Gilbert —, o tempo deixa de ter qualquer significado. Onde você descobriu o segredo da juventude eterna?

Christine riu.

(*A risada dela não era um pouco aguda?*)

— Você, Gilbert, sempre fazendo elogios. Vocês sabem — disse com um rápido relance pelo círculo de pessoas — que o dr. Blythe foi uma antiga paixão minha naqueles dias que ele está fingindo pensar que foi ontem. E Anne Shirley! Você não mudou tanto quanto me disseram, embora eu não ache que teria reconhecido você se tivéssemos nos encontrado na rua. Seu cabelo está um pouco mais escuro do que costumava ser, não é? Não é divino nos reencontrarmos assim? Eu estava com tanto medo de seu lumbago não deixar você vir.

— Meu *ciático*?

— Oras, você não sofre disso? Pensava que sim...

— Acho que confundi as coisas — disse a sra. Fowler em tom de desculpas. — Alguém me disse que você estava com uma crise muito séria de lumbago...

— Essa é a sra. dr. Parker de Lowbridge. Eu nunca tive dor no ciático na minha vida — disse Anne em um tom insípido.

— Que bom que você não tem — disse Christine, com algo levemente insolente em seu tom. — É uma coisa *tão* horrível. Tenho uma tia que sofre muito com isso.

Seu ar parecia relegar Anne à geração de tias. Anne conseguiu sorrir com os lábios, não com os olhos. Se ela pudesse pensar em algo inteligente para dizer! Sabia que às três da manhã daquela noite ela provavelmente pensaria em uma resposta brilhante que poderia ter dado, mas aquilo não a ajudou naquele momento.

— Me disseram que vocês têm sete filhos — disse Christine, falando com Anne, mas olhando para Gilbert.

— Só seis vivos — disse Anne, estremecendo. Ainda hoje ela nunca conseguia pensar na pequena e pálida Joyce sem dor.

— Que família! — disse Christine.

Instantaneamente parecia que ter uma família grande era algo absurdo e vergonhoso.

— Você, acredito, não tem nenhum — disse Anne.

— Eu nunca me importei com crianças, sabe? — Christine encolheu os ombros notavelmente finos, mas sua voz estava um pouco dura. — Receio não ser do tipo maternal. Eu nunca achei de verdade que a única missão da mulher seria trazer filhos para um mundo já superlotado.

Todos então se dirigiram para a sala de jantar. Gilbert acompanhou Christine, o dr. Murray a sra. Fowler, e o dr. Fowler, um homenzinho rotundo, que não falava com ninguém, exceto outro médico, acompanhou Anne.

Anne sentiu que a sala estava muito sufocante. Havia um misterioso e doentio aroma ali. Provavelmente a sra. Fowler estivera queimando incenso. O cardápio era bom e Anne passou a comer sem apetite e sorrir até se sentir como o gato de Cheshire. Ela não conseguia tirar os olhos de Christine, que sorria continuamente para Gilbert. Seus dentes eram lindos, talvez lindos demais. Pareciam um anúncio de pasta de dente. Christine fazia um jogo muito eficaz com as mãos enquanto falava. Suas mãos eram lindas, embora muito grandes.

Ela estava conversando com Gilbert sobre velocidades rítmicas para viver. O que diabos ela queria dizer com isso? Ela mesma sabia? Foi quando eles mudaram para a encenação da Paixão de Cristo.

— Você já esteve em Oberammergau? — Christine perguntou a Anne.

Quando ela sabia perfeitamente que não. Por que a pergunta mais simples parecia insolente quando Christine a fazia?

— É claro, a família prende muito — disse Christine. — Ah, adivinha quem eu vi no mês passado quando estive em Halifax? Aquela sua amiguinha, a que se casou com o ministro feio... como *era* mesmo o nome dele?

— Jonas Blake — disse Anne. — Philippa Gordon se casou com ele. E eu nunca o achei feio.

— Não? Mas, claro, os gostos diferem. Bem, de qualquer maneira eu os encontrei. *Pobre* Filipa!

O uso da palavra "pobre" por Christine foi muito eficaz.

— Por que pobre? — perguntou Anne. — Acho que ela e Jonas sempre foram muito felizes.

— Felizes! Minha querida, se você visse o lugar onde eles moram! Uma miserável vila de pescadores onde seria uma emoção se os porcos invadissem o jardim! Disseram-me que o Jonas tinha uma boa igreja em Kingsport e desistiu porque achava que era seu "dever" ir até os pescadores que "precisavam" dele. Não gosto de pessoas fanáticas. "Como é *possível* viver em um lugar tão isolado e afastado como este?", perguntei a Filipa. Você sabe o que ela respondeu?

Christine estendeu as mãos com anéis de forma expressiva.

— Talvez o mesmo que eu diria de Glen St. Mary — disse Anne. — Que aquele era o único lugar no mundo para se viver.

— Imagine você contente ali — sorriu Christine — (*com aquela boca cheia de dentes!*) — Você nunca sente mesmo que quer uma vida melhor? Você costumava ser bastante ambiciosa, se bem me lembro. Não escreveu algumas coisinhas inteligentes quando estava em Redmond? Um pouco fantásticas e caprichosas, é claro, mas mesmo assim...

— Eu as escrevi para as pessoas que ainda acreditam no país das fadas. Há muitas delas, você sabe, e elas gostam de receber notícias daquele país.

— E você desistiu um pouco, não?

— Não totalmente, mas estou escrevendo epístolas vivas agora — disse Anne, pensando em Jem e nas outras crianças.

Christine ficou encarando Anne, sem reconhecer a citação. O que Anne Shirley quis dizer? Mas então, é claro, ela era conhecida em Redmond por seus misteriosos discursos. Havia mantido sua aparência surpreendentemente, mas era provável que fosse uma daquelas mulheres que se casam e param de pensar. Pobre Gilbert! Ela o fisgou antes de ele frequentar Redmond. Ele nunca teve a menor chance de escapar dela.

— Alguém ainda brinca de philopenas hoje em dia? — perguntou o dr. Murray, que tinha acabado de quebrar uma amêndoa gêmea. Christine virou-se para Gilbert.

— Você se lembra da philopena que *nós* comemos uma vez? — ela perguntou.

(*Esse foi um olhar significativo entre os dois?*)

— Como eu poderia esquecer? — Gilbert devolveu.

Eles mergulharam em uma enxurrada de "você-se-lembra?", enquanto Anne olhava para a imagem de peixes e laranjas penduradas sobre o aparador. Ela nunca poderia imaginar que Gilbert e Christine tivessem tantas lembranças em comum.

— Lembra do nosso piquenique lá no Braço?

— Você se lembra da noite em que fomos à igreja dos negros?

— Você se lembra da noite em que fomos ao baile de máscaras?

— Você estava de espanhola de vestido de veludo preto com mantilha de renda e leque.

Gilbert aparentemente se lembrava de tudo em detalhes. Mas havia se esquecido do próprio aniversário de casamento!

Quando voltaram para a sala de estar, Christine olhou pela janela para um céu oriental que mostrava uma prata pálida atrás dos escuros salgueiros.

— Gilbert, vamos dar uma volta no jardim. Quero aprender novamente o significado do nascer da lua em setembro.

(*O nascer da lua significa alguma coisa em setembro que não significa em nenhum outro mês? E o que ela quer dizer com "novamente"? Ela já fez isso antes com ele?*)

E eles foram. Anne sentiu que fora lindamente deixada de lado. Ela se sentou em uma cadeira que dava vista para o jardim, embora não fosse admitir nem para si mesma que a escolheu por esse motivo. Podia ver Christine e Gilbert caminhando. O que diziam um ao outro? Christine parecia estar falando mais que os dois. Talvez Gilbert estivesse mudo de emoção para falar. Estaria ele lá fora à luz do luar sorrindo ao relembrar histórias das quais ela não tinha feito parte? Ela se recordou das noites em que ela e Gilbert caminhavam nos jardins enluarados de Avonlea. Ele os tinha esquecido?

Christine estava olhando para o céu. É claro que ela sabia que daquela forma exibia seu belo pescoço branco quando levantava o rosto assim. Alguma vez uma lua demorou tanto para nascer?

Outros convidados estavam chegando quando os dois finalmente voltaram. Houve conversa, risos, música. Christine cantou e muito bem. Ela sempre fora muito "musical". Ela cantou *para* Gilbert sobre "os queridos dias do passado, além da lembrança". Gilbert recostou-se em uma poltrona e ficou estranhamente quieto. Estaria revisitando melancolicamente aqueles queridos dias do passado? Estaria imaginando como sua vida seria se tivesse se casado com Christine? (*Eu sempre sabia o que estava na cabeça de Gilbert antes. Minha cabeça está começando a doer. Se não formos logo, vou jogar minha cabeça para trás e uivar. Graças a Deus nosso trem sai cedo.*)

Quando Anne desceu, Christine estava na varanda com Gilbert. Ela estendeu a mão e pegou uma folha do ombro dele; o gesto era como uma carícia.

— Você está mesmo bem, Gilbert? Parece terrivelmente cansado. Eu *sei* que você está exagerando.

Uma onda de horror varreu Anne. Gilbert *parecia* cansado, assustadoramente cansado e ela não tinha percebido até Christine mencionar. Nunca esqueceria a humilhação daquele momento. (*Não tenho valorizado Gilbert e o culpo por fazer a mesma coisa.*)

Christine virou-se para ela.

— Foi muito bom reencontrá-la, Anne. Quase como nos velhos tempos.

— Quase — disse Anne.

— Mas acabei de dizer ao Gilbert que ele parece um pouco cansado. Você deveria cuidar melhor dele, Anne. Houve um tempo, você sabe, em que eu realmente tinha um grande interesse por esse seu marido. Acredito mesmo que ele foi o melhor namorado que já tive. Mas você deve me perdoar pois não o tirei de você.

Anne congelou novamente.

— Talvez ele esteja com pena de si mesmo por você não tê-lo feito — disse ela, com um tom majestoso, algo familiar para Christine nos dias de Redmond, enquanto ela entrava na carruagem do dr. Fowler para o caminho até a estação.

— Como você é divertida! — disse Christine, dando de ombros. Ela os observou indo como se algo a divertisse imensamente.

XLI

— Teve uma boa noite? — perguntou Gilbert, mais distraído do que nunca, enquanto a ajudava no trem.

— Oh, foi adorável — disse Anne, que sentiu, como a famosa citação de Jane Welsh Carlyle:[1] "como se tivesse sob um ancinho a noite inteira".

— O que a fez pentear o cabelo desse jeito? — disse Gilbert ainda distraidamente.

— É a nova moda.

— Bem, não combina com você. Pode ser bom para alguns cabelos, mas não para os seus.

— Ah, que pena que tenho cabelos ruivos — disse Anne friamente.

---

[1] Jane Welsh Carlyle foi uma escritora escocesa e esposa de Thomas Carlyle. Não publicou nenhum trabalho em vida, mas era amplamente vista como uma extraordinária escritora de cartas. Apoiou o marido durante todo o tempo em que ele lutou para ser reconhecido como escritor e teve muitos e sérios problemas de saúde.

Gilbert achou que seria sensato se abandonasse um assunto tão perigoso. Anne, ele refletiu, sempre foi um pouco sensível em relação ao seu cabelo. Ele estava cansado demais para falar, de qualquer maneira. Inclinou a cabeça para trás no banco do carro e fechou os olhos. Pela primeira vez, Anne notou pequenos reflexos grisalhos no cabelo acima de suas orelhas. Mas ela endureceu seu coração.

Eles caminharam em silêncio para casa pelo atalho da estação do Glen. O ar estava repleto do aroma de pinheiros e samambaias. A lua brilhava sobre os campos molhados de orvalho. Passaram por uma velha casa abandonada com tristes janelas estilhaçadas que outrora dançaram com a luz.

"Assim como minha vida", pensou Anne. Tudo parecia ter para ela algum significado sombrio agora. A tênue mariposa branca que passou por eles no gramado era, Anne pensava com tristeza, apenas um fantasma do amor desvanecido. Então ela prendeu o pé em um arco de críquete e quase caiu de cabeça em uma moita de flox. Mas por que diabos as crianças a haviam deixado ali? Ela diria a eles o que pensava sobre isso no dia seguinte!

Gilbert apenas disse "Opa!" e a firmou com a mão. Ele teria sido tão despreocupado se fosse Christine quem tivesse tropeçado enquanto os dois decifravam o significado dos nasceres da lua?

Gilbert foi direto para o escritório no momento em que entraram na casa, e Anne subiu quieta para seu quarto, onde o luar estava no chão, parado, prateado e frio. Ela foi até a janela aberta e olhou para fora. Ficou evidente que era a noite do cachorro dos Carter Flagg uivar e ele estava fazendo isso com todo o coração. As folhas dos pinheiros brilhavam como prata sob a lua. A casa ao seu redor parecia sussurrar sinistramente, como se não fosse mais sua amiga.

Anne sentiu-se doente, fria e vazia. O brilho da vida havia se transformado em folhas murchas. Nada mais tinha significado. Tudo parecia remoto e irreal.

Bem abaixo, a maré mantinha seu antigo encontro com a costa. Ela conseguia ver dali, depois de Norman Douglas ter cortado seu arbusto de pinheirinhos, sua pequena Casa dos Sonhos. Como eles foram felizes lá, quando bastava estarem juntos em casa, com seus sonhos, suas carícias, seus silêncios! Toda a cor da manhã em suas vidas. Gilbert a olhando com aquele sorriso nos olhos que guardava só para ela, encontrando a cada dia uma nova maneira de dizer "eu te amo", onde compartilhavam risos e tristezas igualmente.

E agora, Gilbert havia se cansado dela. Os homens sempre foram assim e sempre seriam assim. Ela pensou que Gilbert seria uma exceção, mas agora sabia a verdade. E como ela iria ajustar sua vida a essa realidade?

"Há as crianças, é claro", ela pensou estupidamente. "Devo continuar vivendo para eles. E ninguém deve saber, ninguém sentirá pena de mim."

Mas o que era isso? Alguém estava subindo as escadas, três degraus de cada vez, como Gilbert costumava fazer há muito tempo na Casa dos Sonhos... como não fazia havia muito tempo. Não poderia ser Gilbert, mas era!

Gilbert entrou no quarto abruptamente e jogou um pequeno pacote sobre a mesa. Tomou Anne pela cintura e a fez valsar ao redor do quarto, girando e girando como um colegial enlouquecido, e enfim parou sem fôlego em uma poça prateada de luar.

— Eu estava certo, Anne, graças a Deus, eu estava certo! A sra. Garrow vai ficar bem, o especialista disse isso.

— A sra. Garrow? Gilbert, você enlouqueceu?

— Eu não contei a você? Acho que contei, sim, bem, suponho que tenha sido um assunto tão delicado que não consegui falar sobre. Estive tão preocupado com isso nas últimas duas semanas, não conseguia pensar em mais nada, acordava e ia dormir pensando nisso. A sra. Garrow mora em Lowbridge e era paciente de Parker. Ele me convidou para uma consulta e eu a diagnostiquei de forma diferente dele e quase brigamos. Eu tinha certeza de que estava certo... Insisti que havia uma chance e então a mandamos para Montreal. Parker disse que ela nunca voltaria viva. O marido dela estava pronto para me matar. Quando ela partiu, fiquei em frangalhos... talvez eu *estivesse* enganado, talvez eu a tenha torturado desnecessariamente. Encontrei a carta no meu escritório quando entrei. Eu *tinha* razão, eles a operaram e ela tem uma excelente chance de viver. Menina Anne, eu poderia ir até a lua e voltar. Perdi vinte anos de vida com tanta preocupação.

Anne não sabia de ria ou chorava, então começou a rir. Foi lindo poder voltar a dar risada, maravilhoso sentir essa vontade. De repente tudo ficou bem.

— Suponho que tenha sido por isso que você esqueceu do nosso aniversário de casamento? — ela o provocou.

Gilbert a soltou o tempo suficiente para pegar o pequeno pacote que havia deixado cair sobre a mesa.

— Eu não esqueci. Duas semanas atrás encomendei seu presente em Toronto. E não tinha chegado até esta noite. Senti-me tão pequeno esta manhã quando não tinha nada para lhe dar que nem mencionei a data... pensei que você tivesse esquecido, também, até esperava que você tivesse esquecido. Mas, ao entrar no escritório, lá estava o pacote junto da carta de Parker. Veja se gosta.

Era um pequeno pingente de diamante. Mesmo à luz da lua brilhava como uma coisa viva.

— Gilbert, eu... eu...

— Experimente. Gostaria que tivesse chegado esta manhã, então você teria algo para usar no jantar além daquele velho coração. Ele *estava* mesmo muito bonito em contraste com seu lindo pescoço branco. Por que você não foi com aquele vestido verde, Anne? Eu tinha gostado... me lembrou aquele vestido com botões de rosa que você costumava usar em Redmond.

(*Então ele tinha notado o vestido! Então ele ainda se lembrava do velho vestido de Redmond que tanto admirava!*)

Anne sentiu-se como um pássaro livre. Estava em pleno voo novamente. Os braços de Gilbert ao seu redor, os olhos dele a admirando ao luar.

— Você ainda me ama, Gilbert? Eu não sou apenas um hábito com você? Você não diz que me ama há algum tempo.

— Meu querido, querido amor! Eu não achei que você precisasse de palavras para saber disso. Eu não poderia viver sem você. É sempre você que me dá força. Há um versículo em algum lugar da Bíblia que é para você: "Ela só lhe faz o bem, e nunca o mal, todos os dias da sua vida."[1]

A vida, que parecia tão cinzenta e tola alguns momentos antes, agora estava dourada e rosa e esplendidamente da cor do arco-íris. O pingente de diamante caiu no chão, ignorado. Era muito bonito, mas havia tantas coisas melhores, confiança e paz e um trabalho prazeroso, riso e bondade, aquele velho sentimento *seguro* de um amor garantido.

— Ah, se pudéssemos guardar esse momento para sempre, Gilbert!

— Vamos ter alguns momentos. É hora de termos uma segunda lua de mel. Anne, haverá um grande congresso médico em Londres em fevereiro. Nós compareceremos e depois iremos ver um pouco do Velho Mundo. Haverá férias para nós. Não seremos nada além de velhos namorados, será como se nos casássemos de novo. Você não tem sido a mesma há muito tempo. (*Então ele tinha notado.*) Você está cansada e sobrecarregada, precisa de uma mudança. (*Você também, querido. Tenho sido tão horrivelmente cega.*) Não tenho para mim que esposas de médicos nunca têm uma folga. Voltaremos descansados e revigorados, com nosso senso de humor completamente

---

[1] Provérbios 31,12.

restaurado. Venha, experimente o seu pingente e vamos para a cama. Estou morto de sono e não tenho conseguido dormir direito há semanas, com os gêmeos, com a sra. Garrow, enfim, tudo isso.

— O que diabos você e Christine estavam conversando tanto no jardim esta noite? — perguntou Anne, se pavoneando diante do espelho com seu diamante.

Gilbert bocejou.

— Ah, nem sei. Christine apenas tagarelava. Mas aqui está um fato que ela me apresentou: uma pulga pode pular duzentas vezes seu próprio comprimento. Você sabia disso, Anne?

(*Eles estavam falando de pulgas enquanto eu me contorcia de ciúme. Que idiota fui.*)

— Mas afinal, como é que surgiu o assunto de pulgas?

— Não me lembro, talvez por causa dos Dobermann pinschers.

— Dobermann pinschers! O que é isso?

— Uma nova raça de cachorro. Christine parece ser uma conhecedora de cães. Eu estava tão obcecado pela sra. Garrow que não prestei muita atenção ao que ela estava dizendo. De vez em quando eu pegava uma palavra ou outra sobre complexos e repressões... essa nova psicologia que está surgindo, e arte, e gota e política, e sapos.

— Rãs!

— Alguns experimentos que um pesquisador de Winnipeg está fazendo. Christine nunca foi muito divertida, mas está pior que nunca. E maldosa! Ela não era assim naquela época.

— O que ela disse de tão malicioso? — perguntou Anne inocentemente.

— Você não percebeu? Oh, suponho que você não entenderia, não há malícia em você. Bem, isso não importa. Aquela risada dela me deu nos nervos um pouco. E ela está gorda. Graças a Deus, você não engordou, menina Anne.

— Oh, eu não acho que ela esteja tão gorda — disse Anne caridosamente. — E ela é de fato uma mulher muito bonita.

— Mais ou menos. Mas o rosto dela endureceu, ela está com mesma idade que você, mas parece dez anos mais velha.

— E você falando com ela sobre juventude eterna!

Gilbert sorriu culpado.

— É preciso dizer algo civilizado. A civilização não pode existir sem um pouco de hipocrisia. Oh, bem, Christine não é uma pessoa ruim, mesmo que não pertença à raça de José. Não é culpa dela que tenha faltado nela uma pitada de sal. O que é isso?

— Minha lembrança de aniversário para você. E eu quero um centavo em troca. Não estou correndo nenhum risco. As torturas que sofri esta noite! Eu estava verde de ciúme de Christine.

Gilbert parecia genuinamente surpreso. Nunca lhe ocorrera que Anne pudesse ter ciúme de alguém.

— Ora, menina Anne, nunca pensei que você pudesse sentir ciúme!

— Ah, mas posso, sim. Ora, anos atrás eu fiquei terrivelmente enciumada por causa de sua correspondência com Ruby Gillis.

— *Eu* me correspondi com Ruby Gillis alguma vez? Eu tinha esquecido. Pobre Ruby! Mas e quanto a Roy Gardner? O sujo falando do mal lavado.

— Roy Gardner? Philippa me escreveu não muito tempo atrás dizendo que o tinha visto e que ele estava bem corpulento. Gilbert, o dr. Murray pode ser um homem muito eminente em sua profissão, mas se parece com uma ripa e o dr. Fowler parecia uma rosquinha. Você parecia tão bonito e bem-disposto perto deles.

— Ah, obrigado, obrigado. Isso é algo que uma esposa com certeza deveria dizer. Para retribuir o elogio, achei que você estava extraordinariamente bem esta noite, Anne, apesar do velho vestido. Você estava com um pouco de cor e seus olhos brilhavam. Ah, isso é bom! Não há lugar como a cama da gente quando estamos nela! Há outro versículo na Bíblia, estranho como aqueles antigos versículos que a gente aprende na Escola Dominical e voltam até você durante a vida! "Em paz me deitarei e dormirei."[2] Deitar em paz e dormir... boa noite.

Gilbert estava dormindo quase antes de terminar de falar. Querido Gilbert, tão cansado! Bebês podem vir e bebês podem ir, mas nenhum perturbaria seu descanso naquela noite. O telefone poderia tocar até se cansar.

Anne não estava com sono. Estava muito feliz para conseguir dormir. Se movimentava silenciosa pelo quarto, arrumando as coisas, trançando o cabelo, parecendo uma mulher amada. Por fim, vestiu um roupão e atravessou o corredor até o quarto dos meninos. Walter e Jem estavam em suas camas e Shirley em seu berço, todos dormindo profundamente. O Camarão, que sobrevivera a gerações de gatinhos atrevidos e se tornara um hábito familiar, estava encolhido aos pés de Shirley. Jem tinha adormecido enquanto lia *O Livro da Vida do capitão Jem*, aberto sobre seu peito. Como Jem estava *grande* deitado sob suas cobertas. Logo estaria crescido. Que rapazinho robusto e confiável ele era! Walter dormira sorrindo, como alguém que conhecia um segredo encantador. A lua brilhava em seu travesseiro através das barras de chumbo da janela, lançando a sombra de uma cruz claramente definida na parede acima de sua cabeça. Anos depois, Anne se lembraria disso e se perguntaria se aquele não era um presságio de Courcelette, de uma sepultura marcada com cruz, em algum lugar na França. Mas naquela noite era apenas uma sombra, nada mais. A ferida tinha desaparecido do pescoço de Shirley. Gilbert estava certo. Ele sempre estava certo.

Nan, Diana e Rilla estavam no quarto ao lado. Diana com seus lindos cachos ruivos úmidos por toda a cabeça e uma mãozinha queimada de sol sob a bochecha, e Nan com longos

---

[2] Salmo 4,8.

leques de cílios roçando as próprias bochechas. Os olhos por trás daquelas pálpebras de veias azuis eram cor de avelã como os do pai. E Rilla estava dormindo de bruços. Anne a virou de barriga para cima, mas seus olhinhos abotoados nunca se abriram.

Eles estavam crescendo tão rápido. Em apenas alguns anos, eles seriam todos rapazes e moças, na ponta dos pés da juventude esperançosa; estrelas com seus doces sonhos aventureiros, pequenos navios navegando de um porto seguro para outros, desconhecidos. Os meninos navegariam para longe, para o trabalho de suas vidas e as meninas, ah, as formas enevoadas de belas noivas podiam ser vistas descendo as velhas escadas de Ingleside. Mas todos ainda seriam dela por mais alguns anos... dela para amar e guiar, cantar as canções que tantas mães cantavam. Dela e de Gilbert.

Ela saiu e foi pelo corredor até a janela da sacada. Todas as suas suspeitas, seu ciúme e ressentimento foram para onde vão as luas antigas. Ela se sentia confiante, alegre e feliz.

— Blythe![3] Eu me sinto Blythe! — ela disse a si mesma, rindo do pequeno e tolo trocadilho. — Eu me sinto exatamente como naquela pacífica manhã quando Gilbert me disse que havia voltado.

Abaixo dela estava o mistério e a beleza de um jardim à noite. As colinas distantes, salpicadas de luar, eram um poema. Em poucos meses ela estaria vendo o luar nas distantes e escuras colinas da Escócia, em Melrose, no castelo em ruínas de Kenilworth, ou na igreja em Avon onde Shakespeare dormia, talvez até no Coliseu ou na Acrópole, contemplando aqueles tristes rios que correm através de antigos impérios.

A noite estava fresca, mas logo chegariam as noites mais agudas e geladas do outono, para então vir a neve profunda, a neve branca profunda, de neve congelante do inverno, de

---

[3] Blythe é um nome vindo do inglês antigo e quando usado no sobrenome de alguém, seus significados são "alegre, agradável, feliz".

noites selvagens com ventos e tempestades. Mas quem se importaria? Haveria a magia da luz do fogo em salas graciosas. Gilbert não tinha falado há pouco tempo sobre toras de maçã que ele ia queimar na lareira? Eles glorificariam os dias cinzentos que estavam por vir. Que importaria a neve à deriva e o vento cortante quando o amor queimava claro e brilhante, com a primavera distante? E todas as pequenas doçuras da vida polvilhando a estrada?

Ela se afastou da janela. Em sua camisola branca, o cabelo em duas longas tranças, ela se parecia com a Anne de Green Gables, com a Anne dos dias de Redmond, com a Anne da Casa dos Sonhos. Aquela chama vigorosa ainda brilhava forte dentro dela. Através da porta aberta veio o som suave de crianças respirando. Gilbert, que raramente roncava, estava sem dúvidas roncando agora. Anne sorriu. Ela pensou em algo que Christine havia dito. Pobre Christine sem filhos, atirando suas pequenas flechas de zombaria.

— Que família! — Anne repetiu exultante.

© desta tradução: Editora Martin Claret Ltda., 2022.

Direção
MARTIN CLARET

Produção editorial
CAROLINA MARANI LIMA / MAYARA ZUCHELI

Diagramação
GIOVANA QUADROTTI

Ilustrações de capa e guarda
LILA CRUZ

Tradução e notas
ANNA MARIA DALLE LUCHE

Preparação
FERNANDA BELO

Revisão
CAROLINA M. LIMA

Impressão e acabamento
BARTIRA GRÁFICA

Dados Internacionais de Catalogação na Publicação (CIP)
(Câmara Brasileira do Livro, SP, Brasil)

Montgomery, L. M., 1874-1942
Anne de Ingleside / L. M. Montgomery; tradução e notas Anna Maria Dalle Luche. – São Paulo: Martin Claret, 2024.

Título original: *Anne of Ingleside*.
ISBN: 978-65-5910-291-4

1. Ficção canadense I. Luche, Anna Maria Dalle. II. Título.

24-198260   CDD-C813

Índices para catálogo sistemático:

1. Ficção: Literatura canadense: C813
Cibele Maria Dias – Bibliotecária – CRB-8/9427

EDITORA MARTIN CLARET LTDA.
Rua Alegrete, 62 — Bairro Sumaré — CEP: 01254-010 — São Paulo — SP
Tel.: (11) 3672-8144 — www.martinclaret.com.br
Impresso — 2025